Jörgen Bracker
Meister Zeelander

Jörgen Bracker

Norbert Klugmann

Meister Zeelander

Ein Schiffbaumeister zwischen Himmelsgold und Richtplatz

Roman

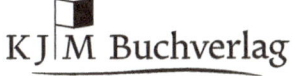

KJM Buchverlag

MARITIM &
Abenteuer

Mehr zu den Büchern des KJM Buchverlags
www.kjm-buchverlag.de

1. Auflage, Februar 2020
Copyright © 2020 Klaas Jarchow Media Buchverlag GmbH & Co. KG
Simrockstr. 9a, 22587 Hamburg
www.kjm-buchverlag.de
ISBN 978-3-961940-93-6

Umschlag: Rothfos & Gabler
unter Verwendung eines Bildes von akg-images.de
Korrektorat: Rainer Kolbe
Herstellung, Satz und Gestaltung: Eberhard Delius, Berlin
Zeichnungen: Gerhard Seyfried
Druck & Bindung: CPI, Leck
Printed in Germany

Inhalt

Zwei Brüder

Zwei Fichtenwipfel schwangen hin und her – erst ein wenig, dann heftiger und immer heftiger, bis sie fast die Spitzen der umstehenden Bäume berührten. Schließlich rauschte es kräftig, Zweige knackten, nach kurzer Stille gerieten zwei weitere Baumspitzen in Schwung. Vom Waldweg war kaum auszumachen, was sich in den Wipfeln abspielte. Ein dicklicher Bursche von 15 Jahren schlenderte unter den Fichten entlang, warf hin und wieder einen gelangweilten Blick nach oben. An einer Schneise angekommen, blieb Clemens stehen und legte den Kopf in den Nacken. Auf einmal sah er etwas durch die Luft wirbeln: Kreischend flog ein Junge über die Schneise in die gegenüberstehenden Bäume, griff mit beiden Händen nach einem Wipfel und hielt sich daran fest.

»Geschafft!«, rief Johannes, »Mach's mir nach, Claus!« Ein zweiter Junge wirbelte durch die Luft, packte gewandt eine Baumspitze – und brach sie ab! Mit der Baumspitze in der Hand purzelte Claus herunter. Die ausladenden Äste der Fichten bremsten seinen Sturz, so wurde er hinabgetragen, bis er sanft auf dem Waldboden landete.

Flink war Johannes von seinem Baum geklettert, um dem Freund auf die Beine zu helfen, aber der brauchte keine Hilfe und lachte übers verdreckte Gesicht.

Clemens spitzte den Mund: »Ich habe Hunger – großen Hunger!«

Claus kicherte: »Wovon willst du Hunger haben? Du bist doch nur nebenher getrottet, während wir mit den Bäumen gerungen haben.«

»Ich bin der Älteste«, erklärte Clemens mit altkluger Stimme, »wenn man älter ist, muss man mehr essen!«

Johannes sah sich um. »Hier liegt genug trockenes Holz herum. Jeder nimmt etwas mit, unten am Wasser werden wir nichts finden.« Bepackt wanderten sie weiter.

Am Strand warfen sie das Holz auf einen Haufen. »Baut die Feuerstelle, ich kümmere mich um Fische«, verteilte Clemens die Aufgaben und schob ihr Boot ins Wasser. Kurz darauf dümpelte er angelnd auf dem Haff. Die See war spiegelglatt. Schnell hatte er eine Mahlzeit für drei hungrige Mäuler zusammen und ruderte zurück. Aber wo war das Feuer? Einige Schritte weiter lag sein Bruder Johannes im Gras und schnurrte vor sich hin. Der kleine Claus hatte sich in seinen Arm gekuschelt.

Clemens wollte nicht stören. Meine kleinen Brüder, dachte er. Mit wenigen Griffen hatte er Holz aufgeschichtet, dann schlug er Feuer. Die harzigen Fichtenzweige flammten auf. Vom Boot stammten die Spieße, die Johannes aus Draht gebastelt hatte. Darauf steckte er die Brassen und briet sie über der Glut. Ein köstlicher Duft erfüllte die Lichtung. Nun fehlten noch die Teilnehmer an der Mahlzeit. Mit dem Grashalm kitzelte er Claus unter der Nase. Der verzog im Schlaf das Gesicht, musste niesen und richtete sich auf. Fichtennadeln lösten sich aus seinen Locken und rieselten Johannes ins Gesicht. Nun waren alle wach! Der Duft sorgte für Vorfreude.

»Unbeschreiblich!«, jubelte Claus. »Ich glaube, er kann zaubern, dein Bruder.«

»Unser Bruder, unser großer Bruder!«, korrigierte Johannes.

»Wascht euch gründlich! Vorher gibt es nichts!«, mahnte Clemens. Die beiden schlurften zum Ufer, warfen die Kittel auf den Strand und erprobten mit die Zehenspitzen die Wassertemperatur.

»Macht schon, sonst verkohlen die Brassen!« Johannes gab dem Kleinen einen Schubs, der ihn ins Wasser platschen ließ. Claus schaufelte Wasser auf Johannes, der packte Claus, die Balgerei begann. Der Kleine johlte vor Vergnügen.

»Das Lachen wird dir gleich vergehen!«, knurrte Johannes. »Du hast bestimmt Durst?«, rief er und ließ den Zappelnden untertauchen.

Wenig später saßen die drei um das Feuer. »Wo hast du das gelernt, Kochen und Feuermachen?«, wandte sich Johannes an Clemens.

»Bei den Franziskanern. Sie wissen zu würzen und kennen die Kräuter.«

»Du solltest Koch werden«, meinte Claus zwischen zwei Happen, »dann könntest du uns sonntags zwar nicht zur Messe, aber zum Essen einladen.«

»Ich könnte noch viel mehr für euch tun! Rechnen, Lesen und Schreiben könnte ich euch beibringen – im Waisenhaus lernt ihr das nicht.«

»Großartiger Gedanke!«, begeisterte sich Johannes. »Ein Schiffbauer muss rechnen können.«

Und Claus sagte: »Der Steuermann auch. Dazu lesen und schreiben. Glaubst du, dass wir's schaffen, wenn du uns hilfst?«

Clemens zupfte sich am Ohrläppchen: »Für euch würde ich alles tun. Aber ihr wisst, dass unser Ausflug der letzte ist, den wir vorerst gemeinsam unternehmen?«

»So hart wird es doch nicht kommen, oder?«, wiegelte Johannes ab. »Die Leute auf meiner Lehrwerft sind freundlich. Ich kann mich bestimmt am Sonntag verdrücken.«

»Bei mir wird das nicht klappen«, warf Claus ein. »Wenn ich als Lehrjunge auf einem Schiff bin, sind wir wochenlang unterwegs.«

»Mir wird es kaum besser ergehen. Ob ich in nächster Zeit das Kloster verlassen darf, ist ungewiss.«

»Was immer geschieht«, sagte Johannes energisch, »wir müssen uns versprechen, immer zusammenzuhalten.« Mit Händedruck bekräftigten sie ihr Versprechen. Die Aussicht, für längere Zeit Abschied nehmen zu müssen, bedrückte sie.

Claus blickte zum Himmel:»Wir müssen zurück, das Wetter wird schlecht.« Eilig warfen sie die Fischreste ins Feuer und streuten Sand darüber. Sie liefen zum Boot, schoben es ins Wasser, setzten Mast und Segel. Claus nahm den Platz achtern an der Pinne ein, Johannes und Clemens hockten sich mittschiffs hin, um von dort die Riemen zu bedienen. Zunächst blieb es windstill; sie mussten aufs Haff hinaus und dann Richtung Stadt rudern.

Claus wandte sich um.»Schwarze Wolken am Horizont, das sieht nicht gut aus. Nehmt das Segel wieder runter!« Clemens und Johannes folgten seinen Anweisungen. Sie wussten, wie gut Claus die Tücken des Wetters kannte.

»Der Mast kann stehen bleiben.« Mittlerweile hatte sich der schwarze Strich zu einem breiten Band verdickt, das näher rückte. »Pullt kräftig. Wir müssen von der Küste wegkommen!«, ermahnte sie Claus. Der Himmel verdunkelte zusehens. Und noch immer unheimliche Windstille!»Rudert, was das Zeug hält! Sobald der erste Blitz kommt, müsst ihr die Riemen beibändseln, damit sie uns nicht verloren gehen. Wenn eine Welle ins Boot schwappt, regt euch nicht auf! Nehmt die Wasserschaufeln und ...«

Seine Worte gingen im krachenden Donner unter. Schlag auf Schlag folgten nun die Blitze, dann prasselte der Regen. Taubeneiergroße Hagelkörner flogen ihnen um die Ohren. Dann hörten sie es brausen, der Sturm war da, der die See in eine brodelnde Hölle verwandelte.

Mit kurzen, schnell aufeinander folgenden Bewegungen an der Pinne vermochte Claus das Boot voranzutreiben und auf Kurs zu halten. Von achtern kamen die Wellenkämme, einer höher als der vorhergehende. Sie nahmen das Boot mit hinauf und ließen es ins Wellental stürzen.»Gut festhalten! Ist bald vorüber«, rief Claus, als ein Riesenbrecher über das Schiff ging. Clemens und Johannes pützten pausenlos, sie kamen wieder auf Kurs.

Doch der Sturm nahm weiter an Stärke zu. Auf das Brausen folgte das Heulen und ging in schrilles Pfeifen über. Die Wellenkämme sprühten in Fetzen an ihnen vorbei, man sah die Hand nicht mehr vor Augen. Die nächste Welle brach über sie herein. Johannes und Clemens klammerten sich an den Mast. Als sie mit der neuen Welle hoch stiegen, sah Johannes das Unfassbare: Der Platz am Ruder war leer!

»Clemens, wir sind verloren!« Mit einem Satz war Clemens achtern und packte die Pinne.

»Claus! Claus! Claus!« Johannes brüllte gegen die tosende See an und kroch weinend zu Clemens. Der ohrfeigte seinen Bruder, um ihn wieder zu Verstand zu bringen.

»Wir müssen das Wasser aus dem Boot kriegen! Oder willst du auch ersaufen?!«

ach einer Stunde beruhigte sich das Wetter. Johannes hockte schluchzend an der Bordwand. Stetiger Westwind kam auf. Clemens setzte das Sprietsegel, ließ sich an der Pinne nieder und fuhr eine Wende. »Wir suchen ihn«, beruhigte er den Bruder. »Halt du Ausschau.« Solange das Tageslicht es erlaubte, kreuzten sie über das Haff. Aber sie fanden den Bruder nicht. Niedergeschlagen kehrten sie nach Wismar zurück.

Am folgenden Tag trat Johannes seine Lehrstelle an. Clemens ging ins Kloster, um die Lateinschule zu besuchen. Sie trafen sich, sooft sie konnten. Clemens erklärte dem Bruder das Rechnen, Lesen und Schreiben. Über ihren Kleinen sprachen sie nicht mehr. Jahre gingen ins Land.

en!« »Twee!« »Dree!« – »Een!« »Twee!« »Dree!«, riefen Meister
Zeelander, sein Geselle Jan Kreyer und der Lehrjunge Kersten ab-
wechselnd. Mit ihren Vorschlaghämmern trieben sie den Pfahl in
den verschlickten Grund.

»Jetzt fasst er! Die Spitze trifft gerade auf Sand.« Johannes setzte
ab. »Kurze Verschnaufpause! Dann jeder noch mal vierzig Schläge,
und der letzte Pfahl sitzt!«

Sie wollten gerade die Beine vom Baugerüst baumeln lassen, als
sie Gebell ablenkte, das vom Werfttor kam. »Ansgar will zeigen, dass
er Wache halten kann«, sagte Jan. »Er freut sich über irgendwas.«

Zeelander rief: »Jan, bück dich!« Ein Schlickklumpen traf Jan auf
dem Rücken und hinterließ ein graublaues Sternenmuster.

»Das kam vom Schuppendach!« Kersten wies auf den neuen Gie-
bel des Werkstattgebäudes.

»Jetzt gibt's was achter die Löffel!«, rief Jan, als ihn der zweite
Klumpen traf. Er tobte an Land, Johannes konnte kaum folgen.

Von der Uferkante hastete er neben dem langen Schuppen zum
Sommerdeich hinauf, am Ende des Schuppens holte er Jan ein. Sie
konnten noch die Hacken der flüchtenden kleinen Übeltäter sehen.
Jan keuchte: »Die prügele ich windelweich!«

»Lass man, Kreyer«, lachte Johannes, »wir haben ja Gefangene
gemacht.« Ansgar beschnüffelte schon den Verletzten, der den
Sprung vom Dach zum Deich nicht geschafft hatte. Jan schnappte
die kleine Dreckschleuder, aber die wehrte sich.

»Dat giff' dat doch nich! So 'n freches Luder!«, prustete Jan, noch
nach Atem ringend, »dat is goar keen Jung, dat is 'ne Deern!«

»Lass mich mal«, beruhigte Zeelander die beiden. Vorsichtig griff
er nach dem abgespreizten Fuß der Gefangenen, die dem Frieden
nicht traute. »Tut's hier weh?«, fragte er, während er das Fußgelenk
abtastete und ruhig den nackten Fuß streichelte. »Hast Glück gehabt,

ist nichts gebrochen, nur verstaucht. Du hast dir ja raue Kameraden ausgesucht. Was machst du auch bei denen?«

Die Kleine war still geworden und entwaffnete Johannes mit dem Blick ihrer dunklen Augen. Eigentümlich ernst und mutig starrte sie ihn aus ihrem schlickverschmierten Gesicht an:»Mädchen sind langweilig. Mit Hinrik und Didi gibt's immer Spaß. Wir rennen, spiel'n Verstecken, gucken annern bei der Arbeit zu.«

»Von wegen zugucken!«, unterbrach Johannes die Aufzählung. »Am liebsten ärgert ihr uns bei der Arbeit! Wie heißt du denn? Und wo wohnst du?«

»Drüben in der Deichstraße, da steht unser Haus.« In ihrer Stimme klang Stolz.»Wir sind gerade eingezogen. Mein Vater ist der Kaufmann Diderich von Espingen. Er besitzt ein großes Schiff. Damit fährt er in die ganze Welt. Ich bin Magdalena, sein jüngstes Kind.«

»Na, Lenchen, wir müssen dich auf die Karre laden und nach Hause bringen.« Zeelander hob die zierliche Last aus dem Gras und setzte sie auf die hochrädrige Karre, die Jan inzwischen herbeigeschafft hatte.»Aber erst müssen wir unsere Arbeit vollenden. Bleib solange sitzen. Ansgar passt auf dich auf.« Der Hund sprang zu Lenchen auf den Wagen und bezeugte kläffend seine Wachsamkeit. Johannes stopfte dem Mädchen ein Bündel Stroh in den Rücken, damit sie besser saß. Bald hörte sie wieder die Stimmen und Hammerschläge.

Als sich der junge Meister unterhalb des Schuppens mit dem Hafenwasser Schweiß und Dreck vom Körper wusch, dachte er an die kleine Schlickprinzessin. Die Tochter von Espingen also. Nicht mehr lange, dann ist sie eine schmucke Braut, die sich sehen lassen kann. Prüfend schaute er sich um, während er in einen sauberen Kittel schlüpfte. Das Gelände war aufgeräumt, auf Jan war Verlass. Zeelander konnte sich dem Krankentransport widmen.

Lenchen schien keine Schmerzen zu haben. Während Johannes die Karre über den Deich schob, plapperte sie munter:»Ich habe eben ein langes Boot gesehen. Es flog wie ein Pfeil an der Werft vorbei. Die Ruderer konnte ich gar nicht so schnell zählen. Was war das wohl für ein Schiff?«

»Das wird eine der beiden Schniggen gewesen sein, die der Stadt gehören. Sie hat gerade neue Riemen bekommen, zwanzig auf jeder Seite. Wenn der Mast eingesetzt wird, kann sie aber auch wunderbar segeln.«

Sie bogen zur Brooksbrücke ein, die den Grasbrook mit der Stadt verband. Johannes hielt an. »Da hinten ist sie! Sie hat gewendet und kommt zurück!« Mit mächtiger Bugwelle sahen sie das Boot auf sich zukommen.

»Was sind das denn für schreckliche Bretter auf Bug und Heck?«

»Schön sind die wirklich nicht«, lachte Johannes, »aber im Seekampf unentbehrlich. Wir haben die Schanz vorn und achtern mit den Brettern erhöhen müssen. So können sich die Bogenschützen dahinter vor den Geschossen der Seeräuber ducken.«

»Seeräuber? Die alle Schiffe überfallen?«, fragte Lenchen ängstlich.

Man hörte die rhythmisch ausgestoßenen Schlagkommandos des Rudergängers, nach denen sich die Riemen im Takt bewegten. »Nehmt die Riemen rein!«, hörte sie ihn rufen, dann glitt das große Boot still unter der Brücke hindurch.

»Der Schiffsführer der Staatskogge hat bei mir ein etwas größeres Kastell für sein Schiff bestellt, das auf den Bug montiert werden soll«, fuhr der Werftbesitzer fort. »Damit geht es gegen die Banditen! Die Landratten werden sich die Augen reiben und fragen, warum die Kogge so ein Vogelnest vor sich herträgt. Und du wirst ihnen dann erklären, dass in den Nestern unsere Armbrustschützen hocken.«

Sie erreichten das Haus der von Espingen in der Deichstraße. Als sei ihr nichts geschehen, glitt Lenchen von ihrem bequemen Sitz und wollte sich in der engen Twiete zwischen Eltern- und Nachbarhaus verdrücken. Die Haustür öffnete sich und Maria von Espingen schaute, wer da kam. Johannes glaubte, nie eine schönere Frau gesehen zu haben. Die immer noch junge Frau bemerkte seine Verlegenheit und lachte freundlich. »Ihr müsst Meister Zeelander sein, ich hab's an Eurer Werftkarre gesehen. Wie Lenchen es nur schafft, immer einen netten Begleiter zu finden, der sie nach Hause bringt. Wart Ihr heute ihr Opfer? Sie ist gerade elf geworden. Was hat sie diesmal ausgefressen …« Inzwischen hatte sich Hans-Diderich, Lenchens Bruder, neugierig in die Küche geschlichen, in der Lenchens Mutter nun mit Zeelander saß.

Bei einem Becher Apfelmost berichtete Johannes von seinem Erlebnis mit Lenchen, wobei ihn die angenehme Kühle der Diele und der Ausblick in den Garten hinter dem Haus, vor allem aber die Ausstrahlung der Hausfrau zu geistreicher Übertreibung animierten. Die Gastgeberin fragte Johannes nach seiner Geschichte. Er erzählte von dem Feuer auf dem Hof und dem Tod der Eltern und davon, wie er und sein Bruder Clemens bei den Franziskanern aufgewachsen waren. In Wismar hatte er Schiffbau gelernt und war nach abgeschlossener Lehrzeit freigesprochen worden. Als wandernder Geselle hatte es ihn bis nach Hamburg verschlagen, wo er bei dem Schiffbaumeister Wend unterkam. »Ihr könnt Euch vorstellen, wie stolz ich war, als ich den Kämmereiherren der Stadt mein mühsam erspartes Meistergeld, ganze 4 Pfund Silber, übergeben konnte. Ich hatte gerade genug übrig, um das Gelände auf dem Grasbrook zu pachten.«

»Alles Weitere haben wir miterlebt«, schmeichelte Maria. »Euer Geschick bei der Errichtung der Werft hat sich herumgesprochen. Aber was ist aus Eurem Bruder geworden? Ist auch er ein Schiffbauer?«

»Clemens ist Geistlicher. Er wollte es von klein auf werden und hat dieses Ziel nie aus den Augen verloren. Wir hatten eine wunderschöne Jugendzeit, obwohl die Erziehung streng war. Der Wismarer Hafen gehörte uns. Wir waren auf allen Schiffen zu Hause und haben einen verrotteten Kahn geschenkt bekommen, der unter meinen Händen wieder schwimmfähig wurde. Zu dritt haben wir das Haff erkundet und waren große Fischer. Claus Störtebeker gehörte zu uns wie ein Bruder. Wir haben uns im Schlaf verstanden, mit seiner Fröhlichkeit brachte er jeden zum Lachen.«

»Wo ist er jetzt?«

»Ich weiß nicht einmal, ob er noch lebt.« Johannes stockte. »Verzeiht mir – eigentlich sollte ich Euch von Clemens berichten. Er ist ein Jahr älter als ich. Er lebt auch in Hamburg und erhält demnächst seine Priesterweihe.«

Maria versuchte, Johannes zu trösten: »Irgendwann wird Euer Claus in Hamburg aufkreuzen, dann seid Ihr wieder zu dritt. Inzwischen habt Ihr Euch mit guter handwerklicher Arbeit die Achtung des Rates und viele neue Freunde erworben. Dass wir uns nun auch dazuzählen dürfen, wird meinen Mann freuen. Sobald er von See kommt, wird er sich an Euch wenden, um in Zukunft die anfallenden Reparaturen und Pflegearbeiten an seiner Kogge von Eurer Werft erledigen zu lassen.«

Erschreckt wehrte Zeelander ab: »Nur das nicht! Euer Schiff ist von meinem Lehrmeister immer gut gepflegt worden. Ich habe meine Werft nicht aufgebaut, um ihm seine Kunden abzujagen.«

»So viel Lauterkeit findet man heute selten.« Als ob es nicht mehr für die Ohren ihres Gasts bestimmt sei, flüsterte sie, das Gesicht senkend: »Gott schütze ihn vor Sturm und Wind und Menschen, die nicht ehrlich sind!« Dann schaute sie dem Schiffbauer in die Augen: »Ich hoffe, Euch bald wieder begrüßen zu können!«

»Ich auch!«, rief Lenchen fröhlich, als Johannes sich zum Gehen wandte. Didi wollte wissen, ob er am nächsten Tag wieder bei der Arbeit zusehen dürfe.

»Nur, wenn ihr den Schlick Schlick bleiben lasst!«

Selten hatte er sich so liebenswürdig aufgenommen gefühlt. Lenchens Augen gingen ihm nicht aus dem Sinn.

Zum ersten Mal waren sie auf dieser Insel, einem langen, schmalen Sand am südlichen Elbufer. Hier gab es wunderbare Verstecke, kleine windzerzauste Bäume und viel Gebüsch. Ihr Boot hatten sie in den Schilfgürtel gezogen. Hans-Diderich hatte sich als Ausguck in einem Baum postiert. Er blickte auf die von Deichen eingefasste Mündung der Este, die sich hier mit der Elbe vereinte. Zu diesem Zeitpunkt herrschte Niedrigwasser. Wäre der kleine Nebenfluss nicht so kräftig in die Elbe geströmt, hätte man zu Fuß zum Elbdeich gelangen können. Zum wiederholten Mal machte Didi bedeutungsvoll Meldung. Lenchen ignorierte den Bruder, während sie im Sand spielte, Hinrik arbeitete am Kahn. Plötzlich änderte sich Didis Tonfall.

»Hinrik! Hinrik! Drüben, hinter dem Priel, da kommen Leute aus den Büschen« – seine Stimme überschlug sich fast, ohne laut zu werden –, »jetzt laufen sie übers Watt, sie rennen auf das trockengefallene Schiff zu – sie haben Spieße und Bootshaken! Und Schwerter! Hinrik, komm doch endlich! Gleich sind sie beim Schiff. Was machen die da?« Didi war aufgeregt vom Baum heruntergeklettert und zupfte den älteren Hinrik am Ärmel. Aber der hatte zu tun.

»Heb mich hoch«, quengelte nun auch Lenchen, »damit ich über das Schilf gucken kann!«

Hinrik ließ sich nicht erweichen. »Ich kann jetzt nicht. Außerdem bist du groß genug.« Unbeirrt kauerte er da, so dass ihm die langen, blonden Locken übers Gesicht fielen, flink griff er ins Tauwerk des Bootes. Lenchen betrachtete ihn fasziniert, so einen tüchtigen Bruder hätte sie gerne gehabt. »Ich hab' Johannes versprochen, das Tauwerk in Ordnung zu bringen, wenn er uns das Boot leiht. Sobald die Flut wiederkommt, geht's auch schon nach Hause.«

Er fummelte weiter, bis eine Brise seltsame Laute herüberwehte, ein Getöse aus dumpfen Schlägen, Hilferufen und Schreien. Hans-

Diderich klammerte sich an Hinrik, der stieß ihn weg, um sich aufzurichten. Entsetzt beobachtete er, wie acht oder zehn Bewaffnete das Schiff im Watt angriffen. »Das gibt's doch nicht!«, stieß er hervor. »Runter mit den Köpfen!« Aber Lenchen, auf der Bootskante stehend, hatte schon gesehen, wie immer drei auf einen einschlugen. Keiner aus der Mannschaft entkam. »Runter! Wenn die mitkriegen, dass wir sie gesehen haben, geht es uns auch an den Kragen!«, zischte Hinrik.

Den Ewer hatten die Banditen wohl schon vor Stunden ausgemacht, als er vor der Einfahrt in die Este erst den Anker geworfen hatte und danach trockengefallen war. Der Schiffer und seine beiden Decksleute hatten die Gelegenheit genutzt, das Schiff frisch mit Holzteer zu streichen. Nun lagen sie auf dem Watt und bewegten sich kaum noch, doch die Mörder schlugen weiter auf sie ein.

»Strandräuber!«, murmelte Hinrik. Endlich ließen sie von ihren Opfern ab. »Habt keine Angst!«, beruhigte Hinrik die Geschwister mit betont fester Stimme, aber es klang wenig überzeugend. Er legte seine Arme um sie, als würde sie das retten. Das Stöhnen der Sterbenden wurde jetzt von Rufen und Befehlen übertönt, das Schiff zu entern. Sie hörten das Gepolter von Fässern. Danach ertönte das Knattern von Peitschen, Gewieher, Hufgetrappel. Hinrik riskierte wieder einen Blick: Drei Leiterwagen standen neben dem Schiff, das eilig geplündert wurde. Auf einen Ruf hin fuhren die Wagen los.

Von Westen war eine dünne Wolkendecke aufgezogen und verhüllte die Nachmittagssonne. Der Wind nahm an Stärke zu. Hört ihr das Glucksen?«, flüsterte Hinrik. »Das Wasser kommt, gleich geht's los. Ich schiebe den Kahn aus dem Schilf. Wenn ich ›Jetzt!‹ rufe, springt ihr ins Boot!« Hinrik prüfte die Knoten, mit denen er das Sprietsegel an dem kleinen Mast gesichert hatte, und drückte den Kahn aus dem Schilf. Auf das vereinbarte Zeichen folgten ihm die Kinder. Didi sprang an Bord, Lenchen war langsamer. Sie verlor den Halt, das Boot rutschte weg, kreischend vor Schreck fiel sie ins Wasser. Auch Didi schrie überrascht auf.

»Seid still!«, fauchte Hinrik, während er Lenchen hochzog. Mit schnellen Schlägen ruderte er zum Fahrwasser, wo sich das Segel endlich entfalten konnte. Sofort nahmen sie Fahrt auf.

Hinrik saß am Ruder, Lenchen schmiegte sich, weniger vor Nässe als vor Furcht zitternd, an ihn. Als sie sich umdrehte, sah sie, wie auf dem ausgeplünderten Ewer ebenfalls Segel gesetzt wurden. »Sie kommen uns hinterher!« Hinrik schwirrte der Kopf. Also hatten sie doch eine Wache an Bord gelassen!

»Keine Sorge!«, brummte er und segelte weiter in die Elbe hinein.

»Sie kommen!«, rief Didi. Rechter Hand hatten sie bereits Finkenwerder, als Hinrik den Kahn unmerklich nach Steuerbord zog. Der Ewer kam näher und näher.

»Gleich haben sie uns!«, weinte Lenchen. Hinrik legte das Ruder noch ein wenig weiter nach Steuerbord … und noch ein wenig, noch ein wenig … Die Hamburger Stadtmauer war in Sicht, aber die Verfolger waren bis auf 40 Fuß herangekommen.

»Hinrik, tu was!« Lenchen schüttelte ihn.

»Lass mich!«, wehrte er ab. Lenchen hielt die Hände vor die Augen. Mit einem Mal hörte sie es knirschen, splittern und zäh quietschen. Der dicht aufgekommene Ewer, eben noch in voller Fahrt, machte einen gewaltigen Satz, hoch ragte der Bug aus dem Wasser, der Mast flog wie eine Peitsche nach vorn und zerbarst laut krachend.

Hinrik hatte die Verfolger auf das Wrack eines kürzlich gesunkenen Schiffes gelockt, das nur bei Ebbe sichtbar war. »Heilige Jungfrau Maria, du hast uns gerettet!«, rief er erleichtert. Lene und Hans-Diderich waren starr vor Erstaunen.

Johannes bereitete die Übergabe der zwei am Steg liegenden Schniggen vor und ging noch einmal die Liste der Arbeiten durch, mit
denen seine Werft die Schiffe flottgemacht hatte.

»Endlich zufrieden?«, wandte er sich an den Kapitän der Staatskogge.

»Sehen beinahe wie neu aus. Mit den Aufbauten bin ich einverstanden. Hat lang genug gedauert. Die Höhe der Schanz stimmt jetzt.
Aber, mein Gott, es fehlen noch die Riemen. Die sollten schon längst
an Bord sein!«, nörgelte Heino von Buren.

»Ihr müsst entschuldigen, Ihr wollt ordentliche Arbeit. Letzte
Woche konnte ich kein gutes Eschenholz bekommen, das braucht
man für belastbare Riemen. Nadelholz dürfen wir nicht nehmen,
sonst …«

»Schon gut, schon gut, auf Eure Belehrungen kann ich verzichten«, meckerte von Buren. »Aber denkt daran, je zwanzig …« Er
unterbrach sich: »Wer kommt denn da? Ist das nicht Eure Jolle, Meister Zeelander?«

»Mein Gott, die Kinder! Wie sehen die denn aus?«

Johannes eilte zur Spitze des Bootssteges und nahm die Leinen
wahr, als der kleine Segler anlegte. »Ihr seid ja ganz weiß um die
Nase. Seid ihr seekrank?« Hinrik ließ sich auf die Ruderbank fallen.

Schon brach es aus den Kindern hervor: »Da waren Strandräuber!« – »Ganz viele Strandräuber!« – »Ja, und die haben jetzt den
Ewer …«– »Krieg haben sie gemacht!«

Johannes hob die Hände. »Nicht alle durcheinander«, mahnte er,
»lasst euren Schipper erzählen!« Johannes wurde still, als er begriff,
in welcher Gefahr die Kinder geschwebt hatten.

»Die werden immer frecher!«, zischte von Buren. »Vor Wochen
wurde von einem ähnlichen Vorfall gemunkelt. Niemand hat es ernst
genommen.«

Johannes zog den vor Erschöpfung zusammengesunkenen Hinrik
in die Höhe: »Gut gemacht. Nicht auszudenken, wenn den Kindern

ein Leid geschehen wäre«, sagte er ernst. »Lass uns die Kleinen gemeinsam bei ihren Eltern abliefern.«

Von Buren hatte es eilig: »Ich muss sofort dafür sorgen, dass der Tonnenbojer ausgesandt wird, um die Räuber auf dem festsitzenden Ewer zu verhaften. Meister Zeelander, der Stadtrat muss unterrichtet werden. Könnt Ihr das erledigen?«

Johannes hatte sich gefreut, Lenchen und Hans-Diderich nach Hause zu bringen. Nun warf er einen fragenden Blick auf Hinrik. Der wusste, was der Blick bedeuten sollte: »Keine Sorge, ich kümmere mich um die Kinder.«

Hamburg, Winteranfang 1373

Am tiefsten berührt war ich, als ich vor dem Hauptaltar auf dem Boden lag, die Arme ausgebreitet, und mit den Lippen die kühlen Steinplatten berührte! Die himmlischen Choräle in den heiligen Gewölben sangen nur für mich. Ich wurde kraftlos und schwer, fast schwanden mir die Sinne. Die Erde zog mich an, als sollte ich selbst zu Erde werden. Ich hörte die Liturgie wie aus weiter Ferne, und mit einem Mal meinte ich, mich gäbe es gar nicht mehr. Nie fühlte ich mich Gott näher.«

Der Ältere lächelte den Zögling an: »Deine Beschreibung, lieber Clemens, ruft Erinnerungen wach. Mir ist es ähnlich ergangen – ich wurde vor sechzehn Jahren sogar ohnmächtig! Ich kann kaum glauben, wie schnell die Zeit vergeht!«, fuhr Wilhelm Horborch fort. »Es ist drei Jahre her, als du dieses Zimmer zum ersten Mal betreten hast. Ich war gerade dabei, mich auf die Professur in Prag vorzubereiten.«

»Ihr ahnt nicht, wie viel Mut nötig war, sich als unbedeutender Diakon in einer persönlichen Angelegenheit an den großen Horborch zu wenden. Ja, wie die Zeit vergeht … Ich sehe mich als kleinen Jungen die Priester bewundern. Damals habe ich es nicht für möglich gehalten, dass ich selbst einer werde – ich war nie ein Draufgänger.« Auf Wilhelms fragenden Blick setze er hinzu: »Aber ich habe mich auch vor niemandem gefürchtet. Fragt meine Brüder! Ich wollte gleich …«

»Wenn ich mich richtig erinnere, hast du nur einen Bruder.«

»Nur einen leiblichen Bruder«, gestand Clemens. »Aber da war einer mit uns zusammen im Waisenhaus … der hatte sonst niemanden. Er gehörte zu uns, nicht bloß wie ein Freund, sondern wie ein kleiner Bruder … Ob er wohl noch lebt? Ich mag nicht daran denken. Armer Claus!«

»Gott wird ihm zur rechten Zeit beiseite stehen!«, tröstete Horborch.

»Beim ersten Zusammentreffen mit Euch habe ich derart geschwitzt, dass mir das Hemd klatschnass am Leibe hing. Am Dom hatte sich schon herumgesprochen, Ihr hättet eine Einladung von Kaiser Karl angenommen, an der neuen Universität in Prag einen Lehrstuhl für Kirchenrecht zu besetzen.«

»Richtig! Darum wolltest du mich fragen, ob ich dir ein Studium des Kirchenrechts empfehlen könnte.«

»Abgeraten habt Ihr mir!«, rief Clemens.

»Ich würde dir heute, da ich dich kennen gelernt habe, keinen anderen Rat erteilen. Aus dir wird nie ein Jurist. Du bist der geborene Mann der Tat. Du hast dich bewährt, mein Lieber. In jeder Bedrängnis hast du mir beigestanden und mir den alltäglichen Kleinkram abgenommen. Winke nicht ab! Das ist, worauf es bei der Aufsicht über die Pfarreien unseres Sprengels ankommt. Das Auge fürs Kleine – mir fehlt dafür die Geduld. Du hast diese Dinge stets vorbildlich erledigt. Es gibt aber noch ein Zweites, was ich an dir schätze. Deine Stärke, Clemens, ist die Predigt. Ich weiß, sie ist in unserer Kirche in den Hintergrund getreten. Darin bist du allen anderen Priestern, die ich kenne, über …«

»Das nennt Ihr meine Stärke?«, wehrte Clemens überrascht ab.

»Ausgerechnet die Verkündigung! Prachtvolle Rituale beherrschen unseren Glauben heute.«

Ernst erwiderte der Richter: »Wir brauchen Rituale, um Gott nahe zu sein.«

»Ich kann mich des Verdachts nicht erwehren, dass der Heilige Stuhl diejenigen Priester fördert, die sich als Zauberer, nicht als Verkündiger verstehen. Sobald es jemand wagt, dem Volk in verständlichen Worten zu erklären ...«

Horborch blickte ihn scharf an: »Was dann? Für den Heiligen Vater gibt es nur die Vulgata, die geheiligte Bibel. An ihr darf niemand rütteln. Ihr Wortlaut, Clemens, bildet den Felsen, auf dem unsere Kirche samt dem Kirchenrecht steht.«

»Aber deswegen darf nicht jeder in Verdacht geraten, der den Menschen die in der Vulgata aufgeschriebenen Geschichten erklärt, statt ihre Köpfe mit Weihrauch zu vernebeln. Ich gäbe alles darum, eine Gemeinde in dem Wissen zu bestärken, dass sie an etwas Großartiges glaubt.«

Horborch lächelte. »Schneller, als du denkst, wird man dir Gelegenheit dazu geben!«

»Kaum!«, entgegnete Clemens bitter. »Die Hamburger Pfarreien werden alle unter der Hand verschoben.«

Horborch ging um den Tisch herum und legte dem jungen Freund eine Hand auf die Schulter. »Dieser Tage ist es geschehen, dass eine Pfarrei den Regeln entsprechend vergeben wurde – St. Catharinen.«

»Und wer ist der Glückliche?«, fragte Clemens arglos. Horborchs Blick mochte er nicht glauben. »Ihr macht Euch einen Spaß mit mir«, stotterte er.

»Mit solchen Dingen scherzt man nicht.«

»Pfarrer an St. Catharinen!« Clemens rang um Fassung. »Ganz dicht bei meinem Bruder Johannes! Ich kann's nicht fassen. Erklärt mir, wieso man auf mich verfallen ist!«

Horborch hatte wieder Platz genommen. »Du bist den Kirchgeschworenen der Gemeinde aufgefallen, als du mit ihnen die Baumaß-nahmen besprochen hast. Noch nie, beteuerten die Herren, sei ihnen durch einen Diakon unseres Domkapitels derart freundlich geholfen worden. So, meinten sie, müsse ein Pfarrer aussehen, der imstande ist, sich mit Hingabe ihrer Gemeinde zu widmen. Die Kirchgeschwo-renen präsentierten dem Domkapitel den einstimmigen Vorschlag, dich nach deiner Weihe zum Priester mit der Pfarrei St. Catharinen zu betrauen. Wir haben dem gern zugestimmt.«

Clemens strahlte und erhob sich. »Ich will der Pfarrei einen An-trittsbesuch machen.«

»Nicht so schnell! Wir haben noch etwas zu besprechen: Dir steht eine Reise nach Avignon bevor.«

»Nach Avignon? Wie soll ich das noch verkraften!«

»Wem Gott ein Amt gibt, dem gibt er auch die Kraft, mein Lieber. Das habe ich am eigenen Leib erfahren. St. Catharinen bindet dich vorerst nur zeitweilig. Der Papst hat mich als einen Richter der Rota Romana berufen.«

»Was für eine Ehre«, staunte Clemens. »Richter am höchsten päpstlichen Gericht!«

»Im übernächsten Jahr werde ich mein Amt in Avignon antreten. Dich möchte ich bitten, mich dorthin zu begleiten, um mir in meinem ersten Jahr zu assistieren. Ich will nicht ausschließen, dass dabei auch etwas für deine Zukunft getan werden kann. Ich brauche dich nicht in juristischen Angelegenheiten, sondern für den Aufbau meiner Kanzlei. Ich werde viel zu tun haben und benötige jemanden, dem ich in jeder Hinsicht vertrauen kann.«

»Das könnt Ihr allerdings«, stimmte Clemens leidenschaftlich zu.

»Die Sache hat leider auch einen Haken. Das Leben an der Kurie ist nicht einfach. Ich weiß, du hast das Zeug dafür, Clemens. Du lässt die nötige Vorsicht walten – und hast den richtigen Blick!«

»Vielleicht lässt sich der Papst auf Missstände aufmerksam machen. Man könnte ihm vorschlagen, die Wortverkündigung im Rahmen der heiligen Messe stärker in den Vordergrund zu rücken.« Horborch hob die Hände. »Ein derart heißes Eisen dürfen wir nicht anfassen. Ich habe sechzehn Jahre gebraucht, um zu lernen, wie in der Kirche zu agieren ist!« Damit beendete er das Gespräch.

Hamburg, im März 1375

Draußen lag noch Schnee. Die Sonne schien, machte Straßen und Gassen spiegelglatt. Clemens saß am Küchentisch und sah zu, wie Mutter Onken zusammenpackte. Zwei gekochte Eier, einen gebratenen Hühnerschenkel, ein halbes Brot, eine Kanne Dünnbier. »Ist das nicht zu üppig für Heino? Wenn das der alte Pfarrer wüsste! Er war nie verschwenderisch«, meckerte sie.

»Heino hat heute Namenstag«, entschuldigte Clemens seine Anordnung.

»Das kriegt er gar nicht mehr mit«, hielt Mutter Onken dagegen.

»Darum gerade, meine Liebe!«, beharrte Clemens. »Selig sind, die geistig arm sind, denn sie werden Gottes Kinder heißen. Wer weiß, wie's uns ergeht, wenn wir alt sind.«

»Ich mein' ja bloß, Herr Pfarrer«, lenkte Mutter Onken ein, »mit unseren Vorräten steht's nämlich nicht zum Besten. Euer Korb ist fertig.«

Der Weg zur Tollenkiste war nicht weit, Clemens genoss die wärmende Sonne ebenso wie den Anblick der spielenden Kinder. Gerade nahm ein Junge Anlauf, schlitterte die Rutschbahn entlang, kam auf Clemens zu, nur noch auf einem Bein, die Arme abwehrend von sich streckend, riss er den Pfarrer mit sich. Der Korb flog in den Schnee und verteilte die Gottesgaben über die weiße Fläche. Clemens bemühte sich, wieder auf die Beine zu kommen. Jemand streckte ihm seine Hand entgegen, eine verstümmelte Hand, nur Daumen und kleiner Finger.

Als Clemens stand, erkannte er, wer ihm geholfen hatte:»Seid bedankt, hochwürdiger Prälat!«

»Nicht so förmlich, Herr Pfarrer!« Während Clemens sich den Schnee vom Umhang klopfte, hatte der freundliche Prälat den Inhalt des Körbchens eingesammelt. Er bot Clemens seine Begleitung an und bat darum, als sie vor der Tollenkiste standen, dem darin eingesperrten Irren die Speisen reichen zu dürfen. Aber Heino schien Böses zu wittern, er knurrte den Fremden an. Als der ihm das Brot reichte, griff er nach dessen Rechter und biss kräftig in den Daumen. Der Prälat schrie auf, Clemens trat dazwischen und beruhigte Heino. »Das hat er noch nie gemacht«, sagte er entschuldigend. »Lasst mich die Wunde verbinden.«

Im Pfarrhaus begann der Prälat zu erzählen, dass er zufällig nach Hamburg gekommen sei. »Eigentlich ist es undenkbar, dass ich mich für längere Zeit aus Reims, meiner Heimat, entferne. Aber im Norden gefällt es mir, gerade im Winter. Ich nutze meine Zeit und suche das Gespräch mit Kollegen.« Clemens warf ihm einen fragenden Blick zu. »Es interessiert mich, wie die Verhältnisse im hiesigen Bistum beschaffen sind. Zum Beispiel frage ich mich, ob das Domdekanat in Hamburg Einfluss nimmt auf die Arbeit der Kirchen und Klöster?« Statt einer näheren Erklärung begann der Prälat, über die Zustände in den Kirchen zu lamentieren, die ihn bisweilen an Papst und Kurie zweifeln lasse. »Umso mehr«, meinte er, »muss man diejenigen bewundern, die die Rückkehr zum reinen Gotteswort anmahnen und die Sakramente für wirkungslos erklären. Ich hoffe, dass der hiesige Domdekan gegenüber solchen ernsthaften Christen aufgeschlossen ist.«

Clemens wurde es ungemütlich. »An wen denkt Ihr?«

»An jemand, den man hierzulande ernster nehmen sollte, an John Wycliff. Wächst nicht seine Anhängerschaft von Tag zu Tag? Euer

Dekan Horborch, so hört man, sei ein Mann mit Weitblick, der sich neuen Ideen aufgeschlossen zeigt.«

Clemens erwiderte höflich, dass von Wycliffiten in letzter Zeit tatsächlich die Rede gewesen sei. Angeblich gab es kleine Gruppen im Norden des Schleswiger Landes. »Aber in Hamburg sind sie, Gott sei Dank, nicht aufgetaucht. Darum müssen wir uns nicht auch noch kümmern.« Clemens bemühte sich um ein unverfängliches Lächeln.

Doch sein Gast blieb hartnäckig: »Aber die Waldenser hat er gefördert, nicht wahr?«

»Nicht dass ich wüsste«, wich Clemens aus.

»Habt Ihr nichts davon mitbekommen?«

»Wenn Euch die Waldenser interessieren«, gab Clemens vorsichtig zurück, »setzt Eure Reise nach Osten fort! In Anklam oder Stettin, heißt es, weiß man mehr über sie.«

Der Prälat gab nicht auf: »Wie verhält sich das Hamburger Domkapitel gegenüber der Kirchenleitung in Bremen?«

Clemens unterbrach ihn: »Hat Euch der Erzbischof über bestimmte Konflikte mit seinem Bremer Domkapitel informiert?«

»Keineswegs!«, beteuerte der Gast eifrig. »Wir sind gar nicht in Bremen gewesen. Man hört nur einiges, und das klingt nicht gut. Man erzählt sich, ganze Gemeinden seien hierzulande vom rechten Glauben abgegangen. Bemerkt Ihr solche Absetzbewegungen? Nicht auszudenken, wenn ein komplettes Domkapitel aus der Erzdiözese von Hamburg und Bremen austräte, um sich den Ketzern in die Arme zu werfen! Ach, Zeiten sind das!«

Clemens wurde abweisend: »Spricht man von Absetzbewegungen? Weg von der Kirche, hin zu den Ketzergruppen? Unser Dekan steht treu zum Papst. Die Kurie in Avignon ist uns zwar wichtiger als der Erzbischof, doch denkt hier niemand an die Aufkündigung unserer gemeinsamen Erzdiözese.«

Im Dienst der Kathedrale

Avignon, im September 1375

Der Stadtgraben war schnell überquert, die Zugbrücke wurde hochgezogen. Clemens sah sich um, der Ort nahm ihm den Atem. Ein zweifacher Mauerring. 35 Wehrtürme! Es war kalt, feucht zog es von der Rhône herauf. Das hätten sie auch in Hamburg haben können! Avignon im September – das hatte sich Clemens einladender vorgestellt. Auch Wilhelm Horborch und Eler Bunstorp, der für den Hamburger Rat an ihrer Reise teilnahm, wirkten beklommen. Wie Horborch das nur aushielt! Jeden Tag die Schinderei auf dem Gaul, ohne sich wund zu reiten. Seufzend wärmte sich Clemens die Hände am Rücken seines aufwärtstrottenden Braunen.

Die sich zu einem länglichen Vorplatz weitende Bergstraße gab den Blick auf den päpstlichen Palast frei. So etwas Gewaltiges hatte Clemens nie gesehen. Die Fassade erschien ihm riesig, ihre Höhe fand er noch gesteigert durch Nischen, die in Spitzbögen ausliefen. Die unregelmäßigen Ecktürme ragten in den nebligen Himmel, als wollten sie kein Ende nehmen. Die Dimensionen der Feste machten ihm Angst. Doch blieb keine Zeit zu Betrachtungen, wie von Geisterhand öffnete sich das Tor zum Innenhof. Das hallende Getrappel belebte ihre von den Anstrengungen der Reise ermüdeten Sinne. Sie waren am Ziel.

Ein schweigender Franziskaner half ihnen, das Gepäck abzuladen und die Sättel abzunehmen. Ein zweiter Mönch erbot sich, die Reisenden zu ihren Zellen zu führen. »Ich weiß nur von zwei Gästen. Ihr benötigt wohl noch eine weitere Kammer.«

Wilhelm stellte Clemens vor, der Mönch nickte. Auf dem Weg über endlose düstere Gänge teilte er beiläufig mit, dass der Heilige Vater sie noch heute zu sehen wünsche.

»Hier ist das Gemach für den hochedlen Ratsnotar aus Hamburg!« Bunstorp verabschiedete sich auf später. »Und hier ...«, der Mönch hatte vor einer spärlich möblierten Zelle gehalten, »wäre das recht?«

Clemens akzeptierte und sonderte sich eilig ab, nur darauf bedacht, endlich die Beinkleider abzustreifen und die wund gescheuerten Stellen mit einem Balsam zu versorgen. Clemens fiel auf das Lager, das sich in einem abgetrennten Alkoven befand. An Schlaf war nicht zu denken. In Kürze würde er zum ersten Male dem Heiligen Vater gegenüberstehen.

Es klopfte, Horborch und Bunstorp standen mit einem alten hageren Mann vor seiner Tür. Horborch begrüßte seinen Assistenten mit besorgtem Blick. »Hast du dich vom Ritt erholt?« Clemens staunte: Alle waren feierlich herausgeputzt, Bunstorp in grünem Gewand mit Hermelinbesatz, Horborch und der andere – Richter Stracton – in den Farben ihres Amtes. Sie ließen Clemens Zeit, sich ebenfalls herzurichten, danach strebten alle dem Audienzsaal zu. Auf dem Weg nahm Horborch seinen Schützling beiseite. »Keine Angst! Wir kommen hier heil wieder heraus«, flüsterte er. »Du musst genau tun, was ich dir sage. Sobald wir an den Wachen vorbei sind, fällst du ein wenig hinter uns zurück und lässt dich erst sehen, wenn ich dir ein Zeichen gebe!«

Schon betraten sie einen großen Raum. Clemens fühlte sich unbehaglich. Es war düster und empfindlich kühl. Von den Fresken, deren künstlerische Bedeutung der Richter gerühmt hatte, sah er nur Schemen. Auch vom Heiligen Vater machte er wenig mehr als die Silhouette einer von Auszehrung gezeichneten Gestalt aus. Brüchig drang seine Stimme durch den Raum, in dem sich mehrere Personen aufhielten. Jeder Satz, das merkte Clemens sofort, war voller Entschlossenheit und zwang seinen Gesprächspartner, mit dem er sich unterhielt, zu großer Konzentration.

»Selbstverständlich werden wir die beiden empfangen«, sagte

Seine Heiligkeit. »Sie können uns helfen, den Weg nach Rom zu ebnen. Die Nachfolge Petri muss in der Basilika über dessen Grab wahrgenommen werden. Wir wollen nicht länger im Exil bleiben. Das wird auch der König von Frankreich begreifen. Deshalb müssen die fromme Catharina von Siena und Raimund von Capua im nächsten Frühjahr hierher kommen. Ihre Dignität wird den König gewiss zur Einsicht bringen.«

»Verzeiht Eurem treuen Diener, Heiligkeit, dass er anderer Meinung ist.« Nur Pierre de Monteruc, das Haupt der päpstlichen Kanzlei, durfte solchen Zweifel äußern. »Wir haben mit der Verlegung unserer Regierung nach Rom alle Hände voll zu tun. Denkt an die Länge allein der ersten Transportkolonne! Es ist, als wollten wir eine ganze Stadt auf den Kreuzzug schicken. Müssen wir die beiden wirklich hierher einladen?« Das im Kerzenlicht fieberglänzende Gesicht des Heiligen Vaters kam dem Kanzler so nahe, dass der zurückwich.

»Catharina und Raimund liegen Tag und Nacht auf den Knien, um für unsere an Haupt und Gliedern erkrankte Kirche zu beten. Jetzt dienen sie uns ihren Rat an. Sollen wir einfach absagen? Nein. Die Frommen haben Recht. Die Kirche steht vor dem Abgrund: von den Gläubigen in Frage gestellt, von ihren Feinden verhöhnt. Korruption, Unkeuschheit, den Kauf von Ämtern, ja Raub, Erpressung und Totschlag wirft man unseren Priestern, Äbten, Bischöfen und Erzbischöfen vor und keineswegs …«

Erst jetzt bemerkte Papst Gregor die eingetretene Gruppe und winkte sie heran: »Endlich, endlich! Ihr kommt gerade recht.« Noch während Bunstorp vor Seiner Heiligkeit formvollendet ins Knie sank, um mit dem Mund den Ring auf der dargebotenen Rechten zu suchen, wandte sich der Papst bereits Horborch zu: »Er muss Wilhelm Horborch sein. Wir freuen uns, verehrter Professor, dass Er nun da ist, um das Kollegium unserer Herren Richter zu verstärken! Wir wissen, dass Er sich schon als Student, als die Pest hier am schlimmsten wütete, für Hamburg gut geschlagen hat. Wir überlassen jetzt Ihn und Seine Begleitung unserem Vizekanzler de Monteruc, um Uns anderen Verpflichtungen zu widmen.«

Monteruc verneigte sich zum Abschied gegen den Papst und begann dann sofort:»Erlaubt, Ihr Herren, dass ich Euch ohne Umschweife in unsere Runde einbeziehe. Wir sprachen gerade über das Fehlverhalten von Priestern und Bischöfen. Wie, so frage ich Euch, ertragen die Gläubigen in Hamburg und Lübeck, in Rostock und Stralsund das jeder Würde entbehrende Auftreten Eures Erzbischofs Albert? Wir haben Kenntnis, dass seine See- und Strandräuber die Elbe unsicher machen. Ihr kennt ihn doch, Richter Horborch, da Ihr ihn als Nuntius in Bremen und Verden beobachten konntet. Als Hamburger Domdechant wart Ihr ihm direkt unterstellt. Sagt unseren Brüdern hier in aller Offenheit, was sie mir nicht glauben wollen!« Verblüfft registrierte Clemens, wie manche der anwesenden Prälaten die Auslassungen des Vizekanzlers mit höhnischem Grinsen quittierten.

Der Vizekanzler übersah das Mienenspiel und wartete auf Antwort. Durch seinen Verzicht auf diplomatische Umschweife hatte er deutlich gemacht, dass Klarheit statt Floskeln das Gespräch bestimmen würde.

Horborch kam zur Sache.»Sie sind in der Mehrzahl enttäuscht. Der Bremer Oberhirte ist in ihren Augen abstoßend, aber sie schweigen. Und sie leben in Angst, weil der Erzbischof alle Widersacher exkommuniziert. Deshalb wenden sich manche in aller Heimlichkeit Sekten zu, deren Prediger in ihren Augen gottesfürchtige Menschen sind. Anders als Albert führen sie ein vorbildhaftes Leben.«

»Ach ja?«, hakte der jüngste der anwesenden Kardinäle, Robert von Genf, ein.»Könnte es sein, dass Ihr Euren Erzbischof da nicht eher mit den Augen der Sektierer als mit denen eines Richters beurteilt? Erscheint er nicht erst in diesen Augen als Ungeheuer?« Clemens' Herz schlug schneller. Die unangenehme Erscheinung des schielenden Mannes verwirrte ihn.»Und sagtet Ihr wirklich«, fuhr der Kardinal fort, »die Sektenprediger seien ›gottesfürchtig‹? Habt Ihr sie am Ende persönlich schätzen gelernt?«

Horborch wusste, wie einflussreich von Genf war, den man den ›Fallensteller‹ nannte. »Verzeiht, Eminenz, wenn ich mit Eurer Erlaubnis richtigstelle. Nicht ich habe sie ›gottesfürchtig‹ genannt. Sie sind es in den Augen der Gläubigen, die von kirchlichen Würdenträgern wie Albert enttäuscht sind. Sie haben niemanden, an den sie sich in ihrer Verzweiflung wenden könnten. Es gibt, wie Seine Exzellenz der Vizekanzler sagte, in der Beurteilung des Bremer Erzbischofs keine Meinungsverschiedenheit.« Horborch blickte prüfend in die Runde und erntete Schweigen. Manche schienen betreten, andere feindselig. »Und man muss nicht erst ein Monstrum aus ihm machen«, setzte der Richter hinzu, »er ist bereits eines.«

Von Genf ließ ihn gewähren. Horborch konnte, so schien sein Gesicht auszudrücken, nur Fehler machen. »Ich selbst hatte natürlich zu keiner Zeit Kontakte mit den verschiedenen Ketzergruppen. In Hamburg gibt es sie kaum. Im Süden Dänemarks sickern die Prediger John Wycliffs über die Insel Sylt ein. In Mecklenburg wirken die Waldenser umso erfolgreicher, je verkommener sich unsere Kirche dort präsentiert. Sie versuchen, Priester auf ihre Seite zu ziehen, indem sie behaupten, schon die alte Kirche sei in Sünde gefallen, als Papst Silvester sich durch die Schenkung Konstantins habe bestechen lassen. Seit jenen Tagen sei die Schar der Stimmen, die eine nach materiellen Gütern gierende Kirche nicht wollten, beständig gewachsen. Sie, die Waldenser, würden die wahre Kirche vertreten. Ihr Vorkämpfer, der Kaufmann Waldes, habe seinen Auftrag unmittelbar von Gott erhalten und sein Vorbild ...«

Wütend fuhr von Genf dazwischen: »Kommt zur Sache! Oder wollt Ihr uns bekehren? Wozu langweilt Ihr uns sonst mit dem Leben dieses Ketzers?«

»Bei allem Respekt, die kleinen Bauern finden das nicht langweilig«, hielt Horborch dagegen, »sie sind fasziniert, wenn sie hören, wie Waldes Weib und Tochter verlassen und sein Geld auf die Straße geworfen haben soll. Die Bauern sehen ihn als einen der ihren.«

»Und was folgt daraus?«, höhnte von Genf. »Sollen wir Waldenser werden? Das ist Ketzerei!«

Wilhelm blieb gefasst. »Wir müssen die Gründe kennen, wenn wir …«

Der Kardinal ließ ihn den Satz nicht beenden. »Gehört nicht auch, wie ich erfahren habe, Euer Schützling, der so jung zum Pfarrer zu St. Catharinen in Hamburg ernannte Clemens Zeelander, längst zu ihnen?«

Clemens atmete schwer in seinem Versteck. Sollte er jetzt hervortreten und Horborchs Position gefährden? Doch er blieb, wie verabredet, unsichtbar. Horborch machte ihm durch seine Unerschütterlichkeit Mut. Ruhig betrachtete der Richter seinen Gegner, ehe er antwortete: »Wie kommt Ihr auf diese seltsame Idee?« Die Spannung in der Runde war mit Händen zu greifen, doch Horborch fuhr unbeirrt fort: »Geht diese untrügliche Erkenntnis auf den Bremer Erzbischof zurück? Man scheint sich ja zu mögen …«

Der Kardinal lief purpurrot an und wurde schrill: »Ihr nehmt Euch zu viel heraus, Richter! Ich verbitte mir derartige Unterstellungen! Wir haben unsere eigenen Wege!« Die Wände warfen sein Gebrüll verzerrt zurück.

Horborch blieb gelassen. »Vielleicht kann ich dazu beitragen«, meinte er ruhig, »dass alle hier Versammelten diese Wege besser kennen lernen.«

Clemens verstand den Wink. Er trat hervor und begrüßte die Runde der Prälaten ehrerbietig. Doch dann stutzte er und sagte überrascht: »Da ist ja der hochwürdige Prälat aus Reims, der mich in Hamburg besucht und in Gespräche verwickelt hat!« Clemens wies auf die ihm wohlbekannte Gestalt.

»Wer ist das denn? Wie kommt der Mann hier herein? Wo ist die Wache? Sofort raus mit dem Kerl!«, rief von Genf. Clemens zuckte zusammen. »Ich möchte gern erfahren, was dieser Fremde uns zu sagen hat«, sagte der Vizekanzler leise, aber sehr bestimmt.

Clemens kniete zum Handkuss nieder und blieb in dieser Haltung, um seine Geschichte zu erzählen: »Der Prälat war in meinem Pfarrhaus. Er hatte sich eine Bisswunde zugezogen, ich versorgte sie. Er fragte, wie sich das Hamburger Domkapitel zum verlotterten Heiligen Stuhl verhalte und schlug vor, wir sollten uns das Bremer Kapitel zum Vorbild nehmen.«

»Sagte er das wirklich?« Der Vizekanzler schaute ihn ungläubig an.

»Aber ja!«, bekräftigte Clemens. »Die Bremer seien da schon viel weiter. Dann pries er die Waldenser und die Wycliffiten.«

»Alles gelogen!« Vergeblich bemühte sich von Genf um den Anschein von Überlegenheit.

»Woher wisst Ihr das?«, fragte ihn Monteruc. »Seid Ihr dabei gewesen?«

»Das sieht man dem doch an! Der geborene Lügner!«

Vom Ranghöheren derart verunglimpft, erhob sich Clemens. »Dass ich die Wahrheit sage, lässt sich leicht beweisen. Der Prälat sagte, er sei meist in Reims und reise nur selten.« Clemens stand vor seinem Hamburger Gast, der zurückgewichen war. »Seid Ihr am Ende gar nicht aus Reims, sondern aus Avignon?« In der Runde begann es aufgeregt zu tuscheln. Der Vizekanzler lächelte Horborch anerkennend zu, während Clemens rief: »Sollte ich etwas Falsches behauptet haben, so könnt Ihr der Wahrheit durch einen Schwur zur Anerkennung verhelfen.«

»Was redet der Mann! Ich war nie in Hamburg!«

Monteruc winkte die beiden so bestimmt zu sich, dass sich der Prälat nicht entziehen konnte.

»Schwört schon!«, wiederholte Clemens. »Oder geht das nicht mit Euren Händen? Euch sind wohl nach dem letzten Schwur die Finger abgefallen!«

Empört hielt der Ertappte seine rechte Hand in die Höhe:»Ist es nicht unmenschlich, wegen eines Gebrechens verhöhnt zu werden?« Trocken erwiderte Monteruc:»Er hat Euch zwar geschmäht, aber zugleich der Lüge überführt. Ich will Euch hier nicht mehr sehen.« Ein Wink genügte, und die Wache trat in Aktion.

Händeringend wandte sich der Prälat von Genf zu, dessen Einfluss den Zugriff der Wache vielleicht verhindern konnte.»Lasst mich nicht im Stich!«, rief er, doch vergeblich.

Von Genf drehte sich zur Seite und schüttelte den Kopf:»Ungeheuerlich, welche Intrigen uns angedichtet werden!« Sein Lächeln wirkte eisig, seine Miene entschlossen.»Was ist mit der dritten Ketzergruppe, die Ihr uns bisher verschwiegen habt«, wandte er sich an Horborch,»nämlich die der Häresie verdächtigen Beginen? Die Blauen Schwestern, wie sie genannt werden, erfreuen sich in Hamburg der Förderung durch das Domkapitel. Wart Ihr nicht für das Statut verantwortlich, das den Hamburger Beginen-Convent gegen Kontrollen durch unsere Inquisition feite?«

Clemens vergaß für einen Moment die Etikette und platzte heraus:»Ihr seid schlecht informiert! Richter Horborch war damals Student zu St. Victor in Paris. Und mit dem Statut würdigten die Hamburger die aufopferungsvolle Pflege der Beginen, die sie bei der Pest von 1348 bewiesen hatten.«

»Höre ich recht?«, empörte sich der Kardinal.»Ihr habt die Stirn, die Beginen zu loben? Das ist doch ein Ketzer, der gehört in den Kerker!«

Der Wortwechsel hatte den Vizekanzler amüsiert, jetzt wurde er energisch:»Genug! Der Heilige Vater hat die Beginen nie in Bausch und Bogen als Ketzerinnen verdammt. Das solltet Ihr wissen, Robert. Sie haben keine Glaubensspaltung betrieben.«

»Unsere Beginen waren in Glaubensdingen stets der Beaufsichtigung durch das Hamburger Domkapitel unterstellt«, stellte Horborch fest.

Der Vizekanzler zog Horborch beiseite. »Ich danke Euch für die klare Darstellung der Lage unserer Kirche im Norden und die Gründe für das Vordringen der Ketzerei«, flüsterte er. »Es hilft nichts – wir müssen die Inquisition in Eure Heimat senden.« Horborch wandte sich mit einer Verbeugung zum Gehen, doch der Vizekanzler hielt ihn zurück: »Einen Moment noch. Der Heilige Vater hat Euch an unsere Kurie geholt, weil Ihr wichtige Erfahrungen in der Welt sammeln konntet. Ihr wart bei Kaiser Karl in Prag. Ich wüsste gern, wie der Kaiser zum Verfall weltlicher und kirchlicher Autorität steht.«

»Kaiser Karl«, setzte Horborch an, »ist wegen der Verstrickung des Ritteradels in Land-, Strand- und Seeraub tief besorgt. Er braucht sichere Straßen, um Böhmens Handel sowohl mit Venedig über die Alpen hinweg als auch über die Elbe mit den Hansestädten zu verbinden. Nie zuvor hat sich ein Kaiser so sehr für unsere Häfen und die Seeschifffahrt interessiert. Er hat Hamburg ein Privileg zur Verfolgung und Bestrafung von See- und Landräubern erteilt. Zur Zeit ist die Lage unerträglich, der Handel ist fast blockiert.«

Monteruc wandte sich wieder der Runde zu. »Es wird Zeit«, sagte er, »dass wir uns wichtigeren Aufgaben widmen. Der Umzug nach Rom steht bevor. Um ihn zu bewerkstelligen, müssen wir ein gewaltiges Räderwerk in Gang setzen, das von nun an meine ganze Aufmerksamkeit beanspruchen wird, auch wenn ich selbst nicht mit nach Rom gehen werde, sondern in Avignon bleibe. Ihr aber, Richter Horborch, werdet dem Heiligen Vater in Rom eine große Hilfe sein. Und noch etwas.« Monteruc wies mit dem Kopf auf den abseits stehenden Clemens. »Ich möchte Euch zu Eurem Assistenten gratulieren. Er scheint mir der geeignete Mann zu sein, um Erzbischof Albert von Bremen im Zaum zu halten. Ihr wart vor Jahren selbst als päpstlicher Nuntius in Bremen tätig. Was haltet Ihr davon, ihn mit dieser Aufgabe zu betrauen? Ich werde dem Heiligen Vater einen entsprechenden Vorschlag unterbreiten. Bis zur Ernennung könnte er auf seiner Pfarrstelle bleiben.«

»Pfarrer Clemens würde sich geehrt fühlen. Aber wird es nicht Einwendungen geben, jemandem dieses Amt anzubieten, der aus der gleichen Erzdiözese kommt?«, gab Horborch zu bedenken. »Ich spreche aus Erfahrung, seinerzeit wurde ich aus ebendiesem Grund angefeindet.«

Monteruc sprach noch leiser: »Gewiss. Aber hier einen so standfesten Nuntius zu finden ist unmöglich. Man wird ihn provisorisch mit der Nuntiatur beauftragen. Die Ernennungsurkunde senden wir nach Hamburg. Vergesst nicht, dass ich Euch morgen früh zur Vereidigung in meiner Kanzlei sehen will. Bei gleicher Gelegenheit werdet Ihr einen jungen Deutschen namens Diderich von Nieheim kennen lernen. Er steht allen Richtern als mein Verbindungsmann zur Verfügung. Sein Rat ist mir teuer. Ihm könnt Ihr Euch jederzeit anvertrauen. Aber seid auf der Hut vor unseren Kardinälen. Ihr und Euer Freund dürft von heute an mit ihrer Feindschaft rechnen.«

müde, hungrig und glücklich kehrte Clemens Zeelander in seine Kammer zurück. Nuntius für die Erzdiözese! Wer hätte das gestern zu träumen gewagt?

Auf dem Tisch wartete eine üppige Abendmahlzeit, bestehend aus Schinken, Käse und duftendem Brot sowie einem Krug mit rotem Landwein. Er ließ nichts übrig. Zufrieden entledigte er sich seiner Gewänder, blies die Kerzen aus und kroch in die Bettstatt hinter dem Verschlag. Sein letzter Gedanke galt Horborch. Wie er allen die Stirn gezeigt hatte!

Er mochte wohl ein oder zwei Stunden geschlafen haben, als er Stimmen auf dem Flur vernahm. Sie klangen nicht freundlich. Zugleich spürte er ein unangenehmes Leibschneiden. Er erhob sich und sah zu seiner Verwunderung die Kerzen auf dem Leuchter wieder brennen. Er hatte sie doch gelöscht! Vorsichtig trat Clemens auf den Flur hinaus. Bei seiner Ankunft hatte er in der Nähe seiner Zelle eine Reihe von Abtritten gesehen. Er ließ sich auf den glatt gehobelten Fichtendielen nieder und fühlte Erleichterung eintreten. Doch ehe er sich erheben konnte, bemerkte er zu seinem Entsetzen, dass der hölzerne Thron unter ihm nachgab. Vergeblich versuchte er, sich mit den Händen im Mauerwerk festzukrallen. Aber an den Wänden fand er keinen Halt und rutschte unaufhaltsam durch den nachtschwarzen Schacht in die Tiefe. Der Gestank war unerträglich. Zu seinem Glück verengte sich der Schacht, zu seinem Unglück saß er nun in der Kloake fest und konnte sich nicht rühren. Grauenvolles Gelächter verhöhnte den Wehrlosen.

»Fahrt zur Hölle, Zeelander! Grüßt uns den Hamburger Richter!«

Clemens erwachte. Er war froh, sich nach dem schrecklichen Traum in der Wirklichkeit wiederzufinden. Der üble Gestank allerdings war nicht verschwunden, wie er zu seiner Pein feststellen musste.

Hamburg, Montag, 23. Juni 1376

U elegationen des Domkapitels und des Rates hatten sich auf dem Landeplatz vor dem neuen Betsaal »Maria zum Schaare« eingefunden, um die hohen Gäste der Stadt zu begrüßen. Der Himmel war aufgeklart, ein milder Südwest trieb die Schiffe mit eintretendem Hochwasser zur Anlegestelle. Der erste Ankömmling war der Amtmann von Neuwerk, Hinrich Witzekendorp. Es folgten die Herren von Lappe auf Ritzebüttel, erkennbar an dem Armbrustpfeil auf ihren Wappenschilden, sodann Daniel von Borch, Vogt zu Bremervörde. Alle reisten mit ihrem Gefolge. Sie waren die ersten von 500 Gästen aus Hamburg und den umliegenden Landgebieten, die der Einladung des Erzbischofs zur Feier der Johannisnacht nachkamen.

Zuletzt entstieg ein hochaufgeschossener und massiger Mann der reich verzierten Bremer Schnigge. Unruhe erfasste die Hamburger bei seinem Anblick. So sah er sich also aus, ihr Kirchenfürst Albert der Zweite. Dass er sich noch hierher wagte! Alberts Verurteilung vor dem Kirchengericht in Minden stand bevor, anzumerken war ihm von der drohenden Degradierung nichts. Als Sohn des Herzogs Magnus von Sachsen glaubte er wohl, sich alles erlauben zu dürfen. Die Überfälle auf der Elbe hatten in letzter Zeit sogar zugenommen. Es gab keinen Grund, diesen Verbrecher herzlich zu begrüßen. Mit leutselig ausgebreiteten Armen strebte der purpurne Koloss auf die Herren des Domkapitels zu. Clemens trat dem Erzbischof entgegen, schmächtig wirkte er vor dem Ranghöheren. Sein Anblick schien den Bischof kurz aus dem Gleichgewicht zu bringen, erst vor 14 Tagen hatte er denselben Herrn empfangen müssen. Clemens hatte ihm ein Schreiben des Papstes überbracht, das die Exkommunikation des Erzbischofs feststellte. Zugleich war Albert darin aufgefordert worden, dies per Anschlag in der Erzdiözese bekannt zu machen.

»Ihr hier?«, suchte der Erzbischof seinen Unmut zu überspielen. »Ich dachte, Ihr wärt wieder in Avignon, um Richter Horborch beim Ordnen der Akten behilflich zu sein.«

»Darum geht es nicht mehr«, entgegnete Clemens mit steinerner Miene. »Der Heilige Vater persönlich hat mich entsandt, ihm über die fragwürdigen Verhältnisse in Eurer Erzdiözese zu berichten. Ich meine damit Eure aufwändigen Bemühungen, gewisse Vorwürfe gegen Eure Eignung zu jeglichem Kirchenamt zu entkräften.« Die Umstehenden murmelten. Da ließ sich einer von der prunkvollen Inszenierung nicht einschüchtern.

»Dann zückt den Griffel und zeichnet alles auf, damit Ihr ja nichts vergesst!«, spottete der Erzbischof.

»Ihr solltet die Gelegenheit nicht verstreichen lassen, den Inhalt der päpstlichen Bulle den hier versammelten Gästen zur Kenntnis zu bringen.«

»Pfarrer Zeelander, warum in aller Welt sollte ich das tun?«

»Weil ich Euch als päpstlicher Nuntius hiermit an die Aufforderung des Heiligen Vaters erinnere.«

»In welcher Eigenschaft, sagtet Ihr? Als Nuntius?« Selbstgefällig schaute er sich um. »Ärmster!«, fuhr er im Ton eines Schulmeisters fort. »Ihr wart gerade einmal des Papstes Bote. Das macht noch keinen Nuntius.«

»Ich erwarte jeden Tag meine Ernennungsurkunde.«

Der Erzbischof lachte, sein mächtiger Leib wogte. »Ich befürchte, Ihr werdet vergeblich warten. In Avignon ist schon manche Urkunde verloren gegangen. Auch ich warte auf die eine oder andere. Der kluge Robert von Genf hat dem Papst geraten, alle noch nicht bestätigten Ernennungen ruhen zu lassen. Aber, Nuntius oder nicht, seid mir bei unserem Gastmahl heute herzlich willkommen. Es werden Speisen gereicht, von denen Ihr gewiss noch nie gekostet habt.«

Clemens wurde blass, Albert wandte sich dem Nächststehenden zu. Offensichtlich hatte der Papst jede Hoffnung fahren lassen, seine verkommenen Bischöfe in den Griff zu bekommen. Die Kardinäle waren zu mächtig geworden.

Inzwischen war Albert zum Hamburger Bürgermeister Hinrich von dem Berge getreten. Mit huldvoll dargebotener Rechter einen Handkuss einfordernd, schaute er auf den obersten Repräsentanten der Stadt herab. »Ich darf hoffen«, ließ er sich mit öliger Stimme vernehmen, »dass wir an diesem schönen Tag den lästigen Prozess vergessen dürfen.«

Die letzten Worte wurden von einem Schrei übertönt: »Einmal Strandräuber, immer Strandräuber! Lasst ihn nicht entkommen!« Die Menge wurde unruhig, Clemens schaute sich um. »Seht den Handlanger von Albert! Da! Daniel von Borch, der Schlächter von Bremervörde! Greift ihn!«

Clemens erkannte Heinrich Tollner. Ein hagerer Mann, stadtbekannt wegen diverser Eingaben gegen den Erzbischof. Wenigstens einer machte seiner Wut lautstark Luft! Als angehender Kleriker war er auf dem Weg nach Oxford von Leuten des Erzbischofs auf der Elbe überfallen und entführt worden. Sie hatten ihm beide Ellenbogen gebrochen. Jetzt drängte Tollner, von Klosterbrüdern geschützt, zur freien Mitte des Platzes. Er hielt beide Oberarme in die Höhe und schüttelte sie, jeder konnte sehen, wie die Unterarme mit den leblosen Händen herabbaumelten.

»Das war sein Werk!«, schrie Tollner. Zwei Benediktiner eilten zu ihm, hielten ihm den Mund zu, führten ihn weg.

Clemens musste sich abwenden. Sie hatten den Leib des Unschuldigen geschunden und seine Familie um ihr Vermögen erpresst. Jetzt wirkte es so, als sei der Krüppel irre geworden. Seit dem Überfall waren drei Jahre vergangen, alle wussten noch, worum es ging. Aber keiner wollte es hören, denn der Erzbischof war mächtiger als je. Dabei gab es kaum eine Schandtat, die Albert zu Unrecht nachgesagt wurde.

Der Bürgermeister schien von der Leutseligkeit des hohen Würdenträgers eingeschüchtert. Statt den Bischof zurechtzuweisen, ließ er sich weitschweifig über »Maria zum Schaare« aus. »Vor fünf Jahren hatte ein Geistlicher die glänzende Idee, das von allen Seeleuten hochverehrte Marienbild aus der Stadtmauer herauszubrechen und zum Mittelpunkt der neuen Andachtshalle zu machen. Niemand hatte geahnt – der gnadenreichen Gottesmutter sei's gedankt –, dass sich die Spenden dadurch verdoppeln würden. Neben den Seeleuten sind es nun auch Wallfahrer, die der Ikone ihre Aufwartung machen. Durch die Höhe ihrer Geldgeschenke suchen sie einander zu übertreffen.«

Der Erzbischof wurde prompt hellhörig: »Und wer bekommt das viele Geld?«

Der neue Hamburger Dompropst kam dem Bürgermeister zuvor: »Der Bauhof, das Domstift und der Stadtkämmerer. Sie haben je einen Schlüssel für den Opferstock. Viermal im Jahr kommen die

Herren zusammen, öffnen gemeinsam den Schrein und teilen den Segen. Der erste Teil dient der Pflege des Platzes und des Bauwerks, der zweite ist für die Armenpflege, und den dritten Teil zieht die Stadt für die Beschirmung der Pilger und Wallfahrer ein.«

Der Erzbischof nickte:»Ihr seid gute Leute.«

Mittlerweile waren noch mehr Boote angekommen. Ein Horn-signal mahnte zum Aufbruch, der Festakt sollte beginnen. Die Reiter bildeten die Vorhut, ihnen folgten in Gruppen die Älterleute der Handwerke und Bruderschaften, danach die Vertreter des Rats. Daran schlossen sich die Prälaten sowie der Bischof von Verden mit Gefolge an. Den Schluss des Zuges bildete der Erzbischof in Beglei-tung des Hamburger und des Bremer Domkapitels. So ging es in fei-erlicher Prozession zur Domkirche, wo der Exkommunizierte zum Entsetzen von Pfarrer Zeelander ein Hochamt zelebrierte. Nach dem »Ave Maria« zogen sie zum Haus des Domkantors, der verpflichtet war, hohe Würdenträger bei sich zu beherbergen und den Hof für bedeutende Empfänge bereitzustellen.

Der Maler Bertram von Minden neigte sich zu seinem Freund Hin-rik Lamspring:»Der arme Kantor. Das Ganze ist ihm furchtbar peinlich. Wie er mir sagte, hätten die raffiniertesten Vorwände nichts genützt. Als wir die Schmuck-Elemente im Innenhof ange-bracht haben, hörte ich, dass sie für den Abend das Schlimmste be-fürchten.«

»Und«, warf der Goldschmiedegeselle ein,»was erhofft Ihr Euch von diesem Abend?«

Bertram lächelte bitter.»Ich bin nicht zum Spaß hier. Kürzlich wurden die Schiffe der Ratsherren Bekendorp und Embecke ausge-plündert. Sie haben protestiert und werden nicht hier sein. Zu Recht. Ich dagegen habe sämtliche Dekorationen für das heutige Fest gelie-fert. Ihr wisst, das Hamburger Domkapitel zahlt gut, und so muss ich alles im Blick haben. Schließlich will ich wissen, wie der füllige Erzbischof mit der zarten Bauweise des Throns zurechtkommt.« Hinrik lachte herzlich. »Und Ihr, werter Freund?«, gab Bertram die Frage zurück.

»Ich suche ein Motiv für mein Meisterstück. Ich soll ein silbernes Schmuckrelief für einen Buchdeckel arbeiten, eine weltliche Schrift über die Verkehrtheit der Welt.« Mit beiden Händen deutete Hinrik eine über seinem Kopf lastende Bischofsmütze an. »Ich sehe unsere lieben Hamburger vor mir, wie sie vor einem Kirchenfürsten das Knie beugen, obwohl«, er senkte seine Stimme, »obwohl ein Schwein in den frommen Kleidern steckt. Sobald es quiekt und grunzt, antworten sie feierlich: ›Dein Wille geschehe! Amen‹. Ich bin zuversichtlich, dass ich hier ein ausgezeichnetes Modell finden werde.«

»Dann wird man wohl bald zur Meisterprüfung gratulieren dürfen?« Hinrik nickte stolz. »Habt Ihr auch schon«, setzte der Ältere neugierig nach, »eine Meisterin ins Auge gefasst?«

Der Goldschmied lief rot an. »Ich kenne sie seit Jahren. Ein reizendes, aber noch sehr junges Mädchen«, sagte Hinrik. »So werde ich wohl noch ein paar Jahre warten müssen.«

Vor ihnen bog die Spitze der Prozession auf den Platz ein, der schlicht »Der Berg« hieß, weil dies der höchste Punkt der Stadt war. Vorbei an der Büttelei und dem Schandpfahl strebte der Zug der von Meister Bertram und seinen Leuten aufgerichteten Ehrenpforte entgegen. Das Gerüst war mit Girlanden aus Tannengrün und Blumen umwunden, über der Bogenmitte prangte das Wappen des Erzbischofs. Inzwischen stellte sich die Schar der Chorknaben aus den Kantoreien des Doms und der Nicolaischule zu beiden Seiten der Pforte auf und sang aus Leibeskräften. »Tacitus wird auf ewig Recht behalten«, spottete Bertram, »die Friesen können nicht singen.«

Der Duft köstlicher Spezialitäten wehte durch den langgestreckten, von Loggien eingefassten Innenhof der Kurie. »Josua Hetgen ist ein wundervoller Koch«, lobte Bertram, »schon seinetwegen lohnt es sich, hier zu sein.«

Hinrik schüttelte den Kopf: »Ich verstehe nicht, wie ein gerühmter Meister für jemanden wie den ...«

»Aus demselben Grunde, lieber Hinrik, aus dem ich hier geholfen habe.«

Sie saßen an einem der langen Tische. Von jedem Platz konnte man auf die Bühne am Kopfende des Hofes schauen. Zwischen den Bänken blieben schmale Wege frei, gerade breit genug, um die Tabletts durch die fröhliche Gesellschaft zu balancieren. Auf ihnen schwebten vergoldete und versilberte Gänse, Fasane, Hechte und Lachse durch den Raum.

Begeistert begrüßte das Publikum die raffinierten Kreationen. Das kostbarste Tablett, befrachtet mit einem vergoldeten, auf einem Stück Wiese knienden Kalb, landete vor der Bühne, bevor es von sachkundiger Hand zerlegt wurde. Es war dem Erzbischof und den Bürgermeistern sowie den Mitgliedern des Stadtrates und der beiden Domkapitel vorbehalten, für die man einen gesonderten Bereich mit gepolsterten Sitzen hergerichtet hatte. Die neue Werft vom Grasbrook hatte alles hergeliehen, was an frisch geschnittenen Planken, Böcken und Stellagen verfügbar war. Sechs Tage war Schiffbaumeister Zeelander mit seinen Gesellen und Lehrlingen im Einsatz gewesen, um den Kurienhof für das Gastmahl der Fünfhundert herzurichten.

»Johannes, setzt Euch zu uns!« Bertram von Minden musste sehr laut werden, um sich im Lärm der Essensgeräusche verständlich zu machen. Der Angerufene bahnte sich seinen Weg zu dem Tisch im zweiten Rang.

»Mir reicht es!«, schäumte Johannes. »Nun ist man eingeladen und anständig umgezogen, da müssen noch zehn Bänke und Tische für nachgemeldete Herren herbeigeschafft werden! Wir durften den ganzen ersten Rang umbauen. Gebt mir einen Schluck Wasser! Und guckt nicht so genau hin. Die Kleidung klebt mir am Leib.«

Hinrik Lamspring und Meister Bertram nötigten Zeelander, sich niederzulassen. Bald war er ein wenig ruhiger.

»Da seid ihr ja!«, hörten sie Clemens Zeelander. Mühsam war er den Prälaten und ihrem Geschwätz entkommen. Johannes platzte mit dem frischen Klatsch aus der frommen Welt heraus: »Es hat Streit im Bremer Domkapitel gegeben, man hat es mir beim Aufbauen erzählt. Der neue Domdechant Zesterfleth, der alles dem Erzbischof verdankt, ist von Hass gegen seinen Ziehvater erfüllt. Er behauptet, dass der Erzbischof weder Mann noch Frau sei.«

Der junge Hinrik verstand nicht. »Was heißt das denn?«

»Ein Hermaphrodit soll er sein, der den weiblichen Teil seines Geschlechts zu seiner Lust gebraucht. Und die Mitglieder des Domkapitels glauben diesen Schmutz. Gewisse Gerüchte gab es wohl schon länger.«

Bertram schüttelte den Kopf. »Dies ist nicht mehr unsere Welt.«

»Und das ist nicht alles«, setzte der Schiffbauer grimmig hinzu. »Der Erzbischof will heute angeblich alle Gerüchte verstummen lassen.«

»Das übersteigt meine schlimmsten Vorahnungen.«

»Natürlich muss er etwas tun«, bemerkte Clemens. »Nach kanonischem Recht kann nur ein Mann ein Kirchenamt ausüben, kein Zwitter.«

»Seht, die armen Spielleute auf der Bühne, sie scheinen für den leeren Thron zu musizieren«, wechselte Johannes das Gesprächsthema. »Bei uns kommt kein Ton an.«

Eifrig liefen Franziskanerbrüder durch die Reihen des zweiten und dritten Ranges und stellten frisch gezapftes Bier vor die Gäste. Nach einem tiefen Zug bekundete Johannes zufrieden: »Der heilige Franziskus hätte Freude an seinen Brüdern!«

»Die Dominikaner schlagen sich auch ganz gut«, erwiderte Clemens mit Kennermiene. »Im ersten Rang sorgen sie dafür, dass sich alle in den Zustand der allein selig machenden Gnade saufen.« Sie stießen an.

Bald entledigten sich in den unteren Rängen die Ersten der ungewohnten Mengen an schweren Speisen und herzhaften Getränke – aus allen Öffnungen und wo immer es sie überkam. Die Reihen der Knappen und Knechte lichteten sich. Zahlreiche Vertreter der Geistlichkeit und des Rates hingen mit ausgebreiteten Armen schnarchend über den Tischen. Der Höhepunkt des Festes war überschritten. Diejenigen, die noch wach waren, wurden lauter.

»Sollen wir gehen?«, rief Clemens.

Johannes, längst nicht mehr nüchtern, hob sein Bier. »Gleich!«

Bertram stand schon, als er plötzlich blass wurde und zur Bühne wies. Der Erzbischof erklomm den goldenen Thron, das Hinsetzen fiel ihm nicht leicht. Als er sich hineingezwängt hatte, ließ er den Blick in die Runde schweifen und erhob huldvoll die mit einem weißen Handschuh bekleidete Hand. Schlagartig wurde es stiller. Nur die schnarchenden Gäste würden der Ansprache des hohen Herrn nicht folgen.

»An Uns bewährt sich heute das Wort Gottes: ›Du bereitest vor mir einen Tisch im Angesicht meiner Feinde, du salbest mein Haupt mit Öl und schenkst mir voll ein‹.«

Johannes war aufgestanden, um besser zu sehen.

»Wo sind sie heute, meine Feinde, o Herr? Die auch Deine Feinde geheißen werden müssen, weil sie Deinen treuen Diener mit Kot bewerfen? Im Ausland, wie Johannes Zesterfleth? Aus gekränkter Eitelkeit hat er Uns als Monster geschmäht. Nur weil Wir ihn nicht zum Bischof berufen konnten. Wir haben ihm widersprochen und diese üblen Schmähungen abgewiesen. Und ihr? Ihr glaubt nicht Uns, sondern dem Verleumder, o ihr Kleingläubigen!«

Die Stimme des Erzbischofs überschlug sich. Bertram und Clemens tauschten Blicke: Gottlos!

»So sollt ihr denn alle Zeugen werden, auf dass niemand Uns

wahrheitswidrig die Männlichkeit abzusprechen wagt. Denn für Uns gilt wie für alle das Gesetz Mose: Alles Männliche, das zuerst den Mutterschoß durchbricht, soll dem Herrn geheiligt heißen. Seht her, hier steht vor euch Herzog Magnus' Sohn, wie ihn der Herr geschaffen hat!« Bei den letzten Worten hatte er sich erhoben und die Arme gen Himmel gestreckt. Zugleich sprangen zwei Ministranten hinzu und hoben das geistliche Gewand so weit in die Höhe, dass der mächtige Leib mit den schweren Brüsten darüber sichtbar wurde.

»Seht euch das an!«, rief Johannes fassungslos. Viele erhoben sich. Johannes sprang so unbeholfen auf die Bank, dass die Bierkrüge auf dem Tisch umfielen. Auf der Bühne zogen die Ministranten das Untergewand beiseite, der fette Bauch des Erzbischofs rutschte schlaff nach unten und verdeckte sofort wieder die Scham.

»Nun, liebe Brüder, wer ist unter euch, der den ersten Stein auf Uns wirft?« Vergnügt drehte sich Albert hin und her, ein Raunen ging durch die Menge.

»Das ist … das ist ganz einzigartig! Findest du nicht auch, Clemens?«, fragte Johannes mit schwerer Zunge.

»Nun dürfen wir nicht mehr leugnen, alles gesehen zu haben – niemand darf ihn von heute an einen Zwitter nennen.«

»Dabei war kaum etwas zu sehen«, bedauerte Johannes.

»Was hättet Ihr denn gerne gesehen?«, fragte Lamspring.

»Den Beweis natürlich.« Johannes lief rot an.

Lamspring wandte sich kopfschüttelnd an Bertram: »So muss die Hölle aussehen, nicht wahr, lieber Meister?«

Der nickte und sagte: »Ihr habt heute ein purpurnes Schwein gesehen!«

Es begann zu nieseln. Johannes und Clemens entfernten sich Richtung Grasbrook. Clemens verlangsamte seinen Schritt. »Johannes, ich habe Angst um dich«, sagte er. »Die widerliche Entblößung des Erzbischofs – du hast sie fast genossen.«

»Wieso auch nicht?«, wunderte sich Johannes.

47

»Ahnst du's denn wirklich nicht? Was meinst du denn, was die Leute über dich denken? Weißt du nicht, dass sie so lange tuscheln werden, bis du in dieser Stadt keinen Fuß mehr auf den Boden kriegst?«

Johannes schaute auf die matschige Straße und schwieg, die nassen schwarzen Locken fielen ihm ins Gesicht. Schließlich sah er Clemens traurig an: »Bruder, hab' ich mich derart danebenbenommen?«

Clemens versuchte ihn zu beruhigen: »Ich nehme dir als Pfarrer gerne die Beichte ab. Aber als Bruder rate ich dir: Heirate! Heirate eine kluge Frau, die dich nimmt, wie du bist!« Sie gingen weiter.

»Du hast Recht, Clemens. Manchmal denke ich, ich sollte damit warten, bis Claus wieder da ist …«

»Warte nicht auf den Sankt-Nimmerleins-Tag. Claus ist tot und bleibt tot.«

Der Ring

Er hatte sie gesehen, wie sie nahe beieinander standen, am Rande des Marktgeschehens. Sie fühlten sich unbeobachtet, als Zeelander ihre Hände ergriff und an sich drückte. Er hatte es nicht mit ansehen können. Hinriks lange Finger glitten an einem zerbrechlichen Kunstwerk aus Gold hinauf, einem turmartigen luftigen Gebäude mit kleinen überdachten Balkonen und feingliedrigen Figuren. Heute mochte er sich nicht daran erfreuen, wie ihm die musizierenden Engel gelungen waren. Er blickte auf das kleine Kruzifix, das sein Werk krönte. Falten furchten die junge Stirn. Warum ausgerechnet der Schiffbauer! Ein rechtschaffener Mann, gewiss, aber doch der falsche, um seinem Mädchen den Hof zu machen. Hinrik schrak zusammen. Von der Diele näherten sich kräftige Schritte. Es klopfte, Johannes Zeelander stand in der Tür, strahlend und gewinnend wie immer.

»Meister Lamspring, seid mir gegrüßt!« Er verbeugte sich leicht. Hinrik setzte die kostbare Monstranz auf die Werkbank und stand auf. Johannes erfasste die Situation. »Störe ich? Ich habe es nicht eilig mit meinem Anliegen und komme gern ein andermal.«

»Aber nein, bleibt doch, Zeelander! Womit kann ich dienen?« Hinrik wusste nicht, warum er ihn zurückhielt.

»Die meisten wissen es ja schon«, setzte der Schiffbauer unbeholfen an. »Es ist nämlich … ich bin auf Freiersfüßen.« Er stockte, Hinrik schwieg. »Und da brauche ich … nicht in diesem Jahr … kurz: Ich wollte rechtzeitig anfragen, ob Ihr mir einen Brautring fertigen könnt.«

Obwohl Hinrik genau das befürchtet hatte, traf ihn der Wunsch wie ein Keulenschlag. Johannes sah den Goldschmied taumeln. Er sprang hinzu und fing die kaum spürbare Last auf. »Hab's doch gleich geahnt, dass Euch nicht gut ist. Verzeiht meine Dummheit!«, entschuldigte er sich. »Ich hätte gar nicht eintreten dürfen.«

»Es geht gleich wieder«, murmelte Lamspring. Das musste es sein, was er selbst nicht besaß, dachte er, diese zupackende Fürsorglichkeit! Er wurde von Neid erfüllt, rasch fasste er sich.

»Einen Brautring also?«

»Ja, lieber Lamspring, und zwar aus vergoldetem Kupfer.«

»Und dachtet Ihr an die Einfügung eines Steines?«

»Nein, mir steht ein Bild vor Augen, das zwei Menschen zeigt, wie sie einander das Eheversprechen geben.«

»Und das soll auf einem schmalen Ring Platz finden?« Zeelander blickte ihn hilflos an, Lamsprings Gesicht bekam wieder Farbe. »Das wird nicht gehen. Aber was haltet Ihr von einer symbolischen Darstellung? Man fertigt den Ring wie einen Reif, der über der Mitte des Fingerrückens geschlossen wird. Als Verschluss dienen zwei Hände, die zum Handschlag ineinandergreifen.«

»Genau das wünschte ich mir!«, stimmte Johannes begeistert zu.

»Darf man denn erfahren, wer die Glückliche sein wird?«, fragte Lamspring mit gespielter Unschuld.

»Nun – ja doch!«, druckste Johannes. »Bei Gott! Ein schönes Kind. Ihre Fingermaße hab' ich mitgebracht – bin doch auch Handwerker«, lachte er.

Die Vorstellung, dass Johannes ihr Händchen hatte prüfen dürfen, verursachte Hinrik Pein. »So, so«, stammelte er, »die Fingermaße habt Ihr schon genommen! Dank Euch, Meister Zeelander.« Die Falten über der Stirn gruben sich so bedrohlich ein, dass Johannes darauf gefasst war, ihn ein zweites Mal aufzufangen. Aber Hinrik wehrte ab und sagte: »Wollt Ihr mir nicht den Namen verraten?« Als Zeelander zögerte, fügte er boshaft hinzu: »Es war gewiss nicht einfach, noch eine Frau zu finden, die im Alter zu Euch passt.«

Johannes war von der plötzlichen Unfreundlichkeit überrascht, bis eben hatte der Goldschmied doch so verletzlich gewirkt. Er wandte sich zum Gehen und erklärte unter der Tür, seinen Besuch in der Werkstatt zu wiederholen, um die Einzelheiten endgültig festzulegen. Hinrik verabschiedete ihn, Zeelander war es unheimlich.

Hamburg, Mittwoch, 23. Februar 1379

Angenehme Wärme umfing den Schiffbaumeister, das Lachen und Schwatzen von zwei Dutzend Menschen erfüllte die Diele. Einige standen in Gruppen zusammen, Männer von den Schiffen, aus dem Hafen und von der Werft. Andere hockten auf kleinen Fässern. Er kannte nicht viele Gesichter. Jan war da und grüßte mit einem kurzen Nicken. Nervös sah sich Zeelander um, endlich entdeckte er Maria von Espingen. Bevor er sie begrüßen konnte, wurde sie in Beschlag genommen.

»Und ich dachte, liebste Schwägerin, dass Diderich bereits auf See sei. Umso mehr überraschen mich die vielen Menschen bei Euch. Feiern wir etwas Bestimmtes?«

Zeelander lächelte, denn Magdalena hatte ihn mit ihren Augen eingefangen. Von ferne hörte er Maria mitteilen, dass Diderich morgen fahren würde. Dann machte sich der Hausherr bemerkbar:

»Etwas Ruhe bitte, liebe Gäste! Ihr sollt erfahren, warum wir euch zusammengerufen haben. Unsere Magdalena ist inzwischen eine erwachsene Frau. Stolze siebzehn Jahre und immer noch frei! Das konnte ja nicht gut gehen. Sie hat uns wissen lassen, dass sie heiraten möchte, und zwar niemand anderen als« – er deutete auf Johannes, der rot wurde – »als den acht- und ehrbaren Schiffbaumeister Johannes Zeelander. Die jungen Menschen haben sich einander versprochen, ohne unser Einverständnis einzuholen.«

»Mich hat auch keiner gefragt – das ist empörend!«, meckerte

51

Magdalenas Bruder Hans-Diderich dazwischen und löste Heiterkeit aus.

»Allerdings«, fuhr der Brautvater fort, »hätten wir die Wahl nicht besser treffen können. Gleichwohl gebe ich meine Tochter jetzt noch nicht frei. Übers Jahr soll die Hochzeit sein. Wenn jemand Einwände haben sollte, wird er sie bis dahin wohl vorbringen können.« Er schaute in die Runde, entdeckte das eine oder andere überraschte Gesicht. »Fühlt euch alle eingeladen! Ich spreche nicht nur für die Brauteltern und die Braut, sondern auch für Johannes, der als Waisenkind aufgewachsen ist. Ab heute, liebe Gäste, werden meine Frau und ich, so gut wir können, unserem Johannes die Eltern ersetzen.«

»Amen!« Alle drehten sich um. Magdalenas Bruder freute sich: »Willkommen in der Familie!«

Zeelander war unschlüssig. Sollte auch er etwas sagen? Eine vertraute Stimme rettete ihn: »Ihr macht es wahr? Wunderbar! Dann darf auch ich mich von nun an zur Familie rechnen?«

Da stand er in der Tür, der Pfarrer von St. Catharinen und zupfte sein Ohrläppchen. Johannes wusste, wie sehr Clemens in diesen Tagen von seinen beruflichen Pflichten beansprucht war.

Clemens stellte einen weiteren neuen Gast vor: »Dies ist Heino Vorrad, demnächst Hauptmann unserer Wachsoldaten auf Neuwerk. Ich soll ihm den Schutz der kirchlichen Einrichtungen auf der Insel ans Herz legen.«

Auch die Brauteltern freuten sich, dass Pfarrer Clemens gekommen war. Johannes nutzte die Gelegenheit, um zu Magdalena zu gehen. Einige Atemzüge stand er ihr reglos gegenüber, dann nahm er ihre Hände und führte sie an seine heiße Stirn. In ihrem Blick fand er tiefes Vertrauen. Aber in ihm stieg auch die Ahnung auf, wie traurig ihre Augen werden könnten. Was mache ich hier? Bin ich am Ende der Falsche, so ein wunderbares Geschöpf zum Altar zu führen?

»Johannes, was ist mit dir?«, hörte er sie besorgt fragen. Sie drückte seine Hände, ihre Blicke streiften sich, er küsste ihre Hände.

»Mein Glück!«, flüsterte er dankbar.

Clemens und Vorrad traten auf die beiden zu. Johannes begrüßte den Bruder, Clemens kam gleich zur Sache: »Es geht um das Kreuz, das du stiften möchtest. Würdest du uns noch einmal erklären, wie du es dir vorstellst?«

»Ein schlichtes, großes Kreuz von dreißig Fuß Höhe für den Friedhof der namenlosen Seeleute auf Neuwerk!«

»Dreißig Fuß! Das ist ein Zeichen, das man schon von weitem sehen wird. Und aus welchem Grund wollt Ihr es stiften?«, wollte Vorrad wissen. »Oder ist das ein Geheimnis?«

Johannes wischte sich die Locken aus der Stirn. »Für einen Freund«, antwortete er, »einen Freund, der auf See verschollen ist. Mit dem Kreuz möchte ich ihm und allen glücklosen Seeleuten ewigen Frieden wünschen.«

»Treibholz? Dreißig Fuß lang? Wie wollt Ihr das beschaffen?«

»Ich sammle Treibholz«, entgegnete Johannes. »Abgelagertes Holz wird in Hamburg fast nicht mehr angeboten. Dabei ist das seedriftige dauerhafter als das frisch geschlagene. Das Holz für das Kreuz habe ich schon vor Jahren beiseite gebracht.«

Neuwerk, im April 1379

m uss das wirklich sein, Schipper? Jetzt ausladen? Bei dem Wetter?« Jan wischte sich mit dem Handrücken das Wasser aus den Augen.

Der Schipper Nico zog Zeelanders Gesellen auf. »Das ist genau unser Wetter. Nimm dir ein Beispiel an deinem Sohn!« Der kleine Christian stand an der Reling und glotzte in den Nebel.

Inselpfarrer Ambrosius mischte sich ein: »Ihr seid der Einzige, Nico, der dem Nieselregen etwas abgewinnt!« Es fröstelte ihn sichtlich. »Ich bin gespannt, wie Ihr das Ding an Land kriegen wollt.«

»Ich muss doch sehr bitten, Hochwürden!« Jan spielte den Entrüsteten. »Ihr sprecht von dem Holz, an dem unser Herr und Heiland den Tod für uns erlitten hat.«

»Nichts für ungut, Jan Kreyer!«, grinste der Priester. »Ich bin dankbar, dass Ihr Euren Kleinen mitgebracht habt. Wir haben nicht genug Kinder auf der Insel, die das Ministranten-Amt versehen könnten.«

Christian wandte sich stolz dem Priester zu: »Ich bin Ministrant in der Catharinenkirche und weiß genau, wann man klingeln muss und wann den Weihrauch schwenken.«

Sie hatten die Ebbe abgewartet. Knarrend sackte die mit Leinen dicht an die Uferkante gefesselte Schute Zoll für Zoll tiefer, bis die Bordkante auf Höhe des grasbewachsenen Landeplatzes lag. Als es soweit war, wurde mit Hilfe von Leinen und einer Winde der schwarzgraue Balken aus Eichenholz aus der Tiefe der Schute an Land gehievt. Er war so lang wie die Schute. Was für ein Aufwand! Heino Vorrad sah, dass jeder Handgriff saß.

»Schade um den schönen Balken«, sagte Jan bedauernd, »er hätte einen wunderbaren Kiel für eine Kogge abgegeben. Und nu? Ein Kreuz!«

Inzwischen war dem großen Balken ein zweiter gefolgt. Sorgfältig vorbereitete Einschnitte zeigten, dass sich beide Stücke zu einem gewaltigen Kreuz zusammenfügen ließen. Zwei Schleppen mit breiten Kufen hatte man hintereinander gehängt, um den großen Balken zu ziehen. Mit einem Vierergespann ging die Fahrt unter Peitschenhieben am Turm vorbei über unwegsames Gelände.

»Der Nebel verheißt nichts Gutes!«

Vorrad schüttelte den Kopf. »Malt nicht schwarz, Zeelander.« Auf sein Zeichen folgten der Pfarrer und die Ministranten, Jan und die Zimmerleute sowie zuletzt Nico der ins feuchte Gras gerissenen Spur.

Es hörte auf zu nieseln, der Nebel wich. Der kalten Nässe folgte schwüle Luft. Eine halbe Stunde mochte vergangen sein, als der Transport vor einer Reihe verkrüppelter Erlen zum Stehen kam. Sie fassten das Rechteck des Friedhofs ein.

»Unbekannte und Heimatlose«, begann Ambrosius zu erklären, »angeschwemmte Tote – alle finden hier die letzte Ruhe. Er ist zu einem Ort von heilsamer Wirkung geworden, seit ein Bischof aus Megara ihn 1319 geweiht hat.«

»Aus Megara?«, wunderte sich der aufgeweckte Christian. »Wo ist das denn?«

»Fern von hier im Süden. Es war ein griechischer Bischof. Wer den Erlenhain im Gebet für die hier Begrabenen umwandert, dem werden vierzig Tage Ablass gewährt.«

»Hier soll es stehen, am Ostende des Mittelweges«, sagte Johannes und wies auf den aus Ziegelgrus und Kalkmörtel gegossenen Fundamentklotz. Mit Rollhölzern brachten Jan und ein Lehrling die Kreuzarme in Position, verdübelten sie und bereiteten alles für den letzten Teil der Arbeit vor. Die Pferde zogen an, langsam erhob sich das Kreuz. Es war windstill, pechschwarz drohte der Himmel. Die Ministranten entzündeten den Weihrauch in den Kesselchen und nahmen ihre Plätze ein. Das Kreuz hatte beinahe seine endgültige Stellung erreicht. Pater Ambrosius schlug den Segen auf und hob seinen Arm. Plötzlich riss es die Wolkendecke entzwei: Ein gewaltiger Blitz erhellte die Szene. Für den Bruchteil eines Augenblicks waren Tiere und Menschen geblendet und gelähmt. Der Donnerschlag war ohrenbetäubend, die Pferde brachen aus. Die Knechte versuchten noch, sie zu halten, vergeblich. Johannes rief: »Vorsicht!« Alles stob auseinander, einer stolperte über eine Leine. Das Kreuz drehte sich langsam um die eigene Achse und donnerte auf den Unglücklichen. Zwei Pferde wurden mitgerissen.

Auf den Blitz folgte Dunkel. Es begann zu stürmen, dann prasselte der Regen nieder. Das Schluchzen eines Kindes durchdrang die Finsternis, Johannes sprang hinzu. »Ja, nun helft mir doch!«, rief er.

Die anderen reagierten nicht, manche bekreuzigten sich und beteten – verängstigt auf die Knie gesunken. Mit Eisenstangen hebelten sie das schwere Kreuz beiseite. Christian lebte noch. Pater Ambrosius nahte mit den Sakramenten. Das Kreuz hatte dem armen Jungen die Beine zerschmettert. Lautlos weinend brach Jan über dem Kind zusammen, wie von Sinnen liebkoste er das blutige Bündel. Er deckte Christian mit seinem Umhang zu, legte ihn auf das umgestürzte Kreuz. Johannes trat hinzu, um seinen Gesellen zu trösten. Doch der hielt ihn auf Abstand.

»Hätt' ich nur nicht auf Euch gehört, Meister!«, sagte er bitter. »Es ist meine Schuld. Hört Ihr? Allein meine Schuld. Ich hätte nie auf Euch hören dürfen.« Er betonte jedes einzelne Wort. »Ich wollte es nicht wahrhaben. Euch folgt das Unheil auf der Spur und fällt jeden in Eurer Umgebung wie eine Seuche an.«

»Aber Jan! Du bist ja von Sinnen!« Noch einmal näherte er sich dem Gesellen, der wies ihn erneut zurück.

»Mein Sohn würde noch leben, wenn ich nicht …«

Johannes wandte sich an die Umstehenden. »Pfarrer Ambrosius, nehmt den Armen mit.«

»Wir bringen den Kleinen in die Turmkapelle«, sagte der Priester. Der älteste Turmhandwerker lud Jan in die Werkstatt ein. Sie folgten der zweirädrigen Karre, auf die sie den Ministranten gebettet hatten. Dann verschwand der kleine Trauerzug im regenverhangenen Dunkel.

A m späten Nachmittag hatte sich der Himmel aufgeklärt, Kälte war dem Sturm gefolgt. Allein, nass und verzweifelt hockte Johannes auf dem Kreuz. Armer Jan! Wie hatte er sich gefreut, seinen Christian mitbringen zu dürfen. Sie hatten nichts falsch gemacht, die Richter würden ihn von jeder Schuld freisprechen. Was für ein furchtbares Schicksal! Johannes starrte ins Dunkel, schwarz glänzte das

Kreuz. Was war das Unheil, von dem Jan gesprochen hatte? Er musste die Bilder des Todes vertreiben, musste an Magdalena denken, ihre Schönheit, ihr Gesicht. Aber er sah nur Christians zerstörten Körper.

Zwei Dohlen ließen sich krächzend neben ihm nieder. Wütend griff er nach den Ziegelbrocken zu seinen Füßen. »Haut ab, ihr schwarzen Teufel! Sagt euerm Meister: Mit mir nicht! Nie und nimmer!«, rief er. Die Vögel flogen auf, attackierten ihn frech mit scharfen Schnäbeln. Erst als er nach einem Ast griff, ließen sie von ihm ab.

Johannes schritt, ruhiger geworden, über den düsteren Friedhof. »Heilige Jungfrau Maria, hilf mir, das Kreuz deines Sohnes zu tragen und neu aufzurichten. Bewahre mich vor dem Bösen in mir. Gib meinem Freund ewige Ruhe und hilf mir auf den rechten Weg!«

Johannes schrak zusammen. Eine Hand hatte sich auf seine Schulter gelegt. Er schaute in ein vertrautes Gesicht, das die Jahre wenig verändert hatten. Zitternd wich er zurück: »Mein Gott, du kannst es nicht sein. Du bist doch tot! Du musst tot sein«, rief er. »Claus, woher kommst du? Wo warst du? Ich habe auf dich gewartet.« Er redete ohne Unterlass, als müsse er sich gegen den beginnenden Wahn wehren. Er trat an Claus heran. »Lass dich ansehen.«

Zeelander strich Störtebeker die dunkelblonden Strähnen aus dem Gesicht und umarmte ihn, Claus kam gar nicht zu Wort. »Du lebst! Ja wirklich, du lebst! Ich kann's nicht fassen«, lachte Johannes. Er fasste die zierliche Gestalt, um sie in die Luft zu heben und sich mit ihr im Kreis zu drehen.

»Setz mich wieder ab, mir wird schwindelig!«, kicherte Claus.

»Woher kommst du so plötzlich? Noch dazu bei Niedrigwasser?«.

»Zu Fuß, mein Lieber! Ich als Schipper, ich komme zu Fuß. Beinahe wie der Heiland, aber nicht übers Meer, sondern übers Watt. Ich hab' einige Erkundigungen auf der Oste eingeholt und Elsbeth, meine Herzallerliebste, besucht.« Johannes nickte, wollte mehr hören. »Schutenfahrer erzählten mir von dem Transport eines Kreuzes nach Neuwerk und dass Schiffbaumeister Johannes Zeelander es aufstellen wolle. Ich konnte es kaum glauben. Mein Johannes ein Schiffbaumeister! Ich hab' alles stehen und liegen lassen und bin hergeeilt. Aber sag, wie ist es dir ergangen?«

Johannes erzählte von der Werft, seinen Erfolgen und dass er versprochen sei. »Später im Jahr werden wir heiraten.« Clemens habe ihm die Heirat ans Herz gelegt, um vor Gott und den Menschen ein ehrbares Leben zu führen. »Sie ist die schönste Frau der Welt. Du musst unbedingt zur Hochzeit kommen.«

»Selbstverständlich. Ich möchte auf jeden Fall dabei sein!« Er hätte gern noch mehr erfahren, doch Johannes wich aus.

»Weißt du noch, was wir uns versprochen hatten?«

»Was? Sag schon«, ermunterte ihn Johannes.

»Du hattest versprochen, mir ein Schiff zu bauen, wenn du groß bist. Also, baust du mir eins? Ich könnt' es schon bald gebrauchen.«

»Lass die Kindereien beiseite, Bruderherz«, wehrte Johannes verlegen ab. »Ich hab' weiß Gott andere Sorgen.«

Claus begriff, dass sein Freund litt. Er musste ihm Zeit lassen. Schließlich erzählte Johannes von Jan Kreyers Sohn und dem Unfall.

»Ein wirklich großes Kreuz«, sagte Claus bewundernd.

»Ein Auftrag vom Amtmann«, log Johannes.

Claus sagte: »Ich kümmere mich um dein Kreuz, und du baust mir ein Schiff – abgemacht?« Johannes nickte zögernd. Claus umarmte ihn und verschwand. Johannes war immer noch, als wäre ihm ein Geist erschienen.

Als die Arbeiter morgens zurückkehrten, stand das Kreuz. Zu seinen Füßen schlief der Schiffbaumeister. Jemand musste Zeelander geholfen haben. Wer? Niemand auf der Insel konnte es sagen. Von Johannes kam kein erklärendes Wort.

Da ist Er ja – immer herein, Herr Pfarrer!«, begrüßte der Hamburger Bürgermeister Bertram Horborch seinen Gast an der Tür. »Wilhelm hat viel von Ihm erzählt!« Schüchtern betrat Clemens das Haus. Er musste sich zwingen, die vornehme Ausstattung der Diele nicht zu offensichtlich zu bewundern. Die Liebenswürdigkeit seiner Aufnahme änderte nichts daran, dass er ängstlich auf die Manieren der hohen Herren an der Tafel achtete. Bloß keinen Fehler machen! Das Essen mundete allen, Linsen mit Räucherspeck! Wilhelm Horborch langte mächtig zu.

»Nehmt doch einen zweiten Teller!«, forderte seine Schwägerin Rieke alle auf. Clemens' Teller war noch halb voll. Es wurde deswegen geflachst, langsam kehrte sein Appetit zurück. Bertram Horborch legte den Löffel beiseite. Vergnügt sah er dem Bruder dabei zu, wie der sich den Teller füllen ließ.

»Ich freu' mich, dass du dich trotz deines hohen Amtes immer noch bei uns wohlfühlst und die weiten Reisen nach Hamburg auf dich nimmst.«

»Ich muss doch in Erfahrung bringen, was bei euch vor sich geht. Zumal, wenn man einen Bürgermeister zum Bruder hat, dem vieles zu Ohren kommt.«

Bertram lachte. »Hamburgs Lage hat sich ausnahmsweise verbessert. Falls ihr es noch nicht gehört habt: Der alte Herzog von Mecklenburg, Albrecht II., ist tot. Er war ein schrecklicher Streithammel, Gott hab ihn selig. Der fürchterliche Kaperkrieg, nur seinetwegen! Sein Sohn, Albrecht der Dritte, nun auch König der Schweden, will Frieden auf See! Was für ein Glück«.

»Das glaubst du?«, fragte Wilhelm überrascht. »Was wird aus den Leuten, die mit Kaperbriefen des Herzogs unterwegs sind? Das sind reguläre Söldner. Werden die nach Hause gehen? Ich glaube kaum. Sie werden die Schiffe auch ohne Kaperbrief überfallen.«

Bertram blieb gelassen: »Dann sind ihre Überfälle aber nicht mehr durch das Fehderecht gedeckt. Als gemeine Seeräuber können wir sie wie gewöhnliche Verbrecher aufknüpfen.«

Das konnte Clemens nicht unkommentiert lassen. »Das sind doch Menschen, Menschen in großer Not. Ohne Grund gerät niemand zu den Kapergruppen. Jeder von ihnen hat seine Geschichte. Ich erinnere mich an manchen ehrenwerten Mann, ob Handwerker oder Kaufmann, der sich gezwungen sah, die Stadt zu verlassen. Es sind nicht die Schlechtesten, die sich den Kapergruppen angeschlossen haben.«

Wilhelm schwieg. Er wusste, dass Clemens Recht hatte. Der Bürgermeister schüttelte den Kopf: »Piraterie bleibt Piraterie. Mögen es auch gute Menschen sein – wer den Handel gefährdet, ist gegen Gott.«

Als Clemens ansetzen wollte, beendete der Bürgermeister den Disput, indem er sich an seinen Bruder wandte: »Du hast uns noch nichts vom Auszug der Kurie aus Avignon und der Ankunft in Rom erzählt!«

»Wenn alles nach Wunsch verlaufen wäre, lieber Bruder, hätte Clemens als Nuntius der Kurie häufiger an deinem Tisch gesessen, um euch zu unterrichten. Aber es wurde intrigiert, und ich …«

Clemens wehrte ab: »Was hätte ich als Nuntius schon für Hamburg ausrichten können? Bremen ist …«

»Eine ganze Menge!«, unterbrach der Bürgermeister. »Jahr für Jahr führen wir hohe Beträge an das Erzbistum in Bremen und an die Kurie ab und konnten in früheren Jahren viel beim Heiligen Vater erreichen. Ein Nuntius ist Gold wert. Aber hören wir, was Wilhelm aus Rom zu erzählen hat.«

Der Richter, endlich gesättigt, wischte sich mit der Hand den Mund ab, für die Schwägerin das Zeichen, Teller und Löffel abzuräumen. »Es ist schlimm«, klagte er. »Papst Gregor hat den Umzug nach Rom, den er langwierig eingefädelt hatte, nicht verkraftet. Das Konklave wegen seiner Nachfolge war zerstritten. Die Italiener wollten keinen Franzosen auf dem Papstthron sehen und die französischen Kardinäle keinen Italiener. Als mit Urban schließlich ein Mann aus Neapel bestimmt wurde, akzeptierten ihn beide Seiten – doch nur für kurze Zeit. Sie bemerkten, dass sie sich einen harten Zuchtmeister eingehandelt hatten. Urban verbot, Geldgeschenke von Fürsten und Städten anzunehmen. Ich kannte ihn ja aus Avignon und habe ihn als glänzenden Juristen schätzen gelernt. Er war die rechte Hand von Vizekanzler Monteruc – misstrauisch gegen jedermann. Auch gegen mich. Er hat manchen seiner engsten Vertrauten umbringen lassen. Fast alle Kardinäle verschworen sich gegen ihn, insgeheim beriefen sie ein Konklave außerhalb von Rom ein und erklärten Urban für abgesetzt. Zum neuen Heiligen Vater wählten sie seinen ärgsten Feind, Clemens den Siebten. Aber Urban ließ sich nicht einschüchtern! Er vertrieb den Gegenpapst aus Rom; Clemens floh nach Frankreich, wo er vom König glänzend empfangen wurde. Jetzt residiert er im alten Papstpalast in Avignon.«

»Das kann ich kaum glauben!«, rief der Bürgermeister.

Clemens war blass geworden: »Wer verbirgt sich hinter Clemens dem Siebten?«

»Du ahnst es, Clemens. Ich wollte es anfangs nicht wahrhaben, dass sie ausgerechnet Robert von Genf wählen würden, den du so mutig attackiert hast.«

»Das ist ein Vorgang ohnegleichen!« Clemens konnte sich nicht mehr beruhigen.

Wilhelm fuhr fort: »Dein Namensvetter versucht, Urban so viele Kirchenprovinzen wie möglich abzuluchsen. Una sancta ecclesia gehört damit der Vergangenheit an.«

Bertram Horborchs Miene war erstarrt. »Und wie steht es um Eure Arbeit?«

Wilhelm war die Frage unangenehm. »Ich bin voller Stolz für die Rota Romana tätig. Nicht auszudenken, dass ich gezwungen sein könnte, meine Arbeit am päpstlichen Gericht aufzugeben!«

Auch Clemens zeigte sich besorgt. »Wo wohnt Ihr in Rom?«

»In Santa Sabina, einem Kloster unseres Ordens. Dort kann ich mich vorbereiten, ein Archivbote bringt mir die Akten. Nur an Gerichtstagen muss ich in die Stadt. Das ist heutzutage kein Vergnügen mehr. Die Ewige Stadt ist so unsicher geworden, dass sich der Heilige Vater ohne Eskorte nicht durch ihre Gassen wagt.«

»Wir haben die Kirchenspaltung zu spüren bekommen«, kam Bertram auf das Schisma zurück, »seitdem sich beide Päpste um unsere Abgaben stritten. Unsere Kämmereiherren waren verwirrt, wir wussten am Ende nicht mehr, wohin wir gehören. Dank deiner Darstellung sehe ich klarer. Doch die Autorität der Kirche, Wilhelm, ist nicht mehr dieselbe. Woran können wir uns noch halten?«

»An den Inhalt der Heiligen Schrift!«, mischte sich Clemens ein.

»Damit, Pater Clemens«, rief Bertram, »werben die Waldenser auch, wenn ihre Prediger den Menschen die Heilige Schrift in ihrer Sprache zugänglich machen.«

Clemens blieb ernst. »Mir geht es um die Verbreitung der wunderbaren Geschichten. Unsere Kirche kann sie viel besser erzählen als die Waldenser und erst recht als die Wycliff-Anhänger. Die werfen ja sogar die Bilder biblischer Ereignisse aus den Kirchen hinaus! Dabei brauchen wir diese Geschichten, die Gottes Wort den Menschen nahebringen, Geschichten, die sich mit ihrem täglichen Leben verbinden.«

Wilhelm nahm den Faden auf. »Ist dir klar, warum die Menschen die herrlichen Erzählungen im Alten und Neuen Testament nicht kennen? Weil sie das Lateinische nicht verstehen und weil sie ohnehin nicht lesen können. Deshalb müssen wir die Bibel in eine Bildsprache übersetzen, die den Menschen bekannt ist. Die Geschichten von Adam und Eva, von Kain und Abel, von Jesus und Maria müssen die Menschen so unmittelbar berühren, als würden sie sich heutzutage mitten unter uns ereignen.«

»Wie willst du das anstellen?«, fragte Bertram Horborch.

»Einen Maler, der unsere Vorstellungen umsetzen könnte, habe ich schon im Sinn. Wo wir anfangen sollten, hast du vorhin gefragt. Nun, du könntest helfen, lieber Bruder, und zwar mit einer Stiftung.« Der Bürgermeister lachte:»Ihr braucht also Geld? Das hättest du gleich sagen können. Damit kann ich dienen!«

Sie redeten noch lange, bis das Vorhaben des Bruders ungeteilten Beifall fand.»Nur eine Bedingung möchte ich stellen«, meinte Bertram zum Schluss.»Wenn ich die Kosten übernehme, möchte ich, bei aller Wertschätzung für Pfarrer Zeelander, dass der Altar nicht in seiner Pfarrkirche St. Catharinen aufgestellt wird. Er gehört in die Petrikirche, wo ich zu Hause bin.«

Clemens strahlte:»Hauptsache, es geschieht in Hamburg.«

Grasbrook, am folgenden Tage

Johannes Zeelander begleitete den alten Schmied ans Werfttor.»Dank Euch für die Lieferung! Ich brauch dann noch einmal tausend Nägel in der gleichen Länge.«

»Bis wann?« Der Schmied schaute skeptisch.

»Spätestens in 14 Tagen. Wie immer beste Qualität, wenn ich bitten darf! Und vergesst nicht die Ruderbeschläge.«

»Das wird nicht leicht«, stöhnte der Schmied und schob seine Mütze aus der Stirn.»Ihr seid nicht der Einzige, der etwas von mir will.«

»Ihr werdet es schaffen, sonst muss ich die Arbeit einstellen«, drängte Johannes.»Morgen sollen wir die Kogge von Heino Zwartekop an Land holen. Ohne Nägel kann ich die Planken kaum erneuern. Und ohne Ruderbeschläge …«

»Schon gut, schon gut! Werd' mein Möglichstes tun. Wer will sich schon mit Zwartekop anlegen.«

Mit kurzem Gruß wandte sich der Schmied zum Gehen. Johannes warf dem Alten mit seiner zweirädrigen Karre einen besorgten Blick nach: »Soll ich Euch helfen, die Karre bis zur Brückenmitte hinaufzubringen?«, rief er.

»Lass man, Meister Zeelander, jetzt ist sie ja leer.« Sprach's und schob nicht ohne Mühe von dannen.

Im gleichen Augenblick kamen drei Herren die Brooksbrücke herunter und nahmen den Weg am Werfttor vorbei in Richtung auf die Sumpfwiesen. »Was führt Euch zu mir?«, hielt Johannes sie erfreut an.

»Gott zum Gruß, Meister Zeelander«, erwiderte Wilhelm Horborch lachend. »Nicht dass Ihr denkt, wir wollten ein Schiff bei Euch bauen lassen!«

Meister Bertram fügte hinzu: »Unser Freund aus Rom hat uns zu einer Wanderung eingeladen.«

»Und was ist mit dir, Clemens«, forschte Johannes seinen Bruder aus, »musst du nicht die Lämmer deiner Gemeinde weiden, statt dich auf dem Grasbrook herumzutreiben?«

»Wilhelm wird uns ein Geheimnis zeigen«, klärte Clemens den Spötter auf.

»Ein Geheimnis, auf dem Grasbrook?« Johannes schaute Horborch fragend an. »Jetzt weiß ich's!«, prustete der Zimmermann. »Der alte Pfahl ...«

Wilhelm hielt ihn zurück: »Schweigt! Es soll eine Überraschung sein.«

»Es hat mit einem Altar zu tun«, setzte Bertram hinzu, »den ich für St. Petri malen soll. Wie ich das alles schaffen soll, danach fragt aber keiner«, fuhr der Maler mit einem Seitenblick auf Horborch fort. »Ich muss noch den Auftrag für das Kirchlein in Falsterbo zu Ende bringen, ehe ich etwas Neues in Angriff nehmen kann. Ratsherr Lange bedrängt mich. Ich hab' nicht einmal genug Holz für die Hintergründe, für die große Figur des heiligen Christophorus erst recht nicht. Dafür benötige ich einen kräftigen Stamm Lindenholz und habe keine Ahnung, woher ...«

»Macht Euch keine Sorgen.«Johannes legte seine Hand auf Bertrams Schulter und zwinkerte Horborch zu: »Für Eure Bildhintergründe habe ich feinstes Wagenschott. Und die Linde, die finden wir in unserem Holzlager. Auf den Altar von St. Petri bin ich schon gespannt. Wenn Ihr anfangt, schöne Geschichten zu malen, vergesst auf keinen Fall den Bau der Arche Noah!«

»Großartig«, rief Meister Bertram, »doch erst muss der Altar für Schonen fertig werden. Bald ist wieder Zeit für den Heringsmarkt, den auch die Lübecker besuchen. Sie nehmen mich in eineinhalb Jahren mit, dann werde ich den Altar persönlich aufstellen.«

»Ich möchte Euch die Vorfreude nicht verderben, verehrter Meister Bertram«, wandte Wilhelm ein, »aber auch wir haben einen Termin: Unser Altar soll in drei Jahren geweiht werden«.

Plaudernd zogen die drei weiter. »Seht Ihr den Pfahl da vorn?« Wilhelm wies über die Sumpfwiese. »Achtet auf Eure Füße! Die könnten nass werden.«

Meister Bertram legte den Kopf zurück und blinzelte unter halb geschlossenen Lidern. »Das Auge schaut den Pfahl und einen darauf genagelten Pferdekopf.«

»Ein Eselskopf ist's!«, ereiferte sich Wilhelm und begann zu erklären: »Ein kleiner Bauer hatte auf dem Grasbrook seinen Esel stehen. Tag für Tag drosch der Bauer auf das Tier ein, damit es sich vorwärts bewegt. Die Schreie des Tiers waren in der ganzen Stadt zu hören. Ich erinnere mich gut an das Brüllen des Bauern. ›Du – alter – Seeräuber – wirst noch mal auf'm – Grasbrook – enden!‹ war zum geflügelten Wort geworden. Eines Tages hat er dann das Tier geschlachtet und verwurstet, die Haut verkauft. Den Schädel hat er allen Artgenossen zur Mahnung abgeschlagen und unweit der Hinrichtungsstätte für Seeräuber auf eine Stange gesetzt.«

»Schön und gut, verehrter Horborch!«, unterbrach Meister Bertram die Geschichte. »Aber was hat das mit Kain und Abel zu tun? Ihr wolltet mir zeigen, wie die Menschen von heute den Brudermord verstehen können.«

»Verzeiht, dass ich mich von Kindheitserinnerungen forttragen ließ«, entschuldigte sich Wilhelm. »Mein Bruder und ich haben hier viel Unsinn getrieben. Was ich Euch zeigen wollte ... zunächst müssen wir die Waffe finden, mit der Kain den Mord begangen hat.«

Mit einem Schritt war er beim Pfahl, zog zur Verwunderung der anderen die linke Hälfte des Unterkiefers aus dem Eselskopf und hielt sie in die Höhe.

»Kain war Ackerbauer, sein Bruder Viehzüchter. Kain hat Abel erschlagen, er hatte aber keine Waffe. Wonach also würde Kain damals wie heute greifen? Natürlich nach dem Knochen seines geschlachteten Esels!«

Clemens war mit Wilhelms Demonstration noch nicht einverstanden: »Die Waffe erklärt nicht alles. Wir benötigen ein weiteres Bild, das zeigt, warum der Mord geschieht. Was wäre, wenn wir Abel mit einem Lamm auf dem Arm und Kain mit einem Getreidebund in Händen sehen würden? Sie wollen Gott dem Herrn von dem etwas opfern, was sie mit ihrer Hände Arbeit erwirtschaften. Beide möchten durch ihr Opfer beweisen, dass sie Gott mehr lieben als der andere. Es ist gegen Gottes Willen, wenn Menschen einander im Streit um den richtigen Glauben umbringen.«

Schließlich traten sie den Rückweg an. Wilhelm Horborch führte ein zweites Beispiel an: »Seht, wie Zeelander und seine Gesellen die Kogge bauen. Das ist ein großes Schiff, alle Hamburger kennen es. So müsst ihr die Arche zeigen. Dann verstehen die Menschen, dass die Sintflut keine Mär ist.« Er blieb stehen und schaute dem Maler in die Augen: »Alles auf dem Petri-Altar muss die biblischen Geschichten in die Gegenwart übertragen. Das ist die Bedingung, die mein Bruder und ich stellen. Glaubt Ihr, dass Ihr Euch daran halten könnt?«

»Nie hatte ich einen interessanteren Auftrag«, versicherte Bertram.

Herrlich habt Ihr's, lieber Hinrik. Das sieht man Eurem Haus von der Straße aus nicht an. Hier im Hof könnt' ich's den ganzen Tag aushalten.« Meister Bertram von Minden lehnte sich behaglich zurück und blickte in das wuchernde Grün.

»Wie schön, dass Ihr mich endlich besucht«, freute sich der Gastgeber. »Als ich das Haus kaufte, bildeten Brennnesseln, Büsche und Bäume ein undurchdringliches Dickicht. Ich habe den Hof mühsam ausgeholzt und vom Unkraut befreit. Mehr ist gar nicht geschehen.«

Bertram genoss den Duft der blühenden Büsche und die Wärme. Für Hinrik allein war das Haus zu groß, überlegte der Maler. Der Goldschmied legte seine Hände wie zum Gebet zusammen und stützte das Kinn darauf. »Ein Anliegen habe ich, verehrter Bertram. Wir wollten uns austauschen, wie es wohl gelingen könnte, das Unsichtbare sichtbar zu machen, den Glauben, die Hoffnung, die Liebe so abzubilden, dass ein jeder sie leicht erkennt.«

»Muss das unbedingt heute sein?«, wandte Bertram ein. »Heute ist es viel zu schön. Erfreut Euch lieber an der Natur – paradiesisch, wie die Blumen duften!«

»So leicht kommt Ihr mir nicht davon«, lachte Hinrik Lamspring. »Ich will Euch eine Symbolisierung zeigen, aus der mir ein lohnendes Geschäft erwachsen ist.«

»Hier kommt Erfrischung: ein Sud von Waldmeister, gesüßt mit Lindenblütenhonig.« Hinriks Mutter bot den Künstlern zwei hölzerne Bütten an, Bertram begann sofort zu schlürfen.

»Köstlich, Frau Hanne!« Bevor sie wieder im Haus verschwand, bat Hinrik sie, Jan auszurichten, er möge die Ringe aus der Werkstatt bringen. Dann erläuterte er, wie er darauf gekommen sei, Hochzeitsringe mit dem Motiv ineinandergreifender Hände herzustellen. »So lässt sich das Versprechen ehelicher Treue verbildlichen. Die Leute reißen mir die Ringe aus den Händen! Allein könnt' ich es nicht mehr bewältigen.« Bertram nickte beeindruckt.

Hinrik ging Jan entgegen und nahm ihm das Tablett ab.

»Den kenn' ich doch!«, rief Bertram überrascht. »Du bist Geselle bei Zeelander! Ich denke, du baust Schiffe. Was hat dich hierher getrieben?«

»Ich wär' lieber Goldschmied geworden«, erklärte Jan. »Aber das ging nicht. Jetzt komme ich nach Feierabend und lerne bei Meister Lamspring die Kunst der Genauigkeit – und gehe ihm zur Hand.«

Bertram hatte sich neugierig erhoben, um die zierlichen Arbeiten einer genaueren Betrachtung zu unterziehen. »Zwanzig Ringe!«, staunte er. »Die sind entzückend. Ich gratuliere! Was ist mit dem Verpackten? Ach, ich seh' schon, zehnter August, für Zeelander. Da wird sich unsere Magdalena freuen.«

»Was bringst du denn den mit, Jan!«, schimpfte Hinrik und nahm seinem Helfer das Tablett ab. Von seinem Ärger abgelenkt, geriet er ins Stolpern, alle Ringe fielen ins Gras. Hinrik fluchte, Jan und Bertram begannen mit dem Einsammeln.

»Um Gottes willen, lasst mich das machen!«, rief Hinrik. Aber Bertram wehrte ab. Unter dem Haselnussstrauch hatte er einen Ring entdeckt, an dem sich im Dämmerlicht die Hände der Liebenden in ineinander verbissene Schlangenköpfe verwandelten. Ein Vexierbild! Raffiniert! Bertram war ebenso beeindruckt wie erschüttert. Wer mochte den Goldschmied das gelehrt haben? Das war keine gewöhnliche Kunst – das war Magie. Alle anderen Ringe blieben unverändert. Bevor er überlegen konnte, was zu tun war, nahm ihm Hinrik die Ringe aus der Hand und wickelte den teuflischen Ring in das Papier, aus dem er herausgefallen war.

»Warum wirkt Ihr plötzlich so ernst?«, fragte Hinrik.

»Es ist nichts«, murmelte Bertram. »Vielleicht habt Ihr noch etwas von dem köstlichen Waldmeistergetränk für mich. Das bekäme mir jetzt gut.«

Hinrik rief nach Mutter Hanne und fragte:»Wie gefällt Euch das Motiv, Bertram?«

»Ich bin beeindruckt, wie Ihr mit Hilfe von Händen der Treue, die wir nicht sehen können, ein Bild gebt.«

Hanne kam mit den Getränken, Jan trug das Tablett wieder hinein.

»Ihr habt es gut mit Eurer Mutter«, sagte Bertram. Aber denkt Ihr nicht auch ans Heiraten, wo Ihr so viele Ringe herstellt?« Hinrik schwieg betreten. »Ich bin mit meiner Grete sehr glücklich«, setzte Bertram nach.

Hinrik seufzte. »Ich wollte schon heiraten, aber das dumme Ding will einen anderen. Und so bin ich nun verdammt, unbeweibt zu bleiben.«

Bertram drückte sein Bedauern aus und wandte sich zum Gehen. Am Eingang wartete Mutter Hanne.

»Wo ist Jan?«, fragte Hinrik barsch.

»Er musste früher gehen«, erwiderte sie ängstlich. »Übrigens ...«

»Nun, was ist diesmal mit ü-bri-gens«, unterbrach Hinrik sie, jede Silbe betonend.

Sie zögerte. »Johannes Zeelander hat gerade den bestellten Hochzeitsring abgeholt und gleich bezahlt.«

Hinrik wurde kalkweiß. »Dann werden die Dinge ihren Lauf nehmen.«

Hamburg, Freitag, 10. August 1380

Die Sonne flutete St. Catharinen, die bunten Fenster tauchten die Hochzeitsgesellschaft in einen Farbenrausch. Vor dem Altar kniete das Brautpaar.

Wo Jan nur blieb! Nervös stand Meister Bertram im Seitenschiff.

Er hatte Jan gebeten, einen zweiten Ring passender Größe zu besorgen. Ihm, Bertram, einem Freund des Hauses, habe man den Brautring anvertraut, damit er diesen zum rechten Zeitpunkt an den Bräutigam übergeben solle. Das war nicht einmal gelogen. Dummerweise, hatte er behauptet, habe er den Ring vor Aufregung verlegt. Jan wisse ja, wie eng er, Bertram, mit dem Goldschmied befreundet sei – nach dem Malheur wolle er Hinrik nicht vor allen Leuten fragen. Jan hatte eingewilligt, aber sein Zögern war Bertram nicht entgangen.

»So eine Hochzeit gibt es nicht jeden Tag, Meister Bertram. Da hab' ich was gut bei Euch.«

Mit diesen Worten hatte sich Jan auf den Weg gemacht, aber jetzt war er noch nicht da. Auch der Bräutigam hatte sich mehrfach umgeblickt. Ob er Jans Fehlen bemerkt hatte? Wenig wahrscheinlich, es waren zu viele Hochzeitsgäste anwesend. Die Kirche war voll. Vielleicht wartete er auf die Ankunft eines Gastes von außerhalb? Bertram knetete seine Finger.

Die Trauung nahm ihren Lauf, der Moment des Ringtauschs rückte unbarmherzig näher. Der Meister sah keinen Ausweg, wohl oder übel würde er den Schlangenring übergeben müssen. Wie verabredet trat er vor und überreichte ihn Johannes. Der nahm den Ring in Empfang, wobei er zitterte, er wandte sich zu Magdalena – und Jan betrat die Kirche. Bertram schloss die Augen. Jan sah, wie Magdalena den rotgolden glänzenden Ring ins Licht hielt und sich über das Geschenk freute. Sie weinte, überwältigt von ihren Gefühlen. Nur Hinrik grämte sich aus Eigensucht. Die Tränen waren kaum getrocknet, da war die Trauung auch schon vorbei.

Am Südportal der Kirche empfing das gleißende Licht der Mittagssonne die Hochzeitsgesellschaft. »Deo gratias …«, klang es im cantus planus des Chorgesangs nach. Die Hochzeitsgäste waren benommen, der Weihrauch hatte sie verwirrt, die Hitze ermattet. Gemeinsam nahm das Paar die Glückwünsche entgegen. Verzaubert und verlegen drehte Magdalena immer wieder den Ring, den Johannes ihr aufgesteckt hatte. Symbol beiderseitiger Treue. Meister Bertram gab ihr die Hand, sie bedankte sich artig. Er wollte ihre Hand gar nicht loslassen, so sehr war er von der Vorstellung besessen, das Teufelswerk am Ringfinger auszutauschen.

»Eure Frau, Johannes, sieht zauberhaft aus!«

»Dann lasst sie auch wieder los!«, lachte der Schiffbauer glücklich und umarmte den Maler.

Johannes fühlte sich in seinen Festtagskleidern nicht wohl. Entschieden zu eng schien ihm die grüne Schecke geschnitten. Das Wams reichte eben über Schoß und Gesäß herab, so dass die Stelle, an der die grünen Beinlinge zur Hose zusammengenestelt waren, nur knapp verborgen blieb. Was ihm peinlich war, gefiel seiner Braut umso mehr: die Betonung seines gertenschlanken, wohlproportionierten Körpers. Seine 32 Jahre sah ihm keiner an.

Pfarrer Clemens war den Gästen als Letzter auf den Kirchhof gefolgt, um sich von allen persönlich zu verabschieden. »Aber ja, lieber Diderich von Espingen. Natürlich werd' ich für ein Stündchen auf die Werft kommen. Freilich nicht«, fügte er hinzu, »um mit Eurer reizenden Tochter zu tanzen. Aber einem Humpen Bier bin ich keineswegs abgeneigt.«

»Das könnte dir so passen, die Braut mit mir brüderlich zu teilen!«, rief Johannes lachend, indem er seine Angetraute mit beiden Händen aufhob und, sich im Kreis drehend, durch die Luft wirbelte, um sie weit entfernt von Clemens im Gras wieder abzusetzen.

Singend verließen sie den Kirchhof, querten die Catharinenbrücke und wanderten am Ufer des Dovenfleets auf den Neuen Kran zu, an der Spitze das Brautpaar, gefolgt von Diderich und Maria. Die schöne Mutter war blass an diesem herrlichen Tag. Sie wies auf das Werftgelände am anderen Ufer. »Großartig, was Johannes im Lauf des Jahres aufgebaut hat.«

»Lenchen wird es gut bei ihm haben«, murmelte Diderich und

kickte einen Ziegelbrocken vom Weg. »Wenn ich nur mehr Erfolg mit meinen Seereisen hätte! Wäre Johannes uns bei der letzten Schiffsüberholung nicht entgegengekommen, wir hätten aufgeben müssen.« »Hätten wir nur nicht das zweite Haus in der Deichstraße gekauft!«, meinte Maria besorgt. »Aber sorge dich nicht, Diderich. Wenn wir weiter sparsam sind, schaffen wir es.« Bevor er widersprechen konnte, setzte sie hinzu: »Und jetzt Schluss! Wir wollen mit den Kindern fröhlich sein.« Um ihn mit ihrer Freude anzustecken, kam sie seinem Gesicht mit ihrem Lächeln ganz nah. Aber er spürte, dass sie etwas quälte.

Gesellen und Lehrlinge, die in ihren sauberen Kitteln artig vor der Kirche gewartet hatten, sausten johlend an ihnen vorbei und stibitzten dem Bräutigam den roten Chaperon vom Kopf. So flink, dass Johannes das Nachsehen blieb.

Magdalena lachte: »Den Schilling bist du los!«

»Erst müssen sie den Hut unbeschädigt ins Kontor kriegen. Das gelingt nicht jedem.«

Aber es sah schlecht aus für den Meister. Gerade tollte Kersten über die Brooksbrücke und balancierte das Tablett über jedes Hindernis. Magdalena bog sich vor Lachen. Ihre schwarzen Locken kollerten unter dem Häubchen heraus in die Stirn.

Jan ließ die anderen toben. Den Schilling könnte er gut gebrauchen, aber erst musste er Meister Bertram fragen, was denn mit dem Ring war, den er in seiner Tasche hatte. Bertram war im Gespräch mit seinem Freund Lamspring, als er Jan bemerkte und zu ihm eilte. »Das wurde ja langsam Zeit. Wenn ich nun den alten Ring nicht wiedergefunden hätte?«

»Was sollte ich machen, Meister Bertram? Ich durfte bei Mutter Hanne keinen Verdacht wecken. Hättet Ihr mir früher Bescheid gesagt ...«

»Ich weiß, Jan, auf dich ist Verlass. Es ist ja auch noch einmal gut gegangen.« Bertrams Miene sprach eine andere Sprache.

»Dann nehme ich den Ring wieder mit und lege ihn später zurück.«

»Das ist keine gute Idee, Jan. Ich … ich möchte nicht, dass du hinterher als Dieb dastehst. Gib mir den Ring, ich erkläre Hinrik alles.« Jan zögerte nicht lange.

»Legt ein gutes Wort beim Meister für mich ein«, bat er. Er lupfte die Mütze und rannte zu den anderen Gesellen.

Die Gesellschaft hatte den Werftplatz erreicht. Aufmüpfig näselte die Schalmei, Flöte und Fiedel fielen wuchtig ein. Kölner Spielleute weilten in der Stadt und hielten nach Aufträgen Ausschau. Für ein geringes Geld, Kost und Strohlager hatte Johannes sie überzeugen können, auf dem Grasbrook aufzuspielen. Er hatte ein Podest gezimmert, so dass alle sehen konnten, wie sie sich in ihren bunten Schecken beim Spiel der Instrumente bald stampfend wie Bootsleute, bald tanzend wie Gaukler bewegten. So etwas hatte man in Hamburg noch nicht gehört.

Johannes und Magdalena eröffneten den Tanz, und auch die Gäste mussten nicht lange gebeten werden. Niemand setzte sich hin, das Bier musste warten. Alle drehten und wiegten sich zur Musik, sangen die Melodien mit, jauchzten und hüpften, bis zuerst die Älteren erschöpft auf den Rasen sanken oder dann doch, vom Durst übermannt, dem Bierfass zustrebten.

Es wurde dunkel, Bertram war unruhig. Er hatte nur Augen für den Ring, dessen unheimliche Wirkung bald eintreten würde. Er musste etwas tun, vielleicht half Bier. Am Ausschank stieß er auf den angetrunkenen Hinrik. Bertram schaute ihm prüfend in die Augen. »Ein schönes Brautpaar, nicht wahr?«, sprach er ihn mit einer gewissen Schärfe an.

»Zu schön!«, zischte der Goldschmied. Bertram wurde zornig, gab seiner Stimme aber einen versöhnlichen Ton.

»Hinrik, Hinrik, was soll nur aus Euch werden.« Hörbar murmelte er dann: »Betet zu Gott, dass er Euch alle Sünden verzeiht.«

»Was? Wie meint Ihr?« Doch der Meister war schon mit seinem Bier abgezogen.

Jan hatte Bertram beobachtet und ging auf ihn zu: »Meister Bertram, könntet Ihr nicht ein Spiel vorschlagen? Vielleicht ein Pfänderspiel?« Was für eine Idee! Warum war er nicht selbst darauf gekommen!

»Jetzt ist der Zeitpunkt für ein Ratespiel gekommen«, rief Bertram über die Köpfe der Versammelten hinweg, »für ein Spiel, das unseren Frauen gefallen wird.«

»Ja – ein Spiel, ein Spiel!« Magdalena klatschte in die Hände.

»Zunächst müssen wir den Frauen die Augen verbinden. Wir geben ihnen je zwei dünne Stäbe in die Hände.« Auf ein Zeichen Zeelanders eilte Jan, um das richtige Material aus der Werkstatt zu holen. »Mit Hilfe der Stäbe sollen sie jeden Mann, der ihnen auf der Tanzfläche begegnet, abtasten und seinen Namen erraten. Können sie mir nicht den richtigen Namen nennen, müssen sie mir ein Pfand meiner Wahl überlassen. Wer am meisten Männer erkennt, darf einen von ihnen nach freier Wahl küssen. Wer die meisten Pfänder verliert, darf von dem Mann geküsst werden, der unerkannt geblieben ist. Die Pfänder werden nach Beendigung des Spiels zurückgegeben.«

Gleich ging es los. Junge und alte Frauen irrten mit verbundenen Augen umher. Nur Maria von Espingen machte nicht mit. Ihr war nicht wohl, doch auch sie musste lachen: Auf der Tanzfläche kam es zu unvermeidlichen Rempeleien. Mit den Stöcken kamen die Frauen sich gegenseitig ins Gehege, suchten bei den Herren nach Mützen, langen Ärmeln und Gürteln, schlugen ihnen sachte auf den Kopf, um dichten Haarwuchs von Glatzen zu unterscheiden, und gerieten in ihrem Forscherdrang mit ihren Werkzeugen manchem Jüngling zwischen die Beine – um die Länge seines Rocks festzustellen. Das gab ein Gejuchze und Gekicher; spitze Schreie mischten sich hinein, Magdalena war am eifrigsten. Den Bräutigam hatte sie schon zwei-

mal erkannt, beide fielen sich lachend in die Arme. Maria war glücklich. Wie schön ihre Tochter war und wie gut ihr Mann! Einen edlen
Ring hatte er für sie beim Lamspring ausgesucht. Wie er in der un-
tergehenden Sonne glitzerte! Mit einem Mal erstarrte ihr Blick – heftig erschrak sie, als sie die grausam ineinander verbissenen Schlangenköpfe leuchten sah und griff sich an die Brust. Jan eilte zu ihr.

»Frau von Espingen, was habt Ihr?«

Maria krümmte sich vor Schmerzen.

Unterdessen stand Magdalena auf der Tanzfläche vor Wilhelm
Horborch. Sie tastete ihn so ausführlich ab, dass Wilhelm sich Mühe
geben musste, nicht zu lachen und sich dadurch zu erkennen zu
geben.

»Clemens Zeelander!«, rief Magdalena triumphierend.

»Falsch geraten!«, lachte Wilhelm befreit. Meister Bertram fiel
ein Stein vom Herzen. Bisher hatte Magdalena stets richtig geraten,
nun war sie auf die kirchliche Kleiderordnung hereingefallen. Der
Maler erbat sich ihren Trauring und erhielt ihn nach einigem Zögern.

Jan hatte Diderich von Espingen geholt, der sich über seine Frau
beugte: »Was ist, mein Herz?«

Sie versuchte zu lächeln: »Ich weiß nicht, es … es ist gleich vorüber.« Mit abwesender Stimme fügte sie hinzu: »Versprich mir, auf
unser Lenchen zu achten …« Bevor Diderich nachfragen konnte,
schloss sie die Augen und lehnte sich an die Brust des ihr bis zum
Tode Angetrauten.

Friedlich war ihr Gesicht, Diderich hielt ihre leblose Hand:
»Maria, bleib bei mir! Lass mich nicht allein!«

Weinend warf er sich über sie, küsste Augen und Wangen, fuhr
ihr immer wieder liebkosend mit der Hand übers Haar. Meister Bertram bemerkte es nicht gleich, denn das tolle Spiel war in vollem
Gang. Erst als Jan Kreyer mit einem anderen Gesellen eine Holzplatte
durch die Menge trug, die einer Bahre ähnelte, merkte er, dass sich

etwas Schreckliches ereignet haben musste. Er gab den Musikanten ein Zeichen, ihr Spiel verstummte.

Mit der Musik verflog die Heiterkeit, das Bier wurde schal. Ein Gast nach dem anderen schlich still davon. Wer sich später an diesen Tag erinnerte, dem stand das Bild der aufgebahrten Toten vor Augen. Neben ihr weinte die junge Braut in den Armen ihres Johannes. Diderich von Espingen schaute leer vor sich hin, Clemens sprach ihm Trost zu. Warum hatte es gerade heute geschehen müssen! Drei der Anwesenden hatten den unheimlichen Ring gesehen, nur zwei überlebten den Anblick.

Johannes nahm den Tod seiner Schwiegermutter als dunkles Vorzeichen. Während er Magdalena zu trösten versuchte, fragte er sich, warum Claus nicht erschienen war. Er hatte es versprochen.

Wismar, zwei Tage zuvor

Wo bleiben die heute nur? Eine halbe Stunde reicht doch für 'ne Runde, oder?«, knurrte Hermann und blickte aus dem Fenster der Wachstube ins Dunkel.

»Hab' ich nicht so gern, wenn die Übergabe in Eile vorgenommen werden muss«, pflichtete Lukas ihm bei.

»Du mit deinen Weibergeschichten. Aber noch ist nicht Wachablösung!«, lachte Hermann.

Plötzlich Schreie! Aufgeschreckt stieß Hermann die Tür auf: »Ich seh' nichts.« Irgendwo hörten sie das Signalhorn. Hermann und Lukas stürzten hinaus ins Sauwetter.

Gleich darauf hörten sie die Rufe: »Zu Hilfe! Hier liegt ein Toter!«

Die beiden hasteten die Stufen zum Hafen hinunter. »Hans! Wo steckt ihr?«

»Hierher – hier sind wir!«. Sie sahen den Schatten der Räucherei und gleich danach die beiden Wächter und den Körper, über den sie sich beugten.

»Laterne!« Hermann ließ den Lichtschein über das blutver-
schmierte Gesicht des reglosen Körpers wandern. »Mein Gott«, flüsterte er, »den kenn' ich aus'm Rathaus. Er hat mit Johannes Dargezow gesprochen. Is' vielleicht vierzehn Tage her.« Hermann legte sein
Ohr an den Mund. »Kein Atem.« Er fasste die Hand. »Aber der Körper noch warm! Ob er wirklich tot ist? Lukas, hol den Chirurgus aus
dem Bett!«
Nach wenigen Minuten war der Arzt zur Stelle. Ohne ein Wort
zu verlieren, kramte er in seiner Umhängetasche. »Hiermit kann man
Tote auferwecken«, sagte er. »Trag' ich immer bei mir.« Er hielt die
zartweiche Flaumfeder vor die Lampe, reichte sie an Lukas weiter:
»Leg sie ihm auf den Mund, ich leuchte dir. Genauso! Wunderbar
machst du das.« Erst war nichts zu sehen. Dann hob sich die Feder
ein wenig, um sich gleich wieder zu senken. Der Arzt lachte: »Euer
Toter ist nicht tot! Er atmet, wenn auch schwach. Nehmt die Planke
von dem Holzstapel und legt ihn rauf. Er muss ins Warme. Lukas,
trommle den Ratsherrn Dargezow heraus!«
»Aber ich …«, hob Lukas an, ein strenger Blick von Hermann
setzte ihn in Bewegung.
Im Wachlokal legten sie den Bewusstlosen auf den Tisch, der
Arzt versorgte die Wunden. Der Körper war mit Blutergüssen über-
sät, zwei Zähne waren ausgeschlagen, eine Platzwunde über dem
Auge blutete noch immer. Mindestens zwei Rippen schienen gebrochen.
In diesem Moment betrat Ratsherr Johannes Dargezow in Ehr-
furcht heischender Manier den Raum. »Wie kommt Er darauf«,
herrschte er Hermann an, »dass ich jeden zusammengeprügelten
Tagedieb aus dem Hafen kenne?«
»Nicht jeden, edler Dargezow, nur diesen!«, entgegnete der erfahrene Wachsoldat, ohne eingeschüchtert zu sein. »Ich erinnerte
mich, dass Ihr diesem Mann neulich etwas überreicht habt.«
Hermanns Erklärung ließ Dargezow stutzen. Eigentlich war er

nur gekommen, um den Wachleuten Respekt beizubringen. Nun trat er an den Tisch und betrachtete den geschundenen Körper genauer. »Mein Gott«, murmelte er, »ich kenn' ihn tatsächlich. Das ist unser Geheimbote!« Eilig durchwühlte er die Kleider des Verletzten. »Verdammt! Es ist gestohlen!« Der Ratsherr war außer sich. Er packte den Arzt bei der Schulter: »Chirurgus, weckt ihn aus seiner Ohnmacht. Sofort! Ich muss mit ihm reden.«

Der Arzt entwand sich der Hand und antwortete: »Das geht auf keinen Fall, Ratsherr. Ihr seht doch, der Mann braucht Ruhe.«

»Dann mach' ich's auf meine Art!«, rief Dargezow und schob den Arzt beiseite. »Schnell einen Eimer Wasser«, rief er Hermann zu, der sauste die Treppe hinab und war im Nu mit frischem Wasser zurück. Zum Entsetzen der Umstehenden griff Dargezow den Eimer und entleerte ihn über dem Gesicht des Verwundeten.

Ein Ruck ging durch den Körper, die Augen öffneten sich kurz. Aus den Wunden über den Augen begann es wieder zu bluten, der Arzt tupfte die Stirn. Der Verletzte stöhnte leise: »Überfall! Zu Hilfe! Nicht die Tasche, nicht die Tasche! Hilfe!« Dann verlor er wieder das Bewusstsein. Vorwurfsvoll blickte der Arzt Dargezow an. Der ließ sich nicht beirren, befahl, einen weiteren Eimer zu holen und tätschelte dem Liegenden rücksichtslos die Wangen. Tatsächlich öffneten sich dessen Augen. »Wo bin ich?«, fragte Störtebeker mit brüchiger Stimme. Er erkannte Dargezow. Bevor er berichten konnte, legte der Ratsherr ihm die Hand auf den Mund und befahl Wachen und Doktor, den Raum zu verlassen.

Nun erst konnte der Geheimbote seinen Bericht erstatten. Auftragsgemäß hatte er die mit dem Ratswappen geschmückte Brieftasche per Schiff nach Söborg an der Nordspitze Seelands gebracht und Henneke Grubendal persönlich ausgehändigt. Grubendal war freundlich gewesen und hatte versichert, dass er und die von ihm befehligten Kaperfahrer weiterhin an einem Separatfrieden mit Wismar interessiert seien. Ein entsprechender Brief war ihm anvertraut worden. Heute war er bei einbrechender Dunkelheit in Wismar gelandet und wollte das Antwortschreiben der Kaperfahrer unverzüglich aufs Rathaus tragen. Zwei als Bauern verkleidete Räuber hatten ihn jedoch von hinten angegriffen und niedergeschlagen.

»So ist Grubendals Brief verloren?!« Dargezow war verzweifelt. Störtebeker lächelte trotz seiner Schmerzen, lispelnd flüsterte er:

»Mir erschien es sicherer, ihn in meine Unterhose einzunähen.« Hastig entfernte Dargezow die Beinkleider des Boten und fand zu seiner großen Erleichterung den wichtigen Brief. Nachdem er das Dokument in seinem Ärmel verborgen hatte, rief er die Wachen wieder herein und erteilte seine Anweisungen: »Wir sind über diesen feigen Anschlag in höchstem Maße empört. Die Welt soll erfahren, dass unser Bote Störtebeker die Reise nach Dänemark schwer verletzt überlebt hat und dass wir die Räuber jagen werden, um sie aufs Härteste zu bestrafen.« Lukas seufzte. Er ahnte, was nun kommen würde.

»Durchstreift sämtliche Wirtshäuser. Fragt nach zwei Leuten, zwei Bauern. Unterkünfte sind sorgfältig zu durchsuchen, alle Fremden eindringlich zu befragen. Wer die Brieftasche mit dem Staatswappen findet, wird belohnt. Sie darf aber bei Strafe nicht geöffnet werden. Die Diebe sind peinlich zu befragen, bis sie ihre Auftraggeber preisgeben. Nun zu Euch, Claus Störtebeker: Es wird nicht zu vermeiden sein, dass Euer Name genannt wird, sobald es zu einem Prozess kommt. Geht, sobald Ihr könnt, nach Osten. Dort kennt Euch niemand. Will jemand Euren Namen wissen, so nennt Euch Claus – Wismar! Den ›Störtebeker‹ solltet Ihr am besten schnell vergessen.«

Frieden auf See

Zur See nach Skanör, Montag, 16. September 1381

nächtlicher Starkwind hatte sie aus der Lübecker Bucht nach Nordosten getrieben, vorbei an den dänischen Inseln Falster und Mön. Gegen Morgen blieb eine sanfte Brise übrig; sie reichte gerade, um die schwere Kogge durch die immer noch mächtige Dünung voranzuschieben. So wenig Druck lag auf dem Segel, dass es unablässig mit dem Mast von Luv nach Lee tanzte und das Schiff hin und her warf.

Meister Bertram genoss die Gewalten, er stand auf dem Vorschiff und hielt sich gut fest. Wenn eine Welle den Bug emporhob und das Schiff in die Tiefe stürzte, sang sein Herz vor Freude. Nur gut, dass seinen Altarbildern nichts geschehen konnte! Sie waren sorgfältig verstaut. Umso befreiter lachte der Maler in den Wind.

Seine Freude wurde nicht von allen geteilt. Zwei vornehm gekleidete Kaufleute umklammerten leeseits die Schanz und göpelten um die Wette, als ob es noch etwas gäbe, das aus ihren Mägen ins Freie hätte befördert werden können. Bertram schaute sich das Paar belustigt an. Der Längere der beiden, Ahlert Leverdinghe, hing mit dem Oberkörper außenbords; den Kleineren, Sywert Werners, hinderte nur seine kugelförmige Gestalt, näher an die Schanz zu kommen. Er wartete so lange, bis das Schiff weit genug überholte, um dann lotrecht in die See zu spucken.

»Mein Gott, Leverdinghe, hört das Geschaukel denn nie auf! Dieser Geruch von Modder und Hering ...«, stöhnte Werners verzweifelt.

»Wir müssen uns zusammenreißen, Sywert. Denk an unseren Auftrag!«, beschwor ihn der Angesprochene tapfer, wenn auch schwach.

Allmählich glättete sich das Meer. Sie segelten in den Sund, um dicht vor der Westküste Schonens die Reede vor Falsterbo und Skanör zu gewinnen. Majestätisch glitt die Kogge am Südkap von Falsterbo vorbei. Sicheren Schrittes betrat der Lübecker Ratsherr Simon Zwarting das Deck, er schien nicht verwundert, auf das Elend der Hamburger Kaufleute zu stoßen.

Lächelnd begrüßte er sie:»Ich sehe schon, Leverdinghe, Ihr habt Euch für künftige Aufgaben gestärkt und den Gott der Meere an Euren Becherfreuden teilhaben lassen.«

»Ich trink' sonst gar kein Bier«, murmelte Leverdinghe, »aber es musste ja weg.«

»Ihr habt getan, was Ihr konntet«, lachte Zwarting. »Eine Zumutung geradezu!«

»Nicht doch!«, wehrte Leverdinghe mit schmerzlicher Miene ab. »Für unsere Freunde tun wir alles.«

»Nun aber raus aus den Kleidern! Ihr stinkt drei Meilen gegen den Wind.« Bereitwillig halfen zwei Seeleute, das ungleiche Paar aus der dreckigen Wäsche zu pellen und die Fluchenden so lange mit Seewasser zu übergießen, bis frische Farbe in ihre Gesichter zurückkehrte.

Auch Meister Bertram erheiterte sich an dem Schauspiel. Bestimmte Elemente könnte ich noch in eine moderne Darstellung der Ausgießung des Heiligen Geistes einfügen, dachte er. Die Hamburger waren so sehr mit ihrer Wäsche beschäftigt, dass sie nicht bemerkten, wie ihre Kogge die ankernden Schiffe in kaum einer Rumpfbreite Entfernung passierte.

»Hat man so etwas schon gesehen!«, rief es herüber, »die Hamburger nehmen noch schnell ein Bad, bevor sie sich ins Getümmel stürzen. Ihr habt wohl davon gehört, dass wir aus Rostock zauberhafte Damen zu unserer Kurzweil mitgebracht haben.«

Überrascht blickte Leverdinghe auf. Wie peinlich: Auf dem Nachbarschiff stand Johannes van der Aa, Rostocks Bürgermeister, umgeben von mehreren Schönheiten, und alle lachten aus vollem Halse. Die Hamburger Kaufleute verschwanden schleunigst von Deck. Simon Zwarting hingegen nutzte die Gelegenheit und begrüßte alle, die er kannte. Abgesandte aus Stralsund, Greifswald, Kolberg, Kampen, Bremen und Staveren waren der Einladung zur außerordentlichen Sitzung des Hansetages gefolgt oder zum Besuch des berühmten Heringsmarkts gekommen. Schließlich fand das Schiff seinen Ankerplatz querab von der Burg Skanör.

Von dort weitete sich der Blick auf die lang gestreckte Halbinsel. Bertram wusste, dass sie durch eine schmale Landbrücke mit dem südlichen Schonen verbunden war. Zwischen Skanör und Falsterbo breitete sich eine riesige Zeltstadt über die Insel aus – der Schonenmarkt. Parallel zum Strand zog sich eine Sandbank durchs Wasser, auf der zahlreiche dänische Fischerboote lagen. Vier von ihnen wurden ins Wasser geschoben und nahmen Kurs auf das Lübecker Schiff, um ihre Fährdienste anzubieten.

»Zur Hamburger Vitte!«, beschied Zwarting die Fischer. Bertram fand Gelegenheit, den Lübecker zu fragen, wie er sich in dem Zeltmeer zurechtfinden könne, denn alles sah wenig übersichtlich aus.

»Nur auf den ersten Blick, lieber Meister. Alles ist nach der Herkunft der Händler geordnet. Im Norden der Insel liegen die den Nordseestädten zugeteilten Vitten – das sind die abgezäunten Geländestreifen dort. Weiter im Süden liegen die Vitten der Ostseestädte, auch unsere Lübecker. Dort verarbeiten wir den Hering, den die dänischen Fischer uns bringen. Seht Ihr, wie die Kähne auf den Strand stoßen? Der Fang wird von den Booten in Holzmulden zu den Buden getragen und –«

»Wir sind da!«, brüllte ihm der dänische Fährmann ins Ohr, um gegen den von Land auf sie einstürmenden Schwall von Schreien, Krachen, Dröhnen, Sägen und Hämmern durchzudringen.

Meister Bertram begab sich mit seinen Gehilfen nach Süden, den Strand entlang zur Kirche von Falsterbo. Werners und Leverdinghe verließen das Schiff als Letzte. Sie verloren sich gleich, denn Leverdinghe, vom Kopfschmerz geplagt, hatte Schwierigkeiten, sich in der Menge zu behaupten. Mehr als der Lärm machte ihm die Geschäftigkeit der Menschen zu schaffen, rücksichtslos drängten sie ihn vom Wege ab.

»Platz da, die neue Lieferung!«, riefen die Träger und kippten die vollen Heringsmulden auf die Tische.

»Tonnen, wir brauchen neue Tonnen! Schickt ein Boot zur Kogge rüber«, rief ein Aufseher, im selben Moment brüllte eine weibliche Stimme: »Ich muss eine ssarfe kniv haben, er du so venlig und ssleifen meine Messer?« Missmutig und überfordert starrte Leverdinghe auf die flinken Hände der dänischen Frauen, die den Fisch ausnahmen, salzten und in die Heringstonnen einlegten. Lange fixierte er das wettergegerbte Gesicht der Vorarbeiterin, die die Packerinnen dirigierte.

»Hör auf mich anzuglotzen!«, schrie sie ihn an. »Geh weiter und nimm deine bösen Augen mit!« Die Hände in die Hüften gestemmt, warnte sie die Arbeiterinnen: »Schaut ihm nicht in die Augen! Der hat den Bösen ihm Leib.« Leverdinghe begriff nicht gleich, dass er gemeint war. Die resolute Frau packte drei Heringe und schleuderte sie ihm ins Gesicht. »Vielleicht heilt dich das vom bösen Blick!«

Leverdinghe flüchtete, doch die Salzlauge war ihm in die Augen gedrungen und brannte so heftig, dass er sich auf den Boden krümmte und die Fäuste in die Augenhöhlen presste.

»Nicht mit den Händen«, hauchte eine tiefe Frauenstimme mit Rostocker Akzent in sein Ohr. Er spürte die Brüste der sich über ihn neigenden Frau, die seine Hände bestimmt, aber liebevoll von seinen Augen entfernte, er fühlte ein Tuch, das vorsichtig Salz abtupfte, er genoss, wie linderndes Wasser über sein Gesicht lief. Die mit dem Lappen bewehrte Hand wischte Wangen und Hals ab und fuhr so tief in seinen Ausschnitt, dass ihm die Luft wegblieb. Die nasse Kälte berührte ihn an seiner empfindlichsten Stelle.

Sie lachte, als er hochfuhr. »Jetzt kannst du wieder sehen, bleicher Freund.« Leverdinghe sah eine große Blonde mit üppigen Formen. Ihr Gesicht strahlte warm wie die Sonne. »Mir ist nicht entgangen, dass du noch weiterer Hilfe bedarfst«, raunte sie und zog ihn ins hohe Gras hinter den Vitten.

Als sich der Hamburger Kaufmann einige Minuten später durch die Zelte und Verkaufsstände zum Hauptweg zurückgekämpft hatte, sah er, wie großartig das Wunderwerk der sinnvoll ineinander greifenden Tätigkeiten war und wie erstaunlich der Fleiß der Menschen. Im Gewühl beschlich ihn bald ein irritierendes Gefühl. Er drehte sich um und sah, wie der dunkelblonde Schopf eines jungen Mannes hinter einer Zeltkante verschwand. Leverdinghe schlenderte durch die Hauptgasse und betrat eine Schänke. Niemand da. Er rief nach dem Wirt und versteckte sich hinter der Tür. Wie erwartet, betrat der junge Mann den Schankraum, just in diesem Augenblick erschien auch der Gastwirt.

»Ihr habt gerufen«, wandte er sich an den einzigen Gast.

»Gerufen? Hab' ich gerufen? Ja, wisst Ihr, ich suche einen Freund. Habt Ihr ihn gesehen?«

»Unmöglich«, wehrte der Wirt ab, »hier ist noch geschlossen. Wir haben die Tür nur zum Lüften geöffnet, aber jetzt werd' ich sie wieder schließen.«

Leverdinghe trat aus seinem Versteck. »Wer seid Ihr«, fragte er den Jungen, »warum verfolgt Ihr mich durch alle Gassen?«

Der Gastwirt begriff nicht, was hier vor sich ging.

»Ich hatte nicht den Mut, Euch eher anzusprechen«, begann der Fremde. Sein Gesicht strahlte Entschlossenheit aus, was durch zwei quer über die Stirn verlaufende Narben noch unterstrichen wurde. »Wir sind mit dem gleichen Schiff angekommen. Mein Name ist Claus, ich gehöre zu Meister Bertrams Gehilfen und will mit den Englandfahrern Verbindung aufnehmen. Ihr seid doch ein Mitglied der Bruderschaft der Englandfahrer?«

»Ja schon. Und weiter?«

»Ich bin Maler und stehe vor der Meisterprüfung«, sagte der Fremde.

»Wie soll ich Euch dabei helfen? Ich bin Kaufmann.«

»Ich würde gern als Meisterstück ein Bildwerk schaffen, das eine Szene aus dem Leben des heiligen Thomas von Canterbury wiedergibt. Also dachte ich mir, Eure Bruderschaft könnte an einem Altar für ihren Schutzheiligen interessiert sein. Ich suche einen verständigen Mann, der mein Anliegen bei Eurer Bruderschaft vortragen und befürworten kann.«

»Da seid Ihr auf mich verfallen?« Der Kaufmann war geschmeichelt.

»Ihr seid für Eure Courage bekannt. Bitte sagt meinem Meister nichts«.

»Seid Ihr sicher, dass Ihr Meister Bertram übergehen wollt?«, vergewisserte sich Leverdinghe. Wie man ihn wohl bewundern würde, wenn er diesen reizvollen Vorschlag in der Bruderschaft vortrüge!

»Bertram ist ein guter Meister, doch leicht verletzbar. Es könnte ihn betrüben, in mir einen Konkurrenten entdecken zu müssen.« Das stimmte Leverdinghe schadenfroh, hatte er doch am Morgen die mitleidigen Blicke des Meisters ertragen müssen.

»Was haltet Ihr davon, angehender Meister, wenn wir Euren Plan bei einem guten Schluck Bier besprechen?«

»Mir soll's recht sein, wenn Ihr das Bier bezahlt.«

Leverdinghe rief nach dem Wirt, er möge eine Kanne Bier und zwei Becher bringen.

»Drei Becher!«, ertönte es vom Eingang. Claus glaubte, in Leverdinghes Gesicht eine Spur von Erleichterung zu entdecken. »Hast wohl geglaubt, ich find' dich nicht? Keine Sorge, Leverdinghe! Hier geht keiner verloren. Auf mich ist Verlass!«, polterte Werners kurzatmig. »Wer ist das?«, fragte er misstrauisch.

Leverdinghe hob sein Bier: »Auf den Thomas-Altar!« Sie stießen an, und Leverdinghe erklärte, was der Maler ihnen anzubieten hatte. Auch Werners war angetan und wollte Genaueres wissen. Darauf war Claus vorbereitet. Er ging ins Detail und nannte, um bei den geizigen Kaufleuten Zweifel zu zerstreuen, einen niedrigen, aber nicht unrealistischen Preis.

Die Kaufleute waren zufrieden. »Dafür macht Bertram nicht den kleinen Finger krumm!« Eine weitere Runde besiegelte das Geschäft. Claus fragte seine neuen Freunde, was sie nach Skanör treiben würde.

Werners setzte seinen Krug derart heftig ab, dass er umfiel. »Warum wollt Ihr das wissen?«

Bevor Claus eine plausible Antwort fand, erklärte Leverdinghe: »Handel, was sonst?«

Claus reagierte geschmeidig: »Ich frag' nur, weil hier eine Menge los ist. Bertram stellt seinen Altar auf, die Ratsherren der Hanse verhandeln mit den Kaperfahrern. Vielleicht gibt es endlich Frieden auf See.«

»Frieden mit Piraten? Dafür gibt es nur eine Lösung: Kopf ab!«

»Mit Stumpf und Stiel vernichten! Das ist die einzige Sprache, die diese Räuber verstehen.« Die ehrbaren Englandfahrer überboten sich mit Beweisen ihrer Unnachgiebigkeit. Bei diesen Vertretern würde er nicht weiterkommen. Bevor sich Claus verabschiedete, fragte er, ob sie Bertrams Altar zu sehen wünschten.

»Wenn Ihr meint, sehen wir uns den einmal an. Aber erst später!«

Burg Skanör, am gleichen Tage

Kann jemand kurz die Fenster öffnen?«, stöhnte Simon Zwarting, der die Ratssitzung leitete. Während er die obersten Knöpfe seiner Schecke öffnete, murmelte er eine Entschuldigung, doch die war unnötig. Die Ratsherren der anderen Städte folgten seinem Beispiel. Tuwe Galle, der Hausherr, betrat den Raum. »Die Fenster, Vogt Galle! Könnt Ihr sie öffnen?«, wiederholte Simon.

»Gern«, lächelte der Angesprochene, »allerdings solltet Ihr mich nicht Vogt rufen. Ich nehme lediglich die Funktionen eines Gelkaer wahr. Aber Ihr, die Vertreter der Hansestädte«, fügte er mit bitterem Unterton hinzu, »Ihr habt die Macht, dies zu ändern – solange Skanör unter Eurer Verwaltung steht.«

»Das steht heute nicht an«, schnitt ihm der Lübecker Ratsherr das Wort ab, »doch danken wir Euch, dass Ihr uns auf Skanör willkommen heißt. Die dänische Seite hat uns vorgeschlagen, hier mit einundzwanzig Seeräubern zusammenzutreffen.« Zwarting konnte seine Verachtung kaum verbergen. »Offensichtlich fühlen sich diese Gesellen im Schutz der dänischen Krone sicher. Das sollte uns zu denken geben, nicht wahr, meine Herren?«

Nicht alle teilten diese Sicht der Dinge. Es wurde unruhig im Saal, bis Rostocks Bürgermeister das Wort ergriff: »So kommen wir nicht weiter. Niemand hat die Absicht, mit Seeräubern zu verhandeln. Unser Wunsch war es, mit den Söldnern zur See zusammenzutreffen. Mit ihnen werden wir gerne zum Wohl unseres Handels Friedensverträge schließen, ehe sie zu unserem Schaden neue Aufträge von einer anderen Seite erhalten. Die Dänen«, er wandte sich an den Gelkaer, »haben unseren Dank verdient.«

»Ich würde Zurückhaltung empfehlen«, konterte Zwarting. »Jede Verbrüderung mit den Kapergruppen scheint uns unangebracht. Sie werden Geld verlangen, sehr viel Geld!«

»Ganz richtig!«, pflichtete der Stralsunder Bürgermeister bei. »Wir werden diese Leute kaum davon überzeugen, auf Einkünfte aus der Kaperei zu verzichten, es sei denn, wir bezahlen das. Wir halten eine Einigung auf dieser Grundlage nicht für sinnvoll.«

»Wir verfügen über andere Nachrichten, meine Herren!«, mischte sich Dargezow ein. »Wir haben in Erfahrung gebracht, dass die Kapergruppen wie wir an einem Frieden auf See interessiert sind. Wir sollten nichts unversucht lassen, einen solchen Frieden zu erreichen. Unsere finanzielle Lage würde sich am Ende sogar verbessern, wenn wir für die Einhaltung des Friedens zahlen müssten, statt weiter kostspielige Kriegskoggen auszurüsten. Nur wenn es uns gelingt, den Frieden ohne Aufwendungen zu erreichen, können wir die Schifffahrt von der Pfundgeldsteuer befreien. Das ist es doch, was unsere Seefahrer interessiert!«

»Dem pflichte ich bei, und ich sage das für unsere preußischen Städte«, brachte Peter von Wilsen vor. »Sie sind kaum mehr zu bewegen, das Pfundgeld zu erheben und an die Kriegskasse ...« Mit einer Handbewegung brachte Zwarting ihn zum Schweigen.

»Gleichgültig, wie! Wir müssen der Kaperei einen Riegel vorschieben und unsere Friedenskoggen weiterhin so ausrüsten, dass sie schlagkräftig alle ...«

Van der Aa unterbrach: »Nicht so kriegerisch, Zwarting!«

Der schüttelte unwillig den Kopf: »Wie sollen wir uns verhalten, wenn die Kaperergruppen sich gegen eine Friedensregelung sperren, die sich aus ihrer Sicht nicht lohnt? Dann müssten wir auch fürs kommende Jahr eine Pfundgeldsteuer beschließen. Wir können die Rechnungen für die teuren Kriegsschiffe aber nicht erst bezahlen, nachdem die Pfundgelder von allen Mitgliedern beigetrieben sind. Wer, frage ich Euch, soll das Geld vorlegen? Wir Lübecker? So wie immer? Wie oft haben wir schon auf die Erstattung unserer Auslagen warten müssen! Ich rede nicht von Kleinigkeiten, sondern von 8000 Mark lübsch. Rechnet also nicht mit uns, wenn Ihr meint, mit Banditen Frieden schließen zu müssen.«

»Gewiss doch, gewiss, Zwarting«, erwiderte van der Aa, »deshalb schlage ich vor, es zuerst mit einem niedrigeren Angebot zu versuchen. Sagen wir: Frieden auf See für 3000 lübsche Mark.«

»Ja, so seid Ihr, Ihr Rostocker«, lachte Zwarting. »Ihr glaubt, wenn man feilscht, bekommt man alles, sogar den Frieden.«

»Und so seid Ihr Lübecker! Erst wenn die Kaperfahrer was drauflegen, würdet Ihr einschlagen.«

Zufrieden erhob man sich und verließ den Saal.

Störtebeker! Du bist es wahrhaftig!« Dargezow zog ihn ein paar Schritte weiter. »Was machst du hier?«

»Die alte Geschichte!«, entgegnete Störtebeker. »Der Hamburger Rat will sich Eurer Friedensinitiative anschließen, aber die Bruderschaft der Englandfahrer tut alles, um die Verhandlungen zu hintertreiben. Zwei Englandfahrer sind mit der lübschen Kogge gekommen. Niemand weiß, was sie vorhaben, aber es verheißt nichts Gutes. Obwohl sie so tun, als ließen sie sich volllaufen wie alle Tage.«

Dargezow lachte: »Vielleicht sorgen wir uns unnötig, und die Herren haben nur einen schweren Kopf. Komm mit zu den Verhandlungen, gleich sind die Kaperfahrer da, du kennst einige von ihnen. Du wärst mir eine Hilfe, Zwarting ist kompromisslos.«

»Das kann ich nicht tun«, flüsterte Störtebeker. »Die Englandfahrer sind zu allem fähig. Wenn Ihr mit den Kaperfahrern sprecht, haltet Euch an Grubendal. Das ist ein besonnener Kopf.«

Die Gäste ließen auf sich warten, Tuwe Galle wurde unruhig. Vor dem Tor entstand Unruhe, eine Gruppe von 21 Männern stand vor Galle. Seeleute, nach ihrer Kleidung zu urteilen, freundlich, aber ohne Ehrerbietung.

»Na, Meister Tuwe – warum so überrascht? Kennst du mich nicht mehr?«, rief der Anführer und packte Tuwe an den Schultern. Galle wandte sich einem anderen Neuankömmling zu.

»Willkommen, Eler von Rantzau! Seid Ihr gut angekommen?«, fragte er betont höflich.

Der Angesprochene übernahm den kumpelhaften Ton: »Unsere

beiden Boote haben wir an der Nordspitze der Insel auf den Strand gezogen. Da liegen sie doch sicher – oder?«

»So sicher, wie auch Ihr Euch auf Skanör fühlen dürft. Ihr seid Gäste von Königin Margarete.« Galle wandte sich an die Ratsherren: »Erlaubt mir, meine Herren Bürgermeister und Ratsmänner, dass ich Euch mit den Anführern der vereinigten Kapergruppen bekannt mache und Euch den ehrenwerten Ritter Eler von Rantzau ...«

»Ich fass es nicht: auch noch ehrenwert!«, flüsterte Zwarting dem Stralsunder Wulflam ins Ohr.

»... als Verhandlungsführer vorstelle.«

»Stimmt nicht«, fiel ihm ein Seemann ins Wort, »kein Adliger diesmal, bester Galle! Sie haben mich gewählt, Detlef Knut.« Eler lächelte, der Gelkaer war verwirrt und rettete sich mit dem Vorschlag: »Wenn sich die Herren persönlich miteinander bekannt machen wollen!«

»Welch Ehre, Euch begegnen zu dürfen!«, begrüßte der Stralsunder Bürgermeister Eler von Rantzau mit spöttischer Herablassung. »Ich habe einige Herren aus Eurer Familie kennen und schätzen gelernt, die der dänischen Krone dienstbar waren.«

»Ach wirklich?«, stach von Rantzau elegant zurück: »Die haben einen Herrn Wulflam aus Stralsund vorgelassen?« Gelächter auf beiden Seiten erfüllte den Hof. Zwarting hatte von Rantzaus Schlagfertigkeit die Sprache verschlagen. Mit rotem Kopf wandte er sich Richtung Sitzungssaal.

Kurz darauf saß man im hohen Gestühl des Sitzungssaals einander gegenüber: 20 vornehm gekleidete Ratsleute der Hansestädte hüben und 21 Seeleute drüben. Zur Erleichterung all jener, die einen erfolgreichen Ausgang der Verhandlungen wünschten, riss der Wismarer Ratsherr Dargezow die Leitung an sich und ließ die Gegenseite zu Wort kommen. Geld? Nein, Geld wollten sie nicht. Nur Frieden auf See, verbindlich für beide Seiten. Und dass in Zukunft ein rechtlicher Unterschied gemacht werde zwischen ihnen, berufsmäßigen

Söldnern zur See in fürstlichem Auftrag, und den unsäglichen Seeräubern, mit denen sie nichts zu schaffen hätten. Den Ratsherren verschlug es die Sprache. Keine Kosten? Frieden schlicht um schlicht? Dargezow triumphierte: »Hab ich's nicht gesagt?« Nun zeigten sich auch die anderen Ratsherren nachgiebig. Wenn sich tatsächlich viel Geld sparen ließ, wollte man den rechtlichen Unterschied zwischen Kaperfahrern und Seeräubern gern in Kauf nehmen – ohne dies schriftlich festzulegen! Es folgte eine Pause, die die Kaperfahrer zur Abstimmung zwischen den beteiligten Mannschaften nutzten. Danach wurde es feierlich, indem beide Gruppen durch Hand und Mund gelobten, den Frieden zu wahren.

Als dies geschehen war, trat Zwarting ans Pult, bedankte sich und verkündete das Ende der Sitzung. Über das fröhliche Gemurmel der sich erhebenden Männer hinweg rief er: »Wer kommt mit auf ein Bier in die Vitten?« Keiner wollte sich ausschließen!

Das Wetter war günstig, die See spiegelglatt. An der Lübecker Kogge hatten zwei Fischerboote festgemacht, die durch Balkenwerk auf 20 Fuß miteinander verbunden waren. Auf das Balkenwerk hatte man dicht an dicht Planken verlegt, die Nähte zwischen diesen mit Werg abgedichtet und mit Pech vergossen, damit kein Tropfen Spritzwasser von unten die zwischen den Booten entstandene Plattform durchdrang. Die in wollene Laken eingepackten Platten und Säulen wurden über die Reling hinabgelassen. Somit nahm die schwierigste Phase des Transports einen günstigen Verlauf, Meister Bertram fiel ein Stein vom Herzen. Sämtliche Teile des Altars wurden dank der dänischen Fischer nicht erst abgelegt, sondern, nachdem die Boote an Land gezogen waren, gleich zur Kirche unweit der Burg Falsterbo geschleppt. Meister Bertram überwachte die Arbeiten. Alles verlief nach Plan, nur der junge Mann, der vor dem

Portal auf und ab ging, passte nicht ins Bild. Wo hatte Bertram ihn schon einmal gesehen?

»Seid Ihr nicht mit der Lübecker Kogge gekommen?« Der Mann nickte, als hätte er auf diese Ansprache gewartet. »Ihr seht so aus, als könntet Ihr mit anpacken …«, deutete Bertram an.

»Wenn's nur das ist!«, lachte der junge Mann. »Sagt mir, was ich tun soll. Ich bin mit zwei Kaufleuten verabredet, die werden mich schon nicht übersehen.«

Claus Störtebeker war glücklich, dem großen Maler helfen zu dürfen. Zunächst montierten sie auf dem steinernen Altartisch im Chor ein Gerüst mit zwei großen Fenstern, in die Bertrams Bildtafeln eingeschoben wurden.

Die Tafeln erzählten die Legende des heiligen Christophorus, seine Gefangennahme und Enthauptung. Die Mitte nahm eine geschnitzte Figur ein. Claus betrachtete sie voller Bewunderung. Gestützt auf einen knorrigen Ast, trug der Heilige das Christuskind über ein großes Wasser; an Land pflanzte er den Ast in die Erde, der sogleich ausschlug und zum Baum wurde.

»Das Christkind streichelt ihm das Haar! Oder segnet es durch Handauflegen den Mann, der es übers Wasser getragen hat?«, fragte Claus.

»Warum macht Ihr einen Unterschied?«, erwiderte Bertram.

»Ihr habt Recht, warum soll eine Segnung nicht mit einer zärtlichen Geste dargestellt werden? Aber warum hat der Heilige seinen Blick in die Ferne gerichtet, obwohl er auf den Weg achten müsste?«

»Er behält sein Ziel im Auge, das jenseitige Ufer. Ihr seid ein aufmerksamer Beobachter.«

»Das Kind«, fuhr Claus fort, »wird Christophorus immer schwerer. Er muss sich mit seinen Füßen in den Boden krallen. Zugleich scheint er sicher auszuschreiten und allen Gefahren zu trotzen. Sagt, Meister: Wie habt Ihr all dies ersinnen können?«

»Ich hatte den gewaltigen Baumstamm einer Linde, und ich hatte mich in das Heiligenleben des Märtyrers vertieft. Als ich begann, war mir, als führte ein anderer das Messer.«

»Ihr habt mir und allen künftigen Besuchern der Kirche den Heiligen zum Leben erweckt. So wie er hier vor uns steht, würde ich ihm in Sturm und Seenot vertrauen.«

Bertram wehrte ab:»Ich habe nur gedient.«

»Ich möchte … ich muss vor diesem Bild beten!« Claus kniete nieder.

Störtebeker war so versunken, dass er nicht hörte, wie Bertram einwandte:»Der Altar ist noch nicht geweiht!« Aber insgeheim war er über die Wirkung seines Werkes glücklich.

Die Englandfahrer hatten Claus versetzt, das war kein gutes Zeichen. Zuerst durchstreifte er die Vitten in der Hoffnung, sie beim Zechen anzutreffen. Dort fand er nur Ratsherren und Kaperfahrer, die alle bester Stimmung waren. Er lief landeinwärts bis zur Landenge, deretwegen man das Gebiet zwischen Falsterbo und Skanör als Halbinsel bezeichnete. Von dort eilte er zur Nordspitze, wo die beiden Schiffe der Kaperer lagen. Zwischen den Schiffen war ein Zelt gespannt, sieben Söldner hielten die Stellung.

Eine friedliche Szene: Die Männer waren dabei, ein Mahl vorzubereiten. Claus kannte einige von seinen Verhandlungen. Sie begrüßten einander, eine gewisse Anspannung war den Söldnern anzumerken. Sie wollten Frieden und wussten nicht, wie die Verhandlungen ausgegangen waren. Claus konnte sie beruhigen, der Frieden sei gesichert. Sie freuten sich von Herzen. Dann erkundigte er sich nach den Gesuchten.

»Nein, zwei Hamburger Kaufleute waren nicht hier. Gerade haben uns Fischer mehr Fische vorbeigebracht, als wir essen können. Bleib doch zum Essen, Claus. Wir haben Grund, fröhlich zu sein!«

»Ein andermal«, wehrte Claus ab. Es wurde allmählich dunkel, noch einmal ging er durch die Vitten. Die Verkäufer schlossen die Buden, die Schänken hatten noch reichlich Zulauf. Wo er auch fragte, niemand hatte einen kleinen Dicken und einen dürren Langen gesehen. Schließlich gelangte Claus zur Südspitze der Halbinsel. Die Feuerblüse auf einer Düne sprühte Funken und wies den Schiffen den Weg durch die Nacht. Claus war ratlos, sie hatten ihn ausgetrickst. In der kleinen Kirche brannte Licht, er lief hinab und betrat den heiligen Raum. Meister Bertram war allein.

»Könnt Ihr nicht schlafen, oder was treibt Euch her?«

»Ich dachte, es wäre schön, noch einmal den Altar zu sehen«, erwiderte Claus.

»Hättet Ihr Lust auf einen kleinen Gang?«

»Sehr gern!«

»Wo sind Eure Englandfahrer?«

»Ich bin ganz froh, sie nicht getroffen zu haben.«

Am Strand entlang gingen sie nach Norden, zurück zur Burg Skanör. Bertram erwähnte Johannes Zeelander, der ihm die Linde für die Figur besorgt hatte. Claus erzählte von der gemeinsamen Kindheit in Wismar und wie Johannes schon damals das Holz der Bäume besser beurteilen konnte als alle anderen.

Bertram unterbrach ihn: »Ihr seid der sagenhafte Claus, den Clemens und Johannes als dritten Bruder angenommen hatten? Ich dachte, Ihr wärt verschollen! Wisst Ihr, wie sehr Euch Johannes vermisst hat? Aus eigenen Mitteln hat er ein Kreuz zu Eurem Andenken gestiftet, auf Neuwerk. Ein gewaltiges Kreuz, 30 Fuß hoch. Es war ihm sehr wichtig.«

»Ich kenne das Kreuz. Es ist sehr schön.«

»Weiß Zeelander, dass Ihr lebt?«

Claus bejahte. Sie kamen wieder zu den Vitten. Aus einer Schänke winkte ihnen der angeheiterte Zwarting zu: »Prächtige Kerle, diese Kaperfahrer!« Seiner Umarmung konnten sie sich ebenso wenig entziehen wie der Einladung mitzutrinken.

»Habt Ihr Leverdinghe und Werners gesehen?«, fragte Claus beiläufig.

Zwarting stutzte. »Was wollt Ihr von den Trunkenbolden?«

»Wir waren verabredet, um uns Meister Bertrams Altar anzuschauen.«

»Das sind merkwürdige Vögel!«, ließ der Ratsherr wissen. »Ich war vorhin kurz draußen – ich meine, ich hätte zwei Fischer gesehen, die ihnen aufs Haar glichen, ein Dicker und ein Langer. Also hab' ich gerufen!« Zwarting unterbrach den Bericht, um mehr Bier zu ordern. Bertram und Claus stießen auf den Frieden an.

»Waren sie es?«, wollte Bertram wissen.

Der Ratsherr schlug mit der Faust auf den Tisch. »Das war das Merkwürdige! Sie beschleunigten den Schritt!! Sie können es nicht gewesen sein, die feiern doch zu gern.«

Claus starrte in seinen Krug. Irgendetwas stimmte nicht. »Ich muss los.«

Von weitem machte Claus am Horizont einen kurzen, hellen Strich aus, er beschleunigte seinen Schritt. Bald konnte er Einzelheiten erkennen: verglühende Spantengerippe von zwei Booten, dazwischen Tuchfetzen des Zeltes. Darunter sieben Leichen, kaum verdeckt von glimmender Kleidung. Überall erbrochene Fischreste. Vor dem Zelt lag eine tote Katze. Eine Wolke aus Rauch und Gestank von verbranntem Fleisch hingen über dem Ort. Er hörte ein leises Wimmern! Einige Schritte neben der Brandstelle stieß er auf einen jungen Mann, er litt Schmerzen und konnte nicht antworten. Claus steckte ihm den Finger in den Hals, doch der Mann war zu schwach, das Gift wieder auszuspeien. Ohne ein Wort gesagt zu haben, starb er.

So schnell ihn die Füße trugen, rannte Claus zur Hamburger Vitte, wo er die Versammlung fröhlich beisammen fand.

»Henneke Grubendal, kennt Ihr mich noch?«, wandte er sich an einen älteren Mann von imponierender Statur. »Ich war voriges Jahr, anno 1380, mit einer Botschaft der Stadt Wismar bei Euch in Söborg. Erinnert Ihr Euch?«

»Dunkel, junger Freund. Worum ging es gleich?«, versuchte Grubendal, sich zu erinnern.

Dargezow half nach. »Um die Friedensgespräche, Grubendal!«

Claus ergänzte: »Vor Antritt meiner Rückreise rietet Ihr mir, Euren Antwortbrief nicht in die Brieftasche mit dem Ratswappen der Stadt Wismar zu legen, sondern zwischen den Beinen in der Unterhose zu vernähen.«

»Natürlich! Die Unterhose! Das seid Ihr?«, dämmerte es Grubendal. »Wir hörten, Ihr wärt im Wismarer Hafen erschlagen worden. Ein Toter weniger, wenn das kein Grund zum Feiern ist!«

Schon hatte Claus ein Bier vor sich, er rührte es nicht an.

»Was ist mit Euch?«

»Eine böse Sache!« Schnell erzählte Claus, was er entdeckt hatte. Der Kaperfahrer wartete das Ende der Geschichte nicht ab, blanke Wut erfüllte ihn. Er stand da wie ein Baum und erhob die Hand. Alle Gespräche verstummten. In die Stille hinein sagte er leise:

»Man hat unsere Boote verbrannt und die Wachen ermordet! Wir sind betrogen worden. Frieden auf See? Ein schöner Traum.«

Auf allen Gesichtern zeigte sich Entsetzen. Simon Zwarting erhob sich und blickte dem einstigen Gegner in die Augen.

»Grubendal! Nicht so. Das waren nicht wir. Um nichts in der Welt würden wir einen günstigen Frieden aufs Spiel setzen.«

»Soll ich Euch das glauben, Zwarting? Alles spricht gegen Euch«, Grubendal wandte sich zum Gehen.

Mit einem Satz sprang Störtebeker auf die Bank, dass es krachte. »Haltet ein, Grubendal! Wenn wir jetzt als Feinde auseinandergehen, spielen wir den Verbrechern in die Hände, die für die Morde verantwortlich sind. Es handelt sich um eine Provokation. Sie hat das Ziel, die Vertragspartner zu entzweien. Das ist nicht im Interesse der

Hansestädte. Auch die Dänen, unsere Gastgeber, kommen nicht in Frage. Es gibt weitere Parteien. Lasst uns gemeinsam prüfen, wer die Mörder sind!«

Die Kaperfahrer bildeten die Vorhut, die Hansestädte entschieden, zwei Vertreter, Zwarting und von der Aa, hinterher zu schicken. Alle anderen kehrten in die Burg zurück. Claus redete unentwegt auf Grubendal ein. Immer noch glomm Feuer in der Asche. Zunächst bargen die Kaperfahrer ihre Gefährten und legten sie auf die Heide. Um ihren Schmerz zu lindern, suchten sie nach Erinnerungsstücken und Habseligkeiten, die das Feuer überstanden hatten. Sie fanden ein paar Pfennige, Zinnbecher, eine Schere, einen Dolch, mehr nicht. Sie verfluchten die Täter und beklagten die Toten. Die Untersuchung ergab, dass alle vor ihrem Ende Fisch erbrochen hatten. Auch die Katze hatte Heringreste im Maul. Sie entdeckten einen angekohlten Holzeimer mit Heringen, wie ihn nur die einheimischen Fischer benutzten. Kein Kaperer hatte so einen Eimer besessen.

»Die Fischer also!«, polterte Grubendal.

Claus widersprach: »Zur Zeit gibt es nur eine Vereinigung, die keinen Frieden will – die Englandfahrer.«

»Die Hamburger Englandfahrer, Werners und Leverdinghe, die sind mit uns gereist«, ergänzte Zwarting.

»Dann nichts wie hin! Die holen wir uns vom Schiff!« Grubendal musste sich bewegen, Tatendrang war besser als herumzustehen. Sie liefen am Strand entlang, bis sie zur Linken die Hamburger Vitte ausmachten und wandten sich dann der Seeseite zu. Da draußen musste sie liegen, die lübsche Kogge. Einige bemühten sich bereits, die Versetzboote vom Strand ins Wasser zu schieben, aber Zwarting hielt sie auf.

»Wir kommen zu spät! Trotz der Dunkelheit könnt Ihr die breite Lücke zwischen den Ankerliegern erkennen. Dort lag heute Nachmittag unser Schiff, jetzt ist es weg!« Ratloses Schweigen. Grubendal wandte sich an Zwarting: »Eine überstürzte Abreise. War das vereinbart?«

»Natürlich nicht!«, beteuerte der Ratsherr.

Die Brüder von S. Sabina

Auf dem Hamburger Fischmarkt, Freitag, 10. April 1383

Markttag, alles gackerte durcheinander, Magdalena fror. Sie zog ihr großes Wolltuch enger um die Schultern und schloss auf. Sie konnte nicht überhören, was die Frauen vor ihr miteinander sprachen.

»Er ist der Beste weit und breit. Sywert redet nur noch davon, dass er bei Zeelander ein Schiff bestellen will. Ich weiß gar nicht, von welchem Geld! Nie ist genug da. Aber mein Mann und seine Geschäfte – da schau einer durch! Ach, Hildegard, mitunter krieg ich's mit der Angst.«

»Aber, aber, liebe Gesa!«, beschwichtigte die Angesprochene. »Schlecht scheint es um euch doch nicht bestellt zu sein. Ahlert spricht mit Hochachtung von den Fähigkeiten deines Mannes. Noch nie hätte er so glänzende Geschäfte gemacht wie mit deinem Mann.«

»Er hat von glänzenden Geschäften gesprochen? Aber hat er auch von soliden Geschäften gesprochen?«

»Wie kannst du daran zweifeln!«, entrüstete sich Hildegard.

»Seit einiger Zeit hat sich Sywert verändert. Er ist unaufmerksam, regelrecht verwirrt. Gelegentlich redet er im Schlaf! Immer wieder ruft er ›Heringe!‹ und ›Verreckt!‹ Mit einer Stimme, die mich gruseln macht.«

»Vielleicht fürchtet Sywert, sich an einer Gräte zu verschlucken.«

»Nein, Hildegard, da ist etwas anderes. Ich hab' ihn gefragt, ob auf seinen Reisen etwas vorgefallen sei. Das hat ihm nicht gefallen. Er ist sehr schroff geworden!«

»Ahlert benimmt sich auch seltsam. Und Heringe gibt es bei mir gar keine mehr.«

»Heringe wollt Ihr?«, unterbrach der Fischer am Stand die Frauen. »Oder soll ich zuerst Frau Zeelander bedienen?«

Überrascht drehte sich Gesa um: »Magdalena! Ihr steht die ganze Zeit hinter uns und sagt keinen Ton?«

»Vier Butt!«, rief Hildegard dem Fischer zu. »Keine Heringe! Mit Heringen darf ich mich zu Hause nicht blicken lassen.«

Auch Magdalena wollte keine Heringe. Gesa und Hildegard nahmen sie in ihre Mitte. »Wir sprachen darüber, wie hart unsere Männer arbeiten. Aber wem sag' ich das – dein Johannes rackert sich ja noch mehr ab! All die schönen Schiffe, die er baut. Er ist bestimmt todmüde, wenn er abends heimkommt!«, meinte Hildegard mitfühlend. »Bleibt überhaupt noch Zeit für dich und die Kinder?«

Wie oft hatte Magdalena solche Fragen über sich ergehen lassen müssen! Dieser freundliche Ton voller Spitzen. Woher nahmen die eifersüchtigen Weiber hässlicher Männer das Recht, ihr so zuzusetzen? Sie bemühte sich, keine Miene zu verziehen. »Johannes ist sehr besorgt um seine Kinder«, erwiderte sie tapfer. »Ich muss gehen. Die kleine Catharina schläft, wenn sie wach wird, sollte ich daheim sein.«

»Die hat's aber eilig!« Gesa schüttelte den Kopf.

»Wird schon ihre Gründe haben.« Hildegard machte einen spitzen Mund.

Magdalena war froh, das Gedränge des Marktes hinter sich zu lassen. An der Milchbrücke entdeckte sie ein unerwartetes Gesicht in der Menge.

»Jan! Was machst du denn hier? Musst du nicht arbeiten?« Jan Kreyer wirkte benommen und erwies sich ungewohnt wortkarg. »So kenn' ich dich ja gar nicht. Ist dir nicht wohl?«, fragte Magdalena besorgt.

»Nun ja – ich war bei Hinrik Lamspring.«

»Das bist du doch regelmäßig. Aber um diese Zeit?«

»Der Meister hatte mich geschickt.«

»Und warum?«, fragte Magdalena ungeduldig. »Lass dir doch nicht jedes Wort aus der Nase ziehen.«

»Ich sollte Hinrik sagen, dass ich ihm nicht mehr nach Feierabend helfen darf.«

»Was hat Johannes denn dagegen? Ich kann's mir schon denken. Ihr habt genug mit der Arbeit auf der Werft zu tun, nicht wahr?«

»O nein! So hätt' ich's Meister Lamspring ja erklären können. Aber Meister Zeelander hat verboten, irgendwas zu sagen, das will mir nicht in den Kopf. Der Meister selbst hat mich doch damals gefragt, ob ich dem Goldschmied in meiner Freizeit nicht zur Hand gehen wollte. Na gut, Lamspring war auf Zeelander nicht immer gut zu sprechen, aber das braucht Zeelander doch nicht zu kümmern. Jetzt hab' ich das Nachsehen, weil mir die Pfennige fehlen, die Hinrik mir immer zugesteckt hat.«

»Wenn es dir wichtig ist, lege ich bei Johannes gern ein Wort für dich ein.«

»Bitte, nur das nicht! Sonst verliere ich auch noch meine Arbeit auf der Werft.«

»Johannes ist doch kein Menschenfresser«, lachte sie. Jan ließ nicht locker, schließlich versprach sie ihm, nichts zu unternehmen.

Vor ihrer Haustür angekommen, bat Magdalena: »Sei so lieb und nimm unseren Josef mit auf die Werft. Johannes weiß, dass er kommt.«

Sie schlüpfte ins Haus und war gleich mit dem Kind zurück. Der kleine Junge flog in Jans Arme. Jan hob ihn auf seine Schultern und trabte los. Magdalena schaute ihnen nach. Johannes hatte Josef noch nie auf die Schultern genommen.

Köstlich – einfach köstlich! Schau dir die beiden an! Das ist doch Zeelanders Geselle, nicht wahr? Den Gaul spielt er wirklich großartig. Und der kleine Reiter treibt ihn mit Schlägen auf den Kopf an.

Und wie der quietscht! Solchen Kinderlärm erträgt man gern, nicht wahr, Holdenstede?« Bertram Horborch wies auf Jan.

»Recht hast du, Horborch, der Anblick vertreibt einem die trüben Gedanken. Das war ja wieder grauenvoll heute! Umso mehr danke ich dir, mich aus der dicken Luft dieser Ratssitzung ins Frische und Freie entführt zu haben. Diese Englandfahrer sind kaum zu ertragen!«

»Vorsicht!«, mahnte Horborch. »Man darf nicht alle in einen Topf werfen. Sorgen bereitet uns allein der Kreis um Heino Zwartekop.«

»Aber warum«, fuhr Holdenstede fort, »müssen sie immer so brüllen? Das hält niemand aus.«

»Genau das wollen sie, mein Lieber«, warnte Horborch. »Sie wollen uns mürbe machen. Haben sie Erfolg, werden sie schamlos ihre Interessen durchsetzen – wenn nötig, gegen das Wohl der Stadt.«

»Den Eindruck habe ich auch«, stimmte Holdenstede zu. »Was ist dran an den Gerüchten, dass Zwartekop die Ermordung der Kaperfahrer in Skanör bezahlt haben soll?«

Horborch zuckte mit den Schultern. »Die Provokation ist glücklicherweise vereitelt worden, und der Frieden auf See hält seit zwei Jahren. Das ist alles, was zählt.«

Holdenstede zögerte. »Was versprach sich die Bruderschaft denn von der Verhinderung der Friedensverträge?«

»Die Gruppe um Zwartekop denkt, man kann den Frieden auf See nur mit Feuer und Schwert erkämpfen. Alle Seesöldner sollen zu gemeinen Seeräubern erklärt werden. Denn dann und nur dann könnte man sie als gemeine Verbrecher hinrichten lassen. Eine überzeugende Politik, oder etwa nicht? Blutig und tückisch, aber wirkungsvoll. Die Wahrheit ist allerdings, lieber Holdenstede, dass sich unter den Kaperfahrern nicht wenige befinden, die man mit Lug und Trug aus der Stadt gedrängt hat. Ich denke, vor allem sie sollen zum Schweigen gebracht werden, ehe sie die Betrüger beim Namen nennen können.«

»Lass uns die Hafenbrise genießen«, lenkte Holdenstede angesichts der schwerwiegenden Eröffnungen ab.

Auf der Brooksbrücke begegneten sie Clemens Zeelander und
wollten von ihm wissen, ob er einen kleinen Reitersmann auf großem Gaul passiert habe.

»Ich fand das Gespann hinreißend«, bestätigte Clemens mit be-
legter Stimme.

»Ihr seht besorgt aus, mein Bester«, sagte Horborch.

Clemens seufzte: »Ich komme von der Werft, Johannes wollte
einige Nöte mit mir besprechen.«

»Was Ihr nicht sagt. Zeelander hat Sorgen?«, fragte Bertram ungläubig. »Die Werft hat doch gut zu tun, wie man hört. Und der
Meister steckt voller Tatendrang, das bestätigt einem jeder!«

Clemens schwieg. Er war schon im Begriff weiterzugehen, als er
spürte, dass der Bürgermeister ihm noch etwas anvertrauen wollte.
Auf einen Wink von ihm ging Holdenstede weiter, und Bertram
näherte sich dem Pfarrer.

»Es ist gut, dass ich Euch treffe, Clemens. Erinnert Ihr Euch an
das Treffen mit meinem Bruder Wilhelm? Es liegt einige Jahre zurück.«

»Aber ja doch, Magnifizenz! Wie sollte ich nicht! Mir war's eine
große Ehre.«

»Ihr hattet meinem Bruder damals unverbindlich versprochen,
ihn in Rom zu besuchen, nicht wahr?«

»Gewiss – allerdings ohne konkrete Absichten«, schränkte
Clemens ein. »Warum?«

Bertram Horborch redete noch leiser und seltsam gepresst: »Wilhelm hat mir eine Mitteilung zukommen lassen, in der er auf das
Dringlichste um Euren Besuch bittet. Er benötigt Hilfe. In Rom gras-
siert zurzeit die Pest, im Vatikan scheint es drunter und drüber zu
gehen. Wilhelm ist von seinem Richteramt entbunden, der Papst interessiert sich kaum mehr für die Kurie. Wilhelm lässt Ihm durch

mich ausrichten, Er möge ihm im Kampf um seine Rehabilitierung beistehen. Seine Gegner sind zahlreich. Wäre Er dazu bereit?«

Clemens nickte langsam. Einfach würde es nicht werden, aber wenn Wilhelm ihn rief …

»Noch eins: Niemand – nicht einmal Sein Bruder, der Schiffbauer – darf den wahren Grund dieser Reise kennen. Mein Bruder ist krank – schwer krank. Das sollte als Grund genügen.«

Clemens vermochte kaum zu verbergen, wie sehr ihn diese Nachricht beunruhigte. »Hat Wilhelm Angst?«

»Ich denke schon!«, erwiderte Horborch. »Er wird bedroht …«

Clemens begann, sein Ohrläppchen zu kneten. »Ihr macht mich ein wenig ratlos, Magnifizenz«, sagte er. »Soll ich sofort reisen? Ich kann meine Gemeinde unmöglich im Stich lassen! Eine Vertretung ließe sich wohl einrichten … Aber das braucht Zeit. Außerdem weiß ich nicht, wovon ich die Reise bezahlen soll.«

»Das überlasse Er nur mir! Wir reden ein andermal. Jetzt darf ich meinen Kollegen nicht länger warten lassen.« Mit raschen Schritten ging er Holdenstede nach.

Lange stand Clemens auf der Brooksbrücke. Der große Kirchenmann in Todesängsten! Wenn man ihm eine Freude bereiten könnte, um ihn abzulenken? Clemens machte sich noch einmal zur Werft auf. Ob er Johannes für seinen Plan gewinnen könnte

Rom, S. Sabina, Montag, 29. August 1384

Dass du gekommen bist! Ich kann dir nicht sagen, wie sehr ich mich darüber freue. Sofort ist mir das gemütliche Hamburg wieder gegenwärtig. Ich wusste, dass du mich mit meinen Sorgen nicht allein lassen wirst. Ein Hamburger Notar kündigte mir dein Kommen an, er war hier, um mit der päpstlichen Kämmerei die finanziellen Verpflichtungen der Stadt zu besprechen. Aber nun – du musst mir von allem erzählen! Wie ergeht es dir in deiner Gemeinde? Was macht Johannes, was die Arbeit auf der Werft? Und Bertram, unser Meister aus Minden, ist seine Schaffenskraft immer noch überwältigend groß? Am meisten interessiert mich, welchen Fortschritt die Künste in unseren Hamburger Kirchen bei der Erklärung des Gottesworts gemacht haben.«

Wilhelm Horborch hielt seinen Zögling innig umfangen und wollte kein Ende finden. »Ich ersticke vor Fragen!«, lachte Clemens und befreite sich sachte aus der Umarmung.

Angesteckt von Wilhelms Freude hakte er sich bei dem Freund unter, munter spazierten sie den Weg entlang wie junge Bauern beim Dorftanz. Schließlich gelangten sie auf eine Terrasse, von der aus sie zu ihren Füßen den Tiber schimmern sahen.

Wilhelm war außer Atem geraten, auf seinen Wangen glühten rote Flecken. »Ich darf wohl … nicht mehr so … herum … tollen …«, prustete er und schwankte ein wenig, »sonst kipp' ich wieder um!«

Clemens ignorierte die vorübergehende Schwäche seines Freundes. »Von unserem Maler Bertram soll ich dich herzlich grüßen. Was gäbe er darum, in diesem Augenblick an meiner Stelle zu stehen.«

Wilhelm hatte sich auf dem Stamm eines umgefallenen Baumes niedergelassen. »Meister Bertram!? Er muss mich unbedingt besuchen! In Rom kann er Schätze heben, die nur demjenigen zufallen, dem unser Herrgott ein reines Gemüt geschenkt hat.«

»Und der sich einen unerschütterlichen Kinderglauben bewahrte«, ergänzte Clemens.

»Ganz recht«, nickte Wilhelm, »er sieht den Himmel, die Erde und die Hölle mit allem, was darinnen ist, wie ein Kind.«

»Bertram kennt keine Eitelkeit, auch wenn ihn alle jetzt ehrfurchtsvoll Magister nennen.«

»Ich würde ihn als Mystiker bezeichnen. Er betet, wenn er malt. Alles, was er braucht, erfährt er im Zwiegespräch mit Gott. An ihm wird sich das Wort unseres Heilands bewahrheiten: Selig sind, die reinen Herzens sind, denn sie werden Gott schauen.«

Clemens sah ihn verblüfft an:»Meinst du das wörtlich? Magister Bertram wird Gott schauen? Hier in Rom?«

»Aber ja doch«, bekräftigte Wilhelm.»Ich verstehe, dass du zweifelst, aber auf Bertram wird es zukommen. So viel ist gewiss. Nur wer sich von dem Mysterium der Offenbarung durchdringen lässt, schaut Gott. Es ist an dir, lieber Clemens, Magister Bertram von der Dringlichkeit einer Romreise zu überzeugen. Sag ihm, dass mir nicht mehr viel Zeit bleibt. Versprich es mir!« Clemens nahm seine Hand, um ihn zu beruhigen. Dann wechselte er das Thema.

»Du hast mich nach Johannes gefragt. Auch ihn begrüßt man inzwischen als Magister Zeelander auf der Straße, seit er zum Ältermann des Schiffbaueramtes erwählt wurde. Ein Künstler, weiß Gott! Große Schiffe entstehen zuerst in seinem Kopf, dann sucht er in den Wäldern nach den passenden Bäumen, lässt sie schlagen und baut daraus Koggen, Holken, Schniggen und Schuten. Immer aus dem Kopf. Er arbeitet von früh bis spät, plackt sich ab, als würde er getrieben. Er kann sich vor Aufträgen nicht retten, seine Schiffe sind die schnellsten an der Küste. Sogar Fremde versuchen ihr Glück bei ihm – natürlich vergebens. Ehrlich gesagt mache ich mir Sorgen um ihn. Dunkle Gedanken scheinen manchmal seine Sinne zu verwirren.«

»Und die Familie?«

»Ich kann mich des Eindrucks nicht erwehren, dass Johannes seiner Frau mit Hilfe der Arbeit aus dem Weg geht.« Traurigkeit lag in Clemens' Stimme.»Er liebt sie auf seine Weise, so viel ist sicher, und sie liebt ihn wie am ersten Tag. Für die beiden Kinder opfert sie sich auf, inzwischen ist keines hinzugekommen. Umso mehr darf sie sich darüber freuen, dass die beiden gesund sind. Außerdem schreibt sie die Rechnungen und führt Johannes die Bücher. Dennoch fürchte ich, es war falsch von mir, Johannes zur Ehe zu drängen.«

Die Geistlichen schauten auf den Tiber hinunter und sogen den

Harzgeruch der Pinien ein. Die Nachmittagshitze wurde durch einen Windhauch abgekühlt. Die Blätter flirrten im Gegenlicht, ein heller Glockenton durchbrach die Stille.

»Das Abendgebet?«

»Ja, komm«, murmelte Wilhelm nicht ohne Bedauern. Auf dem Rückweg erzählte ihm Clemens vom Gemeindeleben im St.-Catharinen-Kirchspiel. Unvermittelt blieb Wilhelm stehen und hielt den Freund am Arm: »Du erinnerst dich an unseren ersten Abend in Avignon, nicht wahr?«

»Als ob es gestern wäre!«, versicherte ihm Clemens.

»Auch an den Prälaten mit den zwei Fingern?«

»Nur zu gut!«, erwiderte Clemens. »Wie kommst du darauf?«

»Ich bin ihm in einer Gasse nördlich vom Kapitol begegnet, plötzlich war er dicht vor mir. Er erhob die verstümmelte Hand und sagte ›Wir sehen uns noch‹! Er hat mich zu Tode erschreckt.« Wilhelm war bleich geworden. »Er muss mir gefolgt sein. Wir sollten uns morgen Zeit nehmen, damit ich dir in Ruhe erzähle, was hier vorgefallen ist. Eine lange Geschichte, mein Lieber. Und keine schöne – aber jetzt zeige ich dir etwas Wunderbares!«

Nach einem Umweg zwischen Bäumen und Büschen wurde der Blick frei auf die von hohen, vergitterten Rundbogenfenstern durchbrochenen Ziegelmauern der Basilika. Wilhelm blieb stehen. »Das ist jetzt meine Heimat, Clemens: S. Sabina. Papst Honorius der Dritte hat sie unserem Ordensgründer Dominikus geschenkt. Und Dominikus war es, der für uns das Kloster neben der Kirche angelegt hat.« Clemens bewunderte den alten Bau. Durch eine reich verzierte Holztür betraten sie das Innere der Basilika, um mit Wilhelms Ordensbrüdern den Vesper-Gottesdienst zu feiern.

Nach dem Essen ging Clemens auf den Freund zu. »Ich habe in der Zwischenzeit ein Geschenk für dich im Kreuzgang aufbauen lassen. Ich würde mich freuen, wenn wir es gemeinsam anschauen könnten.«

»Ein Geschenk für mich? Nun gehst du aber zu weit«, protestierte der Ältere lächelnd. Clemens' Worte waren im Refektorium nicht ungehört geblieben.

»Ein Geschenk für Bruder Wilhelm? – Ja wieso denn? – Da bin ich aber gespannt!«, hörte man verschiedene Stimmen wispern. So blieb es nicht aus, dass sich einige Ordensbrüder den beiden anschlossen. Clemens führte sie zu einem großen, mit einem Tuch abgedeckten Kasten, der auf einem Tisch stand.

»Enthülle es schon!«, ermutigte Clemens den aufgeregten Beschenkten. Langsam zog Wilhelm das Tuch beiseite.

»Ah« und »Oh« und »Nein! Wie wundervoll!« Die Überraschung der Umstehenden war unüberhörbar. Zunächst fiel ihr Blick auf einen hohen Mast mit großem Rahsegel und Tauwerk, aus dessen Mastkorb sich ein Jungmann lehnte. Auf seiner ausgestreckten Rechten landete eine Taube mit einem Ölzweig im Schnabel. Darunter kam eine Kogge zum Vorschein, an deren Deck sich paarweise Pferde, Kühe, Schafe, Ziegen drängten. Alle wollten zugleich durch eine offenstehende Pforte in der Reling, um die Freiheit einer wundersamen Gebirgslandschaft zu gewinnen, die von Wogen umspült war. Inmitten des Gewimmels sah man einen Heiligen mit erhobener Rechten dem Himmel danken. Unschwer zu erkennen, dass mit der Kogge die Arche Noah gemeint war! Wilhelm wanderte um das Modell herum, bewunderte es in allen Einzelheiten.

»Wie zart die Taube gebildet ist! Wie viel Hoffnung sie ausstrahlt.« Plötzlich stockte er, zeigte auf eine Felsspalte: »Clemens, das ist furchtbar. Hast du das gesehen?«

Im nächsten Moment spiegelte sich das Entsetzen auch im Gesicht des Besuchers: »Wie grauenvoll! Da hängt ein Mann in der Felsspalte! Der letzte Überlebende der zum Tode verurteilten Welt, und er schafft es nicht, die Arche zu erreichen.«

»Wer mag mit dieser Figur gemeint sein, Clemens?«

»Wenn ich das wüsste!«

»Dann sag mir: Wer hat das Modell geschaffen?«

»Johannes, mein Bruder. Er hat ein Vierteljahr Abend für Abend daran gearbeitet. Warum fragst du?«

Wilhelm schlug sich an die Stirn. »Es ist dein Bruder, der da hängt! Die Handwerkerkleidung und der Dechsel in der Rechten. Er hat sein eigenes Bild eingefügt, um uns seine Verlorenheit zu zeigen. Clemens, es ist noch schlimmer, als du erzählt hast. Johannes braucht deine Hilfe. Fahr heim und steh ihm bei! Um Jesu Christi willen, steh ihm bei!«

Die letzten Worte hatte er mit Mühe hervorgestoßen, dann sank er in den eilig herbeigeschafften Stuhl. Ein Bruder nahm die Hände des Kranken. »Heute bin ich gar nicht zufrieden mit dir, Bruder Wilhelm. Deine Augäpfel haben einen gelblichen Schimmer. Morgen solltest du den Tag mit deinem Hamburger Freund im Freien verbringen.« Der Arzt griff in die Tasche. »Heute Abend trinkst du dieses Fläschlein aus vor dem Einschlafen. Du wirst sehen: Morgen geht es dir besser.«

»Danke, Bruder Anselm.« Wilhelm drückte die winzige Flasche an sich und blickte sich nervös um. Dankbar betrachtete Clemens den Mann, der sich seines Freundes angenommen hatte. Aber warum war er so nervös?

»Kommt her!«, rief Bruder Anselm zwei kräftigen Gestalten aus dem Kreis der Mönche zu. Sie geleiteten Wilhelm in seine Zelle.

Clemens blieb allein im Kreuzgang. Das Bildnis seines Bruders starrte ihn an, und Wilhelms Worte hallten in seinem Kopf nach.

Als Clemens Zeelander am folgenden Tag frisch und munter an der Frühmesse teilnahm, bemerkte er natürlich Horborchs Fehlen. Das komme in letzter Zeit häufiger vor, wurde ihm von Bruder Anselm mitgeteilt. Hatte er ihn schon gesehen? Der Arzt schüttelte den Kopf: »Wilhelm braucht Ruhe, Bruder Clemens.«.

Schnell suchte er Wilhelms Zelle auf und klopfte. »Wilhelm, ich bin's!« Keine Antwort. Er klopfte erneut, rief lauter. Niemand öffnete, die Tür war verschlossen. Er rief nach dem Bruder Türbeschließer. Der schlurfte herbei und fand nicht gleich den richtigen Schlüssel.

»Was soll schon sein?«, murmelte er unwillig. Lustlos öffnete er die Zellentür und prallte zurück. Das Bett war leer und zerwühlt. Akten waren auf dem Boden verteilt, ein Stuhl war zu Bruch gegangen. Plötzlich schien ein Wirbel alles zu erfassen und im Kreis herumzuschleudern: Akten, Stuhl, Bett. Dann wurde es dunkel um Clemens.

Der Arzt kümmerte sich um ihn. »Wie geht es Euch?«

Clemens antwortete nicht darauf. »Was bedeutet das, Bruder Anselm? Hat hier ein Kampf stattgefunden? Wurde Wilhelm entführt, vielleicht ermordet? Wir müssen sofort etwas unternehmen, die Sache untersuchen.«

Der Arzt riet von Nachforschungen ab und versuchte, Clemens zurückzuhalten: »Erholt Euch erst.« Aber Clemens ließ sich nicht beirren. Noch einmal suchte er Wilhelms Zelle auf. Selbst dessen Kleidung war verschwunden. Auf dem Tisch neben dem Bett stand die Ampulle mit der Medizin. So viel stand fest: Wilhelm war zu Bett gegangen und hatte sie nicht angerührt. Er musste überwältigt worden sein, hatte sich trotz seiner Schwäche gewehrt. Clemens war sicher, dass die Torwache Hinweise geben konnte. »Es geht um Leben und Tod!« Doch die Wachen hatten nichts gesehen und nichts gehört. Zu Clemens' Verblüffung erwiesen sich auch die Kloster-Oberen als ausgesprochen zurückhaltend. Seine Fragen trafen, je hartnäckiger er bohrte, auf umso hartnäckigeres Schweigen. Erneut wandte er sich an Bruder Anselm.

»Die Wege des Herrn sind unergründlich, Pfarrer Clemens. Rom ist eine große Stadt. Wilhelm hatte keine Feinde, vielleicht ist er allein ...«

»Warum hat er die Medizin nicht genommen?«

Bruder Anselm fasste Clemens scharf ins Auge: »Wer weiß, was für ein Spiel Ihr treibt, Pfarrer Clemens. Unser Kloster werdet Ihr nicht in Eure Hamburger Geschäfte hineinziehen.«

Bisher hatte Clemens gegenüber seinen Gastgebern kein Misstrauen gehegt, doch nun war er überzeugt, dass etwas nicht stimmte. Wohin hatte man Wilhelm verschleppt?

Schließlich ging der Hamburger zum Abt. Der schien bedrückt. Seine Miene hellte sich sofort auf, als Clemens sich von ihm und den anderen Klosterbewohnern zu verabschieden wünschte.

»Eine Pilgergruppe aus dem Norden sammelt sich zur Rückreise bei der Hadriansbrücke. Diese Gelegenheit darf ich nicht versäumen!«

»Gewiss doch, gewiss. Gott schütze Euch auf Eurem Weg, Bruder Clemens!«

Mehrfach drehte er sich um, entdeckte niemand. Gelegentlich hörte er ein Rascheln hinter sich. Vielleicht waren es Gespenster, die seine überreizten Sinne heimsuchten. Als er einen Baum passierte, trat er mit einem Schritt dahinter und beobachtete den Weg. In eine Kutte gehüllt, stieg eine Person rasch den Pfad hinab. Der Verfolger bemerkte Clemens im gleichen Augenblick hinter dem Stamm und verbarg sich seinerseits geschwind hinter einem Felsen. Jetzt wusste Clemens, woran er war. Nicht übernatürliche, sondern menschliche Kräfte waren am Werk. Die Klosterbrüder also! Wer hätte das gedacht. Als Clemens auf ihn zutrat, nahm der andere Reißaus.

Mit seinem Päckchen auf dem Rücken stieg Clemens den Aventin zum Tiber hinab, durchquerte das quirlige Treiben auf dem Markt und bei den Bootsleuten auf den Schiffslandeplätzen. Danach ließ er den Tiber hinter sich und stieg zur gewaltigen Ruine des Marcellus-

Theaters hinauf. Er umrundete sie an der Bergseite und begab sich ins Labyrinth der Gassen und Plätze, die die päpstliche Altstadt bildeten. Er ging Richtung Via Lata, fragte, wo weit gereiste Kirchenleute abzusteigen pflegten, und fand die Menschen durchweg freundlich. Sie beschrieben ihm die Wege zu Gaststätten so genau wie möglich, doch Clemens verirrte sich mehrmals. Einmal fand er sich zurecht, aber die Herberge war nicht das, was er suchte.

Es war heiß, er ruhte auf einem umgestülpten Marmorkapitell neben einem Hauseingang aus. Die Sonne brannte, er konnte kaum nachdenken. Und wenn man den Freund ermordet hatte? Die Hitze machte ihn fertig, er war kurz davor einzunicken.

»Was habt Ihr, frommer Mann?«, fragte jemand auf Italienisch.

Vor Clemens stand eine Römerin und lächelte ihn an. Ihr Gesicht war schmutzig von Arbeit, ihre Kleidung ärmlich. Clemens kam zu sich, sie half ihm auf.

»Ich suche eine Herberge, in der Kirchenleute zu übernachten pflegen«, sagte er. »Leute aus Frankreich.«

Die Frau dachte nach. »Ihr müsst zum Campo di Fiori. Ich bringe Euch hin.«

Auf dem Weg stellte sie Clemens viele Fragen nach dem Woher und Wohin seines Weges. Den stockend gegebenen Antworten hörte sie aufmerksam zu. Das Dickicht der Gassen öffnete sich, sie befanden sich auf unbebautem Gelände, das die Natur zurückerobert hatte. Büsche, Bäume, viel Gras mitten in der Stadt, dazwischen weidende Kühe, Ziegen und grunzende Schweine.

»Wir sind da.«

Sie durchquerten das Feld der Blumen und passierten das berüchtigte Blutgerüst. Clemens schauderte es. Durch einen gedrungenen Torbogen führte sie ihn in einen Innenhof. Er schaute sie zweifelnd an. Am liebsten hätte er kehrtgemacht und reumütig trotz aller Gefahren die saubere Zelle im Kloster auf dem Aventin bezogen.

»Ich glaube, ich weiß, wen Ihr sucht«, sagte die Fremde, hob ihre

Hand und zeigte zwei Finger. Clemens nickte überrascht. »Er ist hier bekannt, aber eher gefürchtet«, fuhr sie fort, »nehmt Euch in acht!« Mit diesen Worten nickte sie dem Wirt zu, drückte Clemens die Hände und ging, bevor er ihr danken konnte. Der Wirt schlurfte herbei, grinste schmierig, zeigte ihm das gewünschte Zimmer mit Fenster zur Piazza und zugleich mit der schönsten Aussicht auf den Galgen!

Rom, Montag, 5. September 1384

Clemens hatte sich in eine Nische des Speiseraums zurückgezogen. Er war allein. Langsam gewöhnten sich die Augen an die Dunkelheit in der Gaststube, draußen schien die Sonne. Die bestellte Gemüsesuppe schmeckte ausgezeichnet. Seit Tagen versuchte Clemens, etwas herauszufinden – vergeblich. Keine Spur von dem Prälaten, keine Spur von Wilhelm. Immer wieder starrte er auf den Hinrichtungsplatz. Vielleicht hatte ihn die Römerin in die Irre geführt? Während ihm dies durch den Kopf ging, betraten zwei Männer den Raum. Mit ausholender Geste lud einer den anderen ein, Platz zu nehmen. Dabei ließ er seine verstümmelte Hand erkennen.

Clemens' Herz schlug schneller, die Römerin hatte nicht gelogen. Pierre d'Annecy verkehrte in dieser Spelunke. Aber mit wem? Clemens traute seinen Augen kaum: Bruder Anselm, der sich so fürsorglich um Wilhelms Gesundheit gekümmert hatte, war der andere Gast! Clemens verhielt sich unauffällig, vor allem geräuschlos. Sie hatten ihn nicht bemerkt. Er belauschte ungern Gespräche, hier blieb ihm keine Wahl.

»Beinahe wäre es schiefgegangen!«, schimpfte d'Annecy.

Anselm konterte: »Ich habe alles genauso gemacht wie besprochen und möchte jetzt mein Geld.«

»Wie besprochen? Was halte ich denn hier in der Hand?« Clemens kam aus dem Staunen nicht heraus: In seiner Kralle schwenkte der Prälat die unverbrauchte Ampulle, die auf Wilhelms Nachttisch gestanden hatte. »Mit einem Faustschlag mussten wir nachholen, was deine Medizin hätte erledigen sollen. Der Alte hat geschrien, dass die Mönche in den Nachbarzellen rebellisch wurden und erst bereit waren, ein Auge zuzumachen, als wir ihnen ein Geldstück darauf legten.«

»Ich will mein Geld, sonst gehe ich zum Papst!«, forderte der Arzt.

»Soll das ein Scherz sein? Der Papst ist ein Jahr nicht mehr in Rom gewesen und wird deinetwegen nicht zurückkehren«, höhnte der Prälat.

»Dann gehe ich zu seinem Abbreviator Diderich von Nieheim, der ist für seine Eilverfahren berüchtigt«, drohte Anselm. Das wirkte, der Franzose verzog das Gesicht.

»Nun ja, nun ja! Ich bin ja gar nicht so. Wir arbeiten mit Eurem Kloster gut zusammen. Da, nimm den Beutel – und kein Wort mehr darüber!« Er überreichte Anselm den Judaslohn und begann, weitere Forderungen zu stellen, die Clemens nicht verstand. Aber Wilhelm lebte! Plötzlich verstummte ihre Besprechung, Clemens erschrak und befürchtete, entdeckt worden zu sein. Dann hörte er Klimpern. Der Wirt brachte zwei Schalen Minestrone. Schlürfen setzte ein, unterbrochen vom Klang auf den Tisch gezählter Münzen.

»Wo habt Ihr ihn untergebracht?«, hörte Clemens Bruder Anselm fragen.

»Du glaubst nicht, wie viele unterirdische Gewölbe es in den römischen Ruinen gibt«, erzählte der Prälat.

»In den Katakomben ist es zu feucht! Wilhelm ist krank!«

»Keine Sorge, die Sabelli kümmern sich um ihn.«

»Die Sabelli? Sie sind tatsächlich dabei, einen Richter des Papstes zu …?«

»Begeistert sind sie! Endlich können sie Urban eins auswischen und ihrem alten Freund einen Dienst erweisen.«

»Clemens, dem französischen Fallensteller?«, fragte Anselm entsetzt.

»Diesen Schandnamen möchte ich nicht hören«, verlangte der Prälat mit Nachdruck.

»Das hätte ich vorher wissen müssen«, brauste Anselm auf. Es klimperte laut, als der Geldbeutel auf den Tisch klatschte. »Ich wollte nicht dem Heiligen Vater schaden.«

»Zu spät«, versetzte der Prälat. »Dein Pech, dass du uns aus Geldgier behilflich warst. Halt einfach den Mund – um deiner selbst willen! Du weißt ja, wie euer Urban mit Abtrünnigen umgeht. Ich hab' genug für heute!«

Er schob den Teller von sich, stand auf, drückte Anselm den Beutel wieder in die Hand und entfernte sich grußlos. Der verstörte Mönch blieb zurück.

In diesem Augenblick kehrte der Wirt zurück. »Noch einen Teller Suppe?«, fragte er Clemens. »Oder wie kann ich Euch sonst dienen?«

Erschrocken sprang Bruder Anselm auf und sah Clemens in seiner Nische. Der erblickte ein Gesicht, das sich vor Schreck verzerrte.

»Ich dachte, Ihr wärt abgereist! Seid Ihr schon lange hier, ich meine … habt Ihr uns zugehört?«, fragte er gleichzeitig ängstlich und lauernd.

»Wie bitte? Was ist zerstört?«, reagierte Clemens gedankenschnell. »Kommt näher, damit ich Euch besser verstehe! Setzt Euch ein Weilchen zu mir. Ich habe Euch zu danken, dass Ihr meinen alten Freund so aufopferungsvoll gepflegt habt.«

Bruder Anselm fiel ein Stein vom Herzen. Offensichtlich hatte der Hamburger Pfarrer nichts gehört, was bei ihm Empörung auslösen könnte. Anselm zögerte, doch Clemens schien so aufrichtig um ihn bemüht, dass er das Angebot nicht ausschlagen konnte, ohne Verdacht zu erregen.

»Gut, dass ich Euch noch getroffen habe!«, sagte er. »Habt Ihr etwas von Wilhelm in Erfahrung bringen können?«

»Leider nicht. Wer war der Herr, mit dem Ihr zusammen gegessen habt?«

»Wer? Ach der – ein Prälat, der Kollekten für unsere Kranken-station einsammelt. Gerade hat er mir eine übergeben. Das ist ein großer Segen für uns. Hier hab' ich noch etwas für Euch«. Aus dem Ärmel nestelte er einen gesiegelten Umschlag. »Diesen Brief wollte ich den Boten des Vatikans mitgeben. Er ist an einen Hamburger Maler gerichtet, Bertram von Minden, sagt Euch der Name etwas? Wir haben ihn beim Aufräumen entdeckt, er ist von Wilhelm.« Indem er ihn Clemens übergab, fügte er mit wärmster Anteilnahme hinzu: »Ich bete zu Gott und allen Heiligen, dass Euer Freund bald wieder auftaucht.« Bruder Anselm erhob sich: »Ich muss nun lei-der …« Sie schieden höflich voneinander. Der Arzt beschleunigte seinen Schritt, der Beutel klimperte ein wenig aufdringlich.

Clemens brauchte einige Zeit, um seine Gedanken zu sammeln. Die wichtigsten Hinweise notierte er auf einer Wachstafel. Welch ein Abgrund tat sich vor ihm auf! Wie mächtig mussten die Hinter-männer sein, die für die Entführung eines Richters an der Rota Romana jeden Preis zu zahlen bereit waren! Mit wem nahm er es da bloß auf? Ob Bruder Anselm ihm die Schwerhörigkeit abgekauft hatte? Wenn nicht, befand er sich von nun an in Lebensgefahr. An wen sollte er sich wenden? Etwa an den Papst, der Wilhelm aus dem Richteramt entfernt hatte? Aber der Papst war nicht in Rom. Alles lief über Diderich von Nieheim, an dem kam keiner vorbei. Clemens erinnerte sich an den Landsmann, sie waren sich in Avignon begeg-net. Wie man hörte, war Nieheim einflussreicher denn je. Clemens machte sich auf den Weg.

Vom Albergo del Sole waren es wenige Schritte bis zur Via Lata, die in einem langen Bogen zur Hadriansbrücke führte. In beiden Richtungen war viel Volk unterwegs: Straßenhändler mit ihren

Bauchläden, Bauern aus der Campagna mit Handkarren voller Gemüse, Wasserverkäufer, Trödler mit allerlei Krimskrams, vornehm gekleidete Geistliche und staubige Pilger. Clemens schwamm in der Menge mit. Die bunte Menschenflut schwappte über die Engelsbrücke und riss ihn mit auf die andere Seite. Bei der Engelsburg fand er sich wieder und warf einen Blick auf den von Steinräubern übel zugerichteten Turm. Clemens dachte an die Wundermär, dass über diesem Turm einst der Erzengel Michael Gregor dem Großen erschienen war, um eine tödliche Pest von der Stadt abzuwenden. Die Wirklichkeit hatte nichts Erhabenes an sich. Er sah Ziegen den Turm hinaufspringen, und wo einst der Erzengel geschwebt haben mochte, erblickte er in der stolzen Haltung des Eroberers einen schwarzen Ziegenbock. In heiterer Gelassenheit stapfte er seinem Ziel entgegen.

Von Pilgern erfuhr Clemens, dass Diderich von Nieheim zur Vesperzeit vor dem Altar der heiligen Veronika Wallfahrer aus seinem westfälischen Heimatort Brakel begrüßen werde. Eilig schritt er durch den Petersdom, ohne den ehrwürdigen Heiligenbildern die gebührende Achtung zu bezeugen. Schon sah er die Besucher aus Westfalen im Kreis um einen breitschultrigen Mann stehen, der die Gruppe mit seinem vierkantigen Schädel deutlich überragte und die kostbarste Reliquie im Weltkreis erklärte:

»Der Name setzt sich aus zwei lateinischen Worten zusammen. ›Icon‹ heißt so viel wie Bildnis und ›vera‹ wahr. Beide Begriffe verschmelzen im Namen der heiligen Veronika, weil Christus sein schweißnasses, blutendes Antlitz auf dem Weg nach Golgatha in das Schweißtuch einer am Wegesrand harrenden Frau drückte. Fortan wurde sie als heilige Veronika verehrt.«

Während der Pilgerführer für die Erläuterungen dankte, versuchte Clemens schüchtern, sich bei Nieheim bemerkbar zu machen. Über die von harten Geschäften streng gewordenen Züge des mächtigen Mannes ging ein Leuchten.

»Clemens? Ihr in Rom? Ich fass' es nicht! Was für eine Freude! Habt Ihr Horborch schon gesehen?«

Mit einer derart freundlichen Reaktion hatte Clemens nicht gerechnet und schnappte erst einmal nach Luft. »Gesehen habe ich ihn wohl, aber dann …« Alarmiert zog Nieheim ihn beiseite. Clemens sah den strengen Ausdruck zurückkehren, als er ihm von dem Anschlag erzählte.

»Warum ausgerechnet Wilhelm?«, schloss Clemens seinen Bericht. »Er hat niemandem etwas getan. Wer tut uns das an?«

»Das ist die Handschrift von Pierre d'Annecy!«, antwortete Nieheim. »Der Entführung könnte bald der Versuch einer politischen Erpressung folgen, die der Franzosenpapst ausgeheckt hat. D'Annecy ist noch nie etwas Eigenes eingefallen, er ist Roberts Mann fürs Grobe.«

»Ein todkranker Mann wird missbraucht, indem man ihn zum Spielball hoher Kirchenpolitik macht?«, fragte Clemens ungläubig.

»Ich bin sicher. Von Wilhelm persönlich wird niemand etwas wollen. Mit der Entführung will man auf eine andere Person von Einfluss Druck ausüben.«

»Vielleicht auf seinen Bruder«, mutmaßte Clemens.

»Hat er einen Bruder? Das wusste ich nicht«, sagte Nieheim überrascht.

»Ihr kennt Bertram Horborch nicht, den Hamburger Bürgermeister?«, fragte Clemens.

»Ich kenne den Bürgermeister aus unserer Korrespondenz. Er ist der Bruder des Richters? Das könnte einiges erklären.«

»Wie auch immer. Erst muss Wilhelm befreit werden.«

»Richtig«, bestätigte Nieheim. »D'Annecy sprach von den Sabelli? Die haben sich im Marcellus-Theater eingenistet. Ich muss hier noch einige Amtsgeschäfte erledigen. Heute Abend werde ich die Befreiung vorbereiten. Sorgt Euch nicht! Morgen nach der Frühmesse suche ich Euch in der Herberge auf.«

Clemens öffnete die Tür der Kammer und erstarrte. Vor ihm stand ein Riese in ärmellosem, pelzverbrämten Oberwams aus leuchtend blauem Samt. Darauf kleine Appliken aus schwarzblauem Samt, bestickt mit Frankreichs goldenen Lilien. Den Kopf zierte ein Hut mit langer, goldener Schärpe.

Clemens verneigte sich: »Womit darf ich Euch ...« Lachen unterbrach ihn.

»Der Beweis, dass der Mummenschanz seinen Zweck erfüllt!«, stellte Diderich von Nieheim zufrieden fest.

Er hatte ein Gewand dabei, mit dessen Hilfe sich Clemens in einen Hofkaplan verwandelte. Vor dem Haus trafen sie auf Söldner. Alle sechs trugen knielange, gegürtete Obergewänder, besetzt mit silbern eingestickten Lilien. Zwei weitere Männer steckten in gewöhnlichen Reisekleidern. Einer trug zwei lange Stangen auf der Schulter, die in eine breite Stoffbahn eingewickelt waren. Untereinander verständigten sich die Männer auf Französisch.

Diderich und Clemens schritten voran, bald standen sie vor dem zur Festung ausgebauten Marcellus-Theater. Auch die beiden Deutschen unterhielten sich von diesem Augenblick an nur noch französisch. Diderich rief nach der Wache und begehrte Einlass. Er wünsche den Burgherren zu sprechen. Tatsächlich wurden sie vorgelassen. »Il Conte Alfonso«, Burgherr und Vorstand des Hauses Sabelli, erwartete sie am Ende einer langen Diele.

»Gott segne Euch, hochedler Conte Alfonso! Vorweg die freundlichsten Grüße des einzig rechtmäßigen Papstes, Seiner Heiligkeit Clemens des Siebten. Zum Dank für Euren erfolgreichen Einsatz im Kloster S. Sabina darf ich Euch zunächst dieses Reliquiar, eine Arbeit aus Limoges, überreichen, in dem man die Tränen von Soldaten der Thebäischen Legion verwahrt hat. Haltet es in Ehren, mein Bester! Ich bin ein Vetter des Heiligen Vaters aus dem Fürstenhause derer von Boulogne, Gui mit Namen. Der Heilige Vater schickt uns, den Gefangenen Wilhelm Horborch abzuholen, um ihn nach Avignon zu bringen.«

Alfonso beäugte Diderich misstrauisch. »Das wäre Uns angenehm, doch könntet Ihr Uns beweisen, dass Wir Euch den Gefangenen aushändigen dürfen?«

»Hat Euch Pierre d'Annecy nicht über unsere Ankunft informiert?«

»Von wem sprecht Ihr?« Alfonso blickte zur Wache. Clemens hob die Hand und wiederholte die Geste, mit der die Römerin diesen Herrn bei ihm in Erinnerung gerufen hatte. Alfonso grinste.

»Ach, den schlimmen Finger meint Ihr! Seid mir willkommen!«

Die günstige Stimmung nutzend, legte Diderich ein gesiegeltes Schreiben vor, das ihn als »Unseren Vetter Gui de Boulogne« im Auftrag des französischen Gegenpapstes auswies. Der Conte klatschte in die Hände, Wilhelm wurde herbeigeschafft. Offensichtlich war er gepflegt worden, dennoch wirkte er sehr schwach.

»Clemens!«, rief er aus »Dass ich in diesem Leben …« Er fasste sich ans Herz und schloss die Augen.

»Habt Ihr das gehört, Alfonso? Er verwechselt meinen Hofkaplan mit dem Heiligen Vater, den er so gern einmal im Leben noch wiedersehen möchte!«

Alfonso stutzte: »Gui, das kann nicht sein!«

Clemens reagierte: »Dem Richter war sein Amt in Avignon das Schönste!«

»Das ist wahr«, bestätigte Diderich. Wilhelm nickte, er hatte verstanden.

Der Conte prüfte das Schreiben und verfasste eine kurze Antwort an den Papst.

Auf dem Hof hatten die Diener aus den Stangen eine Trage mit dem Tuch vorbereitet. Darauf betteten sie Wilhelm und trugen ihn, umringt von den Söldnern, aus dem Tor. Jetzt erst wagte Clemens zu fragen, wie Diderich zu einer Urkunde des Franzosenpapstes gekommen sei.

»Nichts einfacher als das. Ich bin schon lange in der Verwaltung der Kurie tätig! Da sollte ich das Wappen von Clemens nicht kennen? Was meint Ihr, warum unser lieber Urban mich zu seinem persönlichen Scriptor gemacht hat? Der Heilige Vater erwartet von mir, dass ich jede gewünschte Urkunde fertigen kann. Sie muss nur glaubwürdig sein!« Diderich lachte, Clemens war enttäuscht. So viel Betrug in der Kirche Gottes!

Sie kehrten in den Vatikan zurück.

»Clemens, Ihr müsst so schnell wie möglich aus der Stadt! Anselm weiß, dass Ihr hier wart; die Rache des Prälaten wird nicht lange auf sich warten lassen. Ich habe für Euch bei der Pilgergruppe aus Brakel nachgefragt, mit diesen Leuten könnt Ihr reisen.«

Der Abschied war herzlich. »Hab' Dank für alle Freude, die du mir bereitet hast«, flüsterte Wilhelm Clemens zu. »Ich darf nun nicht mehr in meinem geliebten Kloster wohnen, aber wenn du dereinst Sorge tragen magst, dass ich in der Nähe des heiligen Petrus meine letzte Ruhe finde, wäre ich dir ewig dankbar.« Sie umarmten einander innig, wohl wissend, dass es nie wieder geschehen würde.

Im letzten Augenblick trat Diderich an Clemens heran und flüsterte: »Wir können weder Euch noch Bertram Horborch informieren, wenn Wilhelm sterben sollte. Wir werden die gesamte Kurie zur Verschwiegenheit verpflichten. Nur so wird es möglich sein, Erzbischof Albert von Bremen aus der Reserve zu locken. Ich sage voraus, dass er in Euch dringen wird, um Wilhelms Aufenthaltsort und alles über sein Schicksal in Erfahrung zu bringen. Darum sprecht so bald wie möglich mit Bürgermeister Horborch.«

Falsche Witten

Grasbrook, Freitag, 5. Mai 1385

Macht voran, Leute! Alles aufräumen! Vergesst das Werkzeug nicht, sonst ist es morgen weg! Alle Moosreste sauber aufheben und in die Kalfatkisten packen! Was von dem Zeug herumliegt, reicht, um zwei Nähte zu stopfen. Olaf, stell zwei Böcke am Heck auf und leg 'ne Planke drüber. Meister Bertram will noch einmal zum Heck hinauf. Bewegt euch! In zwei Stunden muss die Schnigge von der Gleitbahn. Oder soll der Stapellauf bei Ebbe stattfinden?«

Zeelander stand vor dem Bug, prüfte die frisch mit Holzteer gemalte Unterwasserbeplankung. Er witterte, dass etwas noch nicht stimmte. Zum wiederholten Mal kroch er unter dem Schiff hindurch, um die abgedichteten Stöße und Nähte zu prüfen.

»Was für ein Unsinn«, murmelte er, »für 'n alten Holzschuh so viel auszugeben, weil er aus dem Besitz des Kaisers stammt! Fürs gleiche Geld hätt' ich der Stadt was Besseres bauen können. Ah! Immer da, wo man's nicht gleich sieht.« Eine kleine Unregelmäßigkeit im Farbauftrag über einer Naht verriet dem Meister den Mangel.

»Olaf, wo steckst du?«, rief er. »Die Kielnaht ist Pfusch! Und du willst bei mir gelernt haben?« Mit seinem Takelmesser legte Zeelander den Fehler bloß und fuhr mit der Klinge leicht wie durch Butter in die Kielnaht hinein. Das Messer steckte bis zum Heft im Schiff.

»Das darf doch nicht wahr sein! Da kannst du 'ne Mütze durchschmeißen. Soll'n die Ratsherren absaufen? Schlamperei! Komm schon, Olaf! Jan zeigt es dir noch einmal genau. Ein wenig versöhnlicher winkte er den verängstigten Lehrling heran. »Hier ist noch keinem der Kopf abgerissen worden. Hol dein Krummeisen, damit du an die schlechte Stelle rankommst.« Jan befahl er weniger freundlich: »Jetzt darf nichts mehr schiefgehen. Ich mach' dich persönlich verantwortlich!«

Insgeheim hätte er Jan gern bei einem Fehler erwischt, aber der Geselle beherrschte sein Handwerk. So foppte er den Jungen mit den Grundregeln des Kalfaterns: »Das Kalfatmoos schön auf'm Knie zum Strang ausrollen, reichlich drei Fuß lang, dann in kleine Schlingen legen und mit Schwung in die Naht reinschlagen. Nicht so zaghaft! Beim heiligen Josef! Das muss singen, damit das Moos sich dicht in die Nähte legt!«

Johannes Zeelander war froh, dass sonst nichts schiefgegangen war. Er hatte wirklich gute Leute. Jan Kreyer bastelte mit Erfolg an seiner Lieblingsidee: der Entwicklung eines hochseetüchtigen Schiffstyps. Johannes war beinahe neidisch auf den einfallsreichen Gesellen. Von einem »Huekboot« war die Rede, die Spannung wuchs von Tag zu Tag. Wie sich Claus freuen würde, wenn er ihn mit dem ersten Exemplar dieses Typs überraschte!

Ausgerechnet zu diesem Zeitpunkt hatte ihm der Rat die Reparatur der alten Schnigge aufgehalst. Nur noch die Farbe hatte den Kahn zusammengehalten. Dabei besaß das Boot allenfalls symbolische Bedeutung. Kaiser Karl, dem Hamburg das Vorrecht zur Verfolgung und Hinrichtung von Seeräubern verdankte, hatte mit ihm kurz vor seinem Tod die Niederelbe bereist. All dies ging Zeelander durch den Kopf. Und dass er seinem Altgesellen Helge einen Krankenbesuch schuldig war. Helge wickelte sonst alle Reparaturarbeiten für ihn ab. Nun lag er seit Wochen im Bett, hatte gar nach dem Priester verlangt.

Inzwischen brachte Meister Bertram das Hamburger Staatswappen zum Abschluss. Allein mit der Schnitzarbeit hatte er sich 14 Tage beschäftigt. Ein letzter Blick auf die stolze Stadtburg, das ornamentale Beiwerk und die goldenen Sterne stimmte den Künstler zufrieden. Vom Malen neuer Altäre allein konnte man nicht leben. In der Nähe des Schiffbaumeisters fühlte er sich wohl.

Bewundernswert, dieser Mann, wie er durch sein Vorbild, seine Genauigkeit und Herzensgüte tapsige Lehrlinge in tüchtige Schiffbauer verwandelte! Sie gingen für ihren Meister durch dick und dünn. Einen besseren Ältermann hätte das Schiffbaueramt nicht wählen können.

Es war ihm eine große Freude, an dem Schiff zu arbeiten, das er bereits während des Baus mit den kaiserlichen Emblemen ausgestattet hatte. Damals war sein Geschick dem frommen Herrscher aufgefallen. Kaiser Karl hatte ihn eingeladen, zusammen mit den bedeutendsten Künstlern der Erde auf dem Karlsstein Kapellen und Stuben mit Heiligenbildern auszumalen. Liebevoll strich Bertram über die glatte Schanz. Nun war der Kaiser schon sieben Jahre tot, und die Hamburger gönnten sich sein Schiff.

Bertram setzte sich aufs Gerüst und ließ die Beine baumeln. Von unten klang eine silberhelle Kinderstimme herauf. Ein Junge im kurzen Hemdchen spielte im Sand. Er sammelte Holzreste auf und warf sie, unentwegt juchzend, ins Wasser. Ein Jahr nach der Hochzeit war Josef geboren worden, dieser Sonnenschein! Gleich danach die süße Catharina! Welch ein Glück unter dem Dach der Schiffbauerfamilie. Der Maler lächelte in die Sonne und schaute auf die schöne Elbseite Hamburgs. Er konnte es nicht lassen, bestimmte Details zu überprüfen. Die Hohe Brücke, wie sie drüben die Einfahrt zum Alsterhafen in die Stadt hinein überwölbte und an beiden Seiten von Türmen flankiert wurde, ergab in der Vorstellung des Malers Hamburgs Tor zur See. Und wenn man von der Elbe kommend auf die Brücke zuhielt, wuchs der Turm der Nicolaikirche über der Mitte des Brückenbogens in die Höhe.

Die Trinität der Türme wirkte, als hätte die Stadt mit ihnen ihr Wappen nachbauen wollen. Ob jemand merken würde, dass er ein Abbild der Stadt in das Wappen der Schnigge hatte einfließen lassen?

»Horborch kommt!«

Aus dem Brookstor traten, angeführt vom Zweiten Bürgermeister, drei Ratsherren. Sie kamen, Bertram erkannte das an ihrer Ausstaffierung, direkt von einer Ratssitzung.

»Bürgermeister Holdenstede schafft es jedes Mal, die Sitzungen so langweilig zu leiten, dass man dabei einschlafen muss«, lamentierte Christian Ridders.

Horborch fasste seine Begleiter streng ins Auge: »Wenn ihr etwas gegen Ludolf von Holdenstede habt, sagt ihm das ins Gesicht. Das kann er vertragen. Er ist gewissenhaft und lässt nichts liegen. Sein Temperament hat er sich nicht ausgesucht.«

Kurzatmig mit den Armen wedelnd, ließ Ridders seinem Ärger freien Lauf: »Es ehrt Euch, dass Ihr den Ersten in Schutz nehmt! Aber man wird ungeduldig, wenn der Rat zu den brennenden Fragen keine Stellung bezieht. Was machen wir mit den Abenteurern, denen Königin Margarete Kaperbriefe aushändigt? Abwarten? Ihre Zahl wächst von Tag zu Tag. Leichter als mit so einem Wisch kann man sein Geld nicht verdienen.«

»Die Dänenkönigin weiß, was sie tut. Regt Euch nicht auf, Christian«, beschwichtigte Horborch. »Das sind Menschen, mit denen man vernünftig verhandeln kann. Viele sind darunter, die früher in der Stadt friedlich mit uns zusammengelebt haben. Nach ihren Worten streben sie den Rechtsstatus von berufsmäßigen ›Söldnern zur See im fürstlichen Auftrag‹ an.«

»Seht Ihr das nicht ein wenig zu rosig, Horborch?«, entgegnete Ridders. »Die Kaperfahrer behaupten zwar, sie würden allein die in den Kaperbriefen vorgeschriebenen Kriegsziele verfolgen. Inzwischen aber überfallen und plündern sie jedes Schiff, sofern es Beute verspricht. Muss es erst so weit kommen, dass sie Hamburger Kaufleute angreifen? Ich weiß, unsere Parteigänger der Königin nehmen das nicht gern zur Kenntnis. Aber die Kaperfahrer gehören als Seeräuber bekämpft und wie Strauchdiebe an den Galgen!«

»Es gibt brennendere Themen«, bremste Horborch, »die im Rat

behandelt werden müssten. Es gibt Gerüchte, unsere Witten seien nicht fälschungssicher!«

Mit einer Handbewegung lud Bertram zur Fortsetzung des Weges ein. Bevor sie die Mitte der Brooksbrücke erreicht hatten, öffnete sie sich, und ein mächtiger Schiffsrumpf wurde von einem mit zwei Werftleuten besetzten Ruderboot in den Hafen hinausgeschleppt. Auf dem Rumpf nahmen zwei Leute die Leinen wahr, hielten das Schiff vom Pfahlwerk der Brücke frei und bugsierten es, kaum war die Brücke passiert, sofort wieder nach Backbord um die Brücke herum.

»Prachtvoll, wie die so ein großes Schiff mit vier Leuten und zwei Leinen regieren! Zeelander hat seine Leute im Griff!«, sagte Horborch. Die Klappbrücke senkte sich wieder und gab den Blick auf die Werft frei. Da lag die ehemals kaiserliche Schnigge auf der Gleitbahn, bereit für ihren zweiten Stapellauf. Je zehn blanke Riemen lagen in den Dollen der Backbord- und Steuerbordseite bereit, als wolle man sofort in See stechen.

Ridders pfiff anerkennend. »Hab' selten was Schöneres gesehen. Da hat Meister Bertram wohl wieder vom Prager Hof geträumt.« Durch den Anblick beschwingt, bewegten sich die drei Herren flotter und bogen zwischen Buden und Stapeln mit Bauholz in die Werft ein. Hinrich vom Berge, aufgeschlossen für technische Neuerungen, interessierte sich mehr für die Vorbereitung des Stapellaufs.

»Was pinselt Euer Altgeselle da auf der Gleitbahn herum?«, fragte er den Meister.

»Er hat eine Schmiere zusammengebraut, ein Geheimrezept, wie zum Kochen von Seife. Damit«, lachte Johannes, »läuft jedes Schiff wie geschmiert vom Stapel.«

Kaum hatte Zeelander das Zeichen gegeben, rutschte die Schnigge immer schneller werdend auf ihr Element zu, bis sie, eine hohe Bugwelle vor sich hertreibend, in den Hafen schoss.

Wahrlich ein großer Tag, der schön hätte enden können! Die Vesperglocke läutete. Im Kontor entnahm Meister Johannes einem Lederfutteral sein aus Wachstäfelchen zusammengeheftetes Notizbuch. Mit spitzem Griffel trug er die Zahlen des Tages ein, rechnete, blätterte zurück, rechnete neu, radierte das zuvor Geschriebene mit der breiten Rückseite des Griffels aus dem Wachs heraus, schrieb neue Zahlen, mit denen er aber auch nicht zufrieden schien. Er stand auf und ging ans Fenster, um besser sehen zu können.

»So ein Mist!«, fluchte er, »sie wird mich wieder auslachen. Ich höre schon, wie sie geduldig sagt: ›Du bist mir ja ein Rechenmeister!‹« Wütend klappte er das Büchlein zu und knallte es gegen die Tür.

Es klopfte, Jan trat ein, den kleinen Josef an der Hand.

»Was gibt's?«, fragte Johannes knapp. Das Kind spürte seine schlechte Laune und umklammerte ein Bein des Gesellen.

»Eure Frau hat gesagt, ich soll Euch den Kleinen bringen. Ihr wüsstet schon.«

Johannes stierte vor sich hin, es roch nach Bier. »Ist gut, lass ihn hier! Noch was?«

Jan druckste. »Ich weiß nicht recht, wo ich anfangen soll, Meister. Es geht darum … also auf der Werft ist keiner, der so viel Arbeit erledigt wie ich. Darüber beklage ich mich nicht. Aber fragen wollt ich, ob ich nicht einen Pfennig mehr Lohn pro Woche haben könnte. Früher hab' ich bei Hinrik Lamspring ausgeholfen. Den Pfennig konnt' ich gut gebrauchen. Meine kleine Tochter ist krank. Ich muss den Arzt und die Medizin bezahlen. Ich weiß nicht ein noch aus. Ich möcht' nicht auch noch mein Töchterlein verlieren, nachdem mein Sohn auf Neuwerk …«

»Was willst du damit sagen?«, unterbrach ihn Johannes scharf. »Willst du andeuten, ich bin für den Tod deines Sohnes verantwortlich und deswegen verpflichtet, die Arztkosten für deine Tochter zu übernehmen? Schlag dir das aus dem Kopf. Ich lass' mich nicht erpressen!«

»Habt Mitleid! Könnt Ihr nicht verstehen, dass ich alles tun muss, um die Kosten aufzubringen? Sie ist so klein und so lieb«, flehte Jan. Er schwankte leicht.

»Ist nicht meine Sache. Gibt es sonst noch etwas?«

»Das ist nicht recht von Euch«, brauste Jan auf. »Ich hab' mich für Euch geschunden. Ihr habt gut an mir verdient. Der eine Pfennig tut Euch nicht weh.«

»Werd nicht frech. Was weißt denn du? Raus!«, schnauzte Johannes. Josef gegenüber schlug er einen anderen Ton an: »Der Jan muss jetzt gehen!«

Der Kleine klammerte sich an Jan. »Seht Ihr? Er will nicht zu Euch. Er will bei mir bleiben, bei mir fühlt er sich wohl.«

In Johannes stieg Zorn auf: »Mach mir nicht meinen Sohn abspenstig!«

»Der Kleine spürt, wer ihn mag – und wer nicht«, wehrte sich Jan. »Euch sind alle Menschen gleichgültig – wir, die Kinder, die Meisterin ...«

»Lass meine Frau aus dem Spiel, sonst ... sonst ...« Zeelander lief rot an.

»Was sonst? Magdalena hätte besser daran getan, den Goldschmied zu heiraten.« Jan spuckte aus.

»Endlich kommt es heraus! Ihr steckt unter einer Decke«, giftete Johannes. »Ich weiß, wer das Teufelswerk ...«

»Nichts wisst Ihr! Gar nichts!«, rief Jan. Josef kroch unter den Tisch. »Eigentlich hättet Ihr Hinrik auf Knien dafür danken müssen, wenn die Hochzeit geplatzt wäre.«

»Bist du des Teufels!? Ich werde dir zeigen, wer hier ...« Johannes schlug nach Jan. Der taumelte zurück, ohne sich zu wehren. Johannes warf sich über ihn, drückte ihm den Hals zu.

Die Tür wurde aufgerissen, Clemens platzte in den Raum. Meister und Geselle lagen auf dem Boden. Der Pfarrer riss den Bruder an den Haaren zurück und schlug ihm ins Gesicht. »Schluss! Komm zur Besinnung!« Johannes ließ ab, Clemens sagte: »Wach auf! Ich bin's, Clemens.« Er wandte sich an Jan: »Wasch dir das Blut aus dem Gesicht und geh nach Hause.«

Jan zog ab, Johannes wurde ruhiger. »Ich hätt' ihn umgebracht. Manchmal überkommt mich die Wut wie eine Woge. Ich weiß bald nicht mehr, was ich tue, ich fühle mich wie ein Ertrinkender.«

»Das habe ich bemerkt. Als würde dich die Sintflut von den Klippen des Berges Ararat in die Tiefe reißen.«

»Wovon redest du?«, fragte Johannes verwirrt.

»Von deiner eindrucksvollen Arche Noah. Wilhelm Horborch hat sich sehr darüber gefreut.«

Johannes reagierte verlegen: »Nun ja, von aller Welt verlassen.«

»Du hast mir Angst gemacht, mein Lieber. Wilhelm riet mir, nach Hamburg zurückzukehren, um dir beizustehen. Hier bin ich«, erklärte Clemens.

Johannes legte den Kopf in Clemens' Hände. »Was soll ich tun, Bruder?«

»Wenn sich gegen einen Menschen, der dir lieb ist, Groll in deinem Herzen einnisten will, dann musst du auf der Hut sein! Versuch ihn zu verstehen. Alle bewundern dich! Wenn du nicht weiterweißt, komm zu mir. Ich bewahre dich vor dem Ertrinken. Und versprich mir, dass du dich bei deinem Gesellen entschuldigst! Einen besseren Mann wirst du nicht finden.«

Am nächsten Morgen sah man den Altgesellen mit einem Bündel unter dem Arm die Werft verlassen.

Bertram von Mindens Werkstatt, Donnerstag, 1. Juni 1385

Eleganter kann kein Bischof schreiten, als dieser aufrecht gehende Wolf sich bewegt. Erhobenen Hauptes, mit einer Vorderpfote den Lehrgestus andeutend, nähert er sich einer Schar wissbegieriger

Gänse. Sie wollen nicht sehen, dass die Mönchskutte seine Leibesfülle nur mühsam verbirgt. Sie hören auch nicht auf die schreienden Gänsehälse, die aus dem Halsausschnitt der Kutte drängen, um ihre Artgenossen zu warnen. Meister Bertram saß am Arbeitstisch und war damit beschäftigt, das Motiv mit feinem Pinsel zu kolorieren.

»Ich habe noch einmal alle Vorzeichnungen zu dieser Arbeit herausgesucht, weil der böse Wolf mich heute besuchen kommt.«

»Darf ich raten, wie dieser böse Wolf heißt?«, fragte Hinrik ironisch.

»Ich kann den Namen nicht mehr hören!«, stöhnte Bertram.

»Darf ich wenigstens erfahren, was er von dir will?«

»Ein prachtvolles Missale, das alle wichtigen Texte für die Lesungen im Gottesdienst enthalten soll.«

»Doch nicht für den Gebrauch in der Bremer Domkirche!«, sagte Hinrik ungläubig.

Bertram lachte. »Der alte Geizkragen gibt sein Geld doch nicht für Kunst aus. Aber es macht ihm Spaß, den Haushalt der Stadt Hamburg zu schröpfen. Unsere Ratsherren mussten ihn bitten, die Herstellung eines neuen Missales für die Kapelle auf dem Turm zu Neuwerk zu genehmigen, nachdem das alte vor fünf Jahren den Flammen zum Opfer gefallen war. Für Hamburg ist dem Erzbischof nichts zu teuer.«

»… hab' ich richtig gehört, werter Meister? Teuer wird es werden?« Durch die offene Tür hörte man Bertram Horborchs Stimme, der gleich darauf die Werkstatt betrat, im Schlepptau den Pfarrer von St. Catharinen.

»Genau deswegen hat der Erzbischof um Eure Teilnahme gebeten«, bestätigte Meister Bertram die Befürchtungen des Bürgermeisters.

»Ich hab' den hohen Herrn am Eingang der Schmiedestraße gesehen. Er wird gleich hier sein«, sagte Clemens.

»Dann wird's für mich Zeit zu verschwinden«, murmelte Hinrik und ging.

Sie mussten nicht lange warten, bis das ölige Organ Seiner Eminenz das Haus erfüllte: »Sind die Herren schon da? Der Meister und der Bürgermeister? Hier der Hut! Doch nicht auf die Erde, meine Beste!« Seitwärts quoll er durch die ihm zu enge Tür herein. »Der Herr sei mit Euch, Ihr Herren«, ließ er sich vernehmen, die Rechte mit dem Ring zum Handkuss darbietend. Widerwillig, aber höflich erwiesen Horborch, Clemens und der Maler ihm die Ehre. Ohne ihre Grüße abzuwarten, trat er an den Tisch, legte die fleischige Hand auf die unfertige Arbeit des Meisters. »Soll das in das Missale hinein? Das verbitten Wir Uns! Nehme Er Unseretwegen die Tierwelt, wie sie ist, aber ohne Ausdeutungen!«

»Ich nehme die Welt, wie sie ist – eine wahrhaft verkehrte Welt. Darin darf das Element der Heuchelei nicht fehlen«, erläuterte Meister Bertram in aller Ruhe. »Ich wäre aber nicht beleidigt, Eminenz, wenn Ihr einen anderen Maler beauftragen wollt, der Eurer Eminenz eher gerecht werden könnte.«

Erzbischof Albert brauste auf: »Wie redet Er? Was glaubt Er, wer Er ist? Bürgermeister! Ruft den Ältermann des Maleramtes Eurer Stadt zur Ordnung! Nur er kommt für diesen Auftrag in Frage und hat sich Unseren Vorstellungen zu fügen. Ich rede nicht mit jedem hergelaufenen Pinselschwinger.«

Horborch musste sich zur Ruhe zwingen. Er sprach kühl, jedes Wort wägend: »Lasst dies unsere Sorge sein, Eminenz. Wir benötigen für die Beschaffung eines Missales allein Eure Zustimmung zum Text. Die Gestaltung wollen wir besser dem Meister überlassen. Für Kunst im kirchlichen Raum war bisher mein Bruder Wilhelm zuständig, der diese Aufgabe auf Pfarrer Zeelander übertragen hat.«

Der Erzbischof stutzte: »Euer Bruder Wilhelm – richtig! Habt Ihr kürzlich mit ihm gesprochen? Ich vernahm, er sei wieder in Avignon tätig. Eine kluge Entscheidung.«

Der Bürgermeister war auf der Hut:»Seit letztem Sommer habe ich nichts von ihm gehört.«

»Dann sind Unsere Mitteilungen etwas jüngeren Datums, verehrter Bürgermeister. Euer Bruder ist unter Gefahr seines Lebens nach Avignon zurückgekehrt, um den wahren Papst, den auch Wir in Clemens dem Siebten erkennen möchten, persönlich zu unterstützen.«

So selbstverständlich berichtete der Erzbischof, dass in Horborch die Hoffnung aufkeimte, sein Bruder könne noch am Leben sein. Der Kirchenfürst bemerkte, wie es in dem Bürgermeister arbeitete.

»Der sehnlichste Wunsch Eures Bruders geht wohl dahin, dass seine geliebte Heimatstadt zusammen mit der kompletten Erzdiözese Hamburg-Bremen aus dem Gehorsamsbereich des römischen Papstes ausscheidet und sich unter die Obödienz von Clemens begeben möge.«

»Das ist undenkbar!«, mischte sich Clemens ein.»Kaiser Karl hat das Reich im Ganzen der Obödienz des Heiligen Vaters in Rom unterstellt.«

»Was Karl gesagt hat, zählt schon lange nicht mehr«, stellte Seine Eminenz klar, ohne Clemens eines Blickes zu würdigen.»Karls Sohn Wenzel wird ein solcher Schritt kaum interessieren. Ich kann Euch nur dringend raten, alles Erdenkliche in Gang zu setzten, um den von Eurem Bruder geäußerten Wunsch schleunigst zu erfüllen.«

Der Bürgermeister fragte nach:»Was bedeutet das, wenn Ihr sagt, Ihr wollt uns dringend raten?«

Die erzbischöflichen Augen eilten zwischen den Anwesenden hin und her. Dann sagte er mitfühlend:»Es geht Uns nur um Euren Bruder. In Avignon ist er umgeben von Franzosen, die ihn immer noch verdächtigen, insgeheim Urban zu unterstützen. Wie Wir hören, verlangt man ein Zeichen von ihm.«

»Und wenn ihm das nicht gelingt?«, fragte der Bürgermeister mit tonloser Stimme.

»Fragt Pierre d'Annecy. Obwohl ihm einige Finger an der Schwurhand fehlen«, der Erzbischof schnalzte vor Vergnügen, »vertraut der Heilige Vater ihm die schwierigsten Fälle an.«

Horborch, kreidebleich geworden, musste sich gegen die Wand lehnen.

Der Erzbischof hatte sich längst entfernt, da zitterte der Bürgermeister noch immer: »Und wenn er doch noch lebt und sich in den Händen dieser Teufel befindet?«

»Ihr könnt sicher sein, dass Wilhelm kurz nach meiner Abreise in Rom gestorben ist. Geht den Lügen des Erzbischofs nicht auf den Leim.«

»Aber wenn es doch stimmt? Wenn sie Wilhelm ein zweites Mal entführt haben?«

»Avignon will, dass unsere Erzdiözese sich dem Gegenpapst unterstellt und wir unser Geld dort abliefern. Den Franzosen ist jedes Mittel recht. Diderich von Nieheim hat uns gewarnt.« Clemens blieb so ruhig wie möglich. Wenn aber Nieheim nicht mehr im Amt war? Die Nachrichten aus Rom waren nicht ermutigend. Aber unter keinen Umständen durfte der Hamburger Rat dem Drängen des Erzbischofs nachgeben!

Unvermittelt wandte sich Clemens an den Hausherrn: »Ich habe noch immer ein Brieflein für Euch. Unser gemeinsamer Freund hat es am Abend vor seiner Entführung geschrieben. Er hoffte, so sagte er mir damals, dass Euch Euer Weg irgendwann nach Rom führen möge. Er war sicher, dass dies noch geschehen werde.«

Der Schankraum war mäßig besucht. Als Johannes Zeelander das Lokal betrat, saßen am Stammtisch der Ratsherren nur zwei Gäste. Er ließ sich in einer dunkleren Ecke nieder. Diderich von Espingen war in diesem Jahr früher von See zurück und hatte um ein Gespräch gebeten. Dass es hier stattfinden sollte, stimmte Johannes nachdenklich.

Er musste nicht lange warten. »Schön, dass du gekommen bist«, begrüßte der Kaufmann seinen Schwiegersohn und setzte sich. »Wie läuft es auf der Werft?«, fragte er, ohne dass es ihn wirklich zu interessieren schien.

»Wir können uns vor Aufträgen nicht retten«, gab Johannes lustlos zurück. »Gerade rüsten wir mehrere Handelsschiffe zu Kriegsschiffen um, indem wir vorn und achtern kleine Kastelle für die Scharfschützen aufsetzen.«

»Dann hast du genug Ablenkung, um nicht über andere Dinge nachdenken zu müssen«, entgegnete Diderich.

»Was willst du damit sagen?«

»Denk nach!«, insistierte der Schwiegervater.

Johannes Zeelander stammelte: »Keine Ahnung, beim besten Willen nicht …«

»Ich will dir auf die Sprünge helfen.« Diderichs Stimme sank zu einem Flüstern herab. »Heute Mittag war ich bei euch zu Hause und habe meine Enkel besucht. Ich hab' mein Lenchen nicht wiedererkannt – so bleich, müde und abgespannt! Ich bin besorgt. Was hast du mit meiner Tochter gemacht?«

»Ich mit ihr gemacht? Unser Leben ist nicht leicht. Sie hat viel um die Ohren: den Haushalt, die Kinder. Sie führt, wie du weißt, die Bücher. Aber das war im Hause derer von Espingen genauso, wenn ich mich richtig erinnere.«

»O nein, mein Lieber«, widersprach Diderich. »Meine Maria war bei all der Arbeit stets fröhlich. Lenchen begann vorhin zu schluchzen, als ich nachgefragt habe. Sie schwieg beharrlich. Deshalb frage ich dich: Was ist bei euch los?«

»Magdalena ist eben nicht so stabil, wie deine Maria es war«, wiegelte Johannes ab.

Diderich wurde energisch: »Das sind Ausflüchte! Ich sehe nicht mit an, wie meine Kleine in deinem Haus verwelkt. Ich habe ihr angeboten, mit den Kindern zu mir zu ziehen. Wir haben genug Platz. Sie hat das ausgeschlagen, sie möchte bei dir bleiben.«

»Was willst du also?«, erwiderte Johannes und trumpfte auf: »Dann ist doch alles in Ordnung. Ich will auch, dass sie bei mir bleibt. Ich arbeite schließlich nicht für mich allein. Überdies hat Magdalena gewisse Hausfrauenpflichten wahrzunehmen.« Langsam wurde Johannes bewusst, was der Schwiegervater ihm unterstellte. »Was sollen die Leute denken, wenn sie wieder zu ihrem Vater zieht?«

»Vielen Dank für deine Offenheit, nun weiß ich, was dir meine Tochter bedeutet.«

Johannes wollte aus dieser unangenehmen Situation herauskommen. Man kannte ihn, jedes zweite Gesicht im Lokal wusste, wer er war. So sagte er ungeduldig und gereizt: »Haben wir es dann soweit?«

»Eine Frage noch. Was war damals auf Neuwerk?«

Das kam unerwartet, das war gefährlich. »Was redest du von Neuwerk? Hat Jan etwa …?«

»So gut solltest du mich kennen, Johannes, dass ich solche Dinge nicht mit einem deiner treuesten Mitarbeiter erörtern würde.«

»Den treuesten kannst du streichen.«

»Wusste er zu viel?«

»Hör mir doch auf! Nein … er war nicht mehr zu gebrauchen. Er hat angefangen zu trinken.«

»Ich glaube dir kein Wort! Du hast ihn loswerden wollen, weil er dich besser kennt als jeder andere. Du hasst ihn, weil Magdalena und die Kinder an ihm hängen.«

»Vielleicht hängt sie zu sehr an ihm«, grinste Johannes. Diderich stand auf und ohrfeigte ihn. Danach zog er gelassen seinen Mantel an und griff den Hut. Schon in der Tür, rief er durch den ganzen Keller: »Ich werde in Zukunft häufiger bei euch aufkreuzen. Ohne Ankündigung.«

Johannes war wie gelähmt. In dem Maße, in dem die Überraschung nachließ, wurde das Gefühl stärker, soeben gedemütigt worden zu sein. Er ließ den Verlauf des Gesprächs an sich vorüberziehen. Allerdings wurde es nebenan am mittlerweile gut besetzten Stammtisch der Ratsherren störend laut.

»Zum Wohl, Freund! Mein Gott, wie das schmeckt, dies Eimbeck'sche!«, blubberte Kersten Vos mit Schaum vorm Mund.

»Ist auch teurer als das heimische Bier, lieber Kersten. Nun setz den Krug mal wieder vom Hals! Ist ja nicht mit anzusehen«, bremste Ludolf Holdenstede sein Gegenüber augenzwinkernd.

»Ausgerechnet du spielst den Moralapostel. Was war denn in Lübeck? Wer konnte denn da nie nein sagen?«

»Nicht so laut, Kollege!«, zischte der Angesprochene, »muss doch nicht jeder mitkriegen!«

Mit dem Daumen wies er hinter sich: »Da sitzt Magister Zeelander von der Werft.« Flüsternd fuhr er fort: »Außerdem ist das sechs Jahre her. Was war das für ein heißer Tag! An solchen Tagen muss man trinken, um zu überleben. Und die Wismaraner mit ihrer albernen Sorge, ob ihr Ochsenkopf neben der Hamburger Burg und dem Lübecker Adler auf der neuen Münze ausreichend zur Geltung kommt.«

»Tja, Ludolf, wir beide waren beinahe zu erfolgreich. Inzwischen wird der Witten überall akzeptiert. Ist nicht mehr wegzudenken, das gute Stück.«

»Entschuldigt, werte Herren, wenn ich Euer Gespräch störe. Aber vielleicht passt, was ich Euch sagen möchte, gerade dazu.«

Den vornehm gekleideten Mann, der sie so höflich und gewinnend ansprach, schien ein dringendes Anliegen an ihren Tisch zu treiben. Sie baten ihn, Platz zu nehmen.

»Ich kenne Euch. Ihr seid ...«, Holdenstede kramte in seinem Gedächtnis, »Ihr seid der Goldschmied Dietmar ...«

»Nicht Dietmar!«, unterbrach der Mann lachend. »Hinrik. Hinrik Lamspring. Zurzeit arbeite ich im Auftrag der St. Petrikirche.«

»Zur Sache, verehrter Meister«, ergriff Kersten Vos das Wort, »was habt Ihr auf dem Herzen?«

Lamspring nestelte aus einer am Gürtel hängenden Tasche einen roten Stoffbeutel hervor. »Ich komme aus dem Rathaus, wo ich beim Kämmerer vorgesprochen hab'. Er verwies mich an Euch und verriet mir freundlicherweise, dass ich Euch zu dieser Stunde mit großer Wahrscheinlichkeit hier finden würde.«

Aus dem Beutel ließ er mehrere Silberstücke in seine rechte Hand gleiten.

»Nun ja, saubere Witten. Was ist damit?« Holdenstede verbarg seine Ungeduld nicht.

Lamspring ließ sich nicht beirren. »So sauber sind sie nicht, diese Witten – sie sind falsch.«

»Nie im Leben!« Vos nahm eine hoch, »ist alles am rechten Platz.«

»Hab's auch erst gedacht, werte Herren«, stimmte Lamspring zu, »aber misstrauisch, wie wir Goldschmiede sein müssen, hab' ich mit meiner Goldwaage überprüft, ob das Material eines Witten sich so zusammensetzt, wie die drei Städte dies vorschreiben. Sie sahen gleich aus, doch zu meinem Erstaunen waren einige Münzen viel schwerer als die anderen.«

Indem er nochmals in seiner Gürteltasche kramte, förderte er ein feines Gestänge zutage und klappte es auseinander. Er ließ die Gewichtschalen auspendeln und legte eine Münze auf die linke Schale.

»Dies«, erläuterte er, »ist eine Münze, die genau 16 Lot lübsch und drei Lot Kupfer enthält.«

»So soll's sein!«, lachte Vos.

Unbeeindruckt legte Lamspring die Witten vom Tisch der Reihe nach auf die rechte Waagschale. Die ersten drei stimmten im Gewicht überein. Danach nahm er den Witten aus Vos' Hand. Mit ihm sauste die rechte Schale nach unten, ebenso geschah dies mit dem fünften, sechsten, siebten und achten. Ungläubig bestaunten die Ratsherren das Experiment. Sie nahmen die Witten in die Hand und versuchten, den Fehler zu bemerken. Mehrfach drehten sie die Münzen um, vergeblich.

»Um mir Gewissheit zu verschaffen«, fuhr Lamspring fort, »habe ich einen der schweren Witten durchgesägt.«

Zum dritten Mal vergrub er seine Hand in der Gürteltasche und hielt triumphierend die beiden Hälften des auseinander geschnittenen Witten in die Höhe.

»Achtet auf die Querschnitte! Außen eine Silberhaut, sie bedeckt gerade eine Münze, die im Innern einen graufarbenen Kern erkennen lässt. Der ist aus billigem Blei! Meine Herren, wir haben einen Münzfälscher in der Stadt. Die Fälschungen sind überall im Umlauf.«

»Bester Lamspring, Ihr könnt einem das teuerste Bier vermiesen.« Unwirsch schob Holdenstede den Krug beiseite und erhob sich. »Schluss mit der Gemütlichkeit, Kollege Vos«, fuhr er fort. »Es gibt Arbeit. Wir müssen dem Münzmeister Bescheid geben. Ihr, Hinrik Lamspring, Ihr kommt mit. Vielleicht erreichen wir die Herren noch in der Münze. Sie arbeiten im Augenblick Tag und Nacht.«

»Wir können doch auch morgen früh …«, wandte Vos ein, während er sich unwillig aus der Bank herauswand.

Holdenstede schnitt ihm das Wort ab. »Sollen wir hier gemütlich dem Eimbecker Bier zusprechen, während der dreiste Fälscher das Vertrauen in unser bestes Zahlungsmittel ruiniert? Was, lieber Vos, sollen unsere Vertragspartner in Wismar und Rostock von uns denken, wenn wir zu bequem sind, die Witten zu schützen? Also los, auf jetzt!«

»Vielleicht könnt Ihr weitertrinken«, mischte sich Johannes ein, der die Demonstration vom Nebentisch aus aufmerksam verfolgt hatte und jetzt an den Tisch trat. »Es könnte doch sein, dass der Goldschmied selbst oder sein Gehilfe die Finger im Spiel hat und dieser Auftritt nur dazu dient, sich von aller Schuld reinzuwaschen.«

»Wie könnt Ihr es wagen, mich derart zu verdächtigen!«, empörte sich Lamspring und setzte wütend hinzu: »Dass Ihr Euren besten Mitarbeiter, den Ihr kürzlich von der Werft gejagt habt, in den Dreck zieht, ist genauso unehrenhaft wie die heutige Unterstellung. Meine Herren«, wandte er sich an die Ratsherren, »wir sollten gehen. Auf uns warten dringendere Aufgaben, als sich mit einem Betrunkenen abzugeben.«

Mitgerissen von so viel überzeugender Rechtschaffenheit folgten ihm Vos und Holdenstede grußlos nach draußen.

Auf dem Fleischermarkt, Dienstag, 28. November 1385

uffällig unauffällig, wie Männer ihres Amtes sich verhalten, wanderten die beiden Weddeherren von Stand zu Stand. Schließlich blieben sie bei den Fleischschrangen stehen.

»Sag, Simon«, zupfte Jeppe den Kollegen am Arm, »hatte Dietmar Bocksprung nicht Broder Hansen genannt?«

Verärgert flüsterte Simon zurück: »Du hast ein Gedächtnis! Nicht Dietmar Bocksprung – Hinrik Lamspring heißt er. Den kennt doch jeder. Aber Broder Hansen – wenigstens der Name stimmt. Gehen wir mal hin. Die Fragen stelle ich.«

Sie drängten an der Reihe der Wartenden vorbei und sprachen den Schlachtermeister an: »Wir hätten ein paar Fragen an Euch. Können wir irgendwo ungestört ...?«

Broder Hansen zog die Weddeherren beiseite und zeigte sich gesprächig: »Ihr kommt wegen der Witten? Also, mit den beiden Witten hab' ich dem Lamspring eine kleine Bronzefigur abgekauft, die heilige Catharina. Ganz was Feines! Meine alte Mutter hat sie sich zum Namenstag für die Andachtsecke gewünscht. Sie kommt ja nicht mehr bis zur Kirche.«

»Das wollen wir gar nicht wissen«, stoppte Jeppe den Redefluss. »Wie der Mann aussah, der Euch die Witten gegeben hat, das wollen wir von Euch erfahren. Denkt genau nach und sprecht erst dann. Nicht vorher. Erst dann!«

Broder Hansen stemmte die Hände unter der Schürze in die Hüften und starrte angestrengt über ihre Köpfe hinweg ins Leere, druckste einen Augenblick herum und spuckte es häppchenweise aus.

»Wie soll ich den Mann beschreiben! Nee, Fleisch brauchte er nicht. Rinderknochen hat er genommen. Für 'ne Suppe, hat er gesagt. Im Grunde wollt' er wohl nur sein Geld wechseln, weil ihm angeblich niemand auf seine Witten kleinere Münzen herausgeben konnte. Wirkte vertrauenswürdig, der Kerl. Auch freundlich. Hatte ihn früher schon gesehen, wenn ich nur wüsste, wo! War groß, ziemlich hager, schob so 'n bisschen schlaksig durch die Gegend. Die Kleidung? Abgenutzt, aber ordentlich. Es gibt Schlimmere. Wenn ich an Friedemann Scheel denke. Kennt Ihr Friedemann Scheel? Seid froh, das ist keine Freude. Und sonst? Merkwürdig, wie er den linken Mundwinkel nach unten zog. So schräg. Und nur den linken. Oder war es … nein, es war der linke. Ich sehe es direkt vor mir.«

Simon, der sich über den unverhofften Erfolg des vorlauten Jeppe ärgerte, zog den Kollegen an der Schulter zurück.

»Seid bedankt, Meister Hansen, sollte der Mann noch einmal auftauchen, gebt uns Bescheid!«

Ohne Plan und Ziel schlenderten die Weddeherren von Stand zu Stand, als Hansen wieder neben ihnen auftauchte: »Da – seht Ihr ihn? Jetzt versucht er's bei Würzkraut-Stine. Das wird gleich Ärger geben.«

Und richtig, Würzkraut-Stine schoss auf den langen Kerl zu, griff mit ihren Pranken nach dem rechten Arm des Übeltäters, drehte ihn um, dass der Kerl aufschrie und die Witten, die er ihr hatte unterjubeln wollen, im hohen Bogen über den Platz flogen. »Dich mach' ich fertig!«, brüllte sie. »Mir deine Witten andrehen wollen! Mit mir nicht!« Noch ehe Simon und Jeppe begriffen, dass sie gefragt waren, hatte sich der Lange Richtung Hafen davongemacht.

Zeelanders Haus, Mittwoch, 29. November 1385

Gut gelaunt war Zeelander von der Werft nach Hause gekommen. Gerade hatte er es sich auf der Diele gemütlich gemacht und seine Frau gerufen, um Besorgungen für den Haushalt zu besprechen, als Hänschen, der jüngere Lehrling, hereinstürmte. »Meister, Ihr sollt kommen. ›Sofort!‹, haben die gesagt«, prustete er.

Magdalene nahm ihn besorgt in Empfang: »Nun komm erst mal herein, mein Junge und setz' dich auf die Bank. Dann erzählst du dem Meister in Ruhe, was geschehen ist. Möchtest du einen Becher Milch?«

Der Junge nickte, und Johannes bekräftigte: »Ich glaub', das ist genau das Richtige für ihn. Mach schon hin, Lene!« Er beugte sich zu Hans hinüber: »Also, wer hat gesagt, dass ich sofort kommen soll?«

»Der Brookvogt und die Herren von der Wedde«, antwortete Hans eifrig, nachdem er zu Atem gekommen war. »Es geht um Münzfälscherei, wenn ich das richtig verstanden habe.«

»Das hast du bestimmt nicht richtig verstanden«, lachte Johannes. »Was soll unsere Werft mit Münzfälscherei zu tun haben?« Sprach's und erhob sich. Der kleine Josef klatschte in die Hände und bat den

Vater, mitkommen zu dürfen. »Ich muss noch mal rüber, Magdalene!«, rief er. »Josef, du kannst nicht mit!« Seine Frau tauchte hinter der Küchentür auf und nahm die Bütte, die der Geselle ausgetrunken hatte.

»Nimm den Jungen doch mit! Er freut sich immer so, auf der Werft zu sein, und ich kann die Besorgung machen.«

Der Brookvogt mit seinen Greifern und die ermittelnden Weddeherren hatten sich unterdessen auf der Werft umgetan. Besonders interessierte sie, wo Lehrlinge und Gesellen ihre Habseligkeiten zu verstauen pflegten.

Als Johannes die Werkstatt betrat, zögerte Jeppe keine Sekunde: »Wo steckt eigentlich Euer Altgeselle Jan Kreyer? Wann, Meister, habt Ihr ihn zuletzt gesehen?«

»Der arbeitet nicht mehr hier. Was wollt Ihr von Jan?«

»Die Fragen stellen wir«, wies ihn Jeppe zurecht. »Also: Wo und wann habt Ihr zuletzt mit ihm zu tun gehabt?«

Zeelander wurde förmlich: »Vor einem halben Jahr hat sich Jan im Einvernehmen von uns verabschiedet.«

»Was heißt ›Einvernehmen‹? Wenn Ihr wollt, könnt Ihr auch in der Büttelei aussagen. Da würde sich Johannes Ammentrost Eurer annehmen. Also?«

Ihm mit der Folter zu drohen – das wurde immer schöner! »Nun ja, zugegeben«, brummte Johannes. »Er war ein hervorragender, einfallsreicher und technisch brillanter Handwerker. Aber dann hat er das Saufen angefangen. Ich konnt' ihn auf der Werft einfach nicht mehr brauchen.«

Simon, der die scharfe Gangart seines Kollegen nicht mochte, zog das Gespräch an sich. »Habt Ihr Jan nach seiner Verabschiedung getroffen?«

»Er war vor einem Monat noch einmal hier und wollte sich Geld von mir leihen. Das Töchterlein sei schon lange krank, und er bräuchte Geld für den Arzt.«

»Und?«, schoss Jeppe sich auf ihn ein, »habt Ihr's ihm gegeben?«

»Wie komme ich dazu! Wir sind zwar Christenmenschen und von Herzen grundgut«, erklärte Johannes, »aber Jan würde das Geld nur versaufen. Und das Kind stirbt auch so. Habt Ihr noch Fragen an mich?«

»Ihr habt Recht, habt uns schon genügend …« Simon wollte das Verhör beenden, doch Jeppe blieb unerbittlich.

»Wo auf dem Grasbrook hält sich Euer Jan versteckt?«

»Wollt Ihr mit Eurer Frage zum Ausdruck bringen, ich sei ein Mitwisser?«, gab Johannes schneidend zurück. »Ich habe zwar gehört, dass Jan auf dem Grasbrook übernachtet. Aber ein Gerücht ist noch kein Anlass, zum Amtsvorsteher zu gehen. Es gibt viele Gerüchte.«

»Nun«, meinte Jeppe trocken, »der Anlass ist gegeben. Euer Altgeselle Jan wird mit handfesten Gründen beschuldigt, Falschgeld hergestellt und in Umlauf gebracht zu haben!«

Johannes sprang auf: »Könnt Ihr das wiederholen!? Jan ein Betrüger? Nie und nimmer!« Simon bat ihn, sich zu setzen, und berichtete von dem Ereignis auf dem Markt. Mit beiden Händen hielt der Meister seinen Kopf. »Ich glaub' es nicht!«

Nun griff auch Simon zu den Daumenschrauben: »Meister Zeelander, als Bürger der Stadt seid Ihr verpflichtet, uns bei der Suche nach dem Beschuldigten in jeder Weise behilflich zu sein. Wer, so frage ich Euch auf Ehre und Gewissen, könnte uns zeigen, wo sich Jan versteckt hält?« Johannes schwieg. »Antwortet! Ihr kennt die Befragungsmethoden unserer Büttelei!«

Inzwischen war Josef in die Werkstatt gekommen. Er verstand nicht, was die Männer von seinem Vater wollten. »Josef, geh wieder spielen!« Der Junge rührte sich nicht, der Vater wollte ihn zum zweiten Mal ermahnen, da fiel ihm etwas ein:»Josef, sag, hast du den Jan gesehen?«

»Den Jan?«, antwortete der Kleine vergnügt. »Aber ja! Er hat mir doch Knochen für Wido gegeben!«

»Wido ist unser Hofhund«, erklärte Johannes den Weddeherren.

»Weißt du auch, wo Jan wohnt?«, fragte Simon den Kleinen freundlich.

»Aber sicher!«, entgegnete Josef arglos.

Jeppe schaute Zeelander triumphierend an. »Euer eigener Sohn weiß es!«

Johannes war nicht wohl in seiner Haut. Er hatte nie mit den Herren von der Wedde zu tun bekommen wollen. »Josef, wollen wir den Jan besuchen?«

»Au fein! Wollt ihr euch wieder vertragen?« Johannes nickte und fasste seinen Sohn bei der Hand. Josef nahm den Hund an der Leine mit. Kaum waren sie zum Werfttor hinaus, fing Wido an, heftig zu ziehen. Die Weddeherren folgten auf dem Fuß. Schließlich kamen sie an ein Wrack.

»Ist es hier?«, fragte der Vater, Josef nickte.

»Jan, Jan, Vater will sich wieder vertragen!«, rief der Junge.

Nichts bewegte sich. Jeppe rief:»Komm raus, Kreyer! Sonst räuchern wir dich aus!« Als sich nichts tat, brüllte er: »Meister Zeelander und sein Sohn sind gekommen, um dich persönlich zu begrüßen.«

Sie nahmen Josef den Hund weg und ließen ihn von der Leine. Vor Freude aufjaulend verschwand das Tier im Wrack. Das Gejaule verwandelte sich in ein Gewinsel, das schließlich verstummte. Stattdessen hörte man Schluchzen. Bevor Johannes es verhindern konnte, rannte Josef hinterher. Kurz darauf erschien Jan mit einem winzig kleinen Mädchen auf dem Arm. Es war tot. Jan legte den Kopf in den Nacken. Er schloss die geröteten Augen, hob das Gesicht und betrachtete wie ein staunendes Kind den Meister, als sähe er ihn zum ersten Mal.

»Johannes Zeelander«, sagte er traurig, »ich bringe Euch mein zweites Kind, damit Ihr es begrabt.« Dann drehte er sich zu Josef und dem Hund um: »Eine Bitte hätt' ich noch: Vertraut Eurem Gesellen Olaf den Hund an. Er soll ihn freundlich behandeln. Und besorgt ihm einen Ehrenplatz zur Teilnahme an dem Spektakel meiner Hinrichtung!«

»Es tut mir Leid, Jan«, flüsterte Johannes. »Ich werde für alles Sorge tragen. Ich verspreche es.« Er wandte sich ab, während die Büttel Jan in die Mitte nahmen. Josef verstand nicht, was geschah.

Beim Grapengießer, Donnerstag, 30. November 1385

Er kannte sich nicht mehr. Er war verantwortlich für den Tod zweier Kinder, und er hatte seinen Altgesellen ans Messer geliefert! Jans traurige Augen hatten ihn in der Nacht verfolgt. Auf der Werft war er nicht bei der Sache gewesen. Magdalena hatte es bemerkt, aber nicht gefragt. Sie hatte ihn, als er nach Hause kam, bei der Hand genommen und wieder zur Tür hinausgeschoben.

»Irgendwann müssen wir einkaufen gehen. Die frische Luft wird uns beiden guttun«, hatte sie gesagt.

Als sie den Fischmarkt erreichten, war Magdalena längst bei ihrem Lieblingsthema, mit dem sie ihm seit Wochen in den Ohren lag. »Zu deinem Namenstag sollen alle kommen, die Gesellen, die Lehrlinge, die Schiffer, die Hafenleute und alle Armen. Wenn sie auch über uns reden, so soll uns niemand nachsagen, wir seien hartherzig. Ist was Besonderes, ein fünfunddreißigster Namenstag.«

»Immer wenn du davon anfängst, komme ich mir schrecklich alt vor.«

»Aber Hannes, das brauchst du nicht!«, seufzte Magdalena und schmiegte sich an ihn. »Lass uns die Bestellungen machen, wir können sie nicht noch weiter aufschieben.«

Johannes steuerte die Schmiedegasse an. »Du hast ja Recht, meine Liebe.«

Durch einen Torbogen betraten sie den langen schluchtartigen Hof, an dessen Ende die Kupferschmiede lag. Entlang der Wände waren Tische aufgestellt, auf denen sich Kupferteller von unterschiedlichen Größen türmten, unterbrochen von Stapeln ineinander gesetzter Messingbecken. Von den Stangen unter beiden Vordächern hingen Schaumlöffel, Schöpfkellen, Schürhaken, Kaminzangen herab. Der Krach fallender Hämmer drang aus der offenen Werkstatt und erfüllte den Hof.

»Wie bitte ? Hast du wirklich Pannensläger gesagt?«, fragte Magdalena.

»Diderich Pannensläger, so nennen ihn die Leute.«

Johannes schob Magdalena in die Werkstatt hinein. Meister Diderich arbeitete an einer gewaltigen Mulde aus Kupferblech von vier Fuß Durchmesser. Vier ähnliche Stücke lehnten an der Rückwand des Raums, sie würden sich zu einer riesigen Halbkugelform zusammensetzen lassen. Um sich bemerkbar zu machen, rief er: »Na, Meister Diderich, das wird wohl der größte Grapen, den Ihr je geschmiedet habt?«

»Gleich! Muss erst fertig werden«, brüllte der Kupferschmied zurück, »muss die Mulde weiten, solang das Kupfer weich ist!« Der Meister hob den Arm, mit Zangen nahmen die Gesellen das glühend heiße Werkstück aus der Esse und schoben die Mulde mit ihrem Rohransatz über das freie Ende der aufgebockten Röhre.

Mit einem Mal war es still. »Feierabend!«, verkündete Diderich, wischte sich mit einem Handtuch den Schweiß von Hals und Gesicht und nahm die schwere Lederschürze ab. »Schöne Arbeit!«, strahlte der hochgewachsene Mann. »Das Material allein hat drei Pfund gekostet. Die Arbeit hatte ich mit vierzehneinhalb Pfund und drei Schillingen veranschlagt, und die Stadt will's bezahlen. Mein größter Auftrag. Wofür die Ratsherrn wohl so einen großen Pott

brauchen? Bestimmt nicht für Suppe Aber Ihr seid nicht zum Plau-
dern vorbeigekommen. Womit kann ich dienen?«

Gestenreich erklärte Magdalena, sie wolle für eine Gesellschaft
eine Fleischsuppe kochen und benötige dazu einen Grapen, nicht
von so gewaltigen Ausmaßen wie der hier, aber doch von einiger
Größe. Und dies bis spätestens Anfang Januar. Der Schmied hielt
Maße und Daten fest, indem er sie flotter, als man seinen verarbeiteten Fingern zugetraut hätte, mit dem Griffel in sein Wachstäfel-
chenbuch eintrug.

»Hab' viel zu tun«, brummte er, »aber wer kann der schönen
Magdalena Zeelander etwas abschlagen! Am fünften Januar könnt
Ihr den Topf abholen lassen.«

Auf dem Berg, 5. Dezember 1385

Seit dem Morgengrauen hallte Baulärm über den höchsten Platz
der Stadt, den »Berg«, und drang in alle Seitenstraßen. Mit Hacken und Schaufeln arbeiteten sich acht Werkleute unter Aufsicht
des Steinbruggers in die Tiefe.

»Passt auf! Was wir jetzt entzweischlagen, müssen wir nächste
Woche reparieren«, rief er ihnen zu.

200 Fuß westlich der Büttelei hatten sie auf dem Platz ein qua-
dratisches Loch aufgerissen und buddelten sich nun zehn Fuß in die
Tiefe. Die Seitenwände wurden sauber abgestochen. Von Westen
her wurde ein Laufgraben angelegt, der in die Grube hineinführte.

Gegen Mittag kamen die Maurer und brachten Ziegelsteine, Kalk,
Sand. Sie setzten Mauern vor die abgestochenen Erdwände und leg-
ten einen festen Estrich in das ummauerte Geviert. So wurde in der
Grube ein riesiger Ofen installiert, der durch den Zugang befeuert
und belüftet werden konnte. Auch an einen Rauchabzug hatte der
Ofensetzer gedacht, der die Arbeiter nun anleitete. In der von Ge-

wölben gestützten Decke hatten sie ein Loch mit einem Durchmesser von neun Fuß ausgespart.

Nachdem das von Zaungästen bestaunte Bauwerk drei Tage durchgetrocknet war, rückte Meister Pannensläger an, um seinen Grapen in einen neben der Grube aufgebauten Kran zu hängen. Der Grapen sah aus wie ein riesiges Ei ohne sein oberes Drittel. Der Grapen wurde über die Mitte des Ofens geschwenkt und abgelassen. Er passte exakt. Inzwischen hatten die Gerüstbauer nach drei Seiten hin jeweils in 100 Fuß Abstand von dem Herd Tribünen mit ansteigenden Sitzreihen aufgebaut, um den Bürgern Gelegenheit zu geben, an dem bevorstehenden Schauspiel teilzunehmen. Eine Hinrichtung dieser Art hatte Hamburg noch nicht erlebt.

Mit der Handglocke war das Ereignis in allen Straßen ausgerufen worden. Am Thingstag, dem 12. Dezember, war es so weit. Früh um fünf hatte man das in Fässern herbeigeschaffte Öl in den Grapen gegossen und mit dem Heizen begonnen. Trotz des schlechten Wetters kamen die Leute von überall, mit Hüten, Mänteln und Decken gegen Nieselregen und Kälte geschützt. Die Hamburger igelten sich auf ihren Sitzplätzen so frühzeitig ein, dass sie ihnen niemand streitig machen konnte. Mit den Bürgermeistern von Holdenstede und Horborch an der Spitze war der Rat vollzählig erschienen. Auch das Domkapitel und die Honoratioren ließen sich das Spektakel nicht entgehen. Selbstverständlich war auch Meister Zeelander mit Sohn und Hund Wido gekommen.

Es herrschte gespannte Stille. Die Tür zur Büttelei öffnete sich, in scharlachroter Robe erschien Peter Tunneken. Hinter ihm schleppten die beiden Gehilfen des Scharfrichters den durch die Folter sichtlich geschwächten Münzfälscher zum Kran neben dem Herd, mit dem bereits der Grapen eingesetzt worden war. Jan Kreyer wurde auf einen Pfahl gefesselt, um Armen und Beinen jegliche Bewegungsfreiheit zu nehmen. So zogen sie ihn an dem Kranseil in die Höhe. Mit Hilfe von Leinen wurde der Kranbalken über den Grapen geschwenkt.

Das Öl siedete. Alles war von Peter Tunneken sorgfältig ins Werk gesetzt worden. Es würde ein Leichtes sein, den Falschmünzer beliebig oft in das Öl zu tauchen. Der Henker wusste um die Dankbarkeit seiner Zuschauer. Sie waren gern bereit, sich an den Schmerzen der gemarterten Kreatur zu weiden. Johannes bebte. Wo blieb Clemens? Bleich saß er in der Nähe der Domherren.

Der Scharfrichter stand neben dem Kran, löste das Seil jetzt von der Klampe und ließ es langsam durch die Hand gleiten. Zoll für Zoll sank der Geselle der brodelnden Hölle entgegen. Johannes schloss die Augen und legte seine Hand über Josefs Gesicht. Beim Eindringen in den menschlichen Körper schwappte das Öl ins Feuer, es prasselte und zischte. Durch die geschlossenen Lider sah Johannes das Feuer auflodern. Er nahm Josef in den Arm, und ob er wollte oder nicht, er musste die Augen öffnen und blickte in Jans gequältes Antlitz. Mund und Augen waren lotrecht stehende Schlitze. Der Gestank des sengenden Fleisches vermischte sich mit dem des kokelnden Holzes.

Dann öffnete sich der Mund, weit, weit – die Lippen stülpten sich nach außen, so dass die Zahnreihen freilagen. Ein ohrenbetäubender Schrei, nicht enden wollend, ließ die gaffende Menge zusammenfahren.

Im gleichen Augenblick warf Wido den Kopf in den Nacken und jaulte zum Himmel. Sämtliche Hunde der Stadt stimmten in den Trauergesang ein. Johannes wollte sich die Ohren zuhalten, doch er musste seinen Sohn trösten, der in das Geheul eingestimmt hatte. Der Falschmünzer war wieder hochgezogen worden. Bevor der Henker den Gemarterten zum zweiten Mal ins siedende Öl lassen konnte, ging ein heftiger Ruck durch Kreyers Körper, er wurde schlaff, sein Kopf fiel zur Seite.

Empört sprang Friedrich von Gheldersen, Kämmerer des Rates, auf. »Das ist Betrug am Staatswohl, Tunneken! Nur einmal eingetaucht! Das werdet Ihr mir büßen. Den doppelten Lohn mussten wir Euch für die angeblich so schwierige Hinrichtung im Voraus zahlen. Ihr habt versprochen, der Delinquent würde zwanzig Mal eingetaucht und dabei ordentlich schreien. Und was ist nun?« Vorwurfsvoll wies er auf den vom Kran hängenden Körper des Falschmünzers.

»Aber Herr Bürgermeister«, jammerte der Henker. »Was kann ich dafür? Offensichtlich hat Ammentrost ihn zu schwer gefoltert. Der Kerl war ja zu Tode geschwächt! Was soll ich denn machen.«

Eine ältere Frau rief: »Wie er da mit dem Lendentuch an seinem Pfahl hängt! Wie der Gekreuzigte.«

Eine andere antwortete: »Vielleicht war er gar nicht so schlecht. Gott hat ihm geholfen!«

Eine dritte: »So ein tierlieber Mensch! Wie die Hunde um ihn geweint haben – das war noch das Beste!«

Unzufrieden verließ die Mehrheit der Zuschauer den Richtplatz. So eine Schande! Und was für ein Aufwand! Für nichts! Wieder einmal typisch, wie der Rat das Geld zum Fenster hinauswarf!

Zeelander spürte die Schwere seiner Schuld. Ratlos hielt er den wimmernden Josef in den Armen, Wido winselte. Als er sich zum Gehen aufrichten wollte, stand unvermittelt ein Kerl in grellroter Robe vor ihm. Er kannte ihn, den klapperdürren Herrn mit dem haarlosen Schädel!

»Nun, Zeelander?«, ertönte es in lang gezogenen Silben aus dem bleichen Gesicht unter der Kapuze. »Toller Einfall, das mit dem Köter. Müsst Ihr mir noch mal genauer erklären. Besucht mich demnächst in der Büttelei! Dann könnt Ihr mir auch erzählen, wie gut Ihr Euch mit Eurem Altgesellen verstanden habt.« Er hüstelte. »Man hört, Ihr seid recht eng mit bestimmten Kreisen in Wismar befreundet, zu denen ich gerne einmal Zugang hätte. Es gibt Kontakte zu den Ka perfahrern? Ihr schüttelt den Kopf – heißt das nein? Wirklich nicht? Jammerschade!«

Johannes lief es eiskalt über den Rücken.

Im Werftkontor, Montag, 15. Januar 1386

So oft Magdalena auch hereinkam, um Holz nachzulegen, an diesem Abend wurde die Diele nicht warm. Ein schwerer Südweststurm rüttelte an den Fensterläden, es pfiff und zog um alle Ecken. Friedrich von Gheldersen war aufgestanden und blies in die kalten Hände. Er umkreiste den langen Tisch, schob suchend die Skizzen durcheinander und murmelte: »Bei diesem Wetter seid Ihr nicht um die Lage Eures Hauses zu beneiden, Meister Zeelander.«

Höflich antwortete Johannes: »Verzeiht, Kämmerer, wenn es Euch zu kühl ist. Als ich seinerzeit ein Haus suchte, war für mich die Nähe zum Grasbrook entscheidend.«

Die letzten Worte hatte von Gheldersen nicht mehr gehört. Er beugte sich über den Tisch, zog eines der Spantenmodelle zu sich heran und ließ die Hand darauf ruhen, ehe er es Johannes zuschob: »Wie ist es hiermit?«

»Mein Huekboot!«, stellte der Hausherr mit Genugtuung fest. »Diesen Querschnitt hatte ich Euch von Anfang an vorgeschlagen, wenn Ihr Euch erinnern wollt. Mehr als vier Fuß Tiefgang darf das Boot nicht bekommen, wenn Ihr übers Watt nach Neuwerk wollt. Der neue Amtmann Bretling bliebe auf halbem Weg zu seinem Amtssitz stecken.« Er lachte.

»Bleibt bei der Sache! Sagt mir lieber, wie Ihr den versprochenen Stauraum schaffen wollt, sagen wir für dreißig Heringslasten, wenn Ihr das Boot so flach haltet?«

»Der Unterboden wird über Länge und Breite des Schiffes flach wie ein Brett sein und die Form eines Rechtecks mit stark abgerundeten Ecken erhalten. Auf dieser Fläche könnet Ihr 30 x 12 Herings-fässer stapeln. Es geht, wir haben es auf dem Werfthof ausprobiert.«

»Das möcht' ich ja gern glauben«, bohrte Gheldersen weiter, »aber der Unterboden, diese große rechteckige Platte, wird beliebig übers Wasser rutschen, wie immer der Wind weht. Wie wollt Ihr die seitliche Abdrift verhindern?«

Auf diesen Augenblick hatte Johannes gewartet, um Olaf ins Spiel zu bringen, seinen Altgesellen. Eigentlich hätte ein anderer die Konstruktion erklären müssen, aber den gab es nicht mehr.

Olaf griff nach Leisten und Nägeln, mit deren Hilfe er den Quer-schnitt eines Bootskörpers zusammenbastelte. »Es stimmt nicht, wenn Ihr meint, das Schiff werde gar keinen Kiel bekommen. Seht diesen Balken, er hängt der Länge nach mitten unter der Bodenplatte. Ein Balkenkiel. Er hält das Schiff bei achterlichen Winden auf Kurs. Sobald der Wind von der Seite einfällt, legt sich der Bootskörper nach Lee auf die Seite. Dann liegt nicht mehr der Kiel an der tiefsten Stelle, sondern die Kimm, hier, der Knick zwischen der Bodenbe-plankung und der seitlichen Beplankung des Schiffes. Soll das Boot nicht quer treiben, muss ich diese Kante als Kiel benutzen, indem ich sie durch einen Balken verstärke. Auf diese Weise verhindere ich die seitliche Abdrift. Die Kimmbalken geben dem Schiff zusätzliche Stabilität.«

Staunende Gesichter und Kopfnicken waren der Lohn für die Vorstellung, doch Olaf war noch nicht fertig.

»Dieser Gedanke stammt nicht von mir, sondern von einem Alt-gesellen unserer Werft …«

Das hatte Zeelander gerade noch gefehlt! Er unterbrach sofort: »Wann werden wir mit einem Auftrag rechnen dürfen? Ihr wisst, das Bauholz muss rechtzeitig eingekauft werden.«

Die Frage war dem Kämmerer unangenehm. »Darüber kann ich noch nichts sagen«, wich er aus. »Wir sind mehr als interessiert, doch sind weitere Beratungen nötig.«

Von weitem waren Glockenschläge zu hören. »Wie spät? Verzeiht, ich muss!« Eilig griff er seine Mütze, verabschiedete sich und eilte hinaus.

Das gepfählte Schiff

in frischer Nordost hatte den Hamburger Ewer die Elbe hinuntergeblasen. Das Schiff legte sich klar nach Lee über und glitt elegant durch die sprühende Gischt. Nur gut, dass die Segelstellung so bleiben konnte. Der einsetzende Nieselregen ermunterte nicht dazu, sich an dem Tauwerk die kalten Hände aufzuscheuern. Am Ruder stand der graue Nico Boot, ein erfahrener Steuermann.

»Nimm eben das Ruder!«, wandte er sich an Cord, seinen kräftigen Schiffsjungen. »Ich zeig' dir meinen kostbarsten Schatz.«

Mühsam fingerte er ein abgenutztes Bündel kleiner Schattenrisse verschiedener Küstenstriche und Inseln hervor. »Hier habe ich mehrere Abbildungen einer Insel, wie sie sich im Profil nach verschiedenen Seiten zeigt. In der Mitte ein hoher Turm, zur Seite Nebengebäude, rechts eine Bake.«

»Heißen diese Schattenrisse ›Vertoonungen‹? Davon hab' ich gehört. – Das ist doch die Insel, die vor uns liegt!«

»Neuwerk«, gab Nico zurück.

»Der Turm wirkt ganz anders als auf der Zeichnung, viel breiter, und diese dicken Bänder …?«

Nico nickte: »Gut beobachtet, Seemann! Das sind die Arbeitsstege des Baugerüsts. Wenn wir von Bremen zurückkommen, wird der Turm wieder dem Schattenriss entsprechen. Dann ist das Baugerüst weg. Aber jetzt halt die Augen offen, Jung! Noch sind wir im Elbfahrwasser. Gleich biegen wir ab in den Priel, der nach Neuwerk führt. Den kann man erst bei Niedrigwasser sehen, aber wir finden die Einfahrt mit dem Lot. Geh an die Schanz! Schnell! So – jetzt wirf das Lot, immer wieder!«

Cord warf das Lot und zählte laut: »Zehn Fuß … zehn Fuß …

zehn Fuß … zehn … nein! Jetzt acht Fuß, acht … acht … nun sieben!« Nico beeilte sich, den Kurs mit dem Ruder zu korrigieren.

»Jetzt wieder acht«, rief der Junge. »Acht – acht – neun – neun – zehn – zehn …«

»Geschafft!«, rief Nico. »Merkst du, wie's tiefer wird? Wir sind schon in der Einfahrt zum Priel.«

»Und wie bleiben wir im Priel?«, wollte der Junge wissen, »wir sehen ihn doch nicht.«

»Indem wir auf den Turm zuhalten und darauf achten, dass sich während der Fahrt die Anordnung der Gebäude nicht gegenüber dem Bild auf der Vertoonung verschiebt. Sonst fahren wir auf Schiet.«

Auf dem neuen Kurs verlor das Schiff mächtig an Fahrt. Gleich darauf sahen sie einen hohen Sand aus dem Wasser steigen. Weiter östlich ankerten Schiffe.

»Die liegen da so sicher wie in Abrahams Schoß. Der vordere Ewer gehört Laui, da gehen wir ran. Freut sich, wenn er Gesellschaft kriegt. Wir können zusammen trockenfallen.«

»Laui?«

»Ein Einzelgänger, niemand kennt ihn genau. Richtig heißt er Claus. Stammt aus dem Mecklenburgischen. Verdammt guter Seemann, macht alles allein. Organisiert Nahrung für die Bauleute auf Neuwerk. Sein Anker hält leicht zwei Schiffe.«

Schon schwoite die MARIE auf den GROOTEN OSSEN zu.

»Ist wohl taub, der stinkende Käsehändler!«, brüllte Nico.

Claus schoss aus der Luke heraus an Deck. »Meinst', ich hätt' dich nicht all lang schon gesehn, alter Pannhöker?«, gab er fröhlich zurück.

»Sei froh, dass wir dich entern! Dachten schon, dass du trotz der vielen Milch verdurstet wärst!«

Cord warf Claus die Vorleine zu, die der auf einem Poller des GROOTEN OSSEN belegte. Cord erledigte den Rest.

»So 'n guten Schiffsjungen hast du gar nicht verdient«, frozzelte Claus.

»Glaub ja nicht, dass du den Jungen mit deinem Gesülze dazu bringst, als Melker auf dem GROOTEN OSSEN anzuheuern.« Claus grinste: »Du weißt doch, dass ich keinen Decksjungen brauche. Klart ihr erst mal auf, bevor du weitersabbelst. Dann dürft ihr euch 'nen Anlegerschluck abholen. Die Bienen waren fleißig, es gibt frischen Met. Oder wollt ihr lieber Milch? Ist gut für deine weißen Haare!«

Claus verschwand unter Deck. Gerade war er dabei, drei Seekisten zum Feuer zu rücken, da hörte er, wie seine Gäste etwas Schweres bei ihm auf Deck setzten. »Kann ich die beiden Tampen benutzen, die neben dem Niedergang liegen?«, brüllte Nico von oben. Ohne die Antwort abzuwarten, hatte er eine große Tonne mit der Seite auf die beiden Leinen gelegt, die er jeweils mit einem Ende an Deck befestigte. Die anderen Enden legte er um die Tonne und führte sie wieder zurück, gab eines davon Cord in die Hand, das andere nahm er selbst wahr. Schon rollte die Tonne langsam die Treppe hinunter, dem staunenden Claus vor die Füße.

»Was kannst du eigentlich nicht, Nico Boot?«, fragte er. »Soll das 'n Gastgeschenk sein? Dafür wär's wohl 'ne Nummer zu dick, wie?« Zugleich ging er in die Knie und versuchte, die vom häufigen Gebrauch beinahe schwarz gewordene Tonne mit den Armen zu umfassen. Mit einem Ruck hob er das riesige Gefäß. Cord und Nico lachten ungläubig. Das hätten sie dem zierlichen Mann nicht zugetraut. Oberhalb des abgestoßenen Daubenrandes erschien ein verschmitztes Gesicht.

Claus setzte ab: »Für dich ist's ein Scherz, aber zu Stralsund ist es blutiger Ernst. Da werden Bierfässer als Gefängnisse verwendet, in denen man die Feinde der Stadt bis zu ihrer Hinrichtung vor der Stadtmauer aufstapelt.«

»Zurück zu deiner Frage«, lenkte Nico das Gespräch in freundlicheres Fahrwasser. »Hattest mir beim letzten Zusammentreffen erzählt, du würdest den Bauhandwerkern auf Neuwerk fürs Richtfest gern eine Tonne Leckbier spendieren. Hier hast du eine Tonne! Gutes Bier aus deiner Heimat. Du kommst doch aus Wismar? Am Hamburger Markt zahlst du zwanzig Schilling, von mir kriegst du's zum Sonderpreis von zwei Schilling. Ist das ein Wort?«

Claus wischte die letzte dunkelblonde Strähne einer einst üppigeren Haarpracht aus den Augen. »Nur zwei Schilling? Ich hatte alle Hoffnung auf ein günstiges Angebot fahren lassen. Mit ihren Festpreisen machen die Hansekaufleute den kleinen Mann kaputt. Man hilft nur den Reichen, reicher zu werden.« Er griff über sich nach einer Dose und fischte zwei Schillinge heraus, die er dem Händler reichte. »Dank dir. Ich zahle die zwei Schilling doppelt gern. Einmal, weil ich nicht mehr Geld habe, und zum anderen, weil ich es für mittellose Freunde einkaufe. Bauhandwerker und Schutenmänner sind meine besten Kunden. Die werden so mickrig entlohnt, dass sie nur in kleinen Portionen einkaufen, Brot, Käse, Milch. Oft können sie gar nicht zahlen. Dann bieten sie mir ihre Arbeitskraft an, kleine Reparaturen. Irgendwie kommen wir immer klar. Die werden sich freuen!« Sie setzten sich an den Ofen, Claus schenkte aus. »Die Geschichte mit der Tonne und zu diesem Preis, wie du das auf die Reihe gekriegt hast! Das möcht' ich zu gern wissen!«

»Da muss ich 'n büschen ausholen. Du hast bestimmt von den frommen Seesöldnern gehört, die sich in Nord- und Ostsee tummeln.«

»Sie haben eine Menge Schiffe, sind in größeren Gruppen organisiert. Ist sogar vorgekommen, dass die Hansestädte mit ihnen Friedensverträge abgeschlossen haben.«

»Also sind die Seesöldner gar keine Seeräuber?«, mischte sich Cord ein.

»Seh' ich aus, als ob ich mich mit Verbrechern herumtreibe?« Claus zog ein Gesicht.

Nico fuhr seinem Schiffsjungen über den Mund. »Kernige Leute sind das!«

Claus schwächte ab. »Auch zu denen verlaufen sich schwarze Schafe. Sie heißen jeden willkommen, der vorgibt, auf See nach der Gerechtigkeit zu suchen, die er an Land nicht findet. Wo sollen sie sonst hin, all die Schiffer und Kaufleute, die betrogen wurden oder verarmt sind? Wohin sollen diejenigen, die ihr Leben frei von der Bevormundung der Pfaffen führen wollen?«

Nico nickte. »Meine Rede! Da hörst du es mal von jemand anders, Cord. Recht ist käuflich. Wer Geld hat, bringt es in seinen Besitz. Die Geschicke der Städte werden nicht von den Stadträten bestimmt, sondern in den Bruderschaften ausgewürfelt.«

»Vergiss nicht die andere Seite«, mahnte Claus. »Ein Heer von entwurzelten Kreuzfahrern, Exkommunizierten, Heimatlosen und Entrechteten läuft den Seesöldnern zu. Sie müssen sich zusammenschließen, um sich zu behaupten.«

»Sehr gut, Laui! Du kennst dich aus.«

Dann mischte sich wieder der Schiffsjunge ein: »Ich hab' gehört, die Söldner suchen jenseits der Meere nach einer besseren Welt, wo sie nach eigenen Regeln leben können. Aber wovon leben die Seesöldner? Grafen und Herzöge haben doch kein Geld. Der Bremer Erzbischof muss selber Schiffe ausrauben. Keiner kann die Söldner bezahlen!«

»Das läuft anders«, erklärte Claus. »Die Seesöldner holen sich ihren Lohn selbst. Sie bekommen Kaperbriefe, die ihnen gestatten, Schiffe der befehdeten Gegner mitsamt der Ladung aufzubringen und das Beutegut für sich zu behalten. Solange die Seesöldner sich an ihre Aufträge halten, sind sie durch das altehrwürdige Fehderecht gedeckt. Sie dürfen die eroberten Schiffe und alle Waren sogar in den Häfen und auf den Märkten ihrer Auftraggeber verkaufen. Alle Gewinne teilen die Söldner brüderlich.«

»Das ist ja stark«, wunderte sich Cord. »Eigentlich müssten sich die Hansestädte doch dagegen wehren, dass ihre Märkte auf diese Weise ruiniert werden.«

»Allerdings!«, bestätigte Claus. »Die Hansekontore fordern neuerdings, den Verkauf der Waren als Hehlerei zu ahnden – schließlich seien sie gestohlen.«

»Unverschämt!«, empörte sich Nico. »Schließlich lebe ich davon, dass die Marktpolizei in Hamburg und Bremen alle Augen zudrückt. Gefährlich wird es nur, wenn dich jemand anzeigt. Dann sind sie hinter dir her!«

»Nun erklär mir aber, Nico, woher das vorzügliche Bier kommt.«

»Hat sich so ergeben. War grad' nach Rughenorde in Dithmarschen unterwegs, da war das Ankergeschirr weg. Um den Tidenwechsel abwarten zu können, musste ich unter der Rotmerler Plate festmachen. Bloß wie, ohne Anker? Nun kommt's: Ich seh' so 'n Ewer vor mir, der Seemann winkt mich ran, nimmt meine Leinen wahr. Wie wir nebeneinander liegen, frag' ich ihn nach dem Wattenweg Richtung Rughenorde. Er bietet an, mir bis zum Hafen vorauszufahren, sobald das Wasser wieder da ist. War ich echt erleichtert.«

»Aber das war doch noch nicht alles«, knurrte Claus.

»Wir liegen grad', da lädt mich der Schiffer auf eine Bütt Bier ein. Schmeckt wunderbar. Ich frag': Woher hast du das? Ist friesisch Bier, sagt der, schüttet sich aus vor Lachen und bietet mir 24 Tonnen an. Zwei Schilling pro Tonne! So 'n Mist – ich bin total blank, will schon ablehnen. Sagt der, mit dem Bezahlen, das eile nicht. Ich wüsste ja, wo er zu finden sei, ich könnt' ihm das Geld ein andermal geben. Zwei ganze Lasten Bier hab' ich übernommen. In Bremen konnt' ich zwölf Schilling pro Tonne erlösen. Feines Geld! Der Gewinn war so üppig, dass ich dem Freund was davon abgeben wollte. Und was tut er? Er lehnt ab! Wir haben noch ein paarmal zusammen geankert«, meinte Nico und grinste. »Hoffentlich schmeckt's noch.«

»Jetzt gleich doppelt!«

Mit erhobener Hand hatten sie voneinander Abschied genommen. Die Sonne, die herrlich schien, hatte den höchsten Punkt überschritten, als Claus mit dem GROOTEN OSSEN zum Ziegelhafen am Neuwerker Turm gelangte. An einer Reihe Hamburger Segelschuten glitt er zum ersten Anlegeplatz unterhalb des Turmes vorbei, der für seinen schwimmenden Kaufmannsladen reserviert blieb. Am Hafenrand stand ein Dicker und brüllte mit rotem Kopf Anweisungen.

»Sauber, hab' ich gesagt! Auch ihr da, Schute drei! Seh' ich doch von hier: Da sind noch dicke Ziegelbrocken in eurer Bilge. Bevor die Schiffe nicht makellos ausgefegt sind, haut mir keiner ab. Und wenn ihr die Letzten seid! Das Fest fängt auch ohne euch an.«

Die Mannschaften murrten, so ließ man nicht gerne mit sich reden.

»Ein Wort noch und der feine Herr kriegt 'ne Schaufel Ziegelgrus vor den Latz, dass er sich rot färbt wie der Wanst vom Bremer Erzbischof«, knurrte der Vormann.

»Gib's ihm!«, feuerte Micha die Stimmung an.

»Mit'n mal interessiert sich der Sack für unsere Arbeit!«

»Soll froh sein, der olle Schutenkönig, dass wir ihn mitgenommen haben«, zischte der schmächtige Eggi.

Nils Werners überhörte die Drohungen. Breitbeinig und selbstbewusst stand er da und hielt die Hand mit großer Geste über die Brauen. Haben 'ne Menge Geld eingebracht, die sechs Schuten. Schade, dass die Bauarbeiten zu Ende sind. Wehmütig blickte er auf den Turm, den sie das Neue Werk nannten. Jetzt war er wieder genau 100 Fuß hoch – so hoch wie das Weltwunder von Alexandria, der Pharos.

Die Arbeit war getan. Müde entledigten sich die Mannschaften ihrer Kleider und schlugen sie im Gras aus, rote Wölkchen von Ziegelstaub stiegen auf. Dann hockten sie zwischen den Schiffen und steckten die verdreckten Beine ins kühle Wasser. Manche wuschen sich Haare und Gesicht. Micha, stets zu derben Späßen aufgelegt, scheuchte die anderen mit Wassergüssen splitternackt über die Wiese. Gleich war die derbste Balgerei im Gange. Alle Holzeimer waren im Einsatz, um Nachschub aus dem vollgelaufenen Priel zu besorgen. Der Schutenkönig stand auf seinem Feldherrnhügel und hielt sich den Bauch vor Lachen, als würde die Plantscherei zu seinem Vergnügen inszeniert werden. Wenn Sywert ihn so sehen könnte! Der Bruder, Kollege und Angeber! Nur weil er die Kaufmannslehre geschafft hatte. Aber wer machte nun das Geld?

Plötzlich traf ihn aus vollen Eimern die halbe Elbe. Er hatte die Gefahr nicht kommen sehen und plumpste wehrlos, mit den Armen rudernd, ins nasse Gras.

»Der Gockel kann schwimmen! Wie ein Kakerlak!«, lästerte Claus für alle hörbar. Die Arbeiter lachten, alles troff. Mühsam stützte sich Nils Werners auf und spuckte aus. Das Schlickwasser hatte ihn schmutziggrau eingefärbt. Sie hatten ihn lächerlich gemacht! Claus hatte nicht am lautesten gelacht, aber aus seinem Mund traf jedes Wort wie ein voller Eimer. Er war ein Aufwiegler! Nicht zum ersten Mal gefiel er sich in Andeutungen. Und manchmal war es keine Andeutung mehr, sondern blankes Aufwiegeln. Werners spuckte und litt unter der Vorstellung, dass der nächste Eimer schon auf dem Weg zu ihm war.

Das Mündungsfeuer des neu installierten Signalgeschützes blitzte vom Turm – dann sah man ein kleines Wölkchen, und es gab einen furchtbaren Knall. Manche erschreckten sich so sehr, dass sie zu Boden gingen. Zwei weitere Kanonenböller folgten. Das Richtfest war eröffnet und die hohen Herren damit offiziell begrüßt: der kürzlich vom Papst ernannte Weihbischof und der neue Amtmann aus Hamburg, Albert Bretling, sowie seine zehnköpfige Wachmannschaft.

Flachsend strebten die Leute von den Schuten dem wohlverdienten Bier zu. Auf den Laui war Verlass, er hatte ihnen das Leckbier hinter dem Turm gestiftet. »Naaleckelse« nannten sie das Zeug, das bei jedem Brauvorgang durch einen zweiten Aufguss abfiel. Löschte Hunger und Durst zugleich. Sie waren nichts anderes gewohnt. Hauptsache, es duhnte gut. Für die Turmwache, die Hauptleute und den Pfaffen gab's vor dem Turm was Feineres: schweres Eimbecker Bier, allerdings nur eine Vierteltonne. Dazu schmurgelte ein verlockend duftendes Schwein am Spieß. Zum Vergnügen der Anwesenden ließ sich der nicht mehr nüchterne Altgeselle Mattes nicht lange bitten, das Baugerüst zu erklettern und in seinem komischen Ernst einen Richtspruch abzuleiern:

As Weltenwunner weer bekannt
us'n Torn, hett Nige Wark.
Dat shyn de hoigste Torn in't Land,
so hogh was neenerley Kark.

Woll hunnert foot groot, stunn he doar
und wyst use schep den Wegg,
unde dat all hunnertachtig Joahr –
doar kump en Röver, slech.

De hett use Wunner dalgebrannt –
von Mildörp kunnst dat seihn,
vun Nyhus ok, vun't ole Land,
so graesich unde sheun.

De Ampmannsstuv was full med Shutt,
de Messkopell' hendaal,
de Hostienschrien unde aallns inn dutt,
verrökert dat Missaal.

De Röver is intuschen dood.
Ann Grasbrook sühs' sien Kopp
op een Gerüst, so full med Blood.
Doar paalt man Rövers op.

Den Torn, den n'hebbt wie wedder richt't,
de Ampmann much amteer'n,
de Preester n'shall naa syne Plycht,
dat nej Missaal studeern!

He n'shall ok fuerts de Kark nej weih'n
unn rökern Düwels rut!
Denn wüllt wi fiern unde us frein:
De Ampmann gev' een uth!

An der Zugangsseite des Turms gingen den Gästen des Amtmanns, zu denen sich außer den Wachsoldaten der provisorisch bekleidete Schutenkönig gesellt hatte, allmählich Bier, Fleisch und Witze aus. Die Runde wirkte umso trister, als auf der Westseite des Turms die trunkenen Bootsleute und Handwerksgesellen einander mit ihren Spaßmachereien übertrumpften. Die Chefköchin und ihre Mägde, das Gesinde vom Turm, sie alle fühlten sich von so viel Fröhlichkeit angezogen. Hier roch es nach qualmenden Wacholderzweigen und heißem Hammelfett. Die abgenagten Rippchen eines Schafbocks flogen wie Geschosse durch die Luft. Und erneut erwischte es den Schutenkönig, als er mit Schlagseite auf die noch immer sprudelnde Leckbierquelle der Bootsleute zusteuerte.

Ein Krug sollte ihn für so viel Ungemach entschädigen. Kein gutes Bier, aber Naaleckelse war besser als nichts. Er nahm einen kräftigen Zug. Wie das schmeckte! Wie himmlisch Manna! Noch einen Schluck – Mensch! – Das war doch kein Leckbier! Niemals!

Mit einem Schlag war Nils nüchtern. Neugierig wandte er sich der riesigen Tonne zu. Wo war die Hausmarke des Brauers, die bei jedem Brau erneuert werden musste? In der Dunkelheit konnte er kaum etwas erkennen. Er fand nur alte, ungültig gemachte Zeichen. Aber dann die frisch ausgeschmirgelte Stelle. Das war keine ehrlich erworbene Tonne! Claus, der mit der großen Klappe, musste es besorgt haben. Was sie tranken, war heiße Ware. »Friesisch Bier« nannten sie es, in Wahrheit war es Bier, das Seeräuber Hamburger Brauereischiffen abgenommen hatten und den Überwattfahrern anboten. Jetzt bist du fällig, Claus Wismar! Kumpanei mit den Seeräubern! Hehlerei mit friesischem Bier!

Der Schutenkönig rieb sich die Hände, die Prämie für die Aufdeckung des Betrugs würde nicht nur seiner Geldbörse guttun, vor allem würde sie seine verwundete Seele mit wohltuender Salbe überziehen. Vielleicht konnte er sich dann endlich so ein schmuckes Schiff leisten, wie es sein Bruder gerade bei Zeelanders Werft in Auftrag gegeben hatte. Morgen würde er den Wismar kielholen; momentan waren die Wachleute zu voll dafür. Die Aussicht auf süße Rache ließ Nils Werners die Nacht nicht ruhig schlafen.

Im ersten Morgengrauen schlich der Schutenkönig zum Zelt der Wachsoldaten. Sie hatten das Fest weidlich ausgekostet, Bierdunst schlug ihm entgegen. Er mochte kaum eintreten, so gefährlich schnarchte es aus allen Ecken. Er bahnte sich einen Weg bis zur Bettstatt des Anführers Jonas und schüttelte ihn so lange, bis der aus dem Stroh emporschoss.

»Was wollt Ihr denn?«

»Ich brauche Hilfe«, entschuldigte sich Nils Werners. »Zwei Leute. Wir müssen Claus, den Milchhändler, gefangen nehmen.«

»Warum nicht gleich den Amtmann!«, höhnte Jonas. »Die Bootsleute machen Euch fertig.«

»Darum müssen wir ihn greifen, solange noch niemand wach ist.«

Jonas rieb sich den Schlaf aus den Augen. »Erstens hab' ich keinen Befehl, der Amtmann schläft noch. Und außerdem – warum soll ich ausgerechnet etwas gegen den Laui unternehmen?«

»Weil er mit den Seeräubern kungelt«, gab Werners zurück. Jonas schaute ihn verblüfft an. Der Schutenkönig hatte ihn schon halb gewonnen. »Was meinst du wohl, was der Amtmann sagen wird, wenn du so einen laufen lässt? Ich werde ihm Bericht erstatten müssen, man wird dich für einen Seeräuberkumpan halten!« Sichtlich angeschlagen stand der Wachmann vor ihm. »Übrigens zahlt die Hamburger Staatskasse für jeden Verhafteten, der auf der Seite der Seeräuber steht, ein saftiges Kopfgeld! Aber das weißt du selbst. Also – was ist?«

Der Wachführer hatte begriffen. Mit Fußtritten trieb er zwei Wachsoldaten aus dem Stroh und folgte mit ihnen dem energisch vorausstapfenden Schutenkönig. Das Wetter war wieder nass und neblig, mit dem Morgenhochwasser waren die Schuten hoch aufgeschwommen. Leise näherten sie sich der von Claus geführten Schute und sprangen an Deck. Claus war sofort hellwach.

»Endlich hab' ich dich!«, rief Werners siegessicher. »Räuberbier ausschenken! Glaubst wohl, damit kommst du durch! Du bringst mir 'ne saftige Kopfprämie ein.«

Die Soldaten stolperten auf Claus zu. Der stellte dem ersten ein Bein und zog dem zweiten mit einer Leine die Füße weg. Den Wachführer traf ein Ziegel am Kopf, für Werners reservierte er das volle Nachtgeschirr. Ehe sich jemand aufgerappelt hatte, war Claus auf und davon. Werners ließ sich einen Eimer Wasser bringen, um den Schiet aus Gesicht und Haaren zu waschen und seine Schecke zu säubern. Dabei beschimpfte er die Wachsoldaten unflätig und trieb sie an, den Milchhändler zu verfolgen. Inzwischen war auch der Amtmann wieder ansprechbar und genehmigte Werners zehn Mann, die in verschiedene Richtungen ausschwärmten.

Claus, der jeden Priel und jeden Sand kannte, versteckte sich zunächst im Wasser hinter Gras und Schilf, ehe er im Schutz der Nebelschwaden hinter dem ablaufenden Wasser her robbte. Sie sahen ihn einfach nicht. Nur der Schutenkönig, der am Hafenpriel entlang auf das Watt zulief, glaubte, ihn in der Ferne ausgemacht zu haben. »Da ist er doch. Ich seh' ihn!«, rief er aufgeregt. »Folgt mir denn keiner? Warum kommt ihr Faulpelze nicht mit?!«

Die Wachleute stellten sich taub. »Der sieht Gespenster! Wird schon wieder nüchtern werden«, meckerte der eine.

»Außerdem haben wir den GROOTEN OSSEN. Wir konfiszieren das Schiff und nehmen es mit nach Hamburg. Wenn der Rat es verkauft, kriegen wir einen Anteil vom Erlös«, freute sich der andere.

Aber ihre erste Amtshandlung bestand darin, im Bierfass verbliebene Pfützen zu konfiszieren. Unverzüglich und gnadenlos.

Am nächsten Tag schwemmte das Morgenhochwasser eine Leiche an. Als man sie umdrehte, wurde den Wachleuten speiübel. Das Gesicht des Toten war ein einziger Schrei. Der Mund war mit Muschelschalen so voll gestopft, dass die feisten Backen über die Augen quollen. Seine letzte Mahlzeit hatte Schutenkönig Nils Werners nicht freiwillig zu sich genommen.

An der Oste, Donnerstag, 10. Mai 1386

Das offene Herdfeuer prasselte auf, als Anna einen Wurzelstubben auf die Glut warf. Zugleich erhellte sich der kleine Raum. Bedächtig rührte sie im Topf, ein wunderbarer Geruch von Hühnersuppe zog durch die Holzhütte. Schlürfend prüfte sie die Würze und blickte dabei ins Feuer. Von grauen Haarzotteln eingerahmt, leuchtete ihr verhärmtes Gesicht. Tiefe Furchen, Brandnarben und eine Verfärbung unter dem Auge erzählten die Geschichte eines harten und entbehrungsreichen Lebens.

»Wozu die Mühe? Ich kann doch nichts essen«, stöhnte es aus dem Dunkel.

»Du probierst zwei Löffel. Das wird dir helfen.« Anna griff einen Holzteller, füllte ihn auf und krümelte frische Kräuter darüber. Lautlos glitt sie durch den Raum, wobei ihre Gestalt einen Schatten warf.

»Ich kann doch nicht ...«

»Zwei Löffel, Marten! Ist mit Kerbel. Es wird dir helfen.« Der Kranke ließ sich überzeugen, aber dann wurde er unruhig.

»Anna – jemand ist vor der Tür!«

»Dein Kopf ist ganz heiß«, widersprach Anna sanft. »Du fantasierst. Ich mach' dir noch 'nen kalten Umschlag. – Jetzt hab' ich auch was gehört! Wer wird denn so spät noch ...« Mit wenigen Schritten war Anna an der Tür, neben der griffbereit das Beil hing.

Es klopfte.

»Wer?«

Langsam wurde die Tür aufgedrückt. Claus taumelte herein, abgerissen und schlammverkrustet. Sein Gesicht war zerschrammt.

Anna zog ihn ins Licht. »Claus! Du siehst ja schlimm aus!« Gleich wurde sie praktisch. »Zieh die Lumpen aus und steig in den Bottich hinterm Herd. Das Badewasser ist noch warm. Hat vor dir nur unser kranker Marten drin gebadet.« Sie half ihm beim Ausziehen und betrachtete besorgt die Verletzungen. »Ich werd' dir was drauftun, damit das nicht eitert.«

Als Claus sich das warme Wasser über die spärlichen Haare schaufelte, kam Anna mit einem Schüsselchen grüner Wundsalbe. »Habe ich selbst zusammengemischt. Riech mal.« Dankbar sog Claus den Waldmeistergeruch ein. »Es wird wehtun, hilft aber.« Sie begann, die grüne Paste mit einem Holzspachtel auf die übel aussehenden Schrammen auf seinem Arm zu streichen. Dann griff sie nach der aus Leintuch zurechtgeschnittenen Binde, um den Arm zu umwickeln. Mehrfach unterbrochen von Schmerzlauten erzählte Claus seine Erlebnisse der letzten Tage.

»Bin über die Wurster Küste nach Süden, am hohen Grenzstein vorbei. Hauptsächlich nachts. Das war nicht leicht – immerhin hab' ich dem Schutenkönig sein großes Maul gestopft. Für immer.«

»Hast du gut gemacht. Bei uns an der Oste bist du sicher, kein Hamburger traut sich so weit den Fluss hinauf. Was wird aus deinem Schiff? Sie werden es nach Hamburg mitnehmen und zu Geld machen«, sorgte sich Anna.

»Das werd' ich ihnen versalzen«, entgegnete Claus. »Ich hole mir mein Schiff zurück.«

»Wie willst du das anstellen?« Anna schüttelte den Kopf. »Die suchen dich doch!«

»Wart's ab!«, lachte er.

»Wirst du deine Brüder sehen?«

»Schön, wie du das sagst, Anna! Auf jeden Fall werde ich Johannes besuchen. Er ist mir ein Schiff schuldig.«

»Weißt du noch, wie ich euch damals im Waisenhaus besucht habe und immer kleine Fleischklößchen dabei hatte?«

»Die waren wunderbar! Aber eines Tages bliebst du fort und kamst nie wieder.«

»So ist das mit der Liebe«, seufzte Anna.

»Wo ist Marten?«

»Er ist krank. Aber ich krieg' ihn wieder hin, das walte Gott! Er liegt hinten.«

»Mich hast du schon fast kuriert!«

Sie lachten. Claus wusste, warum er sich an der Oste so wohl fühlte.

Morgenröte kündigte den neuen Tag an. Claus reckte sich und kroch auf allen Vieren vor die Tür. Weißwollige Nebelschwaden lösten sich von der Reetkante des gegenüberliegenden Ufers, ein leichter Wind nahm sie stromabwärts mit. Ein plötzlicher Entschluss ließ Störtebeker über die Wiese stürmen, hinein in das erfrischende Nass.

Sie hatte nicht damit gerechnet, ihn am Fluss zu sehen. Elsbeth Eckert, Annas jungverheiratete Tochter, trat gerade aus dem Erlenholz hervor. Sie war gekommen, um ihrer Mutter ein paar seltene Kräuter zu bringen. Der unerwartete Anblick verschlug ihr den Atem, das Blut schoss ihr in die Wangen. Rasch wandte sie sich ab. Den Claus solle sie sich aus dem Kopf schlagen, hatte die Mutter gesagt, der sei für ein ruhiges Leben an Herd und Heim für immer verloren. Einer Verbindung hätten ihre Eltern nie zugestimmt. Einem Köhler aus der Nachbarschaft hatte sie das Eheversprechen gegeben, doch das Glück hatte sie an Eckerts Seite nie gefunden.

Es war ihr recht, dass Claus sie entdeckte und hinter den Büschen einfing. Da stand sie vor ihm, bebend und schön. Sie wussten, dass ihnen so eine Stunde nicht wieder vergönnt sein würde.

Wie können wir es anstellen, auf immer zusammenzubleiben?«, fragte er sie zum Abschied.

»Ich weiß es nicht«, antwortete sie verzweifelt, »aber du darfst mich nicht verraten! Anna soll es nie erfahren, sonst geschieht ein Unglück!« Kurz darauf war sie in den Büschen verschwunden.

Claus stürzte sich noch einmal in den Fluss und versuchte, gegen den Strom zu schwimmen. Aber er kam nicht von der Stelle.

Inzwischen war Anna vor die Hütte getreten und hielt dem keuchenden, Wasser aus Haar und Ohren schüttelnden Claus ein großes Trockentuch hin.

»Am liebsten würde ich dich ein paar Tage hier behalten. Wir könnten Elsbeth für einen Nachmittag herüberbitten. Sie fragt oft nach dir.«

Claus blickte verlegen zur Seite. »Ich muss nach Hamburg, will mein Schiff zurückholen.«

Zum Abschied überreichte sie ihm für die Reise eine Schüssel mit Fleischklößen. »Die habe ich nicht für dich gesotten. Also Finger weg! Die musst du für ganz besondere Gäste aufheben!«

»Die werden mir schon über den Weg laufen!«

An der Oste, Sonntag, 13. Mai 1386

Am nächsten Morgen war Claus unterwegs, das Wetter hatte sich gebessert. Die Sonne schien, dazu wehte ein lauer Südwind – günstig für die Torfschiffer, die sich bald von Bremervörde aus auf die Reise machen würden. Claus sah ihre tief abgeladenen Ewer am Westufer liegen. Dahinter stiegen die Mauern der Burg auf, wo Vogt Daniel von Borch residierte. Er hieß auch der Schlächter von Bremervörde. Ein finsteres Bild am schönen Maientag.

»Nu' seht mal, wer sich da verlaufen hat! Unser Laui!«

Von allen Seiten kamen Schiffer auf ihn zu, die ihn von gemeinsamen Abenden auf See kannten. »Von dir hört man ja Sachen.«

Sie freuten sich, ihn halbwegs gesund wiederzusehen. Schnell hatte er seine Geschichte und sein Ansinnen erzählt.

»Nur gut, dass die an der Alster so viel Torf verbrauchen!«, lachte Ole, der bärtige Wortführer der Schiffer. »Natürlich nehmen wir dich mit, Ehrensache. Aber wir müssen vorsichtig sein. Die Hamburger Tonnenbojer sind auf der Elbe, sie legen neue Tonnen aus, wo die alten beim letzten Sturm vertrieben wurden. Außerdem ist, wie man hört, Johannes Ammentrost in geheimem Auftrag unterwegs. Auf Leute wie dich hat der Hamburger Rat zehn Pfund Silber ausgesetzt. Umgerechnet zehn Tonnen hamburgisch Bier – auwei, da entgeht uns ein lohnendes Geschäft!« Sie schlugen sich auf die Schenkel. »Nu man, nu man, wir werden doch unseren Laui nicht verraten. Du gehst am besten bei Michi an Bord, weil er so viel Torf an Deck fährt. Außerdem liefert er an Zeelanders Werft.«

Alle Torfschiffer legten fast gleichzeitig ab. Das gab ein wunderbares Bild, die braunen Rahsegel füllten sich mit Wind, der rot aufgehenden Sonne entgegen. Immer wieder überholten die Schiffe einander, alles war in ständiger Bewegung. Claus nutzte den Tag, um auf der ANNA den Torfstapel hinter dem Mast so umzubauen, dass eine kleine Kammer entstand. Auch an ein Guckloch dachte er. Bei Gefahr konnte er es dichtmachen. Im Schutz des Oste-Riffs gingen sie vor Anker, nach einer gemütlichen Klönerei kehrte auf den Schiffen Ruhe ein.

Vier Stunden nach Mitternacht kam die Flut zurück, sanftes Glucksen unter dem Kiel weckte die Männer. Noch ein Stündchen weiterschlafen! Doch das rhythmische Klatschen mehrerer Riemen riss Michi aus den Träumen und ließ ihn an Deck humpeln. Die Schnigge! Das war nicht der Tonnenbojer, das waren Leute aus Haarlem, berüchtigte Schläger, die auf eigene Rechnung als Kopfgeldjäger für Hamburg arbeiteten.

»Raus aus den Kojen, ihr faulen Torfschiffer«, schrien sie, gedeckt von Armbrustschützen. »Alle Mann an Deck, ohne Ausnahme! Woll'n mal sehen, ob wir bei euch nicht reicher werden können.«

»Claus«, flüsterte Michi durchs Torffenster, »die suchen dich.« Claus schloss die Öffnung mit einer Torfsode. Die Schnigge nahm sich einen Ewer nach dem anderen vor. Je fünf kräftige Ruderer kamen an Bord, stöberten unter Deck in allen Ecken und stocherten mit Spießen im Torf herum. Sie verstanden sich auf ihr Geschäft.

Zuletzt kam Michi an die Reihe. Auf seine Krücke gestützt, humpelte der kräftige Mann über das Vorschiff und starrte den Armbrustschützen in die Augen. Fünf Bolzen würden sich gleichzeitig in seinen Kopf bohren, sollte er versuchen, sich zu wehren. Starr vor Angst hockte sein Decksmann neben ihm auf der Luke.

»So haben wir's gern, immer hübsch brav, ihr Torfköppe!«, höhnte der Anführer. Mehrfach stach er mit seinem Spieß in den Torfhaufen, während ein anderer den Decksmann beiseite schob und den Bauch des Schiffes durchsuchte. Plötzlich traf der Anführer auf Widerstand. »Was ist das?« Claus gab keinen Laut von sich. »Da hat sich doch jemand versteckt?« Der Anführer schaute Michi prüfend an. Der blieb ungerührt.

»Wir müssen den Torfhaufen auseinandernehmen.«

»Blamier dich ruhig vor deinen Leuten!«, sagte kalt lächelnd der Seemann. »Unter dem Stapel liegen meine alten Segel.«

Ein speckiger Schopf tauchte in der Luke auf: »Seht mal, was ich gefunden habe! Eine große Schüssel Klöße! Reicht für uns alle.«

Angesichts dieser appetitlichen Beute ließ der Anführer ab. Behände kletterten seine Leute auf ihr Schiff zurück, um sich heißhungrig über die unverhoffte Mahlzeit herzumachen.

Die Torfewer setzten sofort die Segel. In der Morgendämmerung sahen sie, wie die Ruderer der holländischen Schnigge ihre Riemen ins Wasser fallen und wegtreiben ließen. Vor allem sahen sie, wie sich die Männer vor Schmerzen aufbäumten und wanden und sich in allen Lagen Erleichterung zu verschaffen suchten. Irgendwann würde man das Geisterschiff finden. Und niemanden würde es kümmern, woran die fremden Kopfgeldjäger gestorben sein mochten.

Ob die Helmspitze eines Kirchturms aufgesetzt, eine neue Brücke geweiht oder zur Teilnahme an einer öffentlichen Auspeitschung eingeladen wurde: Die Hamburger waren für jedes Spektakel zu haben und erschienen in Scharen. So strömten sie auch jetzt zur Grasbrookinsel hinüber. Bei eintretendem Hochwasser sollte erstmals etwas Unerhörtes geschehen: die Hinrichtung eines Schiffes! Der Platz dafür war nahe bei der Schädelstätte für Piraten bestimmt worden.

Widerwillig hatte Johannes Zeelander den Auftrag übernommen, einen provisorischen Steg einzurichten. Schwer kam es ihn an, drei dünnere Pfähle für den Akt der Hinrichtung zuzuspitzen. Seine Gesellen waren angewiesen worden, dem Scharfrichter zur Hand zu gehen. Grimmig schritt Zeelander zur Werft zurück. Schiffshinrichtung! Was für eine Schandtat! Ein Schiff kann nichts für die Verkehrtheit der Welt. Von seinem Anleger aus betrachtete er die gaffende Menge, die ihm zum Glück die Sicht auf die Vollstreckung versperrte. Die laute Stimme der Urteilsverkündung blieb ihm nicht erspart:

»Der Ewer, genannt DE GROOTE OSSEN aus Neuhaus, wird beschuldigt, zur See geraubtes Bier übernommen und nach Neuwerk transportiert zu haben. Das Niedergericht hat für Recht erkannt, den Namen des Schiffes für verwirkt zu erklären und tilgen zu lassen. Das Schiff wird aufgrund der Schwere der mit ihm begangenen Untat zur Pfählung verurteilt. Hernach mag das Wrack, um den Schaden zu mindern, welcher der Stadt entstanden ist, auf Abbruch verkauft werden. Der Schiffer mit dem Namen Claus wird durch Ausruf auf allen Plätzen des Landes als Mörder gesucht. Er ist es, der unseren ehrbaren Mitbürger Nils Werners auf heimtückische Weise umgebracht hat.«

Rotgrauer Abenddunst stieg vom Horizont herauf und verschluckte die Sonne. Langsam kamen die Torfewer die Elbe herauf, im Gegenlicht glichen sie kleinen schwarzen Schriftzeichen. Claus spähte aus seinem Versteck, der Abendfrieden über den rot glühenden Mauern der Stadt täuschte ihn nicht. Die Gefahr hielt ihn in Anspannung. Da war die Brooksbrücke. Was will die Menschenmenge bloß? Der ganze Rat versammelt? Was will das lange Elend von Scharfrichter in seiner grellroten Amtstracht? Dumpfe Schläge hallten über das Wasser, man schlug auf einen Pfahl im Boot!

»Das Schiff soll es büßen! Verbrennen, ersäufen, erwürgen soll man es!«, schimpfte ein kleiner Dicker und rannte auf dem Steg hin und her wie angestochen. »Mein armer Bruder! Mein armer ...« Plötzlich unterbrach er sich: »He, Kämmerer! Was macht die Kopfprämie, die meinem Bruder zustand? Wann krieg ich die?« Gleich jammerte er weiter: »Mein armer, armer Bruder!«

Claus hockte am Boden und hielt sich die Ohren zu. Aufhören! Sofort aufhören, ihr Teufel! Sein Gesicht war grau, sein Blick voller Hass. Mit den anderen Ewern trieb die ANNA dem Durchlass der Brooksbrücke entgegen. Jenseits der Brücke stand Zeelander wie betäubt. Er merkte nicht, dass sich die Menschenansammlung verlaufen hatte, spürte nicht die Kühle der Nacht, spürte nicht gleich die Umarmung des Freundes, der hinter ihn getreten war. Mit Interesse, aber wie aus großer Entfernung blickte er auf die vernarbten Hände, die ihn hielten und wünschte, die Geborgenheit möge nie aufhören: »Ach, Claus, mein Lieber! Wie hast du das nur ertragen!«

»Als wär' es meine eigene Hinrichtung«, entgegnete Claus tonlos.

Johannes drehte sich um, zog das lange entbehrte Gesicht zu sich heran, berührte Wangen, Stirn und Mund mit seinen Händen, als müsse er sich des Freundes erst vergewissern. Arm in Arm liefen sie über den Steg zurück.

»In die Werkstatt, ehe dich jemand sieht«, mahnte Johannes.

»Das Schiff haben sie mir schon genommen«, sagte Claus leise. »... und zerstört haben sie es, diese Wahnsinnigen!«

»Immerhin ein Grund, deiner Werft einen Besuch abzustatten.« Claus versuchte, fröhlich zu klingen. »Ich brauch' wieder ein Schiff unter den Füßen, heute kannst du dein Versprechen einlösen. Wie wär's mit dem Huekboot? An der Küste redet man von nichts anderem. Es wird mir gehören – oder nicht?«

Auf dem Wege zur Werkstatt passierten sie einen Stapel langer Eichenstämme. Ungewöhnlich lang.

»Meine Güte«, staunte Claus, »habt ihr einen Wald abgeholzt? Du hast etwas Besonderes vor! Sag schon!«

»Muss noch einige Jahre liegen, ehe man es aufschneiden kann.« Er öffnete die Tür zur Werkstatt und ließ den Freund eintreten. »Viel größer bist du nicht geworden«, scherzte er.

»Was erwartest du von einem ausgewachsenen Mann«, lachte Claus. »Ist von Vorteil für mich und meine Geschäfte. So schlüpfe ich durch alle Netze.«

»Ich muss dir etwas zeigen, eine Erinnerung an unsere Kindertage.« Mit einem Griff ins Regal zog Johannes eine von Sand und Wellen abgeschliffene Zimmermannsarbeit hervor. Damit der Freund besser sehen konnte, warf er ein paar Scheite aufs Feuer. »Dämmert es dir? Den hast du mir zum Namenstag geschenkt. Sieh dir das Gehäuse an, in dem sich die beiden Scheiben drehen – ein wunderschönes Gerät. Sieht aus wie der Körper einer Frau mit Wespentaille.«

»Oder wie 'ne Fidel! Darum nennen sie die Dinger Fidelblock.«

»Ich wünschte mir damals schon, Schiffbauer zu werden«, murmelte Johannes versonnen. »Und du kommst daher, ein fröhlicher Steppke, und willst mir was ganz Besonderes schenken.«

Claus drehte den Block im Licht: »Ich trau' meinen Augen kaum! Ich hatte den Block beim Spielen am Strand ausgebuddelt. Stammt sicher von einer Kogge, wenn man bedenkt, wie dick das Tauwerk war, das über die Scheiben gelaufen ist! Unglaublich, dass du das Ding noch mit dir rumschleppst! Wie eine Reliquie!«

»Du sagst es. Eine Reliquie unserer Freundschaft. Nie hab' ich mich über ein Geschenk mehr gefreut als über dieses alte Stück Holz.«

Verlegen sagte Claus: »Du warst mein großes Vorbild. Ich war so allein.«

»Das waren schöne Tage«, setzte Johannes leise hinzu, »und du bliebst ...«

»... bei dir. Und Clemens nicht zu vergessen! Ich war gerade bei Anna, die uns oft im Waisenhaus besucht hat.«

»Die mit den Fleischklößen?«

»Die mit den Fleischklößen. Sie wollte alles über dich und Clemens erfahren.«

»Wo lebt sie? Warum warst du bei ihr?«

Claus erzählte von seinen Erlebnissen, Johannes ergänzte die Neuigkeiten aus Hamburg: »In der Stadt bestimmt die Bruderschaft der Englandfahrer, was geschieht. Wer als Ratsmitglied gewählt wird, wer Bürgermeister und wer Stadtkämmerer werden soll – alles legen sie fest. Wessen Nase ihnen nicht passt, den ruinieren sie. Was deinen Ewer betrifft – auch da hatten die Englandfahrer die Hände im Spiel!«

»Verstehe. Werners!«

»Er hat beim Niedergericht die schnelle Hinrichtung deines Schiffes erwirkt. Sei also auf der Hut! Sie machen Jagd auf dich«, schloss Johannes besorgt und legte ihm die Hände auf die Schultern.

»Ich bekomme also das Huekboot? Du hast mir noch nicht geantwortet!«

Erstaunt musste Claus feststellen, wie unangenehm Johannes die Frage war: »Ach, weißt du, so großartig ist es nicht gelungen, dass ich es dir hätte geben wollen.«

»Was ist damit?«

»Es ist weg. Ich hab's verkauft.«

»Sag das noch einmal! Mein Schiff? Verkauft? An wen?«

»An einen Englandfahrer«, stieß Johannes zerknirscht hervor.

»An wen?«

Johannes blickte zu Boden: »Wir haben schon über ihn gesprochen.«

Claus ließ sich auf einem Holzklotz nieder, er wirkte jetzt erschöpft. »Dabei hätt' ich es so gut brauchen können.« Seine Züge verhärteten sich. »Ausgerechnet an einen Englandfahrer. Aber die fangen mich nicht. Die wissen nicht, wer ich bin. Ich werde mich rächen. Irgendwann müssen sie begreifen, die feinen Herren, dass auf See Gerechtigkeit herrscht! Ohne Schiff, Johannes – das ist kein Leben.«

Hilflos schaute Johannes den Freund an: »Irgendwann muss Schluss sein. Sie werden dir auf der Spur bleiben. Sie werden nicht aufgeben, bis du deinen Kopf los bist.« Claus erhob sich und wollte Abschied nehmen.

»Hab' ich dich so enttäuscht, dass du mich jetzt allein lässt?«

»Was redest du!«, suchte Claus ihn zu beschwichtigen. »Ich muss mich dünnmachen.«

»Ich käme gerne mit dir, statt Schiffe für die Englandfahrer zu bauen! Nie war mir so elend wie vorhin auf dem Steg. Und dann war plötzlich alles gut. Ich hatte nur noch den Wunsch, meinen Kopf an deine Schulter zu legen. Muss ich mich dafür schämen?«

Claus packte ihn an den Handgelenken: »Vor wem denn? Vertraust du den Pfaffen so sehr, dass du vor dir selber und allem, was schön und echt ist, Angst haben musst?«

»Einer der Pfaffen ist unser Bruder.«

»Unser Clemens – ich weiß.« Claus lächelte. »Aber Clemens fühlt mit dir. Von den anderen lass dir nicht dein Empfinden für das Richtige ins Falsche verkehren, denn es ist von Gott! Verrate unsere Freundschaft nicht, Johannes – um keinen Preis!«

»Und wenn ich mit dir gehe?«

Claus schüttelte ihn durch. »Stell dich deinem Schicksal. Wer in eurer Gesellschaft nach Glaube, Hoffnung und Liebe auf seinem eigenen Weg sucht und dabei die Schranken übersteigt, dem wird am Ende alles genommen: Geld, Gut, Weib, Kind. Und das Leben auch. Das alles willst du behalten, Johannes, und das ist richtig so. Ich hatte nie etwas außer einem Schiff. Und jetzt nicht einmal mehr das. Beneide mich also nicht um mein freies Leben! Du könntest es nicht teilen, denn mein Weg heißt Flucht und meine Freiheit heißt Vogelfreiheit!«

Johannes ließ vom Freund ab: »Ich werde es beherzigen.« Aber seine Worte klangen deprimiert. »Als kleiner Junge hab' ich oft gedacht, wenn Claus Störtebeker ein Mädchen wär', würde ich ihm einen Antrag machen!«

Schon in der Tür, wandte Claus sich noch einmal um und sagte in einer Tonlage, als wäre er der kleine Junge: »Im nächsten Leben spielen wir wieder zusammen. Versprochen!«

Knarrend schloss sich die Tür zur Werkstatt, Zeelander starrte ins Dunkel. Das Feuer war erloschen, Einsamkeit umfing ihn. Er wollte zur Tür, um dem Freund ins Freie zu folgen, doch ihm fehlte die Kraft. Sein Gesicht war nass von Schweiß und Tränen. »Hilf mir doch!« Johannes schwankte, dann verlor er das Bewusstsein.

Magdalena wartete die ganze Nacht. Als der Morgen graute, hielt sie es nicht mehr daheim aus. Noch bevor die Arbeiter auf der Werft eintrafen, fand sie ihn zwischen den Segeln. Sein Körper war heiß, und ständig wiederholte sich sein Gestammel: »Ich – schaff's – nicht – allein.«

Doktor Budessyn empfahl, den Körper mit Wadenwickeln zu kühlen. Magdalena wich nicht von der Seite ihres Mannes. Am siebten Tag kam Johannes zu sich und war fieberfrei. Dünn war er geworden, um den Mund spielte ein bitterer Zug, wie man ihn zuvor nicht an ihm wahrgenommen hatte.

Das Geschrei gellte durch den Hafen, dass es die Andacht in der Kapelle von Maria zum Schaare störte.

»Wieso passt keiner auf! Mein schönes Schiff. Vor den Rat werd' ich's bringen, so eine Schlamperei! Wenn ich den kriege!« Außer sich vor Zorn rannte der kleine dicke Englandfahrer über den Anlegeplatz und rempelte jeden an, der ihm in den Weg lief.

»Auch Ihr seid gemeint und Ihr und überhaupt alle, verdammt noch mal! Gebt mir mein Huekboot wieder! Mein schönes, neues Huekboot!«

Engel, Teufel, Strafgericht

Hamburg, St. Petri, im März 1387

Selten sah man St. Petris rotbraune Ziegelmauern sich so kräftig gegen den tiefblauen Himmel abheben wie an diesem Sonntagnachmittag. Vom Licht angezogen, spazierten vereinzelte Bürger über Plätze und Straßen. Vor dem Westportal von St. Petri stand eine kleine Gruppe zusammen. »Wenn wir hineingehen, müsst ihr leise sein, denn der liebe Gott mag keinen Lärm.« Catharina und Josef hingen an Meister Bertrams Lippen. Seit Tagen hatten sie diesem Augenblick entgegengefiebert. Sie durften zum ersten Mal eine Kirche betreten, die sie nicht kannten! Meister Bertram wollte seinem kleinen Neffen Bertram Snell den Altar zeigen, den er gemalt hatte und ihm die in Bildern festgehaltenen Geschichten aus der Bibel erklären. Die zwei Zeelander-Kinder waren sehr stolz, denn er hatte sie eingeladen, sich ihnen anzuschließen.

Als sich die Tür öffnete, entschlüpfte die kleine Catharina der Hand des Meisters und hüpfte wie im Spiel auf einem Bein über die Steinplatten. Mit hellen Juchzern probierte sie das hallende Echo aus. Dann hielt sie inne, die rechte Hand zur Faust vor dem Mund geballt, und schaute staunend zum Hauptaltar. Durch die bunten Fenster strömte das Sonnenlicht und ließ das Werk des Meisters in leuchtenden Farben erstrahlen.

Bertram und die Jungen holten Catharina ein. »Man schrieb das Jahr 1383, liebe Kinder. Du warst gerade zwei Jahre alt, Josef, und du, Bertram, drei, da trugen wir das Retabel in die Kirche. Die Arbeiter haben gestöhnt. Warum Kunst denn so schwer sein müsse!« Mit herabhängenden Schultern ahmte Bertram die Packesel nach.

»Und ich auch geboren?« Catharina zog einen Schmollmund, als würde sie gleich weinen. Überlegen blickte Josef auf seine Schwester herab.

»Ach du. Du lagst noch in der Wiege!«

»Gar nicht!« Schon fingen die Zeelander-Kinder an zu streiten. Bertram ermahnte sie, still zu sein.

Sein Neffe fragte den Meister: »Was ist das, ein Retabel?«

»Seht nach vorn! Da geht der Priester einige Stufen zu dem mit Decke und Leuchtern geschmückten Tisch, wenn er mit dem lieben Gott zu Abend essen will. Das ist der Altar. Auf der hinteren Kante des Altartisches seht ihr Bildtafeln, die ich mit vielen Farben bemalen durfte. Das Ganze nennt man ein Retabel.«

Er nahm Catharina auf den Arm und stieg mit den Kindern zum Altar hinauf. Weil er ahnte, dass sie nicht sämtliche Bilder aufnehmen könnten, ließ er die ersten Tage der Schöpfungsgeschichte aus. Sie bemerkten es gar nicht, gebannt folgten sie seinen Erklärungen zum Sündenfall und zur Vertreibung aus dem Paradies. Die silbern sich am Baum der Erkenntnis hinaufringelnde Schlange ließ die Kleinen erschauern. Bei der Geschichte mit Kain und Abel ergriffen alle drei für den opfernden Abel Partei, der dem Herrgott ein Lämmlein darbot. Kain trug ein rotes Gewand, ähnlich einem Scharfrichter. Es grauste die Kinder, wie er den wehrlosen Abel mit dem Kieferknochen eines Esels erschlug. Doch das Bild von der Arbeit auf der Werft tröstete sie. Dort legten die Schiffbauer gerade das Deck einer Kogge. Catharina war nicht mehr zu halten, mit beiden Ärmchen auf das Bild deutend, piepste sie: »Papa! Mein Papa!«

Der Handwerker, der mit dem langnackigen Beil am Heck arbeitete, ähnelte Zeelander auffällig. Das feine Gesicht mit dem spitzen Bart unter der Mütze war unverkennbar. Aufgeregt wies Josef auf eine andere Gestalt: »Ist das unser Geselle, den sie in Öl gesotten haben? Wie der mit dem Kalfathammer rangeht!«

Bertram wurde blass. Sie hatten den Falschmünzer entdeckt! Es war ihm umso peinlicher, als in diesem Augenblick der blässliche

Domkämmerer, die Fleisch gewordene Intrige, an ihnen vorbeischlich. »Ja ja, großer Meister, hab's gehört, hab's gehört«, murmelte er beziehungsreich. »Kindermund tut Wahrheit kund! Ein Bildnis des Schiffbauers? Kleiner Freundschaftsdienst für Magister Zeelander? Was kriegt Ihr dafür: glatte Holztafeln von der Werft? Ich werde mit dem Bürgermeister reden. Wo sich sein Bruder doch so sehr für Euch eingesetzt hat! Eine Verewigung für die Holzhacker vom Grasbrook. Und das am Hauptaltar von St. Petri!«

»Ihr versteht nichts und wisst noch weniger«, erwiderte der Künstler schroff, »stört um Gottes willen nicht die letzte Ruhe Wilhelm Horborchs. Er war es, der mich überzeugt hat, dass, wer den Bau der Arche Noah gut verständlich darstellen möchte, in seine Umgebung ausgreifen muss. Als Vorbild kam nur Zeelander in Betracht. Auf so eine Idee wärt Ihr nie gekommen, hab' ich Recht? Sucht den Altar ab, Ihr werdet viele Beispiele aus dem Leben unserer Stadt finden. Vielleicht auch den Domkämmerer im Gewand eines gefallenen Engels? Wenn Ihr's genau wissen wollt, müsst Ihr dicht herantreten.«

Bertram betete, der Domkämmerer möge nicht den Falschmünzer entdecken. Der Domkämmerer stellte einen Stuhl vor den Altartisch, kletterte hinauf und beugte sich nach vorn, um die Gesichter der stürzenden Engel zu prüfen. »Die Gesichter sind viel zu klein«, meckerte er. »Da sieht man ja ...« Bevor er den Satz beenden konnte, kippte der Stuhl, und der Kämmerer stürzte kopfüber die Stufen hinunter.

»Dank dir Gott für die Erhörung meines Gebets!«, flüsterte Meister Bertram. Die Kinder klatschten vergnügt in die Hände, Bertram half dem Gestürzten auf. Durch das faustgroße blaue Auge war etwas Farbe ins bleiche Gesicht gekommen.

Der kleine Josef lachte schadenfroh: »Ein gefallener Engel! Wir haben einen Engel fallen gesehen!«

Das Grauen war zusammen mit ihm in die Tür getreten. Entkräftet stand Diderich von Espingen in Zeelanders Diele. Die rechte Gesichtshälfte des Kaufmanns war eine schwärende Wunde. Magdalena kam als Erste zur Besinnung und kümmerte sich um den Vater.

»Die Kogge«, stammelte er, »die Kogge reparieren.« Johannes fragte nach. »Noch zwei haben überlebt. Alle Waren sind geraubt. Für Werners und Leverdinghe. Aus Brügge.«

»Das Schiff bekommen wir wieder hin«, beruhigte der Schiffbauer seinen Schwiegervater. Der ließ sich auf eine Bank fallen und sprach nach tiefen Atemzügen stockend weiter.

»Die Zollherren haben alles zu Protokoll genommen ... Morgen muss ich vors Niedergericht ... Die Englandfahrer wollen Schadenersatz.« Dieser Gedanke ließ ihn für einen Moment Schmerzen und Erschöpfung vergessen. »Ich soll mein Schiff verkaufen, damit der Erlös an sie geht! Diese Betrüger!« Er schüttelte den Kopf und murmelte: »Die kriegen mich nicht klein.« Entschlossenheit schien in den geschundenen Körper zurückzukehren. »Aber ich muss Geld auf meine Häuser aufnehmen!«

Magdalena und Johannes blickten einander an und brachten ihm schonend bei, dass das Haus Im Kleinen Deich längst auf die Gläubiger überschrieben war. Termine waren versäumt worden, seine Gläubiger hatten es auszunutzen gewusst. Von Espingen traf es wie ein Schlag.

»Vater, du brauchst Ruhe! Mit Gottes Hilfe wird sich alles wenden. Vertraue darauf!« Magdalena fasste ihn an den Händen und stützte den schwer Atmenden. Als sie ihn zu seiner Kammer führte, blieb er noch einmal stehen und wandte sich an Zeelander: »Sag meinem Sohn, er möge sich morgen den Tag freihalten. Du findest ihn im Hafen, auf der Staatskogge. Er muss mich aufs Gericht begleiten, danach zu Gläubigern und Schuldnern. Er soll wissen, wie es um unsere Finanzen bestellt ist.«

Im Niedergericht, Donnerstag, 21. November 1387

Scheu traten die Menschen vor dem Portal des Niedergerichts am Nicolaifleet beiseite, als sie den Schiffer und seinen Sohn kommen sahen. Unter dem braunen Spitzhut war das Gesicht des Alten von einem Verband nahezu verdeckt. Mühsam näherte er sich dem Eingang, um jede einzelne Stufe musste er kämpfen.

An diesem Tag standen zunächst diverse See- und Transportrechtsfälle an, die in erster Instanz verhandelt werden sollten, einfache Angelegenheiten im Vergleich zur Seeraubsache von Espingen. Schließlich trat der gräfliche Vogt mit rotem Barett und rotem Mantel mit weißem Pelzrevers als Gerichtsherr in die Schranken. Als Beisitzer waren die Ratsherren Ludolf Holdenstede und der gerade von Neuwerk zurückgekehrte Albert Bretling vom Rat abgeordnet worden. Sie trugen grüne Mäntel. Die hohen Herren nahmen Platz. Ein Gerichtsdiener baute auf dem mit grünem Tuch bedeckten Tisch ein goldenes, nach Art eines Tempels gebildetes Kästchen auf, das Eidschwur-Reliquiar.

Der Vogt eröffnete die Sitzung. »Sind die klageführenden Bürger dieser Stadt, Sywert Werners und Ahlert Leverdinghe, zugegen?« Die Englandfahrer bejahten. »Hat sich auch der beklagte Bürger dieser Stadt, Schiffer Diderich von Espingen, eingefunden?« Von Espingen meldete sich mit tonloser Stimme. »Dann darf ich um den Vortrag der Klage bitten!«

Werners erklärte, er habe dem von Espingen Waren im Gesamtwert von 90 Mark lübsch, Leverdinghe sogar im Gesamtwert von 110 Mark lübsch zum Transport übergeben. Diese Waren seien aufgrund des Überfalls verloren.

Seine Stimme wurde schneidend: »Merkwürdig ist, dass Espingen das Schiff aus den Händen der Piraten hat retten können. Daraus muss man schließen, dass er, um Schiff und Haut zu retten, die zum Frachtgut gehörenden Waren kampflos preisgegeben hat!« Werners machte eine Pause und blickte siegesgewiss in die Runde. »In unserem altehrwürdigen Schiffsrecht heißt es mit Bezug auf derartige Fälle: Wurde mit gewissen Seeräubern ein Pakt geschlossen und wurden auf diesem Wege durch Übergabe bezeichneten Ladeguts das Schiff und andere Güter aus der Hand der Piraten befreit, so soll man den Schaden durch Aufrechnen des geretteten Schiffs teilen. Wenn der Beklagte in der Stadt herumerzählt, er habe sein Leben zur Verteidigung der ihm anvertrauten Kaufmannsgüter im Nahkampf gewagt, und wenn er zum Beweis diesen Mummenschanz mit dem Kopfverband betreibt, so nur deswegen, weil er uns nicht entschädigen will.« Werners' Stimme überschlug sich: »Wir halten es für erwiesen, dass von Espingen den Seeräubern freiwillig die Ladung überlassen hat. Deshalb verlangen wir den Verkauf des mit etwa 300 Mark lübsch zu bewertenden Schiffes und die Aufteilung des Erlöses zu unserer Entschädigung.«

Ruhig trat von Espingen an den grünen Tisch, als der Vogt ihn bat, zur Vereidigung mit der Schwurhand den Reliquienschrein zu berühren und wahrheitsgemäß den Hergang des Überfalls zu schildern. Eindringlich stellte er den Nahkampf mit einem Piraten dar, der in den Laderaum hatte vordringen wollen. Der Pirat habe ihn so schwer verletzt, dass auf der Rechten sein Augenlicht verloren sei. So hart der Schlag auch gewesen sei, er habe noch mit dem Schwert zustechen können, ehe sie beide in den Niedergang hinabstürzten. Danach seien ihm die Sinne geschwunden. Der Tote sei noch an Bord, die Zollherren hätten dem Leichnam eine Hand als Beweisstück abgenommen und ein Protokoll darüber gefertigt.

»Beweisstück und Protokoll der Zollherren liegen dem Gericht vor«, warf Holdenstede ein, indem er in einer Holzschüssel die abgehackte Hand hochhielt.

Bretling, der andere Beisitzer, wandte sich an den Beklagten. »Diderich von Espingen, Ihr habt gehört, dass Sywert Werners Euch vorgeworfen hat, Mummenschanz mit dem Kopfverband zu treiben. Was habt Ihr darauf zu sagen?«

»Sywert Werners hat recht, wenn er von Mummenschanz spricht. Ich trage den Verband, weil ich Euch meinen Anblick ersparen wollte.«

Mit einem Ruck riss er den Verband herunter – etwas zu heftig, denn die Wunde brach erneut auf. Dann trat er dem neben ihm stehenden Werners so dicht unter die Augen, dass dieser aufschrie »Nein! Nein! Nein! Nein!« und kreidebleich aus dem Saal lief. Leverdinghe hatte sich abgewandt, und auch für alle übrigen Anwesenden war der Anblick schwer zu ertragen.

Der Vogt und die Beisitzer zogen sich zur Beratung zurück. Von Espingen zitterte, Schweiß war ausgebrochen. Schließlich wurde das Urteil verkündet: »Wir halten es für erwiesen, dass Diderich von Espingen sein Schiff und die ihm anvertrauten Kaufmannsgüter mannhaft gegen eine Übermacht der Seeräuber verteidigt hat. Die Klage der Befrachter auf Entschädigung wird voll abgewiesen. Die Beisitzer sprechen Diderich von Espingen darüber hinaus im Namen des Rates und der Bürger unserer Stadt für seinen mutigen Kampf gegen die Seeräuber ihre Anerkennung aus. Die Kämmerei wird ihm für den erschlagenen Seeräuber eine Prämie in Höhe von 10 Mark lübsch auszahlen. Der Büttel Knoker wird noch heute die Leiche von Bord schaffen und auf dem Grasbrook verscharren.«

Auf einem Stadtgang, Freitag, 22. November 1387

Das Gedränge und Geschiebe in den Hamburgischen Gassen hatte ihr Vorwärtskommen erschwert, Diderich von Espingen verließen die Kräfte.

»Ich glaube, dass ich eine Pause verdient habe«, stöhnte er und zog seinen Sohn auf eine Bank. »Das war kein angenehmer Vormittag! Aber wir haben nun wohl alle Gläubiger besucht und können auf ein erfreulicheres Gespräch hoffen. Diesmal bekommen wir Geld. Der Kürschnermeister Eler Grube schuldet uns 100 Mark, die er mir bereits am Monatsanfang zurückzahlen sollte. Er ist ein rechtschaffener Mann, der mich nie lange auf mein Geld warten ließ.«

»Ach, deswegen hast du Leverdinghe die vorzeitige Ablösung der 70 Mark für das Haus in der Deichstraße bis zum Monatsende versprechen können, als er dich so bedrängte. Warum hat er dann auf einer schriftlichen Bestätigung deiner Zusage bestanden?«

»Er hat sich geärgert, dass ich den Prozess gewonnen habe und will mich mit seiner vorzeitigen Rückforderung in die Enge treiben!«

»Dann wollen wir hoffen, dass dein Kürschnermeister zahlungsfähig ist.« Hans-Diderich sah seinen Vater scheu von der Seite an.

»Auf Eler Grube ist Verlass wie auf das Amen in der Kirche.«

Der Sohn zog den Alten an beiden Händen in die Höhe: »Dann auf zu diesem Glücksfall.«

Sie bogen in die Pelzerstraße ein und betätigten den Klopfer an der Haustür des Kürschners. Sie mussten warten. Schließlich öffnete eine ältere Frau, in dem befleckten Kittel machte sie einen verwahrlosten Eindruck. Verständnislos stierte sie die Ankömmlinge an, hinter ihr erschien der Hausherr und schob sie zur Seite.

»Geh nach hinten, Liese. Ich kenne die Herrschaften. Tretet doch ein. Ach, werter von Espingen, was für eine furchtbare Verletzung! Das Augenlicht verloren! Was sagt denn der Medicus dazu?« Ohne eine Antwort abzuwarten, schmeichelte er Hans-Diderich, er würde dem Vater gleichen, wie man ihn früher gekannt. Grube gab sich Mühe, seine Gäste nicht zu Wort kommen zu lassen.

Schließlich gelang es dem erfahrenen Kaufmann doch, den Grund des Besuches vorzutragen: »Vor einem Jahr hatte ich für Euch besonders schöne und kostbare Felle in Nowgorod gekauft und zu

Schiff nach Hamburg gebracht. Ihr wart so freundlich, mir die Lieferung zu bestätigen und die Rechnung in Empfang zu nehmen. Weil Ihr damals das Geld nicht zur Hand hattet, wurde vereinbart, die Lieferung nach Jahr und Tag zu bezahlen, also am Ersten dieses Monats. Ich habe eine Quittung über 80 Mark lübsch vorbereitet, so dass Ihr nur noch die Zahlung zu leisten braucht.«

»Verzeiht, ich habe Euch noch gar nichts angeboten! Wie wär's mit einer Kanne frischen Bieres und Gebäck?«

»Zu gütig. Aber es wäre mir lieb, wenn wir das Geschäftliche erledigen könnten.«

Mit gerunzelter Stirn sah der Kürschner die Papiere durch. »Ihr wollt also 100 Mark. Dass sie Euch zustehen, geht aus Euren Papieren hervor. Aber mit welchem Recht verlangt Ihr Euer Geld heute? Nirgendwo steht, dass es schon zu Anfang des Monats fällig gewesen sei. Ich hatte unsere Abmachung so verstanden, dass ich Euch vor Ablauf dieses Jahres die Rückzahlung leisten solle. Das Jahr ist noch nicht um.«

»Aber bester Grube, besinnt Euch«, rief von Espingen entsetzt. »Nach Jahr und Tag, so hatten wir's vereinbart! Ich weiß, dass Ihr in den letzten Tagen genug eingenommen habt und die Zahlung ohne Schwierigkeiten sofort leisten könnt. Ich brauche das Geld jetzt!«

»Gewiss doch, gewiss doch«, entgegnete Grube. Die Freundlichkeit war aus seiner Stimme gewichen. »Ich will aber nicht zahlen, nicht jetzt jedenfalls. Kommt nach Weihnachten wieder, dann bekommt Ihr Euer Geld. Wenn Euch das nicht passt, so verklagt mich ruhig.«

Von Espingen dämmerte, in welche Falle er geraten war: Für eine Klage gegen Grube war es zu spät. Er hatte nichts Schriftliches über den vereinbarten Zahlungstermin in der Hand, Leverdinghe würde auf der Einlösung seiner Zusage bestehen. Ein abgekartetes Spiel, bei dem nur einer verlor. Kopfschüttelnd blickte er den Kürschner an. »Ich habe Euch stets für einen ehrlichen Geschäftsmann gehalten. Aber Ihr seid ein Betrüger!«

Der Angesprochene zuckte mit den Schultern. »Ihr müsst wissen, was Ihr sagt, von Espingen.«

St. Catharinen, Dienstag, 26. November 1387

Dumpf dröhnte die Totenglocke MARGARETA. Nahe dem Hauptaltar stand ein schlichter Holzsarg. Davor nahmen Hans-Diderich von Espingen, seine Schwester Magdalena und ihr Ehemann Johannes kniend Abschied. Magdalena hielt krampfhaft die Hände gefaltet. Nun auch noch der Vater! Meister Bertram hatte Josef und Catharina an die Hand genommen und sich ein paar Bänke hinter den Angehörigen eingereiht. Auch Hinrik Lamspring hatte sich ein Herz gefasst, Magdalena in ihrem Schmerz beizustehen. Viele Kaufleute und Schiffer, manche von den Brauern und Böttchern sowie einige Handwerker waren gekommen. Selbst weniger erwünschte Geschäftspartner von Espingen legten Wert darauf, sich bei dieser Gelegenheit sehen zu lassen. Hans-Diderich hatte es nicht verhindern können.

Das Ritual des Totenoffiziums und der Messe tröstete die Trauernden in ihrem Schmerz. Pfarrer Zeelander nahm mit sehr persönlichen Worten Abschied von einem Freund. Clemens versäumte nicht, in aller Deutlichkeit den Betrug beim Namen zu nennen, an dem von Espingen zerbrochen war. Mit dem 130. Psalm, den er zur Verwunderung der Trauergemeinde in deutscher Übersetzung vortrug, bat er Gott, dem Verstorbenen seine Sünden zu vergeben. Seine Auslegung des dritten und vierten Verses ließ diejenigen aufhorchen, die am Tod von Espingens ihren Gewinn gehabt hatten: »Wenn Du, Herr, Sünden zurechnen willst, wer wird bestehen? Denn bei Dir ist die Vergebung, dass man Dich fürchte.«

»Habt Ihr das gehört, Ahlert? Er erdreistet sich, uns vor den Weltenrichter zu bringen«, flüsterte Grube.

Leverdinghe nickte. »Wär's nicht an der Zeit zu gehen?«

»Nun erst recht nicht!«, zischte Grube. »Die da vorn könnten meinen, wir würden uns den Schuh anziehen. Nicht wir müssen weg! Zeelander muss weg.«

»Ist das nicht Ketzerei, die Heilige Schrift in deutscher Sprache zu verkünden?«, mischte sich Werners ein.

Grubes Miene hellte sich auf. »Ein hervorragender Gedanke! Ich wüsste einen, der nur darauf wartet, der Inquisition auch in unserer Stadt endlich zu einem Erfolg zu verhelfen.« Leverdinghe beugte sich vor: »Kennt man den Mann?« Grube gluckste vergnügt: »Ihr werdet ihn kennen und schätzen lernen!«

Nur die nächsten Verwandten gingen neben dem Sarg bis zum Grab. »Er ist schon auf dem Weg, der stolze Mann«, sagte Lamspring leise und wies auf die im Novembernebel entschwindende Familie. Meister Bertram folgte seinem Blick: »Dass es immer die Besten sein müssen, die uns früh verlassen. Mir ist, als ob Diderich von Espingen die guten Zeiten mit sich nimmt und uns einer schrecklichen Zukunft überlässt.«

Im Hause Zeelander, Montag, 10. August 1388

Wie meinst du das – noch ein Kind? Ich dachte ... weißt du eigentlich, wie lange ich mir schon wünsche, dass wir mehr Kinder haben, Johannes? Nun kommst du mir ausgerechnet in einem solchen Moment damit. Ich muss doch den Abschluss machen! Gib mir einen Augenblick Zeit ... Gheldersen – für den neuen Anker ein Pfund hamburgisch Silber, 17 Schilling; Adolfsen – für das Nachkalfatern ein halbes Pfund, 18 Schilling; Johannsen – für zehn Riemen ...«

»Ich rede mit dir, Lene!«, unterbrach Johannes seine Frau.

Johannes sah ihre müden Augen, während sie das Rechnungsbuch zuklappte: »Was für ein seltsamer Mensch du doch bist!«

»Nun ja«, erwiderte er unbeholfen, »weil doch heute unser Hochzeitstag ist – der achte schon.« Seine Stimme war zärtlich geworden, hinterm Rücken zog er eine gestickte Cale aus feinem Leinen hervor und legte sie auf das Rechnungsbuch: »Für dich.«

»Ach, du!« Verlegen schaute sie zur Seite, doch ihre Finger wanderten zu dem Geschenk. Endlich nahm sie die Haube auf, um sie besser betrachten zu können.

»Steck dein Köpfchen hinein!«, ermunterte Johannes sie und band die große Schleife unter ihrem Kinn.

»Wie sehe ich aus?«

»Wundervoll! Du bist die Schönste von allen.« Er nahm sie in die Arme und küsste sie.

Sanft entzog sie sich und nahm die Cale ab, um sie zu betrachten. »Eine wundervolle Stickarbeit!« Sie sah zu ihm auf: »Ich danke dir von Herzen! So lieb hast du mich noch nie an unseren Hochzeitstag erinnert.«

»Was ist nun mit meiner Frage?« Johannes blickte sie erwartungsvoll an.

»Später, Johannes. Lass uns später darüber sprechen. Die Rechnungen müssen geschrieben werden. Du hast mir eine große Freude gemacht, jetzt geht die Arbeit schnell von der Hand.«

Johannes ließ die Schultern sinken. Später! Später würde sie müde neben ihm ins Bett fallen wie jeden Abend. Schließlich sagte er: »Dann geh' ich mal wieder zur Werft hinüber.«

»Was hast du mit dem Eichenholz auf dem Hof vor? Heute war ein Kunde da, der es dir abkaufen möchte und uns viel Geld dafür ...«

»Untersteh dich!«, unterbrach Johannes barsch. »Was meinst du, wie viel Arbeit es mich gekostet hat, das zusammenzubringen. Wer auch nur ein einziges Stück davon wegnimmt, kann was erleben!«

ie lange war es her, dass er so ziellos durch die Stadt gestreift war! Mit einem Mal stand Johannes vor einem Lokal, das er seit seiner Gesellenzeit nicht betreten hatte. Über dem Eingang schaukelte ein Holzschild im Wind. DER FLIEGENDE GEIST. Johannes musste grinsen. Ein Name mit wahrem Kern, manchem Gesellen war hier der Geist davongeflogen. Er zögerte, dann stieg er trotzig die Treppe hinab und betrat den schummrigen Schankraum.

»Der Sseelander, ssieh ma einer an!« Der Gestank widerte Johannes an. Vor ihm stand, schwankend aber aufrecht, eine verfilzte Gestalt.

»Kennssu mich nich mehr?« Der Mann machte einen Schritt auf ihn zu: »Muss mich doch kenn! Ich bins, der Dings der Edo. Wa ma Lehrling aufer Werf, und da hassu mich wechgejach, weil ich büschen was getrunkn hab. Aber der Mensch muss ja trinken, weil sonst stirbt er vor lauter Durst.«

Johannes konnte sich nicht erinnern. Er wollte den Zecher zur Seite schieben, doch der packte ihn am Arm.

»Ssieh ma an, der Meista will unhöflich wern!«

Johannes stieß den zudringlichen Säufer auf eine Bank, auf der er krachend zu sitzen kam. Eine füllige Weibsperson trat energisch zwischen die beiden.

»Was ist denn hier los?«, dröhnte ihre tiefe Stimme durch den Schankraum. »Edo, bist wohl wieder auf den Kopp gefallen? Wenn du Streit machst, fliegst du raus.« Sie zog den Betrunkenen von der Bank auf die Füße, schob ihn mit geübtem Griff zur Tür, stieß sie auf und schubste den Jammernden die Treppe hinauf. »Für heute hast du genug, Freundchen. Mach dich vom Acker!« Sie schloss die Tür und wandte sich an Johannes. »Den sind wir los. Ihr müsst verzeihen ...«

»Meister Zeelander von der Grasbrookwerft.«

»Meister Zeelander, Edo trinkt gern einen über den Durst. Gern und oft. Oft noch lieber als gern. Setzt Euch und seid mein Gast.«

Ehe er sich versah, hatte sie ihn in eine sparsam beleuchtete Ecke bugsiert und sich mit ihrem mächtigen Hinterteil so neben ihn auf die Bank gepflanzt, dass kein Entkommen möglich war.

»Anna!«, rief sie lauter, als es Johannes für nötig hielt, »bring uns zwei Bier!« Sie wandte sich Johannes zu, tätschelte ihm den Arm: »Ich bin die Rieke Brück. Helf' meiner Schwester Anna im Lokal ein wenig aus, weil ich mit den schweren Jungs besser klar komm.«

Zuerst waren Johannes die Umgebung und Rieke ein wenig peinlich. Als die beiden Bütten auf dem Tisch standen, gab es ein Ziel, dem er sich widmen konnte. Nach dem vierten Bier roch Rieke schon anziehender, wenn sie auch immer noch zu viel redete. Ihre großen Brüste waren nachlässig im Ausschnitt verpackt. Aber sie mussten sich dort nicht eingesperrt vorkommen, dafür hatten sie zu viel Auslauf. Noch ein Bier? Noch ein Bier. Noch ein Bier? Na gut, eins noch. Es fühlte sich angenehm an, als Riekes Rechte unter seine Beinlinge fuhr. Wenn Johannes sprach, blickte er ihr nicht mehr ins Gesicht, sondern in den Ausschnitt. Und der Ausschnitt antwortete. Schließlich zog Rieke ihren Gast mit sich aus der Bank.

»Anna«, rief sie zum Tresen, »Schreib's auf die Werft!«

Rieke schob ihn zum Hintereingang der Schänke, er führte zum Badehaus nebenan. Dort hielt der Bader eine Stube für sie frei – und für ihre Gäste. Denn Rieke kam selten allein.

Die feuchte Nachtluft ernüchterte Edo schnell. Auf allen Vieren war er in jahrelang praktizierter Manier die Stufen zur Straße hinaufgekrochen und hatte sich eine Ecke weiter in den dunklen Eingang zu einer Twiete gehockt. Der Durst plagte ihn, aber ohne einen Pfennig kam er nicht weit. Zeelander, Zeelander – scheiß auf Zeelander! Der trug die Schuld an seinem Rauswurf. Wen Rieke hinauswarf, kam am selben Abend nicht mehr hinein. Aber durch den Hintereingang … durch den Hintereingang kam er vielleicht doch noch zu einem Bier ... es müsste doch mit dem Teufel zugehen! Der Teufel war der Freund aller Trunkenbolde.

Edo ertastete seinen Weg durch die finstere Twiete. Neben der Hintertür zum FLIEGENDEN GEIST stand ein Hackklotz, hinter den er sich auf den Boden kauerte und lauschte. Stimmen!

»... so – Meister Zeelander, wir haben uns ein Bad verdient. Hier raus und gegenüber gleich wieder rein.« Riekes Kichern. »Aber leise!«

»Mir ist so heiß!« Das war Zeelander. »Wartet, ich will meine Schecke ein wenig aufknöpfen.«

Etwas fiel klirrend auf den Boden. Ein Beutel vielleicht? Edo gefiel die Vorstellung eines gefüllten Beutels. Der Inhalt eines Beutels war so gut wie ein Bier. Eine Tür schloss sich, alles blieb ruhig. Er rollte auf die Knie oder fiel auf die Knie, er kroch am Hackklotz vorbei, tastete über den erdigen Boden. Da! Ein Messer! Er griff danach, richtete sich auf und trat zum Hintereingang der Schänke. Vorsichtig öffnete er die Tür einen Spalt weit, ließ das funzlige Licht auf seinen Fund fallen.

Meister Zeelanders Pokmesser! Das war ja noch besser als ein Beutel. Zeelanders Zierdolch, den er an besonderen Tagen über seiner Schecke zu tragen pflegte. Jeder auf der Werft kannte ihn. Und viele in der Stadt, wenn auch nicht jeder. Aber was nicht war, konnte ja noch werden. Der Fund war Gold wert. Edo wusste, wo man so einen Schatz zu schätzen verstehen würde.

W ie jeden Montag hockten die beiden Englandfahrer beim Bier im WILDEN MANN, einem Lokal in Hafennähe, in dem niemand verkehrte, der zart besaitet war. Der kleine Dicke glühte vor Begeisterung: »Wenn ich daran denke, wie du den von Espingen in den Bankrott getunkt hast – Hut ab! Das kann man nicht lernen, das muss man im Blut haben. Das Haus in der Deichstraße hat ihm den

Rest gegeben. Ich dagegen«, seine Miene trübte sich ein, »ich bin mein Huekboot los, und mein Geld reicht kaum für eine alte Schute.«

»Kopf hoch, Sywert! Der liebe Gott hat immer für uns gesorgt. ›Seht die Lilien auf dem Felde, sie säen nicht, sie ernten nicht und sammeln nicht in die Scheuern. Und unser himmlischer Vater ernähret sie doch!‹«

Werners prustete los. »Du bist der frömmste Mensch, den ich kenne. Und so scheinheilig. Das kann man nicht lernen, das muss man im Blut … pass auf, am Ende wird noch ein Bischof aus dir.«

»Amen!«, grunzte Leverdinghe zustimmend und rülpste. »Was zupft mich da an meinem edlen Wams!«, quittierte er mit gespielter Empörung den Versuch einer schäbig gekleideten Gestalt, sich bemerkbar zu machen.

»Keine Sorge, Ahlert! Den schmeiß ich sofort raus«, rief der Wirt vom Tresen.

Leverdinghe winkte ab: »Nicht nötig. Ich kenne unseren neuen Gast, nicht wahr, Fleeten-Edo?« Mit gedämpfter Stimme setzte er hinzu: »Lange kannst du nicht bleiben – sind alles ehrbare Leute in diesem Lokal.«

Werners gluckste, während Edo sich duckte. Der Trinker nahm häufiger geduckte Haltung ein als das aufrechte Stehen. Geduckt kam er im Leben weiter. Er griff unter seinen schmierigen Kittel und wickelte aus einem schmierigen Lappen seinen Fund: »Das darf doch nicht wahr sein!«, sagte Werners verblüfft.

Leverdinghe legte den Finger vor den Mund und beugte sich über den verdreckten, aber unverkennbaren Dolch: »Lass doch mal sehen, Edo. Wo hast du das her?«

»Hat mir ein Vögelchen zugetragen. Hat gesagt, die Menschen, denen ich das zeige, werden sich darüber freuen, wenn sie es sehen.«

»Du kennst kluge Vögelchen, Edo. Was willst du dafür haben?«

»Das Vögelchen sagt, zwei Schillinge muss ich verlangen. Denn manchmal ist ein Fund wenig wert und manchmal zwei Schillinge.«

»Das ist viel Geld«, meinte Leverdinghe gedehnt, »aber du wirst staunen. Ich gebe dir sogar drei Schillinge – unter einer Bedingung: Du sagst mir, wo du deinen Fund gefunden hast.« Edo blickte den Englandfahrer misstrauisch an. »Keine Angst!« Leverdinghe senkte die Stimme weiter: »Ich weiß, wem der Dolch gehört. Aus dem Fleet hast du ihn nicht gefischt. Ich höre, Edo, und am liebsten höre ich als redlicher Hamburgischer Kaufmann die Wahrheit, die unverstellte und unverbogene Wahrheit in ihrem prächtigen Glanz.«

Edo wusste nicht, wie ihm geschah. Eingeschüchtert berichtete er, was er beobachtet hatte. Leverdinghe nahm drei Schillinge aus seinem Beutel und legte sie auf den Tisch.

»Hast sie dir redlich verdient, Edo. Versauf sie nicht gleich wieder, hörst du?« Er gab ihm einen Klaps auf die Schulter, und die zwei Englandfahrer schütteten sich aus vor Lachen. Verwirrt blickte Fleeten-Edo vom einen zum anderen, steckte die drei Schillinge ein und war im Nu verschwunden. Den Weg zum FLIEGENDEN GEIST kannte er im Schlaf.

»Mit dem Vers aus der Bergpredigt hast du den Nagel auf den Kopf getroffen, lieber Ahlert«, meinte Werners kichernd.

Zeelander kehrte erst nach Mitternacht heim, Magdalena schlief fest. Sie würde ihn am nächsten Morgen nicht fragen, wie der Bierdunst in seine Kleider gekommen war, so sicher war sie seiner Treue. Als er die peinliche Entdeckung machte, fuhr Johannes der Schreck in die Glieder. Am Gürtel hing die leere Scheide.

Eler Brück hörte, wie seine Frau leise die Tür öffnete. Als Rieke über die Schwelle schlich, trat sie mit der Wucht, die sie auszeichnete, in den irdenen Teller, den er in den Weg gestellt hatte.

»Kannst du nicht leiser sein, wenn du schon so spät heimkommst?«, höhnte der gehörnte Ehemann und entzündete ein Licht. »Du riechst so gut, mein kleiner Schatz. Hast dir für mein Geld wieder ein Bad gegönnt? Oder steigt mir was anderes in die Nase? Nun rede schon!« Mit der Weidenrute schlug er auf Rieke ein. »Raus damit! Heut' möcht' ich zur Abwechslung alles wissen. Was hast du sittenloses Stück Habgier und Geilheit getrieben?« Wieder und wieder schlug er ihr mit der Rute ins Gesicht.

Rieke schrie vor Schmerz: »Hör auf! Schlag mich nicht!« Oft hatte sie ihm gedroht, sich von anderen besorgen zu lassen, was er ihr nicht geben mochte. Meistens hatte er dann weggehört, aber manchmal hatte er ihr auch gezeigt, wer zwischendurch Herr im Hause Brück war.

Erneut schlug er zu. »Mit wem hast du rumgehurt? Dreckige Schlampe, ich weiß es doch!« Er schlug wieder und wieder. Sie blutete längst, aber sie schwieg. Schließlich gab Eler auf und ließ seine geschundene Frau auf der Diele liegen.

Rieke rührte sich nicht. Aber in ihrer Qual wusste sie, ihre Stunde würde kommen. Männer hatten ein dickes Fell, Männer waren stark. Aber jeder Mann hatte eine schwache Stelle. Rieke kannte mehr als eine dieser Stellen.

Auf einer Schute am Hopfensack, am nächsten Morgen

Gewitterschwüle lastete über der Stadt. Edo hatte es sich auf einer Bauholzschute im Fleet bequem gemacht und schlief im Schatten einer Brücke seinen Rausch aus. Den Rat Leverdinghes hatte er nicht beherzigt, Edo hatte schon lange keinen gutgemeinten Ratschlag mehr befolgt. Er war nicht der Typ dafür. Er war der Typ, dessen Horizont bis zum nächsten Besäufnis reicht. Männer wie Edo wurden nicht alt, aber wenn sie starben, sahen sie doppelt so alt aus wie es ihrem wahren Alter entsprach.

Er bemerkte nicht, wie erst vereinzelt, dann in Grüppchen und schließlich scharenweise Ratten das trockengefallene Fleet heraufkamen und jede Gelegenheit nutzten, am Ufer hinaufzuklettern. Gierig nagten sie an allem, was ihnen in den Weg kam. Mit ihnen stieg ein widerwärtiger Gestank aus den Fleeten. Edo schlief wie ein Stein. Es störte ihn nicht, dass die Biester über ihn hinwegsprangen und alles anknabberten, was an seinem Körper unbedeckt war. Erst ein Biss in seine Nase ließ ihn hochfahren. Er wälzte sich und versuchte, die Meute abzuschütteln, aber die Tiere hatten sich längst in ihn verbissen. Niemand hörte seine heiseren Schreie, weil die Bewohner der Stadt in ihren Häusern verschwunden waren und alles abgedichtet hatten.

Am anderen Morgen entdeckte ihn der Eigner der Schute, als er sein Bauholz ausfahren wollte. »Eh, Alter, was willst du auf meinem Schiff? Mach, dass du von Bord kommst!«, brüllte er den Schläfer an, der bäuchlings auf Deck lag. Aber der rührte sich nicht. Er packte ihn an der Schulter und drehte ihn um. Der Anblick ließ ihn erstarren. Nicht nur das Gesicht – der ganze Kerl war rabenschwarz.

»Die Peest! Peest in der Stadt!«, schrie er wieder und wieder. Wer ihn schreien hörte, der brüllte es weiter. Ein vieltausendstimmiges Geschrei kündete in allen Gassen und Winkeln, auf allen Plätzen und Straßen von der furchtbaren Seuche, die an diesem Tag über Hamburg gekommen war.

Von panischem Schrecken erfasst, liefen die Menschen durch die Stadt, bald hierhin, bald dorthin. Die meisten wollten hinaus und wurden von der Bürgerwache daran gehindert. Die Tore blieben verschlossen. Einige erkletterten in ihrer Verzweiflung die Stadtmauer und sprangen in den Tod.

Am Steintor hatten sich Menschen auf der Stadtmauer zusammengedrängt, ohne sagen zu können, worauf sie warteten. Als sie in der Ferne einen geordneten Zug kommen sahen, hellte sich manches Gesicht auf. Die seltsamen Gestalten trugen lange, ausgefranste

Kapuzenmäntel von ehedem weißer Farbe, die mit roten Kreuzen auf der Brust versehen waren.

»Die Flagellanten!«

»Macht das Tor auf! Lasst sie herein! Wer, wenn nicht sie, wird uns vor der Pest bewahren?«

Wirklich wurde das Stadttor einen Augenblick geöffnet: 120 Flagellanten drängten herein und schlugen den Weg zur Domkirche ein.

St. Catharinen, im September 1388

Der Gestank von Pesthauch und Verwesung drang in jeden Winkel. Allein der Aufenthalt in den Kirchen bot den Leidgeplagten Zuflucht und ließ sie für kurze Zeit zur Besinnung kommen. Johannes hatte Angst. Seit Wochen schlief er schlecht, es würgte ihn im Hals. Sein Gewissen peinigte ihn, das geringste Unwohlsein ließ ihn fürchten, die Pest habe auch nach ihm gegriffen. Doch bisher war er ihr entgangen. Ob Magdalena etwas ahnte? Sie schien stiller als sonst.

Ein Knuff in die Seite brachte ihn in die Gegenwart zurück. »Wo bist du mit deinen Gedanken, Johannes! Die Messe ist zu Ende.« Sie nahm ihn bei der Hand und zog ihn zum Ausgang. Dort trafen sie Clemens, der nach dem Gottesdienst wie gewohnt die nach Hause strebenden Gemeindemitglieder verabschiedete. Clemens blickte Johannes ernst in die Augen.

»Warte einen Augenblick!«, sagte er. »Ich muss mit dir reden.«

Der dringende Ton verunsicherte Johannes noch weiter. Unschlüssig wandte er sich seiner Frau zu. »Ja, dann muss ich wohl ...«

Sie schaute ihn so arglos an, dass es ihn schmerzte. Sein Herz schlug bis zum Hals. »Soll ich auf dich warten?«

Beklommen wehrte er ab: »Lieber nicht. Das kann dauern!« Sie gab ihm einen Kuss auf die Wange und ging.

Unruhig trat Johannes von einem Bein aufs andere. Sollte er sich doch lieber verdünnisieren? Aber Clemens behielt ihn im Auge, während er mit einem vornehmen Herrn sprach.

»Hier fehlt es noch an so vielem. Mein Gott, Pfarrer Zeelander, wie nackt es hier aussieht!«, beklagte sich der angesehene Salzhändler. »Ich könnte mir vorstellen, dass in den Nischen noch mancher Altar Platz finden wird.«

»Ein schöner Gedanke, gewiss, verehrter Knaak«, nickte Clemens. »Aber bedenkt die Kosten, die daraus entstehen.«

Knaak lachte: »Lasst das meine Sorge sein! Wozu hat mir der liebe Gott das viele Geld gegeben? Also – ich stifte die Vikarie für einen Altar, den wir dem heiligen Bartholomäus, Johannes Evangelist, Erasmus und Dorothea widmen werden.«

»Dann wollen wir die vier auch bitten, uns von der Pest zu befreien.«

»Da bin ich ganz Eurer Meinung«, stimmte Knaack zu, »die Heiligen werden sich gewiss unserer Nöte annehmen. Gern würde ich außerdem ... aber was ist mit Euch? Ihr blickt immerfort zum Ausgang und hört mir gar nicht zu.«

»Ihr müsst verzeihen! Da wartet noch eine Beichte auf mich. – Wie sagtet Ihr gerade ... Ihr würdet gern ...«

»... dem Antlitz Christi einen besonderen Altar widmen. Vielleicht in der zweiten Nische an der Nordwand?«

Clemens zögerte. Wie immer, wenn er angestrengt nachdachte, zupfte er am Ohrläppchen. »Ich weiß schon lange um Euren Wunsch, werter Knaak«, sinnierte er, »aber leider gibt es niemanden, der das Retabel malen könnte.«

»Nicht einen? Das glaube ich nicht!«

»Das Bildnis unseres Herrn Jesu Christi muss wahr sein«, sagte Clemens bestimmt, »so wahr wie das Schweißtuch der Veronika, in das der Heiland auf seinem Leidensweg sein Antlitz gedrückt hat. Dazu müsste der Maler nach Rom reisen, um es zu studieren. Alles andere käme einer Gotteslästerung gleich. Einen Einzigen gibt es, der dieser Aufgabe gewachsen wäre …«

»Wen meint ihr?«

»Meister Bertram von Minden.«

»An ihn hatte ich auch gedacht. Warum fragt Ihr den Meister nicht?«

»Ich hab's mehrfach versucht, er will nichts davon wissen. Er fürchtet, seine Kunst sei zu gering, um das Antlitz des Gottessohnes zu malen. Und dann die lange Reise, er ist nicht mehr der Jüngste. Redet Ihr doch mit ihm! Vielleicht hört er auf Euch.«

Knaak verbeugte sich: »Ich werde mit dem Meister sprechen.«

Beeindruckt hatte Johannes vernommen, was Hein Knaak alles für St. Catharinen zu stiften gewillt war. Der brauchte sich um sein Seelenheil keine Sorgen zu machen.

Clemens stand neben ihm. »Du siehst elend aus, Johannes. Ich mache mir Sorgen um dich.«

»Grundlos«, wiegelte Johannes ab. »Die Pest kriegt mich nicht.«

»Ich meine nicht die Pest. Ich sehe doch, dass dich etwas quält und niederdrückt. Willst du es mir nicht sagen?«

Johannes verkroch sich in seinen Kragen. »Da gibt's nichts zu sagen«, antwortete er knapp und wollte sich zum Gehen wenden, aber Clemens hielt ihn zurück.

»Ich muss feststellen, dass du lange nicht mehr gebeichtet hast. Du weißt, mir kannst du nichts vormachen.«

»Ich wüsste nicht, was …«

Clemens unterbrach ihn. »Soll ich dir auf die Sprünge helfen? Deine Seele wird in der Hölle ewige Qualen erleiden, wenn du nicht beichtest und Buße tust, wie es eines Christen Pflicht ist. Du hast gesündigt, es steht dir auf der Stirn geschrieben. Ich ermahne dich: Beichte!«

Ohne sich umzuschauen, schritt er zum Beichtstuhl und kletterte hinauf.

Johannes folgte ihm, er fiel auf die Knie, murmelte »Herr, ich habe gesündigt!« Dann brach es aus ihm heraus.

»Du hast eine Kapitalsünde begangen«, erklärte Clemens. »Vom Tisch des Herrn wirst du ausgeschlossen bleiben, bis du deine Verfehlung deiner Frau bekannt hast. Sie ist dein weltlicher Richter. Wenn du dich ihr eröffnet hast, wird deine Buße festgesetzt.«

Clemens wirkte müde und bedrückt, als er vom Beichtstuhl herabstieg. »Nun trägst du die Last, die ich dir auf die Schultern gelegt habe. Ist das gerecht?«, fragte Johannes schuldbewusst.

»Auch das ist Christenpflicht: ›Ein jeder trage des andern Last!‹«

»Sag mir, Bruder: Reden die Leute schon darüber?«

Clemens war irritiert: »Worüber – über das, was du mir gebeichtet hast? Was bedeutet dir das Gerede der Leute? Deine liebe Frau ist es, um die du dich sorgen solltest!«

Er hatte ihr den Ehebruch bekannt, im Vergleich dazu war ihm die Beichte leichtgefallen. Magdalena aß tagelang nichts und weinte immerzu. Johannes hatte ihr das Ehegemach überlassen und sich in eine Bodenkammer zurückgezogen. Seine Buße fiel auf Wunsch seiner Frau milde aus: Ein Jahr lang dürfe er ihr nicht beiwohnen. Falls er seine Sünde aufrichtig bereue und sich nicht erneut versündige, wurde ihm die Absolution schon für Gründonnerstag des folgenden Jahres in Aussicht gestellt. So lange blieb er von der heiligen Kommunion ausgeschlossen.

Johannes äußerte den Wunsch, nach Rom zu pilgern. Clemens ermunterte ihn ausdrücklich zu diesem Vorhaben, und Magdalena war erleichtert. Gewiss würde sich alles jetzt zum Guten wenden.

Zwei Monate hatte der Schwarze Tod in Hamburg gewütet, endlich schien er die Sense ruhen zu lassen. Umso größer war die Aufregung im Haus des Malers Bertram von Minden, als sich bei seiner Frau Grete die gefürchteten Symptome zeigten. Die ganze Nacht hatte sie gehustet, ihr Gesicht war heiß und rot. Ermattet lag sie auf ihrem Bett, während Bertram mit frischen Tüchern den aus Mund und Nase rinnenden Schleim abwischte.

»Nur das nicht!«, flüsterte er. »Heilige Jungfrau Maria, steh uns bei! Sie darf noch nicht von uns gehen.« Er sprang auf, wanderte vom Bett zum Fenster und wieder zurück. »Wo er nur bleibt, der Budessyn!«, rief er ungeduldig in Richtung seiner reglos dasitzenden Magd. »Hast du ihm erklärt, wie krank die Meisterin ist und dass er gleich kommen müsse?«

»Wie oft soll ich es noch sagen«, verteidigte sich die Frau. »Ich hab' ihn am Hopfensack bei einem Kranken gefunden und keine Ruhe gegeben, bis er hoch und heilig versprochen hat, gleich zu kommen!«

»Vielleicht solltest du noch einmal …«

»Er hat gesagt, es könne dauern. In jedem Haus sind Kranke, Meister Bertram.«

Stunden mochten vergangen sein, da klopfte es endlich. stand Budessyn stand neben dem Bett der Kranken, er nahm sich nicht einmal die Zeit, um Bertram zu begrüßen oder den Mantel abzulegen. Strich stattdessen der Kranken übers Haar, hob ihre Augenlider, schaute ihr in den Mund.

Wie zu sich selber murmelte er: »Kaum zu sagen, ob schwerer Husten oder die Lungenpest! Sterben kann sie an beidem.« Er wandte sich an Bertram: »Viel Hoffnung habe ich nicht, sie ist so schwach. Ich habe getrocknete Kamillenblüten mitgebracht. Macht einen heißen Sud daraus und lasst sie den Dampf einatmen. Betet für Eure Frau!« Budessyn überreichte dem Maler das Säckchen mit der Arznei, klopfte ihm auf die Schulter und war mit einem »Ich werde gebraucht!« zur Tür hinaus.

Bertram von Minden litt mit seiner Frau. Er bereitete ihr den heißen Sud, doch sie hustete umso heftiger. Was hatte er versäumt, wo Schuld auf sich geladen? Rastlos lief er auf und ab. »Hätte ich nur auf Pfarrer Clemens gehört!«, flüsterte er. Jäh kam der erlösende Gedanke. »Vielleicht ist es nicht zu spät!« Er kniete an der Seite der Kranken nieder und faltete die Hände. Tonlos betete er und nickte heftig dazu. Flehend hob er die Hände und gelobte mit fester Stimme: »Heilige Mutter Gottes! Gib sie mir wieder! Ich werde nach Rom pilgern und Deinem Sohn, meinem Herrn und Heiland, mit diesen Händen zu Diensten sein.«

Frau Grete starb nicht und auch niemand sonst in des Malers Haus.

Nicht alle Wege führen nach Rom

Hamburg, Mariendom,
Dienstag, 18. Januar, An Cathedra Petri 1390

Solchen Andrang hatte es zur Frühmesse in der Domkirche noch nie gegeben! Im Anschluss an den Gottesdienst sollten Ablassverkäufer Pilgerfahrten nach Italien, Spanien und sogar ins Heilige Land anbieten. Nachdem der Schwarze Tod die Stadt aus seinen Krallen gelassen hatte, war der Wunsch, Seelenheil zu erlangen, stärker denn je.

Der Domdechant riet den Gläubigen zu: Papst Bonifaz habe das für 1400 erwartete Heilige Jahr um zehn Jahre vorgezogen. Wer jetzt zu den heiligen Stätten wallfahre, könne im nächsten Jahr Sündennachlass erwarten. Im Kreuzgang hatten die Ablassverkäufer ihre Tische aufgestellt, auch Johannes Zeelander stand in der Reihe der Wartenden. Nach langem Bedenken hatte er sich zu einer Wallfahrt nach Rom durchgerungen, um seine Todsünde abzubüßen. Clemens hatte ihm Mut gemacht. Die Familie würde ohne Probleme mit dem Geld auskommen, das er zurückgelegt hatte. Magdalena war mit ihm die Bücher Zeile für Zeile durchgegangen. Die Reparaturen auf der Werft würden die Gesellen ohne ihn schaffen, Aufträge für neue Schiffe waren so kurz nach der Pest nicht zu erwarten.

»Schlaf nicht ein, Johannes!« Bertram von Minden stieß ihn von hinten an. Vor ihnen war ein dürftig gekleideter Mann fortgeschickt worden, weil er die Kosten für die Wallfahrt nicht aufzubringen vermochte. Mit hängendem Kopf trottete er hinaus.

»Beruf?«, fragte der Ablasshändler Johannes mit frommem Augenaufschlag.

»Schiffbaumeister!«

»Krankheiten?«

»Bisher keine.«

»Der Grund für Eure Wallfahrt?«

»Den werd' ich Euch grad' unter die Nase binden!« Der Ablasshändler rechnete ihm vor, was der Besuch der Kirchen und Altäre kosten werde. Johannes schluckte. So hoch war also auf Erden der Preis für das Seelenheil? Seinen Unmut behielt er jedoch für sich.

»Hinzu kommen natürlich die Reisekosten.«

Johannes nickte. Genüsslich spielten die Ablassverkäufer ihre Macht über die künftigen Pilger aus, wohl wissend, dass nur sie die Unterkünfte in den Herbergen sicherstellen konnten und nur sie den Schutzbrief für Wallfahrer ausfertigen durften. »Wie wollt Ihr zahlen?«

»Zehn Pfund hamburgisch sollten als Anzahlung reichen oder?«, knurrte Johannes und legte einen Beutel auf den Tisch.

Damit war die Reihe an Bertram. So knapp wie möglich schilderte er sein Begehren. »Ihr wollt als Fünfzigjähriger nach Rom wandern? Beim besten Willen! Ihr seid nicht mehr reisefähig!«, empörte sich der Ablasshändler. Bertram wollte etwas erwidern, kam aber nicht zu Wort. »Für Alte und Sieche gibt es eine andere Form des Ablasses. Spart Euch die Reise, bleibt in Hamburg, gebt uns die für die Altäre und Kirchen in Rom vorgesehenen Spenden mit und legt die im Übrigen anfallenden Reisekosten obendrauf. Dafür geben wir Euch einen entsprechenden Brief mit den genau berechneten Nachlässen für Sünden und Strafen.«

»Das hilft mir nicht!«, widersprach Bertram ärgerlich. »Ihr hört mir gar nicht zu. Ich hab' ein Gelübde … ich möchte mit dem Herrn Generalkollektor Weseloh sprechen.«

»Ich bin es persönlich!«, klärte der Angesprochene ihn auf.

»Nun denn«, meinte Bertram mit wenig Zuversicht. »Mir ist es nicht in erster Linie um den Ablass zu tun. Ich habe der Jungfrau Maria gelobt, eine Wallfahrt nach Rom zu unternehmen. Nur der

Heilige Vater persönlich kann dieses Gelübde lösen.« Nach längerem Hin und Her akzeptierte Weseloh den Wunsch Bertrams, was ihm zu seinem Missvergnügen wenig Bares einbrachte.

Die Auseinandersetzung war kaum beendet, da ertönte es von einem der Nebentische: »Betrüger! – Halsabschneider! – Ablassräuber!«

War das nicht Clemens Zeelanders Stimme? Bertram entdeckte den Pfarrer in einem Handgemenge vor dem dicht umlagerten Stand eines Mönchs. »Das ist schamlos! Ihr verwandelt durch Betrug und Diebstahl erbeutetes Gut in rechtmäßigen Besitz. Dafür darf es keinen Ablass geben!«, hörte Bertram den Freund wettern.

Im selben Moment bemerkte der Maler, wie sich zwei Männer mit Ablassbriefen in der Hand aus dem Gedränge lösten. Bertram erkannte die Englandfahrer. Und er erkannte die hoch aufgeschossene Gestalt, die ihnen nachging, dem Kleineren über die Schulter griff, um ihm den begehrten Brief aus den Fingern zu zupfen. Im nächsten Augenblick war der Dieb wie vom Erdboden verschluckt.

Seltsamerweise verhielt sich der Bestohlene still. Kein Ruf nach den Gerichtsherren, kein »Haltet den Dieb!«. Die zwei Kaufleute tuschelten kurz und blickten sich dann hilfesuchend um. Als sie Eler Grube entdeckten, hellten sich ihre Mienen auf. Unverzüglich suchten sie seine Nähe. Der Kürschner hatte ebenfalls einen Ablassbrief erworben, den er krampfhaft umklammert hielt. Zu dritt zogen sie sich in eine Nische zurück und steckten die Köpfe zusammen.

Bertram war zu Clemens getreten, der seine Genugtuung nicht verbarg.

»Dieser Ablassverkäufer muss weg!«, eiferte sich der Geistliche, »dergleichen darf in Hamburg nicht einreißen.«

»Ein paar Leute sind anderer Meinung!« Bertram erzählte Clemens von seinen Beobachtungen.

»Werners und Leverdinghe sind hier?«, zischte er. »Oh, ich kann mir gut vorstellen, wozu sie den Segen des Herrn erschlichen haben!«

Gemeinsam gingen sie Richtung Südportal. Das Gewimmel hatte abgenommen. »Dass man nichts gegen diese Verbrecher unternehmen kann, bringt mich um den Verstand.«

»Ihr Gewissen wird sich durch den gekauften Ablass auf Dauer nicht beruhigen lassen«, versuchte Bertram zu trösten.

»Das bleibt zu hoffen.« Unschlüssig blieb Clemens vor dem Ausgang stehen und strich sein Gewand glatt. Dabei fiel ihm ein aufwändig gesiegeltes Schriftstück aus dem Ärmel. Er bückte sich, um die Pergamentrolle rasch aufzuheben. Plötzlich wirkte er zögerlich.

»Ich muss dringend eine Sache mit Weseloh regeln. Entschuldige mich bitte.« Sprach's und kehrte ohne weitere Erklärung auf dem Absatz um.

Mit wenigen Schritten stand der Pfarrer vor dem Generalkollektor und überreichte ihm die Rolle. Der öffnete sie ehrfürchtig. »Eine Einladung zur Teilnahme am Heiligen Jahr, unterfertigt vom Sekretär des Heiligen Vaters! Mein Gott! Und von der römischen Kurie gesiegelt! Die Reisekosten sind vom Generalkollektor vorzuschießen und von der apostolischen Kurie zu erstatten.« Weseloh kratzte sich an der Stirn. »Wie mach' ich das nur! Wie mach' ich das nur!« Er blickte Clemens an und sprach mit feierlichem Ernst: »Es wird mir eine Ehre sein, Euch in meiner Pilgergruppe willkommen zu heißen. Morgen werde ich alle Unterlagen für Euch beisammen haben. Ob es Euch wohl möglich wäre, mich persönlich mit dem ehrenwerten Diderich von Nieheim bekannt zu machen?«

»Warum nicht? Wenn es sich ergeben sollte«, gab Clemens lächelnd zur Antwort. Der eitle Weseloh! Kontakte zu Würdenträgern bedeuteten ihm alles.

In keinem anderen Viertel Hamburgs wohnten so viele Schiffseigner, Schiffskaufleute und Schiffsführer wie im St.-Catharinen-Kirchspiel. Clemens kannte alle und erfreute sich ihrer Wertschätzung. Am Jahrestag der feierlichen Eröffnung der Schifffahrt waren sie gekommen, um von Hamburg Abschied zu nehmen und im Betsaal am Schaartor den Segen der Mutter Gottes für eine gesunde Wiederkehr zu erflehen. Dicke Weihrauchschwaden hingen in der Luft, nahe dem altehrwürdigen Marienbild waren die Chorknaben der Nicolaischule aufgezogen. Ihr lateinischer Singsang wurde vom Getuschel der Versammelten beinahe übertönt. In allen Ecken sah Clemens die Schiffsführer und Befrachter ihre Köpfe zusammenstecken, es gab noch viel zu besprechen. Einer nach dem anderen löste sich aus den Gruppen, trat vor den Altar, kniete nieder, sprach ein Gebet, warf ein oder mehrere Silberstücke in den Opferstock zu Füßen des Marienbildes.

Plötzlich fuhr Clemens zusammen. Das konnte unmöglich Diderich von Espingen sein! Er selbst hatte ihn beerdigt. Und doch – da schritt die Gestalt des Kaufmanns mit verbundenem Gesicht und braunem Spitzhut langsam durch die Reihen und kniete vor aller Augen nieder. Der Chorgesang brach ab, das Geraune erstarb. Es war vollkommen still geworden.

»Heilige Mutter Gottes, wundertätige Jungfrau Maria, um deines lieben Sohnes willen bitte ich dich!«, betete der Kniende. Auch für Clemens waren die gemurmelten Worte kaum hörbar. »Schütze … auf See … führe … ihrer gerechten Strafe zu … uns genommen haben!«

Entsetzen malte sich auf den Gesichtern der Anwesenden. Eine Fistelstimme durchbrach die Grabesstille: »Das ist Gotteslästerung! Ihr glaubt, Diderich von Espingen zu sehen. Aber Ihr seht nur einen Geist, der mit Satan im Bunde steht!« Sywert Werners wagte sich hinter die kniende Gestalt des Wiedergängers. »Also hat dich der Teufel geholt? Dann sollen dich unsere Priester dahin schicken, wohin du gehörst.«

Triumphierend blickte Werners um sich. Noch immer sprach niemand ein Wort.

Mit einem Ruck erhob sich der Geschmähte. Der Kaufmann duckte sich und wich zurück. »Ahlert, hilf mir!« Doch Leverdinghe zitterte vor Angst. Stumm und drohend stand die Spukgestalt vor Werners und zog ein gesiegeltes Pergament aus dem Mantel, das der Totgeglaubte mit hochgerecktem Arm den Anwesenden zeigte.

»Ein Ablassbrief!«, raunte die Menge. Der Rätselhafte entdeckte Clemens. Er erbrach das Siegel und drängte den Pfarrer, es vorzulesen. Dabei fiel ein zweites Schriftstück aus der Rolle. Clemens las:

»Ahlert Leverdinghe darf sich in Zukunft vor Gott und allen Heiligen des Besitzes der von Espingen erfreuen, sobald er ein Zehntel von dessen Wert als Kaufpreis für den beifolgenden Ablassbrief an den Vertreter des Heiligen Stuhls entrichtet.«

Gemurmel erhob sich. Während die Englandfahrer ungerührt blieben, waren viele andere Schiffer empört. Der Unheimliche nahm Clemens den Ablassbrief aus der Hand, und ehe Leverdinghe sich versah, steckte ihm der »Geist« den Ablassbrief in den Halsausschnitt seines Übergewandes. »Dein Todesurteil!«, zischte der Wiedergänger und verließ den Betsaal.

Leverdinghe und Werners entkamen der aufgebrachten Menge nicht ohne Mühe.

Nachdem Hans-Diderich von Espingen den Betsaal verlassen hatte, lief er die kurze Strecke zum Schaartor hinüber. Es nieselte, Kinder tollten über den Vorplatz und versteckten sich an der Wasserseite zwischen Ankern und großen Mühlsteinen, die an der Außenwand des Gebäudes lehnten.

»Eeen, twee, dree, vier Ecksteen, aallns mutt versteck ween …«, drang eine helle Kinderstimme an sein Ohr.

»Verrat mich nicht!«, flüsterte ein Junge, der hinter einem Stapel alten Tauwerks hockte. Das Wasser war ruhig. Vorn beim Eichholz sah Hans-Diderich die vollgeladenen Koggen ankern, darunter auch sein Schiff, den SWARTEN JOHANN. Bei der Prüfung seiner Ladung hatten die Zollherren ihn ausgelacht. Ob er die großen Steine verzollen wolle? Er hatte sie als Ballast an Bord nehmen müssen. Niemand hatte ihm seine Ladung anvertrauen mögen, nachdem Werners ihn verleumdet hatte.

Eine leichte Brise kräuselte das Wasser. Wann würde es ihm erlaubt sein, hier wieder einmal zu stehen? Mit dem ersten Morgenhochwasser würden sie die Anker lichten. Noch einmal wollte er den Ort sehen, wo sein Vater Seite an Seite mit den anderen Hamburger Schiffsherren gekniet hatte, als das uralte Marienbild in die Stadtmauer eingelassen war. Das dunkle Loch, aus dem man es herausgebrochen hatte, war eben erkennbar. Er lauschte in sich hinein. Kein Wort des Trostes von der Gottesmutter. Aber ihn zog das Bildwerk eines Heiligen an, das sie in seiner Nische belassen hatten. Die Statue des heiligen Vinzenz war einer Überführung in den Betsaal als nicht würdig erachtet worden.

»Finde ich bei dir das Recht, das ich suche?«, fragte er den Heiligen leise. »Es muss doch eine höhere Gerechtigkeit geben!« Hans-Diderich fuhr zusammen. Hatte sich die Statue bewegt?

Doch es war ein kleiner, drahtiger Mann, der ihn ansah und sagte: »Die Gerechtigkeit gibt es!«

Die Maisonne schien in den Garten am Fleet und wärmte die ihn umgebenden Ziegelwände. Die Holunderbüsche standen in sattem Grün, der Ginster blühte, der Fingerhut wagte sich lilafarben unter den Farnsträuchern hervor. Nesseln aller Art, Melisse, Petersilie und Malve schossen ins Kraut. Über allem lag ein sinnenbetäubender Duft.

»Ihr müsst Euch bücken, Pfarrer Zeelander, sonst seht Ihr meine wirksamste Heilpflanze gar nicht«, lenkte der Arzt Clemens durch die Blütenpracht.

Gehorsam ging der Pfarrer in die Hocke und Budessyn pries seine Eberraute. »Sieht man ihr gar nicht an, dass sie Euch so wertvoll ist«, staunte Clemens.

»Seid froh, dass ich Euch nicht mit ihr behandeln muss!«, sagte der Arzt. »Ihr müsstet dann unter Nierenkoliken leiden.«

»Und die Blüte hier neben der Eberraute?«

»Nichts für den Pfarrer!«, lachte Budessyn. »Der Enzian wird als Liebeszauber verwendet.«

Clemens wechselte das Thema: »Wie viele Heilpflanzen habt Ihr in Eurem Garten?«

»Nur die wichtigsten, immerhin an die zweihundert«, antwortete Budessyn stolz.

»Genau das ist es, was wir für ein deutsches Hospital in Rom brauchen werden«, rief Clemens. »Helft Ihr uns, so einen Garten anzulegen?«

»Bürgermeister Horborch hat mich schon für die Dauer einer Reise nach Rom abgeordnet. Ich pilgere gern mit Euch. Man hört immer wieder, dass die von der weiten Wanderung Geschwächten unterwegs oder auch erst am Ziel erkranken.«

Clemens war erfreut: »Ich werde sofort Diderich von Nieheim schreiben.«

»Dann bleibt nur noch zu hoffen, dass unser Gewährsmann für die Reise uns irgendwann zur Abreise bestellt.«

Clemens blickte überrascht auf: »Gibt es einen Grund, an der Romreise zu zweifeln?«

»Ich weiß nicht so recht. Vom Heiligen Jahr sind fünf Monate verstrichen, ohne dass Weseloh sich gerührt hätte. Wir könnten seit dreißig Tagen unterwegs sein. Also irgendetwas ...«

»Herr Doktor, Herr Doktor!«, wurde er unterbrochen. »Besuch für Euch, der Herr Generalkollektor Weseloh!«

Kurz darauf stand er vor ihnen, verschwitzt und ungewohnt verlegen. »Tretet näher, Weseloh! Wir sprachen gerade von Euch, weil wir uns wundern, warum das Datum für die Abreise nach Rom noch immer nicht feststeht.«

»Gelobt seien Jesus und Maria! Meine Verehrung, Herr Doktor. Und Pfarrer Zeelander ist bei Euch! Hat das einen besonderen Grund?«

»Pfarrer Zeelander wollte meinen Heilkräutergarten besichtigen«, beschied ihn Budessyn knapp. »Zurück zum Thema. Das Heilige Jahr verrinnt, und nichts geschieht!«

»An mir liegt es nicht«, entschuldigte sich Weseloh. »Seit einiger Zeit kursieren Gerüchte, dass beim ersten Ansturm der Pilgermassen auf Rom die Pest ausgebrochen sei. Nun haben wir Gewissheit. Der Heilige Vater hat aus diesem Grund angeordnet, dass die Pilger statt der üblichen fünfzehn nur sieben Prozessionstage in Rom verweilen dürfen. Er selbst weicht nach Rieti aus. Ich denke, wir sollten unsere Reise verschieben und auf bessere Nachrichten hoffen.«

Vorsichtig fragte Clemens: »Was meint Ihr, wann werden wir reisen können?«

Budessyn kam Weseloh zuvor: »Ich hoffe nicht, dass es nötig ist, die Reise aufs nächste Jahr zu verschieben. Wenn wir Rom nicht im Heiligen Jahr erreichen, werden wir die vom Heiligen Vater gewährten Vergünstigungen verlieren.«

»Beten wir zu Gott, dass es nicht dazu kommt!«, meinte Weseloh treuherzig. »Wenn aber doch, so vertraut auf mich! Ich würde Seine Heiligkeit bitten, all denen, die wegen der Pest nicht reisen konnten, die Vergünstigungen zu belassen. Das sollte gegen ein geringes Aufgeld möglich sein. Aber kein Wort darüber!«

»Das werden wir Euch nie vergessen!«, sagte Budessyn mit einem Anflug von Ironie.

»Ich lasse von mir hören, meine Herren.« Mit diesen Worten zog sich Weseloh zurück.

»Auch ich möchte nicht weiter stören«, sagte Clemens. »Ihr habt mir genug Eurer Zeit geopfert. Habt Dank, dass Ihr Weseloh unsere römischen Hospitalpläne nicht verraten habt.«

»Die Erfahrung hat mich gelehrt, dass man mit Weseloh nicht mehr Geheimnisse als unbedingt nötig teilen sollte. Sonst kann es teuer werden. Den Heiligen Vater will er zu unserem Wohl ansprechen – gegen ein Aufgeld! Er bleibt der geborene Generalkollektor – einer, der die Kollekten am liebsten für sich selbst einsammelt.«

Zeelanders Werft, Freitag, 23. September 1390

Monate waren ins Land gegangen. Johannes hatte den Glauben an die Reise längst aufgegeben, als ihn die Nachricht erreichte, in Rom sei die Pest abgeklungen. Nun wurde es ernst. Meister Bertram hatte einen Termin mit dem Ratsnotar abgesprochen, Johannes' Familie sollte durch Hinterlegung eines Testaments abgesichert werden. Auch auf der Werft gab es viel zu bedenken. Aufstellungen über die vorhandenen Mengen an Bauholz mussten gemacht, Beschläge und Nägel gezählt und alles Fehlende bestellt werden. Ihr Meister, der sich stets für unentbehrlich gehalten hatte, war erleichtert: Kersten würde es schaffen! Allmählich begann Johannes, sich auf die Reise zu freuen. Rom, die Ewige Stadt – das klang doch nach etwas!

Er war mit dem Aufmaß des Spantholzes beschäftigt, als er Schritte hörte. Er wandte sich um und wurde bleich. Rasch fasste er sich: »Was wollt Ihr von mir?«

»Warum so unhöflich? Guten Tag, Meister Zeelander!«, näselte Leverdinghe.

»Ich habe keine Zeit zu verlieren.«

»So viel Zeit muss sein«, mischte sich Werners ein. »Wir hören, dass Ihr verreisen wollt.«

»Ach ja? Und woher wisst Ihr das?«

»Es bleibt nicht verborgen, wenn der große Meister Zeelander eine Reise plant. Immer nur Schiffe bauen und nie mal aus der Stadt kommen ... Die Wallfahrt hätten wir Euch gegönnt. Aber man muss eben auch abkömmlich sein.«

»Was geht Euch das an?«, fragte Johannes barsch.

»Vielleicht benötigen wir in nächster Zeit Eure Dienste.«

»Reparaturen werden in meiner Abwesenheit von den Gesellen erledigt. Wendet Euch an Kersten oder an meine Frau.«

»Keine Reparaturen – ein neues, großes Schiff brauch' ich, wie nur Ihr es bauen könnt, ehrenwerter Meister Zeelander.« Werners' ölige Stimme war Johannes unerträglich.

»Dann wartet auf meine Rückkehr!«

»Ich brauch' das Schiff bald, Zeelander. Und Ihr wisst, warum, wisst vielleicht sogar, wer sich gerade mit meinem Huekboot herumtreibt.«

»Ich weiß doch nicht, wer Euer Schiff gestohlen hat.«

»Immer ein Ehrenmann, der Meister.« Leverdinghe trat dicht an ihn heran. »Aber so ehrenwert seid Ihr gar nicht! Seltsamen Besuch hat man bei Euch in der Nacht gesehen, als das Schiff des Mörders Claus Wismar gepfählt wurde.«

»Ich weiß nicht, wovon Ihr redet.« Johannes brach der Schweiß aus. Auch Werners kam ihm sehr nahe.

»Wisst Ihr nicht, nein? Der ehrenwerte Meister Zeelander ...

Und das Badehaus hinterm FLIEGENDEN GEIST kennt Ihr auch nicht, was? – Ihr zuckt zusammen?! Ist Euch die Erinnerung gekommen an die Nacht mit der geilen Rieke?«

Johannes war aufgesprungen. »Woher – ach was, Ihr könnt's ja nicht beweisen!«, begehrte er auf. »Ich lasse mich nicht verleumden!« Leverdinghe lächelte eisig: »Können wir nicht, meint Ihr.« Er griff unter seinen Rock und hielt Johannes den Zierdolch vor die Nase.

»Mein Pokmesser! Woher habt Ihr das?«, rief Johannes und ging auf Leverdinghe los. Werners hielt ihn zurück.

»Habt Ihr schon vergessen, seit wann Ihr es vermisst?«

Johannes sackte zusammen. Das war das Ende. Sie hatten ihn in der Hand. Mit tonloser Stimme sagte er: »Wenn ich die Pilgerfahrt nach Rom absage, um Euch ein Schiff zu bauen, wird jeder Verdacht schöpfen.«

»Das ist uns klar«, nickte Leverdinghe. »Darum erteilt Euch Sywert einen Auftrag, wie es sich gehört, und Ihr werdet auch dafür bezahlt. Nur müsst Ihr eben in Hamburg bleiben, und einen guten Preis macht Ihr ihm auch. Niemand wird etwas bemerken – es sei denn, Ihr treibt quer!«

Noch einmal bäumte sich Johannes auf: »Ich hab' gar kein Holz für ein Huekboot.«

»Ach ja, darüber haben wir noch gar nicht gesprochen.« Werners konnte seine Häme nicht verhehlen. »Ich möchte kein Huekboot. Es soll ein großes Schiff werden, eine Holk. Ihr habt alles beisammen, was man dafür braucht.«

Johannes lief es kalt über den Rücken, benommen lehnte er sich an einen Stapel. Wie seinen Augapfel hatte er das Material gehütet. Etwas Großes hatte er eines Tages damit schaffen wollen, ein Schiff, das von allen bestaunt würde. Als junger Mann war er im Weserland durch die Eichenwälder gestreift, um jedes Stück einzeln auszusuchen und schlagen zu lassen. War das nun alles verspielt? Leverdinghe und Werners warteten lächelnd. Je länger Johannes nachdachte, umso klarer wurde ihm, dass er den Stier bei den Hörnern packen musste. Wenn er sofort mit dem Bau begann, ließ sich sogar die Absage der Wallfahrt erklären.

»Ihr seid schon oft wortbrüchig geworden. Gebt mir den Dolch zurück, damit ich sicher sein kann, dass Ihr mich nicht mehr belästigt.«

»Das könnte Euch so passen!«, grinste Werners.

»Wir können den Dolch auch meinem Beichtvater, Pfarrer Clemens, zur Verwahrung geben. Er weiß von meinem Sündenfall. Also wird er schweigen.«

Zu seiner Erleichterung gingen die Englandfahrer auf den Vorschlag ein. Am selben Tag wurde der Dolch beim Pfarrer von St. Catharinen hinterlegt.

Am nächsten Tag

Unbeeindruckt vom Nieselregen war Schiffbaumeister Zeelander früh bei der Arbeit. Eben trieb er neben dem Werfttor einen Pflock in die Erde und befestigte an ihm das Ende einer Schnur. Langsam ging er rückwärts zum Strand und ließ die Rolle ablaufen. Am Strand schlug er einen zweiten Pflock ein, legte die Schnur darum, holte sie dicht und sicherte sie mit einem Knoten. Dann lief er zum Krummholzlager und suchte nach den »Twillen«, Baumstammabschnitte, deren oberes Ende wie bei einer Zwille gegabelt war. Die beiden höchsten Stämme mit den engsten Gabeln brachte er auf einem Brett mit vier Rollen darunter als erste zu der gespannten Schnur hinüber und stellte sie nahe den Pflöcken dicht an die Schnur. Das nächste Paar hatte kürzere Stämme und weiter ausladende Gabeln; das brachte er neben den bereits aufgestellten Zwillen in Position. So füllte er die Linie zwischen den Pflöcken allmählich auf, wobei zur Mitte hin die Gabeln immer breiter und die Stämme darunter immer kürzer wurden. Allmählich wurde das Skelett eines riesigen Schiffsrumpfes sichtbar. Aber er entdeckte, dass noch Rippen fehlten.

Von der einsamen Plackerei erschöpft, ließ sich Johannes auf einer Schubkarre nieder und betrachtete die Spantenreihe. Er krampfte die Hände ineinander und starrte zum Himmel. Hätte er nur nie diese Sünde begangen! Wie um seine Gedanken zu vertreiben, wagte sich die Septembersonne aus dem feuchten Dunst hervor. Johannes arbeitete weiter, bis Josef mit einem Holzeimer durchs Tor stapfte.

»Was machst du da, Vater? Baust du einen Wald?« Johannes hob den Deckel des Eimers, um den dampfenden Inhalt zu prüfen, schloss ihn und setzte ihn ab. Zärtlich zog er den Sohn auf das Knie. »Das ist das Gerippe eines großen Schiffs. Ihm fehlt noch das Rückgrat, nämlich der Kiel. Ein solches Schiff hat es noch nie gegeben.«

Schon war der Kleine zu den Bugspanten unterwegs: »Hier ist vorn, nicht wahr Papa?« Er lief an der Spantenreihe entlang. »Und hier kommt das Heck hin, nicht?« Der Vater nickte. »Das Schiff bekommt aber einen dicken Bauch!«

Ein Geräusch ließ Johannes zusammenfahren. Der Deckel war vom Eimer gefallen. »Du alter Fresssack, das ist nicht für dich!« Mit einem Klaps scheuchte er den Hund zur Seite. Josef kam mit einer kleinen Schüssel aus der Werkstatt. »Magst du mir von der Bohnensuppe etwas abgeben?«, rief er. Johannes, wohl wissend, für wen die Portion gedacht war, füllte das Gefäß. Josef reichte die Schüssel an den Hund weiter.

Ich darf noch einmal verlesen, was wir aufgeschrieben haben.« Ratsherr Albert Elbeke nahm dem Ratsschreiber Grevesmolen die Urkunde aus der Hand.

»Ich, Bertram von Minden, habe den Willen zu wandern nach Rom zum Heil meiner Seele. Für den Fall, dass ich auf der Reise sterbe, habe ich dieses Testament aufgesetzt und damit über mein Hab und Gut verfügt. Hiermit bestimme ich meinen lieben Freund Johannes Bremer und seinen Sohn Ludeke zu Testamentsbevollmächtigten. Den 25. September anno 1390, gezeichnet und gesiegelt.«

»Wollt Ihr vielleicht noch …?«, wandte sich Elbeke an seinen Kollegen Vorrad.

Der Angesprochene erhob sich und wurde feierlich:»Ein großer Entschluss, verehrter Meister, das muss ich sagen. Ich hoffe, dass Ihr die Reise gesund übersteht und dieses Testament nicht vollstreckt werden muss.«

»Das hoffen wir alle«, fügte der Böttger Bremer lachend hinzu. Mit artigen Worten bedankte sich Bertram.

»Jetzt fehlt nur noch Magister Zeelander«, meinte Elbeke ungeduldig.

»Er ist sonst so pünktlich«, entschuldigte Bertram den Freund. Langsam verbreitete sich Unmut. Die Tür sprang auf.

»Aber Johannes!«, rief Bertram,»wie kannst du uns warten lassen! Wo sind deine Bürgen?«

»Beruhige dich, mein Bester!«, entgegnete Johannes.»Deine Herren hätten längst gehen können. Ich benötige kein Testament, weil ich nicht nach Rom fahre. Ich habe mich entschlossen, die große Holk zu bauen, von der ich dir erzählt habe. Wenn ich jetzt nicht damit anfange, wird nichts mehr daraus in diesem Leben.« Bertram schaute ihn verblüfft an. Johannes lieferte eine weitere Begründung:

»Der Winter steht vor der Tür, Ihr werdet frühestens im April aufbrechen können. Man käme also ein Jahr zu spät in Rom an. Damit
entfallen alle Sondervergünstigungen des Heiligen Jahres.«

»Der Sonderablass? Mein Gott, Johannes – so kenn' ich dich ja
gar nicht!«, rief Bertram. »Denkst wie eine Krämerseele an deinen
persönlichen Gewinn! Sei versichert: Der Heilige Vater weiß, dass
wir wegen der Pest nicht früher reisen konnten. Gewiss wird er
Sorge tragen für Pilger, die unverschuldet zu spät kommen.«

Johannes machte eine wegwerfende Handbewegung. »Ich will
einen richtigen, vom Papst beglaubigten Ablass. Außerdem muss ich
an die Holk denken. So ein Schiff hat noch keiner gesehen! Es tut
mir leid, lieber Bertram, ich kann Euch nicht begleiten. Die Herren
bitte ich um Verzeihung, dass sie meinetwegen gewartet haben.«

Bertram wurde sarkastisch: »Hast du einen Auftraggeber gefunden, der den großen Plan bezahlen kann?«

»Allerdings!«, warf sich Johannes in die Brust. »Der ehrbare
Kaufmann Werners lässt es bauen.«

Der Maler kratzte sich an der Stirn und versuchte erneut, seinen
Freund umzustimmen. »Du hast dir so sehr gewünscht, die Wallfahrt
zu unternehmen! Nun lässt du die Gelegenheit fahren, um eine Holk
für Sywert Werners zu bauen? Das glaub' ich nicht. Da steckt etwas
anderes dahinter.«

In der Ewigen Stadt

müde hatten sie Viterbo, Bolsena und Sutri passiert und den Lago Bracciano kaum eines Blickes gewürdigt. Nun hatten sie sich den letzten Pass hinaufgequält, endlich lag Rom vor ihnen.

»Versteht ihr jetzt, warum man den Monte Mario auch ›Berg der Freude‹ nennt?«, fragte Pfarrer Clemens aufmunternd. Das Strahlen in den Augen der Wanderer lieferte ihm die Antwort. Vor ihnen breitete sich das Tal mit den sieben Hügeln aus, zwischen denen träge der Tiber floss.

Bertram konnte es kaum fassen. Die schlichte Halle, die der große Konstantin über dem Grab des heiligen Petrus hatte errichten lassen, lag zum Greifen nah. Links davon sah er das Straßengewirr des Borgo, der bis hinunter zum Fluss dicht besiedelt war. Dann die Engelsburg und jenseits des Tiber das Capitol mit dem Konservatorenpalast. Gewaltig und düster in der Ferne das Kolosseum vor grünen Hügeln.

Überwältigt hob Meister Bertram das Gesicht mit dem fülligen Bart zum Himmel und sog den Duft von verbrannten Ölbaumzweigen ein. Diese Straße hieß nicht nur VIA TRIONFALE – sie war ein Triumph für das Auge. Seit Jahrhunderten waren auf ihr Pilger ebenso wie Könige und Kaiser nach Rom eingezogen. Clemens bemerkte die Ungeduld des Meisters. Er schien es nicht erwarten zu können, das Grab des heiligen Petrus mit eigenen Augen zu schauen. Sie würden dem Heiligen Vater begegnen; er sollte sie von allen Sünden freisprechen und Bertram von der Bürde seines Gelübdes erlösen.

Clemens fasste die Pilgergruppe ins Auge. Den Jüngeren, Eler Rodenborch und Georg Harder, schien der geistliche Gewinn der

Reise nicht wichtig zu sein. Sie machten sich bereits Gedanken über die Vorzüge der römischen Mädchen. Lambert Weseloh und Rats-notar Albert Schreye waren um der Geschäfte willen nach Rom ge-kommen. Anders mochte es auch beim jungen Geerd Cordessone, dem Bastard des Grafen Konrad von Oldenburg, nicht sein. Clemens seufzte. Waren einzig Bertram, Budessyn und er gekommen, um für ihr Seelenheil zu beten? Johannes fehlte ihm.

Der Arzt bat um Aufmerksamkeit.»Ich habe für jeden von euch einen Bisamapfel«, sagte er.»Was nach Moschus riecht, ist das Fett der Bisamratte. Es schützt euch gegen Ansteckung durch Pest.«

»Herrscht die Pest denn schon wieder?«, fragte Eler Rodenborch besorgt.

»Sie ist seit Monaten abgeklungen, aber gelegentlich flackert sie noch einmal auf. Da heißt es vorsichtig sein.« Budessyn nahm einen der apfelförmigen Behälter und hielt ihn in die Höhe.»An diesem Bisamapfel seht ihr eine kleine Schlaufe, damit ihr ihn am Gürtel tra-gen könnt. Ihr könnt ihn auch am Rosenkranz befestigen.« Ehrfürch-tig nahmen die Teilnehmer die Medizin in Empfang. Dann machte sich die Gruppe auf den Weg.

Rom, Taverna Conca d'Oro, am Abend des gleichen Tages

Auf der linken Tiberseite, beinahe der Engelsburg gegenüber, hatte die Hamburger Gruppe in einer Herberge für Pilger Unterkunft gefunden. Papst Bonifaz der Neunte hatte behelfsmäßige Quartiere in großer Zahl zusammenzimmern lassen. Darin hielt es die Nord-deutschen nicht lange. Licht und Lärm lockten, der Duft von Schmalz-gebäck und frischem Brot weckte ihren Hunger. Sie hatten sich in der Conca d'Oro verabredet, über deren Eingang das geschnitzte Re-lief einer goldbemalten Miesmuschel hing. Die Taverne war noch nicht von Pilgern gefüllt, so hatten sich die Hamburger glücklich ein

Tischende vor den Weinfässern erobert. Clemens bestellte für alle würzigen Weißwein, dazu Brot, Käse und mehrere Schalen Olivenöl, um das Brot einzutauchen.

Kaum hatten sie mit dem Vespermahl begonnen, als eine groß gewachsene Gestalt zur Tür hereinschaute. Der vornehm gekleidete Kleriker rief Clemens bei seinem Namen und kam zum Tisch. Der Pfarrer blickte in das freundliche Gesicht Diderich von Nieheims. Weseloh war beeindruckt und machte große Ohren. Nieheim flüsterte: »Wir müssen uns dringend, allerdings unter vier Augen, über den letzten Wunsch Eures Freundes Wilhelm Horborch unterhalten. Im Augenblick wollte ich Euch und Eure Gruppe nur begrüßen. Ich muss sofort weiter. Fragt morgen in der Verwaltung nach mir.« Etwas lauter setzte er hinzu: »Und vergesst nicht, Euren Doktor Budessyn mitzubringen.« Budessyn grüßte Nieheim mit leichtem Kopfnicken über den Tisch hinweg.

Nieheim begriff, dass ihn alle mit großen Augen anschauten. »Was erwarten Eure Freunde von mir?«

Clemens entgegnete leise: »Den Jubelablass!«

Der Westfale erfrischte die Gruppe mit den Grüßen des Papstes und setzte hinzu: »Der Heilige Vater lässt Euch versichern, dass der Sonderablass des Heiligen Jahres auch noch für das laufende Jahr gilt. Wie es aussieht, wird er den Ablass bis 1399 verlängern.«

Zur Bedienung der Pilgerheere waren Marketenderinnen von überall herbeigeströmt, weil es hier gutes Geld zu verdienen gab. Eine von ihnen versorgte die Hamburger Tafel. Nicht ohne Neid bemerkte mancher Pilger, wie bevorzugt der Jüngste der Gruppe, der Bremervörder Schiffer Eler Rodenborch, behandelt wurde. Er brauchte nur nach Rosalba zu rufen, schon erschien sie mit einer frischen Kanne, die sie ihm hautnah über seine Schulter hinweg auf den Tisch stellte.

Der Böttger Georg Harder hätte auch gern von solcher Gunst profitiert. Er nutzte die nächste Gelegenheit, um der schönen Marketenderin einen Klaps auf den Po zu verpassen. »Borca miseria«, hörten die Deutschen Rosalba im derbsten Neapolitanisch fluchen, »queschto non si fa, ber garidà!«

»Recht hat sie, Harder!«, unterbrach Pater Clemens sein Gespräch mit Cordessone. »Das tut man nicht, bei aller Liebe! Über die Buße werden wir noch reden. Wir sollten uns jetzt ins Quartier begeben.« Widerwillig folgten die Pilger der Aufforderung des Geistlichen.

Rodenborch und Harder blieben ein wenig zurück, für sie war der Abend noch nicht vorbei. Rodenborch traf Rosalba am Tiber, Harder wurde beim Verlassen der Schänke ein Zettel zugesteckt, der ihm die Wunder der käuflichen Liebe verhieß.

»Die jungen Leute!«, grinste Budessyn und meinte zu Bertram von Minden: »Bin gespannt, ob einer der beiden mich morgen anspricht. Der neue Papst hat wirklich an alles gedacht, um seine Neapolitaner Familie am vorgezogenen Heiligen Jahr verdienen zu lassen.«

Bertram dämpfte den Heiterkeitsausbruch: »Warum gehen wir nicht zur Hadriansbrücke? Ich möchte ein wenig frische Luft schöpfen, ehe ich mich in mein Bett traue.«

Kurz vor der Brücke nahm Budessyn den Gesprächsfaden wieder auf. »Papst Bonifaz ist ein Mann mit Familiensinn. Er kommt aus dem Hause Tomacelli, ein Neapolitaner durch und durch. Fünfzig Tomacellis sollen sich in den letzten zwölf Monaten hier breit gemacht haben – ein Vetter betreibt die Schänke, der Vetter vom Vetter das Freudenhaus, Ihr wisst, wie das geht. Die beiden Brüder des Papstes herrschen wie Könige über die wichtigsten Provinzen des Kirchenstaats. Wisst Ihr, was die Neapolitaner mit tomacello bezeichnen? Nein? Leberknödel! Die übervorteilten Römer reißen deshalb schon Witze: ›Das muss aber eine große Leber sein, aus der man so viele tomacelli machen kann!‹« Budessyn lachte allein über seinen Witz.

Bertram blieb auf der Brücke stehen und schaute betrübt auf den Fluss:»Ich muss schon sagen, verehrter Chirurgus, einem Gelehrten wie Euch hätte ich solche Schmähungen nicht zugetraut.«

»Aber Bertram! In welcher Welt lebt Ihr?«, reagierte der Arzt ernst.»Was meint Ihr, welche Geschäfte zwischen Hamburg und Rom ablaufen? Habt Ihr eine Idee, was unser ehrwürdiger Pater Weseloh in seinem Gepäck mit sich führt? Könnt Ihr Euch vorstellen, wozu der Hamburger Ratsnotar Albert Schreye, der fließend Latein spricht und schreibt, mit unserer Gruppe nach Rom gekommen ist?«

»Ich vermute, wegen seines Seelenheils.«

»Ihr glaubt doch nicht im Ernst, der Rat der Stadt Hamburg wäre so freundlich, seinen besten Notar um dessen Seelenheil willen freizustellen? Ihr werdet es früh genug herausfinden, denn Ihr werdet zugegen sein, wenn Pater Lambert morgen früh beim Kämmerer des Heiligen Vaters Rechnung legt – ein Vergnügen, um das ich Euch nicht beneide.« Budessyn blickte den verdutzten Bertram scharf an:»Ihr solltet Weseloh bei der Übergabe des Geldes, das ihm der Rat anvertraut hat, auf die Finger sehen. Es gibt Zweifel an seiner Ehrlichkeit.«

»Hört auf!«, rief Meister Bertram.»Kein Wort glaube ich davon. Schaut auf die Erhabenheit dieser Stadt: Es ist ›die Ewige‹!« Bertram erschrak, wie laut seine zornigen Worte in der Nachtstille von den Ufern des Tiber hallten. Leiser erklärte er:»Damit Ihr's wisst – ich würde viel darum geben, von dem Treffen in der Kurie dispensiert zu werden. Viel lieber würde ich die Zeit nutzen, um die Werkstätten meiner Kollegen zu besuchen oder ihre Arbeiten in den Kirchen anzuschauen.«

Die römische Morgenluft hatte Bertram derart erfrischt, dass er keine Müdigkeit verspürte. Wie nur könnte man sie malen, diese Farbenpracht? Die Zypressen, die wie lang gewandete Priester zum Gianicolo hinaufpilgerten; die Pinien, die mit ihren dunkelgrünen Schirmen über den Horizont hinaus ins Blaue griffen; die verschieden gekleideten Mönche, Priester und Kirchenfürsten, die sich von der Menge des einfachen Volkes abhoben! Alle strebten betend und singend St. Peter zu.

Bertram reihte sich in den Zug ein, bemerkte sofort und doch zu spät, wie langsam das fromme Wallen vor sich ging. Nicht auszuhalten! Reihe für Reihe schlüpfte er zwischen Schultern und strafenden Blicken hindurch, bis er am Fuß der Basilika anlangte. Dort wurde er von Clemens, Weseloh, Schreye und Cordessone erwartet.

Vom Gedränge erschöpft, ließ er sich auf den Stufen nieder. »Mein Rücken will heute nicht«, klagte er, »lasst mich ruhig hier sitzen.«

Weseloh bestärkte den Maler in seinem Bedürfnis nach Erholung. Ganz anders Schreye: Ein unabhängiger Zeuge sei unentbehrlich. Weseloh widersprach dem Notar: »Seht Ihr nicht, wie der Arme sich quält? Geerd von Oldenburg ist doch auch dabei.«

»Aber in eigener Sache und nicht als Zeuge.« Der Ratsnotar blickte Bertram auffordernd an.

Gequält erhob sich der Maler: »Gehen wir.«

Sie durchquerten das Empfangsgebäude, das sie gleich wieder in einen duftenden Garten entließ, umrahmt von Laubengängen. In der Mitte, unter einem hohen Baldachin, stand ein riesiger Pinienzapfen aus Bronze. Wasser plätscherte aus seinen Blätterspitzen. Sie versammelten sich unter dem Baldachin und erfrischten sich.

»Hier sollen wir Lando Moriconi treffen«, erklärte Weseloh. »Ich meine den apostolischen Kämmerer. Seit letztem November, als

Papst Bonifaz gewählt wurde, ein wichtiger Mann im Vatikan. Er kommt aus Lucca, seine Familie führt dort ein Bankhaus.«

Moriconi war ein vom Alter gezeichneter, hohlwangiger Mann. Sein Rücken war krumm, die linke Schulter hing herab. Und doch strahlte er Vornehmheit aus. In makellosem Deutsch begrüßte er die Pilger:»Der Herr sei mit Euch!« Als Weseloh Latein sprach, antwortete Moriconi freundlich:»Wir können Deutsch reden. Es ist die Sprache Unserer Mutter.«

Bertram ließ Weseloh nicht aus den Augen. Auf dessen Gesicht und Hals bemerkte er kleine rote Flecken:»Das wäre, mit Verlaub, gegen die Tradition! Die Verhandlungen sind lateinisch zu führen.«

»... damit die anderen Herren uns nicht verstehen?«, erwiderte Moriconi spöttisch.»Wir möchten aber gut ... wir möchten sogar sehr gut verstanden werden.« Er sah sich um.»Wir wollen nicht im Freien verhandeln, nicht wahr?« Das Gehen fiel ihm schwer. Gleich sprang ihm der Oldenburger bei und ergriff seinen Arm.»Wie aufmerksam, junger Mann.« Der Kämmerer lächelte ihn an.»Ihr seid also Graf Konrads Sohn?«

»Nicht im Rechtssinn«, erwiderte Geerd,»Graf Konrad war den Töchtern unseres Landes stets innig verbunden. Einer solchen Verbindung verdanke ich mein illegitimes Leben.«

Der Kämmerer hüstelte.»Illegitimes Leben – als ob's das gäbe! Was der Heilige Vater wohl dazu sagen würde ...« Vergnügt fügte er hinzu:»Ihr werdet Euren Weg schon machen.«

Geerd nutzte die Gelegenheit.»Ich hatte gehofft, Eure Exzellenz zu treffen, denn ein Wort von Euch könnte mir das Ohr des Heiligen Vaters öffnen. Ich soll ihm eine Bitte meines Vaters, des Grafen von Oldenburg, vortragen.«

»Ganz schön forsch, junger Mann! Aber wir haben uns so etwas schon gedacht. Wir können nur helfen, wenn es sich bei dem Wunsch des Grafen um eine erfüllbare Bitte handelt. Lasst uns später ...«

Wie er es bei Hofe gelernt hatte, sank Geerd vor dem Alten aufs Knie, ergriff dessen Rechte und küsste den Ring: »Gewiss, Exzellenz!«

Die Kühle des mit Ebenholz getäfelten Kabinetts erfrischte die Eintretenden. Moriconi nahm am Kopfende des langen Tisches Platz und gebot seinen Gästen, sich zu setzen. »Es ist kein Geheimnis, dass die Finanzen der Kurie neu geordnet werden müssen. Das heutige Treffen soll dazu beitragen, die Verhältnisse mit Hamburg zu klären. Verschont mich mit weitschweifigen Erklärungen, die nicht zur Sache gehören.« Bei diesen Worten blickte er streng auf Weseloh.

»Ich bin ein treuer Diener der Kurie und erfülle gewissenhaft jede Aufgabe, die mir übertragen wird. So habe ich für die Kämmerei Geld bei den Gläubigen eingetrieben.« Mit diesen und weiteren Erläuterungen übergab Weseloh unter Bertrams aufmerksamen Blicken dem päpstlichen Kämmerer Schriftstücke, die der mit geübtem Blick überflog. Dann präsentierte Albert Schreye die Unterlagen des Hamburger Rates.

»Wir müssen feststellen«, bemerkte Moriconi kritisch, »dass die Spendeneinnahmen der Erzdiözese Hamburg-Bremen nicht ordnungsgemäß abgerechnet wurden. Wir sehen nur zusammengezogene Endsummen in Dukaten oder Florin. Warum wird Uns vorenthalten, wie hoch die Spendeneinnahmen in jeder Kirche und jeder Wallfahrtsstätte Eurer Diözese tatsächlich gewesen sind? Wir möchten es genauer wissen, und zwar auf Mark und Pfennig genau und nicht in Dukaten oder Florin!«

Weseloh zitterte: »So viel Vertrauen werdet Ihr wohl in uns setzen, dass wir die Währungen korrekt umrechnen!«

»Wir werden nicht weniger als acht deutsche Bischöfe exkommunizieren, damit sie lernen, dass man den Heiligen Vater nicht betrügt!« Weseloh wurde immer blasser. »Eure Exkommunikation wäre also kein Einzelfall! Aber so weit sind wir noch nicht, machen wir erst eine Stichprobe. Wie steht es um die in einem Turm auf der

Nordseeinsel Neuwerk mit Unserer Genehmigung betriebene Kapelle? Welche Summe hat Euch die Hamburger Stadtkämmerei für das vorige Jahr übergeben? Ihr habt keine Antwort? Wisst Ihr es nicht? Schaut nach!« Weseloh machte einen unglücklichen Eindruck. »Geht davon aus, dass Wir genau darüber im Bilde sind, wo Einkünfte entstehen und wie hoch sie sein müssten. Nehmt Euch ein Beispiel am Ratsnotar, dessen Abrechnungen Wir sehr genau nachvollziehen können. Bis auf den Pfennig genau. Ihr dagegen ... Ach – es ist zwecklos mit Euch, reine Zeitverschwendung. Wir schließen die Sitzung mit einer Rüge für unseren Generalkollektor!« Moriconi klappte sein Rechnungsbuch zu und erhob sich: »Bester Weseloh, ich überlasse Euch meiner Kämmerei. Dort werdet Ihr Rede und Antwort stehen. Um eine genaue Prüfung kommt Ihr Uns nicht herum.«

Der würdige Mann ließ sich von Geerd hinausgeleiten.

Langsam stiegen die beiden die Treppen hinauf und wurden durch einen wunderbaren Rundblick belohnt. »Wir stehen auf dem Torre Campanaria, dem Glockenturm, junger Freund«, erklärte der Kämmerer. »Dort drüben liegt die Engelsburg, die Wir zur Festung ausbauen ließen. Viel gutes Geld ist im Lauf des letzten halben Jahres in die Befestigung Roms geflossen. Dort seht Ihr den Konservatorenpalast. Seit Unserer Rückkehr aus Avignon hatten die Päpste kaum etwas für die Rückgewinnung ihrer früheren Macht getan. Mit Bonifaz haben Wir endlich einen Papst, der sich der Rolle des weltlichen Herrschers nicht verweigert.«

»Dann werdet Ihr Eure Söldner dankbar entlohnen.«

»Dank Weseloh und anderer Betrüger sind die Kassen leer«, lachte der Kämmerer. »Die Söldner dürfen sich an der im Kampf eroberten Beute schadlos halten.«

Vor Aufregung musste Geerd niesen. »So verfährt auch Graf Konrad, und er hat mich beauftragt, den Heiligen Vater zu bitten ...« Er bekam Schluckauf.

»Sehr ungesund, eine Bitte zu verschlucken«, scherzte der Alte. »Also heraus damit!«

»Der Graf möchte, dass seinen Seesöldnern vom Heiligen Stuhl gestattet werde, eine berufsständische Bruderschaft zu bilden«, brachte Geerd rasch hervor, ehe er erneut nieste.

Moriconi war alarmiert. »Seesöldner? Doch nicht diese Vitalienser, die auch in der Ostsee von sich reden machen!«

»Um die geht es.«

»Wozu«, wollte Moriconi wissen, »braucht es eine Bruderschaft?«

»Kurz nach Neujahr kam eine Gruppe der Vitalienser mit zwanzig Schiffen nach Oldenburg. Wir müssen mit Angriffen des Grafen von Holland von See her rechnen. Deshalb würde Graf Konrad den Vitaliensern gern Kaperbriefe ausstellen. Das fiele ihm leichter, wenn die Vitalienser eine päpstlich legitimierte Bruderschaft bilden. Auf diesem Weg könnte man auch andere Vitaliensergruppen, die jetzt verschiedenen Herren dienen, darauf verpflichten, niemals einen Gegner ohne Ansage der Fehde zu akzeptieren oder ohne Beauftragung durch einen Kaperbrief zu bekämpfen.«

»Wenn dieses Prinzip nur eingehalten würde! Der Generalprokurator des Deutschen Ordens hat Uns geschrieben, sie seien gemeine Seeräuber und hätten sogar einen Bischof in ihre Gewalt gebracht.«

Geerd ereiferte sich: »Der Deutsche Orden sieht voller Neid, dass die Mecklenburger den Vitaliensern die Insel Gotland überlassen wollen, wenn es ihnen gelingen sollte, ihren Verwandten, den Schwedenkönig, aus dänischer Gefangenschaft zu befreien.«

»Wir kennen das Problem. Was für eine Königin, diese Margarete! Sperrt einen Schwedenkönig in ihr Verlies! Aber sie hat wenigstens ein schlechtes Gewissen dabei«, stellte Moriconi lächelnd fest: »Kürzlich hat sie den Papst ersucht, ihr den Generalablass des Heiligen Jahres zu gewähren, auch wenn sie zurzeit nicht nach Rom kommen könne. Der Heilige Vater hat dieser Zumutung nicht nachgegeben. Dabei tut sie viel Gutes für die Kirche.«

»Was die Klagen des Deutschen Ordens über die Vitalienbrüder betrifft«, nahm Geerd den Faden wieder auf, »so steht er mit seinen Schmähungen nicht allein. Auch die Städte der Hanse verunglimpfen das Auftreten der Vitalienser als Seeräuberei. Die Vitalienser hingegen glauben, nicht schlechter zu sein als die Mitglieder irgendeiner anderen Bruderschaft, da sie ja nicht nur kämpfen, sondern auch die Handelsschiffe ihrer Auftraggeber schützen und deren Waren auf eigenen Schiffen sicher über See befördern.«

»Was ist Lüge, was ist Wahrheit?« Moriconi zuckte mit den Schultern. »Der Generalprokurator des Deutschen Ordens hat Uns wissen lassen, dass die Vitalienser den Abschaum der Menschheit anwerben. Gottlose Ketzer, Flüchtige, die als Verbrecher gesucht werden, und Ausgebürgerte, die der Aufforderung, sich vor Gericht zu stellen, nicht nachgekommen sind.«

»Umso wünschenswerter wäre es«, hakte der Oldenburger ein, »dass die Vitalienser den Rechtsstatus einer Bruderschaft erhielten. So würden sie in die Pflicht genommen.«

»Ich werde den Heiligen Vater über Unser Gespräch unterrichten.« Moriconi deutete durch eine Handbewegung an, dass ihr Gespräch beendet sei. »Er wird Eure Bitte gewiss ablehnen. Heute kämpfen die Bürger Roms aus freien Stücken für den Papst. Er benötigt die Söldnertruppen nicht länger. Erklärt dem Grafen, er möge sich daran ein Vorbild nehmen! Wenn er die Oldenburger begeistern könnte, für ihn durch dick und dünn zu gehen, wozu bräuchte er dann noch Vitalienser?«

Clemens und Bertram waren ins Atrium eingetreten und hielten Ausschau nach einem schattigen Plätzchen. »Sieh, Bertram, wer da kommt!«, rief Clemens.

»Unser Chirurgus!« Bertram nahm Budessyns Hände und bekannte: »Ich habe Euch vieles abzubitten. Das meiste von dem, was Ihr gestern Abend sagtet, trifft zu. Nach allem, was wir in der letzten Stunde gesehen und gehört haben, muss ich mir Augen und Ohren auswaschen.« Der Maler lehnte sich über den Brunnenrand und ließ sich vom Wasser benetzen. Seine Augen leuchteten wieder etwas zuversichtlicher.

»So darf der Tag nicht enden, ihr Lieben«, wandte er sich an seine Gefährten. »Mir ist, als hätt' ich etwas verloren und müsst' mich aufmachen, es wiederzufinden.«

Auch Clemens äußerte Unternehmungslust: »Ich würde gern einen Blick in die Basilika werfen und das Petrusgrab besuchen.«

Entschlossen hakte er sich bei den Freunden ein und steuerte mit ihnen auf die Basilika zu.

»Schau nach oben, Bertram!«, rief er, als sie die Vorhalle betraten. »Das ist etwas für die norddeutschen Seefahrer: Petrus, der Fischer, bei schwerem Sturm mit seinem Boot auf dem See Genezareth. Ein Mosaik, das Giotto vor achtzig Jahren gesetzt hat.«

Sie kamen in den eigentlichen Kirchenraum, der durch Säulenreihen in fünf Schiffe geteilt war. Mehr als 100 Fuß ragte das Mittelschiff in die Höhe. Ehrfürchtig durchquerten sie den Raum mit seinen Einlegearbeiten und den reich geschmückten Altären. Außer ihnen waren nicht mehr viele Pilger in der Kirche. Unter einem aufwändig verzierten Triumphbogen hindurch traten sie in ein weites Querschiff, das den kostbarsten Schatz der Christenheit barg. Hinter sechs aus Onyx gearbeiteten Säulen sahen sie den Hauptaltar. Zu Bertram gewandt, erläuterte Clemens leise:

»Ein Triptychon von Giotto, das wir später noch betrachten können. Genau darunter werden wir das Grab des heiligen Petrus finden. Es heißt, Konstantin der Große habe Petrus an dieser Stelle in einem Sarkophag aus zyprischem Erz beigesetzt.«

Ehrfürchtig näherten sich die drei dem Altar.

»Sucht Ihr etwas?« Die Hamburger hatten den hünenhaften Kleriker nicht kommen hören.

»Ich habe überall in der päpstlichen Verwaltung nach Euch gefragt ...«

»... aber niemand konnte Euch sagen, wo ich abgeblieben bin«, vervollständigte Diderich von Nieheim den Satz. »Der Heilige Vater misstraut mir, weil ich mit seinem Vorgänger zu gut zusammengearbeitet habe. Ich war Privatsekretär bei Urban«, raunte er, »und hatte während seiner langen Abwesenheit viele Entscheidungen fällen müssen, ohne den üblichen Weg der Instanzen zu beschreiten. Damit schafft man sich keine Freunde. Umso vernünftiger erscheint es mir nun, mich unsichtbar zu machen.«

Nieheim geleitete sie die Stufen zur Krypta hinab und ließ sie einen Blick auf die Gruftkammer werfen, die von gewaltigen Standleuchtern flankiert wurde. Ergriffen fielen sie auf die Knie, um zu beten.

Nach einer Weile wurde Nieheim unruhig. »Entschuldigt, dass ich zum Aufbruch dränge! Ich muss Euch noch einiges zeigen. Wie wollen wir das machen?«

»Geht es um Horborchs Grab?«, wollte Clemens wissen.

»Nicht jetzt – wir müssen sehen, ob die Zeit dazu reicht. Kann Doktor Budessyn uns begleiten?«

Meister Bertram verstand sofort. »Ich finde allein zurück. Kümmert Euch nicht um mich! Mein Platz ist hier.«

Als sie nach einem längeren Spaziergang den schmalen Platz passierten, erklärte der Kirchenmann: »Hier werden wir das Hospital für alle Pilger des Heiligen Römischen Reiches Deutscher Nation bauen. Ich habe das Gelände erworben und bin bereit, mein ganzes Vermögen in dieses Projekt zu stecken.«

»Die Flächen sind ja bereits planiert!«, staunte Clemens.

»Man erkennt einen Grundriss!«, fügte Budessyn hinzu.

»In der Tat!«, erklärte Nieheim stolz. »Ich habe die Grundlinien mit kleinen Steinchen markieren lassen, damit Ihr Euch besser vorstellen könnt, welche Größe wir den einzelnen Räumen geben wollen. Ich möchte unbedingt Euren Rat hören.« Indem der große Mann von Raum zu Raum, von Steinfeld zu Steinfeld schritt, erläuterte er den genauen Aufbau.

»Wo ist mein Kräutergarten?«, fragte Budessyn aufgeregt.

»Dem entspricht das große quadratische Feld, das seitlich an den Schlafsaal anschließt. Die gegenüberliegende Seite wird von einer Hospitalkirche begrenzt werden, die der S. Maria dell'Anima geweiht werden soll. Den quadratischen Platz werden auf drei Seiten Laubengänge einfassen, so dass der Eindruck eines Kreuzgangs entsteht. Die Laubengänge werden es den gehfähigen Kranken ermöglichen, die Kirche geschützt zu erreichen.«

»Zu schön, um wahr zu sein!«, rief Budessyn begeistert. »Wenn man den Garten richtig aufteilt, wird man jede Heilpflanze, die unsere Erde hervorbringt, dort anpflanzen können. Im Laufe der nächsten Tage werde ich eine Aufteilung der Beete vornehmen.«

»Wenn ich Euch so begeistert reden höre«, erwiderte Diderich, »sehe ich vor mir den ersten Chirurgus, der an diesem Hospital tätig sein wird.«

Budessyn schüttelte lachend den Kopf. »Daraus wird nichts. Unser Bürgermeister war schon großzügig, als er mir diese Pilgerfahrt gewährte.«

»Und wie steht es mit Euch, Clemens?«

»Ihr habt mein Wort. Ich komme als Seelsorger, sobald das Bauwerk übergeben werden kann.«

Das Spantengerippe war unter den Eichenplanken der Außenhaut verschwunden.

Johannes genoss den Anblick, aber mit seiner Freude war er allein: »Mein Gott, Kersten, was schaust du so griesgrämig?«

»Zufrieden bin ich erst, wenn das Schiff im Wasser schwimmt. Ich mach' Feuer und setz' den Topf mit dem Pech rauf.«

»Feuer nur unten am Strand! Da gibt's genug Löschwasser. – Schau mich nicht so an! Das ist jetzt Vorschrift.«

»Reichlich dumme Vorschrift!«, knurrte Kersten. »Das heißt doch, dass ich das Feuer ganz nah beim Bug entfachen muss.«

»Wir halten uns daran. Ich hab's mir nicht ausgedacht.«

Mit den Teerquasten krochen die Gesellen unter das Schiff, die Lehrjungen waren schnell unterwegs, um immer wieder heißes Pech herbeizuschaffen.

»Nur bis zur Wasserlinie! Alles, was darüber liegt, darf erst abgepicht werden, sobald wir das Schiff zu Wasser gelassen haben«, schärfte Johannes den Arbeitern ein. »Immer nach Vorschrift!«, betonte er wieder und wieder.

Der Abend war noch nicht erreicht, da war die Arbeit getan, das Arbeitsgerät fortgeräumt, der Teerpott vom Feuer genommen. Im Dämmerlicht war das schwarze Unterschiff kaum zu erkennen, Rumpf und Aufbauten schienen darüber zu schweben. Johannes schickte die Lehrjungen vier hohe Kannen Leckbier holen, um sich bei den Männern mit einem Umtrunk zu bedanken.

»Bringt Fische und Brot mit! Wir halten das Feuer in Gang, damit wir sie braten können«, rief er den Davoneilenden nach. Bald saß die Runde fröhlich beisammen.

»Riecht gut bei euch!«, rief jemand vom Wasser. »Dürfen wir bei euch festmachen? Wir bringen frischen Fisch!«

Schnell war für die Fischer aus Planken und Klötzen ein Tisch

aufgebaut, weitere Holzklötze wurden als Sitzgelegenheiten heran-
gerückt.

»Ich kenn' Euch noch gar nicht«, begrüßte Johannes den Anführer.

»Wir haben vor Helgoland gefischt. Hatten gehört, dass der Hering in riesigen Schwärmen ansteht. Die Netze waren so schwer,
dass sie zu zerreißen drohten. Ich heiße Simon!« Er stellte seine
neunköpfige Mannschaft vor. »Und wie nennt Ihr Euch, Meister?«

Johannes traute der Freundlichkeit nicht. Was wollte dieser Fischer von ihm? Es war dunkel geworden. ein kräftiger Windstoß
fegte ins Feuer und löste einen Funkenwirbel aus, vor dem alle von
ihren Sitzen flüchteten. Eine zweite Bö trieb die glühenden Holz-
scheite auseinander und ließ eine Flamme so hoch auflodern, dass
sie die Bugspitze des frisch geteerten Schiffes erreichte.

»Die Feuereimer! Holt die Feuereimer aus der Werkstatt«, rief
Johannes. Aber zu spät. Blitzschnell hatte sich das Pech entzündet,
blaue Flämmchen liefen die Nähte unterhalb des Schiffes entlang.
Kurz darauf stand das Schiff in hellen Flammen. Alle waren dabei,
die Eimer zu füllen und Wasser gegen das Schiff zu schütten. Das
verbaute Holz knarrte, ächzte und schrie. Taghell erleuchtete der
Feuerschein das gegenüberliegende Ufer von der Hohen Brücke bis
zur St. Catharinenkirche. Menschen liefen zum Ufer, um die Feuers-
brunst zu begaffen. Johannes stand da wie versteinert.

Rom, Mittwoch, 28. Juni 1391

Wie tausend glühende Funken zerstoben die feinen Spritzer des
Cantharus-Brunnens, als die ersten Strahlen der Morgensonne
in das Atrium von St. Peter fielen. Ruhigen Schrittes kam ihnen Nieheim aus der Basilika entgegen. Sie bemerkten seine innere Anspannung, zur Begrüßung nickte er kurz. »Wir haben einen langen Tag
vor uns und müssen uns gleich auf den Weg machen.«

Sie verließen das Atrium durch eine Pforte im Südwesten und traten durch die Südmauer des Vatikans auf den schmalen Rand eines steil nach Süden abfallenden Plateaus hinaus, von dem sie über ein langes Tal blickten. Nieheim deutete auf eine Riesennadel aus rotem Stein.

»Ein ägyptischer Obelisk aus Porphyr«, erläuterte er. »Das Tal zu unseren Füßen hatten die römischen Kaiser Caligula und Nero zu einem Circus ausbauen lassen. Nero war es, der Petrus mit dem Kopf nach unten auf dieser Rennbahn kreuzigen ließ, zusammen mit vielen anderen Christen. Von hier oben klatschten die Römer dem Kaiser für dieses schreckliche Schauspiel Beifall. Inzwischen hat die Natur das Tal überwuchert, vom ›Circus Neronis‹ ragt nur noch der Obelisk hervor. – Vorsicht, Meister Bertram, einen Schritt weiter, und Ihr ... Nehmt lieber die Treppe. Wir treffen uns am Fuß des Obelisken.«

Die vier stiegen hinab und kämpften sich durch die Büsche. Je näher sie der Steinsäule kamen, umso deutlicher vernahmen sie Stimmen.

Plötzlich standen sie vor dem Obelisken und trafen auf sechs Männer, die sich lautstark unterhielten. Nieheim wechselte einige Worte mit ihnen, ehe er sich an seine Hamburger Freunde wandte: »Hier, lieber Clemens, zehn Fuß östlich vom Obelisken, ruht Euer Freund.«

Clemens verharrte einen Moment in Andacht, dann fragte er erstaunt: »Ist das Euer Friedhof?«

»Nicht ganz! Auf dem Vatikanhügel, wo der Petersdom steht, haben die Römer Petrus und die anderen Gekreuzigten verscharrt. Damit die Päpste diesen Märtyrern möglichst nahe sein können, werden sie unter dem Petersdom begraben. Die anderen Kirchenmänner finden diesseits der Südmauer am Abhang des Hügels ihre letzte Ruhe. Euren Freund Wilhelm haben wir an dieser Stelle, wo ihn die Späher aus Avignon nie vermuten würden, ganz schmucklos bestattet. Wenn Ihr wünscht, dass er an diesem schönen Ort bleiben soll, werden wir ihm einen Stein errichten.«

»Auf keinen Fall! Es war sein letzter Wille, in Santa Sabina beerdigt zu werden.«

»Beruhigt Euch, Clemens! Wir haben uns vorbereitet.« Nieheim gab den sechs Männern einen Wink, sie begannen, eine Grube auszuheben. Schnell stießen sie auf einen hölzernen Sarg.

»Wie können wir sicher sein, dass Wilhelm darin liegt?«, fragte Clemens besorgt.

»Wartet's ab!«, entgegnete Nieheim. Schon hatten die Arbeiter zwei Seile unter dem Sarg durchgeschoben und hievten die Last ans Tageslicht. Dabei löste sich der Deckel, so dass er sich leicht abheben ließ. Clemens sah den Siegelring an der skelettierten Rechten glänzen. Behutsam nahm er den Ring an sich.

»Ich werde ihn seinem Bruder übergeben«, erklärte er. Die Arbeiter nagelten den Sarg zu, schulterten ihn und setzten sich an die Spitze des Zuges.

A m Tor des stark befestigten Klosters S. Sabina wurden sie vom Abt und vier Ministranten erwartet. Sie geleiteten den Sarg und die Gäste in die von Chorgesängen erfüllte Kirche. Zu Ehren des Toten wurde eine Seelenmesse mit Eucharistiefeier abgehalten. Nach dem Schlusssegen zog die Trauergemeinde hinüber zum Friedhof, wo Wilhelm Horborch zur letzten Ruhe gebettet wurde.

»Ich hab's schon entdeckt«, flüsterte Budessyn auf dem Rückweg ins Kloster den Freunden zu.

»Wieso – was entdeckt?«, wollte Clemens wissen.

»Das große Modell im Kreuzgang.«

»Das muss ich mir unbedingt ansehen! Dafür sollten wir uns Zeit nehmen«, drängte Meister Bertram und ging rasch voran.

Nach wenigen Minuten erreichten sie den Ort im Kreuzgang, wo das Modell von zahlreichen Besuchern umlagert war, die ihrem Erstaunen durch »Ah« und Oh« und Komplimente für den Künstler Ausdruck gaben. »Die Menschen kommen von weit her, um das Modell zu bewundern. Indem sie es betrachten, erleben sie die Sintflut und die Rettung durch die Arche mit, als geschähe alles in diesem Augenblick«, erläuterte der Abt.

Meister Bertram war auf die Schauseite getreten und sagte gerührt: »Er hat meine Vision aufgegriffen und weitererzählt. Wunderbar! Nur hat er den Berg Ararat, den ich im Vordergrund zeige, hinter die Arche versetzt. Allerdings suche ich vergeblich nach der Figur des Johannes Zeelander, der vergeblich die Arche zu erreichen sucht.« Clemens suchte den Felsen bis zum Absturz ins Meer mit den Augen ab, er vermutete, die Figur sei herabgefallen.

»Wo schaut Ihr denn hin, Clemens!«, hörte er neben sich die nüchterne Stimme des Chirurgen. »Die Figur ist genau von der Stelle aus der Felswand entfernt worden, die Ihr uns beschrieben hattet. Grob und gewaltsam herausgebrochen!« Clemens folgte dem Fingerzeig und sah die klaffende Lücke. Es war wie ein Stich ins Herz.

Capella Sancta Sanctorum, Montag, 14. August 1391

Farben, Bindemittel, kleine Pinsel, Spachtel sowie ein wenig Leinwand möge er einpacken, so war es ihm von einem Boten ausgerichtet worden. Außerdem ein kleines, scharfes Messer. Seine Heiligkeit hege Vertrauen zu seiner Kunst, weil ihr Notizen aus dem Nachlass des Richters Wilhelm Horborch zugetragen worden seien. Horborch habe ihn, den Hamburger Maler, für herausragende Aufgaben in Rom empfohlen.

Zur angegebenen Zeit fand sich Bertram in der Hauskapelle des Papstes, Ad Sancta Sanctorum, ein. Gleich den Kardinälen, die ihn umringten, war der Heilige Vater barfuß gekommen. Bertram musste die Tasche mit dem Handwerkszeug an seine Brust drücken, so groß war das Gedränge. Viel sah er nicht. Immerhin bekam er mit, wie der Heilige Vater, ein schöner Mann, sieben Mal das Knie gegen den Altar beugte, auf dem das bis auf den Kopf mit einer Silberplatte abgedeckte Bild des Heilands stand. Am unteren Rand der Silberplatte befand sich ein Türlein, das der Papst jetzt öffnete, um die dahinter sichtbar werdenden Füße der Christusfigur zu küssen. Dann verschloss er das Türlein wieder und stimmte mit brüchigem Ton das »Te Deum …« an. Während des Gesangs nahm er, unterstützt von zwei Messdienern, das schwere Bild und ließ es vor dem Altar nieder. Damit waren die rituellen Vorkehrungen für die abendliche Prozession abgeschlossen. Die Kardinäle verließen die Kapelle.

Papst Bonifaz der Neunte erwartete den Hamburger Meister, der niederkniete und den Ring des Heiligen Vaters küsste. »Er hat ein Gelübde gegeben, von dem Wir Ihn erlösen sollen«, eröffnete der Papst das Gespräch. Er murmelte einige Worte und segnete Bertram.

»Er hat Sein Handwerkszeug mitgebracht?«, fragte er. »Es geht um das Salvatorbild. Die Leinwand hat sich vom Untergrund gelöst, sie darf bei der Prozession nicht abfallen. Lass Er Vorsicht walten! Das Gemälde ist nicht von Menschenhand. Der Evangelist Lukas hat es persönlich entworfen, ausgeführt wurde es nach Gottes Willen von heiligen Engeln.« Ohne auf Bertrams Antwort zu warten, nickte der Papst ihm zu und verließ die Kapelle.

Der Maler näherte sich dem Bild. Wie es wohl unter der Silberplatte aussehen mochte? Bertram schaute sich das Gesicht näher an. Der Meister war entsetzt. Das sollte die Porträtkunst himmlischer Hände sein? Stümper waren diese »heiligen Engel«! Augenlider und Brauen waren plump durch schwarze Linien angedeutet. Der Bart endete in nur einer Spitze, wo doch durch das Schweißtuch der Veronika jeder wusste, dass der Bart des Heilands nur mit einer Doppelspitze dargestellt werden konnte. Engeln hätte er mehr zugetraut.

Bertram rief die Kustoden zu Hilfe. Gemeinsam legten sie das Gemälde auf den Fußboden, vorsichtig hoben sie das Silberblech ab. Die Grundplatte war aus bestem Eichenholz, das den Malgrund bildete. Von der Malerei war nur noch wenig zu erkennen. Deswegen hatte man das Haupt Christi auf einem Stück Leinwand neu gemalt und das schlecht erhaltene Original überklebt. Die Leinwand war also keineswegs von den Engeln.

Vorsichtig machte sich Bertram daran, die Reste der Klebung aufzutrennen. Groß war sein Erstaunen, als er das Machwerk abheben konnte! Eine wunderbar feine Malerei zeigte sich, wenn auch nur in Fragmenten erhalten. Bertram sah die schmal vorgeschürzte Unterlippe und den leichten Bartflaum an den Mundwinkeln, staunte über die fein ausgemalten Übergänge von den glutvoll belebten Wangen zum zweispitzigen, dunkelbraunen Kinnbart. Vor seinem inneren Auge ergänzten sich die Fragmente des Originals zu einem Bild des Heilandes von überirdischer Schönheit, so als würde sich in diesem Gesicht Ursprung und Vollendung der von Gott den Menschen anvertrauten Kunst abbilden. Er studierte es in allen Einzelheiten.

Wie im Traum erledigte er die Sicherung der unbeholfenen Malerei auf der Leinwand. Schließlich verdeckte er damit erneut die spärlichen Reste des Originals, ängstlich bemüht, sie unter keinen Umständen mit der neuen Klebung zu beschädigen.

Als er ins Freie trat, überfiel ihn die Mittagshitze mit solcher Wucht, dass ihm die Sinne zu schwinden drohten. Ein paar Schritte von der Kapelle entfernt fand er Erholung im Schatten eines Pinienhains und verschlief dort den Rest des Tages.

Als Bertram wieder zu sich kam, überstrahlte ein glutroter Saum die im Gegenlicht blau verschatteten Hügel im Westen. Der schwere Duft des Pinienharzes war mit Anbruch der Nacht intensiver geworden. Von Norden wehte Chorgesang herüber. Der Meister eilte dem Gesang entgegen. Auf dem Vorplatz des Lateran drängte sich das Volk, nahe der heiligen Treppe warteten die Würdenträger der

Kurie und der Stadt auf die Ankunft des Heiligen Vaters. Die Kapellenwächter trugen das Erlöserbild die heilige Treppe herab und setzten es auf ein Traggestell. Ringsum sanken die Menschen ins Knie. Aus dem Dunkel lösten sich drei Gestalten: Budessyn, Clemens und Diderich von Nieheim.

Endlich kam der Heilige Vater! Diakone und Kardinäle traten an das Traggestell und hoben es auf ihre Schultern, Fackeln wurden entzündet und Psalmgesänge angestimmt. Die Prozession begann um Mitternacht, angeführt von dem Stadtpräfekten, zwölf Ratsherren und zwölf Mitgliedern der zur Betreuung der Capella Ad Sancta Sanctorum berufenen Bruderschaft. Der Zug bewegte sich in Richtung auf das Forum Romanum. Ein erstes Mal wurde vor der Kirche S. Maria Nova Halt gemacht. Auf den Tempelstufen wurde das Salvatorbild abgesetzt, das kleine Türlein an der Silberbekleidung geöffnet und die Füße des Heilands gewaschen.

Eine zweite Fußwaschung wurde am Ende des Forum Romanum vor der Kirche Santa Adriano zelebriert, ehe der Zug in die Niederungen des Tiber hinabstieg. Weißliche Dunstschwaden empfingen die Prozession. Niemand hätte es in diesem Augenblick gewagt, die Straße zu verlassen und sich durch die Büsche über den morastigen Grund zum Tor zur Hölle durchzukämpfen, der die stinkenden Dämpfe entstiegen. Der Gedanke durchschauerte Bertram, dass jede Pest, von der Rom heimgesucht worden war, hier ihren Ausgang genommen haben sollte.

Eine Morgenbrise vertrieb den Dunst des Bösen und erfrischte die Gemüter. Munter ging der Zug zur Kirche S. Lucia in Silice und bewältigte die beachtliche Strecke zur Basilika S. Maria Maggiore. Wie jedes Jahr erfreute man so die Gottesmutter, indem man ihren Sohn, vertreten durch sein Ebenbild, am Fest ihrer Himmelfahrt teilnehmen ließ. Und Bertram war erwählt worden, dazu beizutragen! Die vier Gefährten hatten neben einem Pfeiler Platz genommen. Von hier aus gewannen sie einen guten Blick auf die kostbare Ikone. Meister Bertram beachtete nicht die Silberplatte, nicht den flüchtig auf die Leinwand gemalten Kopf. Er wusste dahinter den Erlöser, die überirdische Kunst. In diesem Augenblick stieß der Heilige Vater einen markerschütternden Schmerzenslaut aus und sank vor dem Altar zusammen. Nieheim eilte hinzu.

»Die Leibärzte! Wo bleiben sie denn?«, rief jemand in seiner Nähe. »Der Arzt des Klosters Santa Sabina müsste hier sein«, rief ein anderer. Clemens war entsetzt, denn nun schob sich jener Mönch nach vorn, dessen Habgier vor Jahren das Leben seines Freundes Wilhelm Horborch in Gefahr gebracht hatte.

»Tut etwas, sonst stirbt der Heilige Vater vor unseren Augen!«, herrschte Nieheim ihn an. Pater Anselm schien angesichts der Symptome ratlos, verschloss mit einem Finger seine Lippen und wollte sich zurückziehen. Nieheim hielt ihn fest und winkte Doktor Budessyn herbei. Die Umstehenden machten dem Arzt den Weg frei. Budessyn blieb ruhig, legte dem Mönch eine Hand auf den Unterarm und flüsterte ihm etwas auf Latein zu. Einige Brocken Deutsch wurden von Nieheim ins Italienische übersetzt. Budessyn ahnte, woran der Papst litt, und gab seine Empfehlungen. Vorsichtig berührte Anselm den Rücken des Kranken oberhalb der Hüfte, was diesem offenbar Schmerzen bereitete. Sodann befragte er den Heiligen Vater, ob er schon früher unter Koliken gelitten habe. Der Papst bejahte. Eine Trage wurde herbeigeschafft und der Papst darauf gebettet.

»Feigwurz und Eberraute!«, sagte Budessyn zu Nieheim, der die Kräuternamen einem herbeigerufenen Boten ins Italienische übersetzte. Der Mann eilte davon. Als er zu Pferde mit den Kräutern zurückkehrte, schien eine Ewigkeit vergangen. In der Zwischenzeit war der Patient in die Sakristei getragen worden. Der Feigwurz brachte die ersehnte Linderung der Schmerzen und die Lösung der Kolik. Sodann verabreichte Pater Anselm dem Papst auf Anweisung von Budessyn die in Wasser gelöste Eberraute.

»Die Lösung wird die Nierensteine zutage fördern, die dem Heiligen Vater furchtbare Schmerzen bereiten«, erklärte Budessyn, und Nieheim übersetzte.

Als Nächstes musste eine große, breite Tonschale besorgt werden. Der Papst wurde um den Unterleib herum entkleidet. Nun begann das Warten. Die kleine Versammlung hörte den Heiligen Vater stöhnen. Das Stöhnen wurde lauter, nur die am Bett Stehenden vernahmen das helle Klicken in der Urinschale – zweimal, dreimal, viermal: kleine scharfkantige Kristalle, und ein wenig Blut im Urin. Erschöpft schlief der Heilige Vater ein.

Müde kehrten die Hamburger zu ihrer Herberge zurück und traten, ohne den Dank der Kurie abzuwarten, am nächsten Tag wie geplant ihre Heimreise an.

Anleger bei Maria tom Schoore, Dienstag, 5. Dezember 1391

In der Nähe des Schlosses Harburg hatte sie der Fährmann an Bord genommen. Die Wintersonne war durch den Nebel gebrochen und ließ Raureif auf den Zweigen von Bäumen und Büschen glitzern. Im leichten Ostwind glitt der Ewer über das glatte Wasser aufs Nordufer der Elbe zu. Nach 240 Tagen entdeckten die Pilger am Horizont ihr geliebtes Hamburg. Der Schiffer wollte seinen Fahrgästen einen Gefallen erweisen, indem er um den Grasbrook herum auf die Brooksbrücke zusteuerte. Gebannt lugte Bertram zur Werft hinüber, wo ein riesiges, verkohltes Schiffsgerippe auf dem Bauplatz lag. Der Maler zuckte zusammen. Keiner sprach ein Wort.

Am Anleger bei St. Maria tom Schoore wartete eine kleine Gruppe auf die Heimkehrer. Johannes hatte Magdalena und die beiden Kinder geschickt, um den Bruder abzuholen. Ihn selbst hatte man als Ältermann des Schiffbaueramtes an diesem Morgen zu einer Beratung ins Rathaus bestellt, eine Pflicht, der er sich nicht entziehen konnte. Er hatte Magdalena versprochen, bis zum Mittag zurück zu sein. Als die Pilger von Bord der Fähre gegangen waren, gab es reihum ein Drücken und Herzen, als ob niemand mehr an ihre Rückkehr geglaubt hätte. Doch frohe Stimmung wollte nicht aufkommen. Kaum war die Begrüßung vorüber, verlief sich die Gruppe auch schon.

Rasch hatten zwei Lehrlinge von der Werft das Gepäck auf Handkarren geladen. Dann kamen die Kinder an die Reihe und wurden auf die Stapel gesetzt, schon zogen die jungen Männer an. Schweigend gingen Clemens und Magdalena nebeneinander. Plötzlich brach es aus ihr heraus:»Wär' er nur mit nach Rom gefahren! Johannes ist seit dem Brand völlig verändert! Er handelt ungerecht gegenüber den Arbeitern und hat schreckliche Wutausbrüche, nachts stöhnt er im Schlaf. Er redet nicht und tut nichts, damit das schwarze Ungetüm von der Werft verschwindet. ›Ist doch nicht mein Schiff‹, sagt er, wenn ich frage. Den Gesellen ist aufgefallen, dass sich die beiden Englandfahrer auf der Werft herumtreiben, die schon meinen Vater ruiniert haben. Mit dem Messer sollen sie an dem verkohlten Holz herumgekratzt haben, und sie sollen Johannes gedroht haben.«

Clemens ließ sich nicht anmerken, dass er wusste, wovon sie sprach.»War das Schiff denn schon fertig?«

»Aber ja«, erwiderte Magdalena, »der Rumpf war kalfatert und gepicht.«

Clemens nickte erleichtert: »Lass uns einen kleinen Umweg machen, ich möchte meine Kirche begrüßen!«

Als sie ankamen, bat Clemens die Schwägerin, vor der Tür zu warten. Aber sie war neugierig und öffnete die Kirchentür hinter ihm einen Spaltbreit. Clemens hielt vor dem Hauptaltar inne, beugte das Knie, bekreuzigte sich und ging zum Sakramentenhäuschen hinüber. Erneut kniete er nieder und schlug das Kreuz. Dann erhob er sich und öffnete die kleine Tür des Hostienschreins, schloss sie gleich wieder und blickte sich prüfend um. Am Sockel unterhalb des Häuschens öffnete er ein Türlein, das Magdalena nie aufgefallen war, entnahm einen Gegenstand und steckte ihn ein.

Gern hätte Zeelanders Frau gewusst, was der Schwager nach seiner langen Reise aus der Kirche geholt hatte, um die Familie zu überraschen. Aber sie hielt an sich, um Clemens die Freude nicht zu verderben. Das letzte Stück Weg schritten sie schneller aus und standen bald in der Diele. Das Haus duftete nach Lammbraten.

»Wie schön, dich gesund wiederzusehen!«

Johannes trat aus dem Dunkel des Raums auf den Bruder zu und umarmte ihn. Clemens berichtete über seine Erlebnisse und unterrichtete sie von seinem Plan, in sieben Jahren wieder nach Rom zu gehen, um sich der Seelsorge in einem neuen Hospital der Deutschen zu widmen. Aus seiner Tasche zog er Johannes' Pokmesser, legte es auf den Tisch und sagte feierlich: »Ich habe etwas mitgebracht, zum Zeichen, dass ein böses Kapitel in deinem Leben für immer abgeschlossen ist.«

Johannes' Miene verfinsterte sich. Magdalena scheuchte die Kinder hinaus und verzog sich in die Küche.

Johannes schlug auf den Tisch: »Musst du mir den schönen Tag verderben, indem du mich an diese Teufelei erinnerst? Willst du mir immer noch eine Sünde vorhalten, die längst abgebüßt ist und mir doch täglich vor Augen steht? Aber sie wird bald ihren gerechten Lohn erhalten. Brennen wird das Luder!«

Clemens blickte ihn entgeistert an: »Ich verstehe nicht ...?« Johannes hatte sich gefasst und sprach mit ruhiger Stimme. »Sie hat ihren Mann umgebracht, den Stadtvogt Eler Brück. Hat beim Jahresfest auf dem Hoge-Hus mit dem Küster von St. Jacobi rumgehurt, und er hat sie dabei erwischt. Vor allen Leuten hat er sie ins Gesicht geschlagen.«

»O mein Gott!« Clemens schüttelte den Kopf.

Johannes fuhr fort: »Am nächsten Morgen war Feuer in seinem Haus. Es stank widerlich, die Feuerwehr wurde gerufen. Sie mussten die Tür einschlagen, weil niemand öffnete. Drinnen fanden sie die Rieke mit einem Blasebalg in der Hand, den Küster, wie er Teer in den Kamin warf, und im Kamin lag halb verkohlt Brücks Leiche. Sie hatten ihm die Gurgel durchgeschnitten. Die ganze Stadt spricht von nichts anderem, seit Wochen schon. Alles hat sie gestanden und sich ihrer Tat noch unter der Folter gebrüstet. Eine Hexe, ich sage es dir!«

»Der ohne Sünde ist, der werfe den ersten Stein, Johannes. Nur Gott kann eine solche Tat richten. Wir verstehen sie nicht einmal.«

Johannes machte eine wegwerfende Geste. »Verbrannt wird sie, und ihr Küster wird aufs Rad geflochten. Auf den Tag in einer Woche – du kommst gerade recht!« Er grinste boshaft, Clemens sah den Bruder entsetzt an.

»Ich erkenne dich nicht wieder. Wie kannst du dich weiden am Elend einer sündigen Kreatur«

»Sie hat mein Leben zerstört!«, brauste Johannes auf. »Sie hat mich verhext, lauter Unglück ist daraus erwachsen! Weißt du, wie es auf der Werft aussieht? Ich bin erledigt. Es ist, als hätte sie mir die Gurgel durchgeschnitten und mich verbrannt. Den letzten Traum meines Lebens verbrannt ...«

»Du lebst, Bruder! Deine Frau und deine Kinder leben. Du hast für deine Sünde gebüßt und bist wieder in die Gemeinschaft der

Gläubigen aufgenommen. Worauf wartest du? Suche dein Seelenheil. Du findest es nur in Gott.«

Wieder schlug die Faust auf den Tisch.

»Ich brauche ihn nicht, deinen Gott!«, brüllte Johannes. »Er hat mich verlassen! Geh du zu deinem Gott, und lass mich endlich in Ruhe!«

Auf dem Berg, Dienstag, 12. Dezember 1391

Dem Küster hatten sie mit dem schweren, eisenbereiften Rad erst die Beine, dann die Arme zerstoßen und den Ohnmächtigen anschließend darauf geflochten. Rieke hatte es mit ansehen müssen. Sie stand, an einen Pfahl gebunden, mitten auf dem Scheiterhaufen. Das Volk hatte auf den Bänken Platz genommen, die Johannes Zeelander mit seinen Leuten am Vortag aufgeschlagen hatten.

Johannes war in der Werkstatt geblieben. Den Gesellen und Lehrlingen hatte er freigegeben, sie wollten das Schauspiel der Doppelhinrichtung auf keinen Fall versäumen. Mit Schaudern dachte er daran zurück, dass er in den Armen der Mörderin gelegen hatte. Gut nur, dass ihm ein Skandal erspart geblieben war.

Er hörte Schritte und öffnete die Werkstatttür, vor ihm stand Clemens. Johannes reichte ihm die Hand und blickte zu Boden: »Verzeih meinen Wutanfall. Manchmal kommt der Dämon über mich. Dann hab' ich mich nicht mehr in der Gewalt.«

»Du bist durch die Hölle gegangen. Und heute werden alle Wunden wieder aufbrechen.«

»Ich verstehe nicht!«, sagte Johannes verwirrt.

»Rieke Brück wird heute hingerichtet.«

»Ich werde nicht hingehen.«

»Es ist deine Pflicht. Als Bürger der Stadt und als Christ ist es deine Pflicht!«

»Was hab' ich mit dieser Mörderin zu schaffen? Mit Magdalena bin ich wieder im Reinen, und auch die Kirchenstrafe habe ich abgebüßt. Reicht das nicht?«

»Mir scheint, dass deine Kirchenstrafe wegen der Fürsprache deiner Frau äußerst milde ausgefallen ist. Ehebrecher werden gewöhnlich sieben Jahre von der Teilnahme am Abendmahl ausgeschlossen.«

»Die Kirchenstrafe gegen mich war zu jedem Zeitpunkt ungerecht.«

»Wie das?«, fragte Clemens ungehalten.

»Weil ich mich gegen den Fehltritt nicht wehren konnte. Rieke hatte mich verhext!«

»Hör auf mit dem Unsinn! Wenn du Rieke dämonisierst, um selbst als Unschuldslamm dazustehen, wirst du eine Sünde auf die andere häufen. Wie sehr du die Schwere deiner Sünden erkennst, zeigst du, indem du ihrer Verbrennung beiwohnst. Nimm es auf dich, Johannes. Du wirst deinen Frieden sonst nicht finden.«

Johannes blieb in der Tür stehen und blickte ihm nach. Clemens hatte Recht, alle waren dort. Würden sich die Leute nicht wundern, wenn der Ältermann des Schiffbaueramtes fehlte?

Clemens sah, wie der Bruder in der letzten Reihe einen Platz fand. Totenstille. Jedermann spitzte das Ohr, um die Kommandos des Scharfrichters nicht zu verpassen. Rieke rührte sich nicht, als der Befehl gegeben wurde, das Feuer zu entzünden. Die Flammen loderten auf. Augenblicke später gellten die Klagelaute über den Platz: »Hilft mir denn keiner!? Mein Gott, was hab' ich getan …« Ihre Stimme brach und erstarb.

Das sengende Fleisch verbreitete einen beißenden Gestank über dem Richtplatz. Plötzlich brach ein Ruf die Stille: »Eine Hexe bist du! Brennen sollst du bis zum Jüngsten Tage!«

Begeistert nahm die Menge den Ruf auf: »Ja, brennen soll die Hexe, brennen, brennen!«

Clemens sah sich um. An seinem Platz in der letzten Reihe entdeckte er Johannes. Sein Gesicht war verzerrt, wieder und wieder stieß er die Faust nach vorn: »Brennen soll die Hexe, brennen, brennen!«

Willkommen in der Bruderschaft

Auf dem Weg nach Wismar, Montag, 22. Januar 1392

Die Peitsche knallte, aus dem Unterholz glitt das Schlittengespann aufs freie Feld. In der Senke lag Wismar. Häuser und Kirchendächer waren verschneit. Dahinter leuchtete die Eisfläche der Wismarer Bucht.

»Was für ein herrlicher Tag!«, jubelte Geerd Cordessone auf der Rückbank. »Die Sonne wärmt schon richtig, wenn der Nordwind den Mund hält.«

Erneut ließ Johannes die Peitsche knallen, von Geerds Fröhlichkeit schien er nichts hören zu wollen. Was sollte er in Wismar?

Claus legte ihm den Arm um die Schulter: »Was ist mit dir, alter Brummbär? Freu dich über die wunderbare Schlittenfahrt! Sogar den Pferden macht's Spaß. Da! Hast du gesehen? Der Braune hat den Kopf zur Seite gelegt und ein Auge auf dich geworfen. Er will wissen, warum du so griesgrämig bist.«

Johannes lächelte gequält. Er befreite sich aus der Umarmung und starrte über die Zügel in die Ferne. Nach einer Weile wandte er sich an den Freund: »Du hättest nicht nach Hamburg kommen dürfen. Wenn die merken, dass ich dich zu einem geheimen Treffen fahre!«

Störtebeker versuchte erneut, seine Sorgen zu zerstreuen: »Ich weiß nicht, wovor du dich fürchtest. Der Rostocker Bürgermeister wird da sein, vielleicht sogar Herzog Johann. Wen wird es stören, wenn du mit so feinen Leuten zusammentriffst? Vielleicht nützt es dir sogar. Wir treffen uns ja nicht in einer Kaschemme, sondern in St. Georgen. Sogar der Heilige Geist spielt mit.« Er lachte.

Johannes blieb stur. »Du wirst als Mörder gesucht.«

»Das ist lange her. Niemand hier weiß es – außer dir. Und wegen des Treffens sind wir alle zu Stillschweigen verpflichtet. Diese Leute kannst du aufs Rad binden – die sagen nichts. In der Kirche dauert es nur eine Stunde, danach geht's ins Wirtshaus. Für uns und die Pferde ist in der Nähe gesorgt, und der Wirt weiß, dass er keine Fragen stellen soll.«

Es war schnell dunkel geworden. Am Stadttor rief sie ein Wächter an: »Wohin des Wegs?«

»Nach St. Georgen!«

»Bist du es, Claus?«, klang es freundlich zum Schlitten herauf.

»Lukas, mein Lebensretter!? Immer noch bei der Torwache?«, erwiderte Störtebeker erfreut.

»Mal wieder in geheimem Auftrag in Wismar?« Lukas lachte, Claus stimmte ein.

»Ach übrigens: Du hast mich nicht gesehen!«

»Wen?«

»Na mich!«

»Den kenne ich gar nicht!«

Kurz darauf standen die Tiere dampfend im Stall und malmten ihren verdienten Hafer. Johannes griff nach der Mähne und lehnte seine Wange an den Kopf des Braunen. Claus blickte ihn auffordernd an, Johannes schüttelte den Kopf. »Ich gehe nicht mit in die Kirche.«

»Das stimmt mich traurig. Noch trauriger macht mich, dass dich meine Traurigkeit nicht zu erreichen scheint …« Claus drehte sich um. »Geerd, wir müssen los!« Schweigend stapften die beiden durch den Schnee und trafen auf weitere vermummte Gestalten, die Richtung St. Georgen gingen.

Die Kirche war gut gefüllt. »Wir sind spät dran«, flüsterte Störtebeker. Weiter hinten erkannte er die bekanntesten Schiffsführer: Arnd Stuke, Nikolaus Milies, Henneke Grubendal und Claus Sheld.

Die vorderste Kirchenbank war für das Herzoghaus und den Mecklenburger Adel reserviert, die zweite für die Bürgermeister aus Wismar und Rostock; bei ihnen saßen weitere Ratsherren. Den Gottesdienst zelebrierte der Abt des Klosters Doberan, der dem Hause Mecklenburg besonders nahestand.

Nach dem Abendmahl und einem Gebet für den gefangenen König von Schweden trat der regierende Herzog Johann der Erste von Mecklenburg-Stargard als dessen Repräsentant vor die Versammlung, gestützt auf sein großes Beidhänderschwert.

»Unsere erste und vornehmste Aufgabe ist es, Unseren Vetter, den Herzog Albrecht von Mecklenburg, und seinen Sohn Erich aus dänischer Gefangenschaft zu befreien. Wer immer den heiligen Drang in sich verspürt, hieran mitzuwirken, ob Ritter oder Knecht, reich oder arm, wird Uns willkommen sein. Vor allem mögen sich Schiffseigner und seefahrendes Volk aufgerufen fühlen! Wir benötigen eine große Flotte, die im Frühsommer nach Stockholm aufbrechen soll, um die von Königin Margarete belagerte Stadt zu entsetzen und mit Nahrungsmitteln zu versorgen. Außerdem brauchen Wir Schiffe mit beherzten Kämpfern, die als Kaperfahrer in Unserem Auftrag jedes Kauffahrteischiff zur Umkehr zwingen, das sich anschickt, zur Versorgung der Reiche Königin Margaretes dänische oder norwegische Häfen mit Gütern und Lebensmitteln anzulaufen. Kaperfahrten werden Margarete mürbe machen und dazu zwingen, Unseren König und seinen Sohn freizugeben.« Er hob das Schwert und rief: »Bei Gott! Wir wollen nicht eher ruhen, als bis Wir den König befreit haben!«

Als Erste begaben sich die adligen Verwandten des Herzogs und die Ritter nach vorn, sagten laut ihren Namen und fielen vor Herzog Johann auf die Knie, um ihm Gefolgschaft zu geloben. Geerd schloss sich ihnen an. Als er seinen Namen nannte, machten die Zeremonienmeister Anstalten, ihn zurückzuweisen. Geerd war diesen Hochmut gewohnt und wollte schon umkehren, doch der Regent wies Geerd mit der Schwertspitze einen Platz unter seinen Verwandten an.

Claus Störtebeker und Geerd Cordessone gehörten zu den Ersten, die die Kirche verließen. Am Ausgang wurde Claus von einem alten Bettler angesprochen, der auf ein Almosen hoffte.

»Du bekommst gleich was!«, lachte Claus und drückte dem Armen einen ganzen Pfennig in die Hand. Im gleichen Augenblick spürte er einen Brief in seine Hand gleiten.

»Warte einen Augenblick!«, sagte er zu Geerd. »Ich hab' etwas vergessen.« Es dauerte nicht lang, dann trat er wieder vor die Tür und zog den Freund mit sich. »Kannst du den Hofschranzen verzeihen?«

Geerd wehrte lachend ab: »Vergiss sie! Ich bin froh, heute dabei gewesen zu sein. Was für ein Fürst! Er wird die Königin das Fürchten lehren.«

»Fährst du morgen nach Hamburg zurück?«, fragte Claus.

»Das hatte ich vor.«

»Johannes kann dich mitnehmen«, sagte Claus. »Ich werde mich von euch verabschieden müssen, muss weiter nach Stettin. Der Regent hat mir eine Nachricht zustecken lassen. Man scheint sich meiner zu erinnern.«

Sie entdeckten noch Licht in der zur Herberge gehörigen Schänke. Im Schankraum fanden sie Johannes nicht. Am nächsten Morgen teilte ihnen der Wirt mit, der Kutscher sei noch in der Nacht davongefahren.

Kätnerhof in der Neumark, im August 1392

Eine lange Wanderung nach dem neumärkischen Königsberg und wieder zurück lag hinter dem Bauern Karl Wichmann. Niedergeschlagen langte er zu Hause an und warf einen müden Blick auf sein Anwesen. »Wie soll das nur werden? Jahr für Jahr die Plackerei.

Alles umsonst.« Langsam schlurfte er zur Pumpe, wusch sich den Staub aus Gesicht und Haaren. Seine Frau trat ins Freie.

»Brauchst nichts zu sagen, mein Lieber. Ist nicht deine Schuld, dass uns niemand Geld leihen will«, sagte sie. »Sind alle gut Freund mit dem Getreidehändler.«

»Er glaubt, er kann jetzt alles mit uns machen. Ich hab' um einen Aufschub der Zahlung gebeten. Ausgelacht hat er mich.«

»Wenn nur unsere Söhne noch da wären!«, warf die Bäuerin ein. »Die würden's ihm schon zeigen.«

»Er will bald vorbeikommen, um sich unsere Kätnerstelle über schreiben zu lassen. Was durch den Wert des Anwesens nicht ge deckt ist, sollen wir abarbeiten. Davor bewahre uns der liebe Gott! Der Menschenschinder wird uns schlimmer antreiben als seine Leib eigenen. Er hat mir nachgerufen, wir könnten die Übergabe ja ab wenden, wir müssten nur das Geld zur Begleichung der Schuld und der Zinsen zusammenbringen.«

»Hoffentlich kommt er nicht heute Abend. Die Montagsan dacht«, erinnerte sie ihn. »Da darf der Getreidehändler nicht hinein platzen! Der Magister möchte nicht gern gesehen werden –auch für uns ist's nicht gut, wenn jemand von unserer Andacht erfährt.«

Hinter dem Haus war Karls Bruder dabei, einen großen Reifen aus Bandeisen mit Hammer und Meißel zu durchtrennen. Als er Karl bemerkte, rief Andreas: »Nur ein paar Schläge noch!« Andreas legte sein Werkzeug auf die Bank und rieb sich die Hände an der Schürze ab.

»Beide Räder waren so weit ausgetrocknet, dass sich die Eisen reifen gelockert hatten. Bei nächster Gelegenheit wären sie dir wäh rend der Fahrt abgesprungen.« Stolz zeigte er seine Arbeit. »Das Eisen schließt wieder so dicht ums Holz, dass der Reifen noch in zehn Jahren fest auf dem Rad sitzt.«

Karl sah den Bruder bewundernd an. »Was tu ich bloß, wenn du mit dem Magister weiterziehst! Bleib bitte bei uns! Muss Claus Gotschalk von Brandenburg eben ohne seinen Assistenten auskommen.«

Andreas hob die Hände. »Nenn ihn um Gottes willen nicht Gotschalk! Niemand soll diesen Namen wissen.« Lächelnd fügte er hinzu: »So sehr ich die Zeit bei euch genossen habe, zieht es mich doch zur Gemeindearbeit. Da werde ich dringend gebraucht.«

»Wirklich schade«, seufzte Karl. »Du bist der bessere Bauer von uns. Ich fühle mich müde und verbraucht.« Dann erzählte er von den Verhandlungen in der Stadt.

»Leider kann ich dir nicht helfen – übergib deinen Söhnen den Hof.«

Karl wehrte ab: »Sie wollen sich nicht für die reichen Herren den Rücken krumm arbeiten. Das Einzige, was sie uns hinterlassen haben, sind die drei Buben und die beiden Mädchen. So geht's eben, die Jungen gehn in die Welt hinaus, und die Alten versorgen die Enkelkinder.«

»Meinst du, sie befreien unseren Herzog und König?«, fragte Andreas.

»Ich weiß es nicht. Sie hoffen, dass man ihnen zum Dank ein Stück Bauernland auf Gotland gibt. Wer weiß …«

»Schluss für heute! Lass uns bis zum Gatter gehen, da können wir unseren Magister in Empfang nehmen.«

Von der Kate führte der Heideweg zu einem Wäldchen, jeden Augenblick erwarteten sie, ihren Gast zwischen den Bäumen hervortreten zu sehen. Aber nichts geschah.

Unruhig lugte die Bäuerin aus ihrer Küche.

»Das Essen verkocht mir«, rief sie bekümmert. Es dämmerte schon.

»Da – endlich! Das muss er sein«, rief Karl.

Andreas widersprach. »Das ist ein Reiter. Unser Magister läuft zu Fuß.«

»Dann ist es der Getreidehändler!« Karl wurde bleich.

Sie waren überrascht, in dem Reiter einen Mann zu erkennen, den sie noch nie gesehen hatten. Der Unbekannte sprang aus dem Sattel. »Gott zum Gruß, ihr lieben Leute! Ihr habt doch nicht etwa mich erwartet?« Seine hohe Stimme ließ die Bäuerin verwundert vors Haus treten. »Ich weiß, dass ihr Claus von Brandenburg zu sehen hofftet. Von ihm soll ich vielmals grüßen. Er muss in der Herberge das Bett hüten. Morgen wird er gewiss kommen, lässt er ausrichten. Ihr müsst mit einem anderen Claus vorliebnehmen, der einen kleinen Umweg auf sich genommen hat, um euch diese Botschaft zu übermitteln.«

Die Bäuerin lud den Fremden ein: »Seid willkommen, Claus … wie ist Euer Familienname?«

»Nennt mich einfach Claus.«

»Ihr werdet Eure Gründe haben!«, lachte Karl. »Heutzutage laufen viele Menschen herum, die nur Claus heißen wollen.« Er vermochte seine Erleichterung kaum zu verbergen, als sie zu Tisch gingen. Der Fremde strahlte eine Zuversicht aus, die sich nicht nur Karl, sondern der ganzen Tischrunde, sogar dem schwerhörigen Knecht Jörn mitteilte. Gegen seine Gewohnheit fasste Karl so schnell Vertrauen zu dem Fremden, dass er vor ihm, kaum war die Suppe aufgefüllt, sein Elend ausbreitete.

»Er will euch von Haus und Hof vertreiben?«, fragte Claus ungläubig.

»Noch schlimmer! Das ganze Anwesen ist seiner Meinung nach weniger wert als die geliehene Summe samt Zinsen. Deshalb besteht er darauf, dass wir in den Stall umziehen und dann für ihn wie Leibeigene das Fehlende abarbeiten.«

»Ungeheuerlich!«, empörte sich Claus. »Man müsste solchen Leuten das Maul stopfen.« Die Narben auf seiner Stirn hatten sich dunkel gefärbt. Unvermittelt stand er auf und sagte: »Ich hab' dergleichen zu oft erlebt. Ich muss ins Freie, möchte ein wenig nachdenken. Ich meine, ich hätte vom Weg einige Moorwiesen gesehen.«

»Ein Hochmoor«, bestätigte Andreas. »Haltet Euch davon fern!
Es hat schon manchen guten Mann verschlungen.«

»Mich hat noch kein Moor bei sich behalten!«, lachte Claus.

Die Bauern begannen ihre Andacht. Das Gatter stand offen, als
Claus nach draußen kam. Ein städtisch gekleideter Herr stieg gerade
auf den Kutschbock seines einspännigen Karren, um an die Kate he-
ranzufahren.

»Was bist du denn für einer?«, begrüßte ihn der Kaufmann mit
der Arroganz des künftigen Besitzers. »Wäre besser, wenn du ver-
schwindest. Ich will dich auf meinem Hof nie wieder sehen.«

Es kam wie befürchtet. Der Getreidehändler trat in dem Augenblick in die Stube, als Andreas ein Gebet sprach: »... und lass auch
unseren krank darniederliegenden Magister Claus von Brandenburg,
den Gott zu uns gesandt hat, schnell wieder gesunden.«

Finster blickte der Neuankömmling. Überall Claus von Brandenburg! Ein Neumärker aus einem armseligen Dorf, der Vater Schank-
wirt. Und wiegelt die Leute gegen die Obrigkeit auf!

Grußlos näherte sich Arnulf Kerstens der Tafel. »Kann mal einer
das Geschirr abräumen? Wir brauchen Platz auf dem Tisch. Und
macht die Fenster auf. Es riecht nach Ketzern.« Er scheuchte Bauer
Karl von seinem Platz und ließ sich darauf nieder.

»Dann wollen wir mal!« Seiner Tasche entnahm er Pergament,
Tinte und Gänsekiel. »Nächste Woche zieht ihr in den Stall um, um
dies gleich klarzustellen. Jetzt zum Geschäft: Wir müssen eine Liste
machen, auf der Gebäude, alle Tiere und alle Gerätschaften aufge-
führt werden. Wehe, ihr lasst etwas aus!«

Ein quälendes Hin und Her begann, widerwillig lieferte Karl die
geforderten Angaben. Kerstens schrieb und schrieb, nicht ohne den
Bauern zwischendurch immer wieder in rüdem Ton aufzufordern,
nichts zu verschweigen. Plötzlich flog ein Sack voll Geld auf den
Tisch, landete auf dem Pergament und verschmierte die Tinte. Claus
hatte sich angeschlichen und rief: »Schluss mit der Vorstellung!

Nimm dein Geld und verschwinde! Ich habe das Anwesen soeben gekauft, alter Betrüger!«

So hatte noch niemand mit ihm geredet! Kerstens wollte widersprechen, doch als er Störtebekers Miene und dessen Entschlossenheit sah, bekam er es mit der Angst. Hastig sammelte er das Geld vom Tisch und eilte hinaus. Claus nahm seine Tasche, stopfte das Schreibgerät hinein und rief ihm nach: »Du hast die Hälfte vergessen!« Hinter dem Kaufmann lief er her und warf ihm, der schon auf seiner Kutsche saß, die Tasche an den Kopf. »Ich will dich hier nie wieder sehen!« Der Wagen jagte davon.

»Was habt Ihr getan?«, stotterte Andreas. »Seid Ihr gekommen, um die Bauernstelle zu kaufen?«

»Aber nein! Ich hab' einen anderen Auftrag zu erledigen. Bedankt euch beim Magister, dass ich bei euch vorbeigekommen bin!«, sagte Claus. »Behaltet den Hof. Einen Schuldschein will ich nicht.«

»Aber das Geld, das Ihr bezahlt habt!«

»Es war nie mein Geld, also war es für euch bestimmt. Ich bin froh, wenn ich später einmal euer Gast sein darf. Solltet ihr noch einmal in Not geraten, fragt nach mir und meinen Freunden. Man nennt uns ›Gottes Freund und aller Welt Feind‹.«

Je näher Kerstens der Stadt kam, umso wütender wurde er. Noch nie hatte es jemand gewagt, ihm derart in die Quere zu kommen. Als er Königsberg erreicht, läutete er den verschlafenen Pfarrer heraus. Man müsse sofort Kontakt zum Stettiner Großinquisitor und seinen Leuten aufnehmen. Er nannte ihm den Hof und das Delikt.

Wieder im Reinen mit sich, fuhr Kerstens nach Hause. Dort entzündete er eine Kerze und genehmigte sich einen Schluck aus der Bierkanne. Das wird schon, dachte er. Sein Blick fiel auf die Tasche. Das Pergament mit den Liegenschaften. Besser nicht mehr daran denken. Er öffnete die Tasche und griff hinein. Bevor er schreien konnte, schossen drei Kreuzottern hervor, umschlängelten seinen Unterarm und verbissen sich darin.

Schlangenbiss – so viel konnten diejenigen sagen, die den Toten am nächsten Morgen fanden. Klare Sache: ein Unglücksfall!

Der Albtraum war von den Wichmanns genommen. Mit großer Freude empfingen sie am Abend ihren Magister. »Aufgelesen hat er mich, als ich auf der Oder-Fähre wegen Leibschneidens zusammengebrochen bin. Von der Fähre hat er mich ans Ufer getragen und in die nächste Herberge geschafft«, erzählte der Gast. »Er sei als reitender Bote unterwegs, mehr wollte er nicht sagen. Habt Ihr mehr erfahren?«

Andreas und Karl berichteten von den Ereignissen des Vorabends, wie großzügig der Fremde ihnen geholfen hatte und wie rätselhaft alles geblieben war.

Sie gingen ins Haus. Zunächst wurde allen die Beichte abgenommen. Nach der Absolution erhoben sich Bäuerin und Stallknecht als Erste von den Knien, die Ziegen mussten gemolken werden. Hinter ihnen wurde die Tür verriegelt, die Übrigen verharrten in Andacht.

Andreas schlug im neu übersetzten Lukas-Evangelium Mariä Lobgesang auf: »Er stößt die Gewaltigen vom Thron und erhebt die Niedrigen. Die Hungrigen erfüllt er mit Gütern und lässt die Reichen leer ausgehen.«

Plötzlich Geschrei auf dem Vorplatz, die Tür zersplitterte. Drei der berüchtigten »Gottesknappen« stürmten, mit Schwertern, Spießen und Dolchen bewaffnet, herein. An Gegenwehr war nicht zu denken. Sie stießen die Kinder aus der Stube hinaus, fesselten die Männer und warfen sie zu Boden. »Einen schönen Gruß vom Herrn Inquisitor«, höhnte ihr Anführer, »wir haben Auftrag, Euch ergebenst nach Stettin einzuladen.« Brutal trat er auf die am Boden liegenden Gefangenen ein, die beiden anderen folgten seinem Beispiel.

Sie bemerkten nicht, wie die Bäuerin durch die Tür zum Herd schlich, hinter ihr Stallknecht Jörn mit einer Axt. Sie nahm den vollen Topf vom Feuer und trat auf die Drangsalierer zu. So laut fragte sie nach dem Anführer, dass dieser sich erschrocken umwandte. »Ihr habt doch Hunger, ihr Gottesknappen!« Im gleichen Augenblick flog ihm der glutheiße Inhalt des Topfs ins Gesicht. Aufbrüllend stürzte der Mann hin.

»Meine Augen, meine Augen!«, schrie er, rasend vor Schmerz. Dem nächsten Knappen schlug die Bäuerin den leeren Kessel rechts und links um die Ohren. Den dritten erledigte der Stallknecht mit der Breitseite seiner Axt. Für einen Moment schöpften die Bauern Hoffnung.

Gleich darauf erschienen zwölf weitere Reiter auf dem Hof. Sie überwältigten Bäuerin und Melker und fesselten sie.

»Werft die beiden Magister und die Bauern auf den Wagen – der Inquisitor will sie lebend!«, befahl ihr Hauptmann mit schnarrender Stimme. Er sah sich den röchelnden Knappen an, erfragte das Geschehene und glotzte die Bäuerin an: »Immer wieder die Neumärker Bauern. Ihr seid wahre Teufel! Stehst mit dem Satan im Bund, alte Hexe? Sag's lieber gleich, bevor sich Petrus und Paulus, die Gehilfen des Inquisitors, mit dir befassen!« Drohend hob er die Hand und gab zwei ungeschlachten Burschen ein Zeichen.

»Wir werden ein Exempel statuieren, damit sich solche Untaten nicht wiederholen. Der Melker mag sofort zur Hölle fahren. Aber die Bäuerin hat sich eine saftigere Strafe verdient.«

Den Melker knüpften sie auf. Er baumelte kaum, da rissen die rechtgläubigen Gottesknappen der Bäuerin die Kleider vom Leib, warfen die Wehrlose auf den Tisch und machten sich der Reihe nach über sie her. Bewusstlos blieb sie liegen. Bevor die Männer des Großinquisitors abzogen, steckten sie alles in Brand. Hätten die Enkelkinder die Bäuerin nicht aus dem Haus gezogen, sie wäre in den Flammen elend umgekommen.

an hatte sie im Gewölbekeller des Franziskanerklosters im Süden der Stadt eingekerkert. Nicht die Dunkelheit machte ihnen zu schaffen – am unerträglichsten war das Echo. Fiel eine Tür ins Schloss oder rasselte ein Schlüsselbund, wurde das Geräusch hundertfach zurückgeworfen. Als sie Claus von Brandenburg folterten, schwollen sein Wimmern und seine Schmerzensschreie derart an, dass sie wie ein Höllenchor klangen. Wer hier einsaß, hatte die Qualen jedes anderen mit zu erleiden.

Andreas Wichmann wusste, er würde nicht sehr stark sein. Er wollte überleben, auch wenn es den Glauben kostete. Die Prüfung seiner Standfestigkeit ließ nicht lange auf sich warten. Gerade eine Woche Kerkerhaft lag hinter ihm, da durfte er sich waschen und musste am Ende eines langen Tisches Platz nehmen. Gleich darauf erschien der Inquisitor, gekleidet in eine weiße Tunika, darüber ein schwarzes Skapulier mit brauner Kapuze. Der hagere Mann ließ sich am anderen Ende des Tisches nieder. Vor ihm lag ein großes Buch, in dem er gewissenhaft alle Befragungsergebnisse festhielt.

»Euch ist bekannt«, begann er, »dass ich im Kampf gegen die Ketzerei nur meine Pflicht tue und meist Milde walten lasse ...«

»... sofern Eure Opfer sich freikaufen«, entgegnete Andreas, ohne nachzudenken. »Wie viel nehmt Ihr, Zwicker? Immer noch drei Mark?«

Noch sanfter als zuvor säuselte der Inquisitor vorwurfsvoll: »Aber, aber! Das mag im Lande früher vereinzelt vorgekommen sein, jedoch nicht, seit ich hier bin! Auch wenn Ihr's nicht glaubt, Andreas Wichmann, ich bin nicht rachsüchtig. Ihr seid doch ein gottesfürchtiger Mann. Ihr wisst«, fragte er beiläufig, »dass Claus von Brandenburg der Ketzerei abgeschworen hat?« Der Inquisitor erwartete keine Antwort. »Er segelt die Oder aufwärts und wird eine Priesterstelle in Wien antreten.«

»Claus von Brandenburg soll abgeschworen haben? Sagt mir, Herr Inquisitor«, höhnte er, »haltet Ihr in Euren Akten auch fest, mit welchen Mitteln Ihr die Waldenser tötet?«

Peter Zwicker blieb gelassen: »In den Akten steht alles – auch die Wien-Fahrt Eures Freundes. Soll ich Euch das Blatt zeigen? Wir nehmen jeden auf, wenn er bereut und umkehrt. Der Dechant von St. Marien wird schon böse, weil ich so viele Bauern laufen lasse.«

»Warum solltet Ihr mich schonen?«, fragte Andreas bitter.

»Wir können die der Kirche entlaufenen Schafe wieder einfangen, wenn sie erfahren, dass die Leithammel ihren Irrtum bekennen und in den Schoß der Kirche zurückkehren. Uns wäre daran gelegen, wenn Ihr Euch wie Claus von Brandenburg dazu verstehen könntet abzuschwören.«

Andreas erbat sich Bedenkzeit. Der Inquisitor entgegnete: »Ich werde Stettin für eine Woche verlassen. Danach erwarte ich eine Antwort von Euch, mit der ich zufrieden sein kann.«

Am Tag, an dem der Inquisitor zurückerwartet wurde, gab es in der Stadt Aufruhr. Noch auf dem Weg zog Zwicker Erkundigungen ein. Ursache, erfuhr er, seien die milden Strafen, die der Inquisitor über die Waldenser zu verhängen beabsichtigte. Ein stattlicher Haufen unzufriedener Bürger habe sich vor dem Franziskanerkloster zusammengerottet, um die Ketzer herauszuholen und hinzurichten. Der Inquisitor beruhigte sich bei dem Gedanken, dass des Herrn Wege wunderbar seien.

In der Kurie setzte man ihn über die Einzelheiten des gottgefälligen Überfalls in Kenntnis. Man habe die Häftlinge in Bierfässer gestopft und zum Anleger gerollt, um sie auf Schiffen zu einem riesigen Scheiterhaufen am Flussufer nördlich der Stadt zu schaffen. Die Massenhinrichtung müsse noch in vollem Gang sein.

So genau nahm es der Herr Inquisitor mit seinen Pflichten, dass er die Hinrichtung der ihm anvertrauten Häftlinge protokollieren wollte. Er schwang sich wieder auf sein Pferd. Vor der Stadtmauer stellte er fest, dass der Scheiterhaufen nicht an einem der gewöhnlichen Hinrichtungsplätze errichtet worden war, sondern eine Meile flussabwärts. Sie überholten Hunderte von Einwohnern – die halbe Stadt war auf den Beinen. Als der Inquisitor angekommen war, sprang er vom Pferd und lief um das Feuer.

Es roch nach brennendem Holz. Er ging noch einmal herum. Es roch nur nach brennendem Holz. Zwicker wusste, was seine Nase vermisste. Er fragte nach dem Dechanten der Marienkirche. Alle zuckten mit den Schultern. Den Inquisitor beschlich eine böse Ahnung. Er ließ seine Leute das Feuer auseinanderreißen, um nach Leichenteilen zu forschen. Nicht ein einziger Schädel! Nicht ein Fingerknöchelchen. Nicht einmal ein Zahn. Sie waren einem Betrug aufgesessen. Er fragte seine Vertrauten, wer aus der Stadt am Aufruhr beteiligt gewesen sei. Keiner konnte sich entsinnen, in der Menge der am Sturmlauf gegen das Kloster Beteiligten ein vertrautes Bürgergesicht entdeckt zu haben. Wortführer war ein kleiner dunkelblonder Bursche gewesen. Niemand kannte ihn, aber er hatte alle mitgerissen. Der Dechant fluchte wenig gottgefällig, als der Inquisitor ihn ins Bild setzte. Sie schickten Greifer in alle Richtungen, um nach den Geflohenen zu fahnden.

Für Mecklenburg und den König

Bleib ruhig liegen, Kerstin! Wo hab' ich nur die Bruch und meine Beinlinge? Erst muss ich die Bruch finden. Ohne die Bruch nützen mir die Beinlinge nichts.« Schwer atmend kämpfte sich Melchior Krabbe aus den Kissen frei. »Da ist sie ja!«, rief er erleichtert und hielt triumphierend seine Unterhose in die Höhe.

»Ach, Melchior, mach' doch nicht noch mehr Unordnung – komm lieber wieder zu mir!«, schmollte Kerstin. »Ich zeig' dir auch, wie ...«

»Und die Sitzung der Deutschen Brücke?« Melchior schüttelte den Kopf.

Kerstin gab noch nicht auf. »Die werden dich nicht vermissen! Horch, wie der Regen gegen die Fensterläden schlägt! Im Bett ist es viel gemütlicher.«

Krabbe zog sich an. »Morgen Abend«, vertröstete er sie. »Schau bitte, ob ich so gehen kann!«

»O nein, so gewiss nicht!«, lachte Kerstin und sprang aus dem Bett. »Du hast die Schecke verkehrt geknöpft, sie reicht links höher hinauf als rechts.« Während sie die Schecke neu knöpfte, schaute sie an ihm hinunter. Auch da fand sie nicht alles in Ordnung. »Du liebe Güte«, stöhnte sie, »deine Bruch müssen wir demnächst auspolstern, damit es nach was aussieht.«

Melchior umarmte sie: »Wenn ich dich nicht hätte, wäre ich verloren.« Er wollte seinen schweren Umhang nehmen, als lautes Pochen sie zusammenfahren ließ.

»Ich hab' gerade einen Besucher.«

»Bei Gott, das macht doch nichts!«, empörte sich der Freier vor der Tür: »Ich steh' mit meiner Last im Regen und trete gleich die Tür ein!«

Melchior erkannte die Stimme und entriegelte die Tür. »Claus, warum hast du nicht deinen Namen genannt?«

»Leise! Ich bin froh, dass ich dich nach der Wegbeschreibung deiner Gesellen gefunden habe«, flüsterte es unter der regennassen Kapuze. »Die Nachbarinnen müssen nicht merken, dass ich kein Freier bin.« Claus huschte herein.

»Mein alter Freund Claus, den ich aus Wismar kenne«, stellte Melchior den Fremden vor.

»Claus … und wie weiter?«, wunderte sich Kerstin.

Melchior begann zu stottern: »Das … das kann ich … danach hab' ich ihn nie …« Lachend forderte er den Gast auf: »Stell dich doch selbst vor!«

Claus erwiderte zögernd: »Ist Euch Claus nicht gut genug? Dann kann ich ja wieder gehen!« Sprach's und wandte sich mit gespielter Entrüstung ab, was freundliche Proteste auslöste. Claus legte seine Pelerine ab, wischte die nassen Strähnen aus der Stirn und warf einen Blick auf Kerstin. »Wie schön du bist«, übertrieb er, und seine Stimme rutschte in den Diskant hinauf. »Melchior hat mehr Geschmack, als man ihm zutraut.« Claus kam zur Sache: »Melchior, ich habe wichtige Botschaft, die ich dir nur unter vier Augen übermitteln darf. Gibt es hier ein Nebenzimmer?«

Kerstin verstand: »Ich gehe meine Nachbarin besuchen, dann könnt ihr in Ruhe reden. Wenn ihr fertig seid, lasst die Haustür unverschlossen.«

Die Botschaft war vom regierenden Mecklenburger Herzog, Johann von Stargard. Mit einem Angriff auf die Stadt Bergen sollte morgen die Befreiung seines Vetters, König von Schweden, in die Wege geleitet werden. Er werde von Heinrich von Pommern unterstützt, der zur Familie des Herzogs gehörte. Heinrich habe die Seestreitkräfte der Vitalienbrüder seinem Befehl unterstellt und diese durch Kaperbriefe legitimiert. Im Morgengrauen würden sie Bergen überfallen. Man wolle ausschließlich das von Margarete beherrschte

Norwegen schädigen, die Stadt ruinieren und die in ihr vermuteten Schätze den am Kampf beteiligten Mannschaften als Beute überlassen. Ferner sei beschlossen worden, auch die Engländer als Feinde zu betrachten und aus Bergen zu vertreiben. Königin Margarete habe ein Freundschaftsabkommen mit England geschlossen, das ihr erlaube, drei große englische Kriegsschiffe mit Mannschaften und Ausrüstung gegen die Vitalienserflotte Herzog Johanns einzusetzen. Die deutschen Kaufleute, auch ihre Bauten auf der Brücke, sollten unbehelligt bleiben, sofern sich die Einwohner neutral verhielten. Unter keinen Umständen durfte die norwegische Seite etwas von diesem Vorhaben erfahren.

»Was wird Hermann Dargezow, mein Prinzipal in Wismar, dazu sagen, wenn er hört, dass wir unsere großzügigen Gastgeber so schäbig ins Messer laufen lassen?«, wandte Melchior ein.

Claus antwortete spöttisch: »Aus Loyalität gegenüber seinem Herzoghaus wird er unser Vorgehen gutheißen. Wenn du ihm und den deutschen Handelshäusern einen Dienst erweisen möchtest, dann schweig gegenüber deinen norwegischen Freunden. Mach zwei Tage lang die Augen zu. Und kein Wort zu deiner Freundin! Unterrichte die anderen Kaufleute auf der Brücke in diesem Sinne und vergiss nicht, darauf hinzuweisen, dass sie im Falle unseres Sieges die Konkurrenz der Engländer vom Hals haben.«

Melchior wurde unruhig: »Richte dem Herzog und seinem Flottenführer aus, dass die Deutsche Brücke sich neutral verhalten wird.«

Sie warfen ihre Umhänge über. Als sie das Haus verließen, glaubten sie, einen Schatten wahrzunehmen, der um die nächste Ecke verschwand.

Im Getrappel und Gebrabbel der verspätet Eintreffenden gingen die Begrüßungsworte des von den Älterleuten vorgeschickten Sprechers unter:»Der gemeine Kaufmann zu Bergen, dem Ihr, meine Herren, alle angehört, hat beliebt, Euch nach alter Gewohnheit zur Sitzung in der Osterwoche einzuladen. Wohl wissend, dass gerade an den Tagen vor Ostern die Arbeit in Euren Niederlassungen kaum zu bewältigen ist, können wir auf ein Zusammentreffen nicht verzichten. Es geht um die Spiele zu Pfingsten, die sorgfältig vorbereitet sein wollen. Wir sind mit unseren Bergener Spielen berühmt geworden ...«

Danach stellte Arne Riese, Obmann der Gesellen, wortreich und umständlich das Programm für die Festspiele vor.

Melchior wurde ungeduldig, es nahm kein Ende.»Zum Schluss kommt das Rauchspiel. Wir versammeln uns beim Feuerhaus. Die Lehrjungen werden mit einem Strick, die Füße voran, durch den Rauchabzug des Kamins hinaufgehievt. Um den kalten Rauch wohlriechend zu gestalten, werden Zweige zum Verglimmen gebracht. Dann wird man den Jungen höchst merkwürdige Fragen stellen. Sie müssen diese beantworten, bevor sie aus dem Qualm erlöst werden.«

Mit stürmischen Zurufen bedankte sich die Versammlung. Ein Bremer Kaufmann brüllte dagegen an:»Euer Schwachsinn hat im letzten Jahr einen Lehrjungen das Leben gekostet.«

»Was können wir dafür, wenn die wohlhabenden Kaufleute in Lübeck uns die Schwächsten zur Ausbildung schicken. Schmeißt ihn raus, den Bremer!«

Nachdem endlich Meldungen zu anderen Fragen möglich waren, trug Melchior die Botschaft von Claus vor. Wie erwartet, versetzten die Nachrichten die Versammlung in Angst und Schrecken. Schnell beruhigte man sich aber bei der Versicherung, dass Johann von Stargard die Deutsche Brücke von dem Überfall ausgespart wissen wollte. Ungeteilte Zustimmung löste die Absicht aus, die Konkurrenz der Engländer einzuschränken. Nun war man gern bereit, sich loyal gegenüber dem Herzoghaus Mecklenburg zu verhalten.

Das Ende der Beratungen schien gekommen, als Schreie von draußen hereindrangen:»Die Lehrjungen! Die Lehrjungen!« Schon stand ein Geselle regennass im Saal und rief:»Vier Lehrjungen sind abgehauen, in Richtung Nordnes zu irgendwelchen Schiffen, die dort vor Anker liegen sollen!«

»Zu den Vitalienbrüdern? Klarer Fall!«, rief Melchior.

»Wir müssen hinterher und sie zurückholen«, stellte der Sprecher der Ältermänner fest.

»Das sollten wir lassen«, mahnte Melchior.»Es würde von den Vitalienbrüdern als Verletzung unserer neutralen Haltung verstanden.«

Die Älterleute erwogen das Für und Wider. Schließlich meinte ihr Sprecher:»Melchior Krabbe hat recht. Aber wissen möchten wir doch, warum und wovor die Jungen ausgerissen sind.«

Ein anderer rief:»Alle vier sind vom Leppenhof. Man sagt, der Handelsherr habe sich regelmäßig einen von ihnen in sein Bett geholt.«

Es war also etwas dran an der Geschichte! Oft hatte man in der Vergangenheit über Nutzen und Schaden des Zölibats debattiert, dem sich die Residenten und Gesellen auf der Deutschen Brücke unterwerfen mussten. Angesichts der peinlichen Folgen einer offiziellen Anschuldigung für den Kaufherrn vom Leppenhof einigte man sich schnell, diese Angelegenheit mit Stillschweigen zu behandeln.

Nordnes, Dienstag, 22. April 1393

Das Morgengrauen zeigte den Beginn der Prim an, der ersten Morgenstunde. Noch lagen die zwölf Schniggen und sechs Dickschiffe der Vitalienbrüder ruhig vor Anker, als drei englische Kriegskoggen unter Führung des Kaufmannes Edmunt Belyetere mitsamt einigen norwegischen Fischerbooten das Kap von Nordnes umrundeten.

»Ob wir sie schaffen, Edmunt?«, fragte der Vogt von Bergen, Jon Darre, den Engländer.

»Wenn überhaupt, dann nur jetzt«, beruhigte der den Norweger: »Bei denen rührt sich noch keine Hand. Sie wissen nicht, dass wir von ihrem Vorhaben erfahren haben und fühlen sich sicher. Zuerst setzen wir die sechs Koggen in Brand, das wird eine Panik geben! Danach nehmen wir uns die Schniggen vor.«

»Hoffen wir das Beste!« brummte Jon Darre zum Abschied und stieg auf eines der norwegischen Schiffe über.

Begünstigt durch die Morgenbrise segelte Belyetere mit seiner Kogge in den Pulk der Ankerlieger. Die ersten Brandbolzen flogen zu den Schiffen der Vitalienbrüder. Dort erhob sich Gebrüll. Die Vitalienbrüder hatten die Ankunft der vom Ausguck gemeldeten Engländer erwartet. Sie ergriffen die Brandfackeln, steckten die eigenen damit an und warfen sie auf die Angreifer in ihrer Mitte zurück. Im nächsten Augenblick traten in aufeinander folgenden Reihen die Armbrustschützen an die Reling, und der dichte Regen ihrer scharfen Bolzen prasselte auf die englischen und norwegischen Schiffe nieder. Viele Kämpfer wurden verwundet, einige starben, manche suchten unter Deck Zuflucht. Auf diesen Augenblick hatten die Schniggenführer der Vitalienser gewartet, die längst die Anker gelichtet hatten und mit wenigen Ruderschlägen bei den Feinden waren. Sie enterten deren Schiffe und nahmen die überraschten Gegner ohne bedeutende Gegenwehr gefangen. Das gute Schiff von Belyetere kam als Beute hinzu.

Jon Darre gelang die Flucht. Er hatte den Eigner des Fischerboots aufgefordert, alle Schiffe vorbeizulassen und sich am Ende wieder einzureihen. Im letzten Augenblick hieß er seinen Schipper wenden, um nicht selbst in die Falle zu geraten. Die Fischer legten sich in die Riemen und schafften ihn auf kürzestem Wege an Land.

Stürmisch feierten die Vitalienser ihren Sieg: »Vivat Mecklenburg!« Viel hätte nicht gefehlt, und das Bier wäre schon am frühen Morgen in Strömen geflossen. Doch das Eingreifen Heinrichs von Pommern brachte die Mannschaften auf Kurs, die geringe Beute auf den Schiffen der Engländer ließ sie zur Besinnung kommen: Erst musste die Stadt mit ihren Schätzen erobert sein, danach konnte gefeiert werden.

Heinrich war die Flucht des Fischerbootes nicht entgangen, das den Vogt von Bergen an Land gesetzt hatte, rasch besprach er sich mit Johann von Stargard. Man war sich einig, nur eine Wachmannschaft bei den Schiffen zu belassen. Ihrem Schutz wurden auch die geflohenen Lehrjungen anvertraut. Im Übrigen sollten sämtliche Landkämpfer und die Pferde ihrer Anführer sowie die Schiffsbesatzungen so schnell wie möglich ausgebootet werden, um die Verfolgung des Vogts aufzunehmen.

Die Windverhältnisse waren jedoch ungünstig, und es dauerte eine Weile, bis sich 900 Mann, angeführt von Herzog Johann, auf die Stadt zubewegten.

Bergen wirkte wie ausgestorben, nirgends stießen sie auf Gegenwehr.

»Irgendetwas stimmt nicht!« Claus schaute Goedeke Michel an. »Darre hat etwas vor.«

Sie erreichten das Kloster, das Tor war geschlossen. Herzog Johann flachste mit seinen Knappen, aus der Höhe brüllte jemand: »Nieder mit Maekingborg!«, sprang von der Klostermauer dem Herzog ins Genick und schnitt ihm die Gurgel durch. Zehn weitere Norweger sprangen von der Mauer. In Panik stiegen die Pferde auf die Hinterbeine und zertrampelten, was ihnen unter die Hufe kam. Ein Durcheinander entstand. Heinrich von Pommern zögerte. Sein Vetter lag tot am Boden, einige flohen Hals über Kopf. Alles schien plötzlich gegen die Mecklenburger zu stehen.

Zwei Seeleute setzten sich beherzt an die Spitze. »Über die

Mauer!«, rief der Schmächtige mit schriller Stimme und wich den Schlägen der Verteidiger aus. Der Kräftigere hieb wie ein Berserker um sich. Derart ermutigt, folgten ihnen die übrigen Vitalienser, bald tobte ein Kampf Mann gegen Mann. Das Tor öffnete sich, so dass die vom Herzog angeworbenen Söldner ins Innere vordringen konnten.

»Kein unnötig Blut!«, rief Goedeke, und warf sich dem Anführer der Norweger derart wuchtig entgegen, dass dieser zu Boden stürzte. Jon Darre kapitulierte, die Norweger gaben auf. Bis zu diesem Zeitpunkt war den Einheimischen weniger Leid zugefügt worden als bei solchen Kämpfen üblich. Das Rathaus wurde besetzt, Leichen wurden geborgen, Verwundete versorgt und Gefangene, sofern man sich Lösegeld von ihnen versprach, eingesperrt. Wie Gewitterluft lastete das neue Stadtregiment über den Bergenern, die verängstigt in ihre Häuser zurückkehrten. Verzweifelt wanderte mancher Blick zur Deutschen Brücke hinüber. Warum gab es dort keine Verluste? Warum war ihnen niemand von dort zu Hilfe gekommen?

Bergen, Minoritenkirche, Mittwoch, 23. April 1393

Mittwoch zeigte in der Früh das Ave-Maria-Läuten der Minoritenkirche den Beginn des Tagwerks an. Doch niemand rührte sich. In die Stille hinein setzte es den tiefen Schlag einer Pauke, nach einer Pause der nächste Schlag. Die neuen Herren der Stadt trugen ihren Herzog zu Grabe. Sie hatten den vornehmsten Platz ausgesucht, den die Stadt zu bieten hatte: Vor dem Hauptaltar der Minoritenkirche sollte er ruhen. Ehrerbietig standen die Söldner, die Bogenschützen und Seeleute in der Kirche und schauten zu, wie der Sarg hinabgesenkt wurde. Dass ihr Anführer so hinterhältig ermordet worden war, schürte ihren Hass auf die Norweger.

Der Sarg war mit Erde bedeckt, die Zeremonie beendet. Noch standen alle benommen da, als sich der Zorn Bahn verschaffte. »Er soll es büßen!«, erschollen vereinzelte Stimmen, schnell wurden es mehr und mehr. »Schafft ihn her! Schafft ihn her!«

Sie holten den Norweger, der Mecklenburg getötet hatte, aus seinem Gefängnis und schleiften ihn auf den Vorplatz. Die Söldner wurden zu Furien. Sie rissen den gefesselten Mann zu Boden, schlitzten ihn auf und trampelten so lange auf ihm herum, bis kein Leben in ihm war. Blut und Eingeweide waren über den Platz verspritzt. Ein Rausch erfasste die Menge. »Tod allen Norwegern!«, erscholl es in den Straßen. Sie erschlugen jeden, der ihnen in die Hände fiel. Weil die Deutsche Brücke und ihre Schätze nicht angerührt werden durften, malträtierten die Söldner die ärmere Bevölkerung umso härter. Man prügelte auf Wehrlose ein und folterte sie, bis sie ihre letzten Wertsachen gaben. Nicht einmal die Geistlichen wurden verschont. Bald brannte die Stadt.

Goedeke Michels wandte sich entsetzt Claus Störtebeker zu: »Nie wieder mit diesen Strolchen!«

Unvermittelt blieb Claus stehen. »Ich fürchte, gerade geschieht noch Schlimmeres. Schnell, in die Obergasse!«

Schon von weitem verhieß das besoffene Grölen aus Kerstins Haus nichts Gutes. Vor der Tür drängten sich torkelnde Söldner. Claus und Goedeke packten die Gestalten und warfen sie auf die Straße. Manche wehrten sich, Claus musste einige Schläge einstecken, bis er endlich an dem Bett stand, auf dem die wieder und wieder Geschundene lag. Kerstin hatte die Welt für immer verlassen.

In der Tür zur Kammer erschien einer der herausgeworfenen Söldner. »Warum hinderst du uns, Claus? Die hat uns doch bei Jon Darre –« Störtebeker schlug ihm die Faust ins Gesicht, dass er hinschlug und nicht mehr aufstand.

»Nie wieder mit diesen Strolchen!«, wiederholte Goedeke leise.

Auf dem Weg zu den Schiffen entdeckte sie Heinrich von Pommern. »Mein Gott! Was haben wir getan!? Ich trage die Schuld!«, klagte er. »So hab' ich das nie gewollt.«

»Nach allem, was hier geschehen ist«, erwiderte Störtebeker schroff, »segeln wir wieder unserer eigenen Wege.«

»Nicht doch, nicht auf diese Weise!« Der Adlige zögerte, bevor er hinzusetzte: »Wie wäre es, wenn ich mit Euch segle? Ich würde mich am liebsten ganz und gar den Kämpfen auf See verschreiben. Es gibt lohnende Ziele für ehrliche Kaperei.«

»Lohnende Ziele?« Goedeke blickte interessiert auf. »Englische Schiffe laufen demnächst mit kriegswichtigen Gütern nach Norwegen und Dänemark aus. Sie umgehen die gegen Königin Margarete verhängte Blockade«, antwortete der Mecklenburger. »Ich weiß, wann und wo sie auslaufen.«

Widerwillig bemerkte Claus, wie Goedekes Interesse mit jedem Wort wuchs. Dass der Gefährte auf dieses vornehme Gesindel hereinfiel! Ausgerechnet Adlige! Anführer wollten sie sein, dabei waren sie gar nicht in der Lage, ihre Söldner im Zaum zu halten. Nie und nimmer würde er sich erneut einem Kommando der Mecklenburger unterstellen.

In diesem Moment bekräftigten Goedeke und Heinrich von Pommern ihr gemeinsames Vorhaben per Handschlag und schauten dann erwartungsvoll Störtebeker an.

»Ich werde nicht mit euch kommen«, sagte Claus. »Ich werde Richtung Göteborg absegeln.«

»Nach Marstrand?«, staunte Goedeke.

»Genau!«, bekräftigte Störtebeker eisig. »Nach demselben Marstrand, wo wir nach dem Kampf um Göteborg so freundlich empfangen worden sind.«

Was hatte sie? Er spürte, dass sie mit ihm zusammen sein wollte, warum zierte sie sich also? Irgendetwas quälte sie. Er ahnte, dass er jetzt besser nicht fragte. Wie lange hatten sie einander entbehren müssen!

»Wir gehören zusammen«, sagte Elsbeth, »es kann nicht anders sein.«

»Ich empfinde das Gleiche«, flüsterte er. »Lass uns heiraten, dass wir vor Gott und den Menschen ...«

»Nur das nicht! Wir werden auch ohne den Segen der Kirche glücklich.«

Es war still.

»Vor vier Wochen hätt' ich nicht zu hoffen gewagt, dich je wiederzusehen«, flüsterte Elsbeth.

»Ja, wenn Geerd nicht wäre! Ihm muss ich ewig danken«, antwortete Claus ebenso leise. »Ob er noch schläft?«, fragte er plötzlich.

»Wer? Der Kleine?«, spaßte sie. »Er schläft tief und fest und träumt von seinem Vater. Der wacht nicht auf!« Sie hielt Claus ihren Finger auf den Mund und machte ihn wieder und wieder verstummen.

Eine Stunde mochte vergangen sein, als Claus einen Schlag am Kopf spürte. »Wach endlich auf, müder Krieger!«, hörte er eine Stimme schimpfen. Als er sich umdrehte, sah er den kindlichen Recken, der über ihm sein Holzschwert schwang.

Claus krümmte sich zu einem vor Angst zitternden Bündel und rief mit kieksender Stimme: »Zu Hilfe, Elsbeth, hilf mir! Ich werde überfallen!« Der kleine Johannes krähte vor Vergnügen, sprang ins Bett und riss den Vater an den Haaren: »Hört gut zu, Claus Störtebeker! Der Edle Johannes von der Oste ist auf Marstrand gelandet, Euch zum Zweikampf herauszufordern – aber nicht hier vor der Hohen Frau. Folgt mir ins Freie!« Lässig stieß er sein Holzschwert in die Scheide, die hinter ihm über den Boden schleifte. Mit martialischen Schritten verließ er das Gemach der Eltern in heroischer Nacktheit.

»Er hat dich gefordert«, drängte Elsbeth ihren Liebsten. »Du darfst den vornehmen Herrn nicht warten lassen.« Wenig begeistert löste er sich aus ihren Armen und streifte ein Hemd über. So trat er hinaus.

»Ich bin ohne Waffen gekommen, lasst uns Frieden schließen!«, so lautete sein Verhandlungsversuch.

Doch das Kind brannte auf den Zweikampf. »Der Seeheld wird doch nicht kneifen?«, rief er und drang, mit dem Schwert gewaltige Hiebe austeilend, auf den Vater ein. Der griff nach dem Rest eines Fischernetzes, das vor dem Eingang zur Hütte hing, und warf es über den ungestümen Knaben. Je eifriger der sich drehte, um das Netz abzustreifen, desto enger schloss es sich um ihn, bis er hilflos zu Boden fiel.

Der Seeräuber nutzte die Notlage des Edlen von der Oste aus, indem er die sich unter seinen Händen windende Raupe kräftig kitzelte. Johannes lachte und schrie um Hilfe – umsonst. Claus warf sich das Bündel über die Schulter und eilte zum Strand hinunter. »Auch Ritter müssen sich waschen«, lachte er und befreite Johannes aus dem Netz. Er sprang voraus in die kalten Wellen und lockte den Kleinen. »Das Schwert kann an Land bleiben.«

Umständlich entledigte sich Johannes seines Wehrgehänges, dann paddelte er prustend dem Vater entgegen.

Es war kalt, blaue Lippen beendeten die Badefreuden. Schnell kamen die beiden über die glitschigen Steinflächen an Land zurück. Vom Ufer wirkte die Feste, die den höchsten Berg der Insel krönte, besonders mächtig.

»Wer wohnt da oben?«, wollte der Kleine wissen.

»Ein dänischer Vogt, der sich auf unsere Seite geschlagen hat. Sehr vernünftig, denn wir waren in der Überzahl. Dänenkönigin Margarete hat vor Wut geschäumt, sagt man.«

»Darf ich auf die Burg?«

Claus nahm den Kleinen an die Hand: »Später vielleicht«, sagte er. »Erst müssen wir etwas Warmes anziehen.«

Elsbeth hatte einen Grapen voll Holunderbeersaft mit Honig und kleinen Apfelstücken aufs Feuer gesetzt, der feine Duft erfüllte den Wohnraum, als Vater und Sohn die Hütte betraten. Elsbeth reichte jedem eine dampfende Bütte.

»So müsste es bleiben – wir drei zusammen!«, meinte Claus, als er die Bütte mit beiden Händen an die Lippen führte.

»Bist du dir sicher?«, fragte Elsbeth leise. »Zieht es dich nicht morgen wieder zur See?«

»Du bist eine zu kluge Frau!«, sagte er und küsste sie zärtlich. Sie zog seinen Kopf an sich, bis sie sein Ohr mit ihren Lippen erreichte: »Hast du schon auf die Bank geschaut?«

»Da liegen zwei Wollhemden!«

»Die sind für meine Jungs.«

»Wann hast du die gemacht?«

»Auf See. Wir waren ja einige Tage unterwegs.«

Sofort waren Claus und Johannes bei der Bank, warfen die alten Sachen beiseite und streiften die flachsfarbenen Hemden über. Sie waren kurzärmelig und reichten bis zu den Knien.

»Siehst du, Claus Störtebeker? Jetzt gehören wir zur gleichen Mannschaft«, strahlte Johannes.

»War Geerd hier?«, fragte Claus zögernd.

»Er wollte dich abholen und dann weiter zum Hafen. Er ist mit Goedeke Michels verabredet. Worum es ging, wollte er nicht sagen. Aber seine Miene verhieß nichts Gutes.«

Ein von der Burg zum Meer abfallender Bergkamm war noch zu überwinden, dann war der Blick auf den Hafen frei. Claus sah drei Dickschiffe auf den Hafen zuhalten. Das eine, er war sicher, wurde von Hans-Diderich von Espingen geführt, das zweite von Claus Sheld. In die Mitte hatten sie ein Schiff genommen, das der rote Flögel auf der Mastspitze als Hamburger Kauffahrteifahrer auswies. Im Rahsegel klaffte ein riesiges Loch. Die Leinen der Takelage baumelten nutzlos vom Mast. Das Schiff musste von einer Schnigge in den Hafen geschleppt werden.

Am Strand stieß Störtebeker auf Goedeke Michels und Geerd Cordessone.

»Gut, dass du kommst!«, empfing ihn Geerd aufgebracht. »Ich kann's nicht begreifen, dass wir jetzt auch noch die Hamburger herausfordern. Ihr könnt gleich noch ein Bremer Schiff kapern, dann haben wir wirklich keine Freunde mehr. Und das so kurz vorm Ziel! Wir haben den Sund erobert und werden bald die ganze Ostsee beherrschen. Aber wenn wir die Zukunft gewinnen wollen, müssen wir uns um die Befriedung aller verfeindeten Parteien bemühen.«

»Du hast Recht, lieber Geerd, aber nicht ganz«, suchte Goedeke ihn zu beruhigen. »Wir müssen jede Waffenzufuhr in die Ostsee unterbinden. Wir kontrollieren die Waren nach den Vorschriften des Kaperrechts und schonen die Mannschaften der Schiffe. Und was den Hamburger betrifft: Wir sehen uns erst einmal um.«

Gemeinsam schoben sie ein Beiboot ins Wasser und setzten zum Hamburger über.

Inzwischen war der Nebel so dicht, dass man kaum mehr die Umrisse der Schiffe erkannte. Nur das Lärmen der Vitalienser war zu hören, sie beseitigten mit Schrubber und Seewasser die Spuren des Überfalls.

An Bord angekommen, forderte Goedeke: »Einen Tisch und eine Bank! Anschließend möchte ich alle Gefangenen sehen, immer zwei auf einmal. Claus Störtebeker und Geerd Cordessone werden beisitzen. Claus Sheld und Hans-Diderich von Espingen kontrollieren die Schiffsladung.«

»Hat jemand von Espingen gesehen?«, rief Sheld in den Nebel.

»Wenn man ihn braucht, macht er sich unsichtbar!«

»Geh schon mal allein los!«, beschied ihn Goedeke.

Claus Sheld, dieses unberechenbare Scheusal! Warum duldete Goedeke diesen Menschen in seiner Umgebung?

Ein alter Bekannter riss Störtebeker aus seinen Grübeleien. Leverdinghe und der aus einer schlecht verbundenen Wunde am Oberarm blutende Schiffsführer wurden an Deck befördert. Ein ungleiches Paar! Der Schiffsführer in derben Beinkleidern und ramponiertem Hemd, Leverdinghe unversehrt in feiner grüner Schecke und grünen Beinlingen.

»Holt den Bader!«, rief Goedeke. »Die Wunde muss versorgt werden.«

»Ist doch nur ein Kratzer«, versuchte sich Leverdinghe beliebt zu machen. »Soll sich nicht anstellen, der Schiffer!«

»Nicht anstellen?«, echote Störtebeker gedehnt. »Wie hat er denn den Kratzer bekommen, bester Leverdinghe?« Goedeke war überrascht, dass Störtebeker wusste, mit wem er sprach.

»Jedenfalls nicht im Kampf! Ich meine, Mann gegen Mann«, entgegnete Leverdinghe überrascht. Selbstbewusst setzte er hinzu: »Wir wären Euch leicht entkommen, hätte der Schiffsführer sich mehr Mühe gegeben.«

»Das glaubt Ihr doch selber nicht!« Goedeke grinste. »Ich kenne Eure Gesetze. Der Schiffsführer soll für das geradestehen, was wir Euch abknöpfen. Das hättet Ihr wohl gern. Ohne uns.« Er hielt inne. »Ich möchte, dass Ihr die Hausmarke Eurer Firma auf die Wachstafel zeichnet.«

Leverdinghe malte die Buchstaben ›L‹ und ›E‹ ineinander. Seinem selbstsicheren Auftreten nach zu urteilen, befanden sich keine zu beanstandenden Waren an Bord. Claus wunderte sich.

»Ich erwarte von Euch endlich eine ehrliche Antwort«, fuhr Goedeke fort. »Sagt uns: Führt Ihr kriegswichtige Güter mit? Ich denke an Schusswaffen, Harnische und dergleichen. Auch Wachs und Gold erachten wir als kriegswichtig.«

»Dergleichen führe ich gar nicht!«, empörte sich Leverdinghe.

Goedeke wandte sich dem inzwischen verarzteten Schiffsführer zu.

»Euch kenn' ich doch. Herman Ohlsen, nicht wahr?« Der Angesprochene nickte. »Habt Euch wacker geschlagen, das muss Euch der Neid lassen. Ihr könnt weiterfahren, sobald wir das Schiff nach Waffen durchsucht haben.«

»Ihr beiden scheint Euch ja glänzend zu verstehen, Ohlsen«, warf Leverdinghe höhnisch ein. »Das wird man vor Gericht zu würdigen wissen.«

Jemand polterte die Treppe im Niedergang herauf. Claus Sheld erschien an Deck und stellte ein kleines Holzfass auf den Tisch. »Schaut, was ich gefunden habe!«, sagte er vergnügt. Mit seinem Bootsmesser öffnete er den ersten Deckel.

»Armbrustbolzen, Armbrustmunition!«, stieß Geerd empört aus. Sheld war wieder unter Deck verschwunden und brachte nacheinander zwei weitere Fässer gleicher Art nach oben.

»Leverdinghe, Leverdinghe! Ihr wolltet doch die Wahrheit sagen«, knurrte Störtebeker und nahm den Deckel, um die Hausmarke des Befrachters zu kontrollieren.

»Das gehört nicht zu meiner Fracht!«, entrüstete sich Leverdinghe. »Die Armbrustbolzen muss mir jemand untergeschoben haben.«

»Auch dieses Bogenholz?«, fragte Sheld und ließ durch einen Gehilfen mehrere Bündel gleich langer Holzstäbe an den Tisch bringen.

Störtebeker pfiff durch die Zähne: »Beste Esche. Und schon zugeschnitten! Jeder Bogenschütze würde einen Luftsprung machen, würde er diese Qualität sehen.«

»Alles untergeschoben«, behauptete Leverdinghe unverdrossen. Cordessone öffnete die anderen beiden Fässchen. »Noch einmal Armbrustbolzen …«, murmelte er, »und … nein! Was ist das?«, stutzte er und entnahm vorsichtig Flocken von Schafswolle, unter denen etwas wie Gold aufblitzte.

Plötzlich wurde Leverdinghe aufgeregt: »Das gehört nicht dazu!«, kreischte er. »Ich verlange, dass die Untersuchung abgebrochen wird!«

Höhnisches Lachen der Vitalienser antwortete ihm.

»Wir Hamburger haben Garantien von Euch«, ereiferte sich Leverdinghe. »Ihr wart es, die überall verbreiten ließen, Ihr wärt Gottes Freund und aller Welt Feind – ausgenommen Bremen und Hamburg!«

»Ihr unser Freund?«, schnitt Goedeke ihm das Wort ab. »Ihr versucht, unseren Feinden Waffen zu liefern. Das Fass trägt das verschnörkelte L – Eure Hausmarke.«

Störtebeker hielt das Fässchen, während Geerd vorsichtig die Kostbarkeit ans Licht beförderte: ein Horn aus Silber, zum Teil vergoldet. Alle staunten.

»Sieht aus wie das Modell eines mit vielen Galerien und Türmchen geschmückten Palastes«, sagte Geerd. »Der Deckel ist das prunkvolle Dach.«

»Was sagt das Spruchband, das der wilde Kerl auf der Spitze hält?«

»Trink alles aus!« Geerd lachte, alle stimmten ein.

Störtebeker machte eine Entdeckung: »Seht den niedrigen Arkadengang, in dem sich eine Horde wilder Männer bewegt! Ihre Körper sind ganz mit zottigem Fell bewachsen. Sie tragen Schilde mit dem Danebrog. Das dänische Reichswappen! Mir kann niemand weismachen, dass dieses Horn nicht für Königin Margarete bestimmt ist.«

Leverdinghe brach zusammen: »Vergebt mir! Ich hätte es gleich sagen müssen. Die Königin hat das Horn vor Jahren beim Goldschmied Hinrik Lamspring in Hamburg bestellt. Lamspring hat mich gedrängt, es für die Königin mitzunehmen und an ihrem Hof zu übergeben.«

Goedeke blickte auf das Horn: »Wir werden das Horn beschlagnahmen. Wofür immer es dienen sollte, es wird dort fehlen!« Wieder gab es Gelächter. »Geerd, nimm es mit nach Oldenburg. Dein Vater soll es mit den anderen Schätzen verwahren, bis wir es von ihm zurückfordern.«

»Und was geschieht mit dem Kaufmann?«, knurrte Claus Sheld. »Darf ich ihn ...?«

»Vergreif dich nicht an diesem Reisenden!«, unterbrach ihn eine Stimme aus dem Nebel. Ein Schatten, schwarz der Umhang, schwarz die Kapuze, hinter der das Gesicht verborgen blieb, trat nach vorn und erklärte in einem Ton, der keinen Widerspruch duldete: »Der Mann nimmt gerade Abschied von der Welt. Nicht wahr, Leverdinghe?«

Wie gebannt blickten die Umstehenden auf Leverdinghe, der bleich geworden war. »Das ist ... das darf nicht ... ist ja gräulich ... er will mich ... ein lebender Toter! Helft mir, der Untote ... Herr, erbarme dich meiner ... er will mich ...« Schritt für Schritt wich er zurück, der Schwarze folgte ihm unerbittlich.

»Du wirst niemanden mehr betrügen, Ahlert Leverdinghe. Die Vitalienser nicht, Ohlsen nicht, Hamburg nicht. Die See hat dein Urteil gesprochen. Du gehörst ihr!«

Leverdinghe stolperte über eine Spiere, rappelte sich auf, zog sich bis zum Heck zurück. »Um des Erlösers und der Heiligen Mutter Gottes willen, helft mir gegen diesen Teufel! Habt Erbarmen!«, schrie er wie von Sinnen.

Geerd wollte aufspringen, doch Goedeke hielt ihn zurück. »Lass!«, flüsterte er. »Es ist an der See, die Sache zu richten.«

Leverdinghe stand an der Heckschanz und krabbelte auf den Ruderkopf hinaus. Er schlotterte am ganzen Leib, so sehr fürchtete er den Untoten. Als dieser nach ihm griff, stürzte er schreiend in die See. Alle waren an die Reling getreten und sahen seinen Todeskampf. Als er wieder auftauchte, versuchte er, sich am glitschigen Ruderblatt festzuklammern. Doch er rutschte ab.

»Eine Leine!«, rief er gurgelnd. »Helft mir doch!« Keine Hand rührte sich. Seine Bewegungen wurden langsamer. Einen Herzschlag lang blieb das angstverzerrte Gesicht über der Wasserfläche stehen. Die Kälte machte ihn stumm, und es zog ihn in die Tiefe.

Marstrand, auf der Burg, zehn Tage später

Na, Kleiner? Die Fenster sind ein bisschen hoch, findest du nicht?« Goedeke Michels nahm den kleinen Johannes auf den Arm und ließ ihn rundherum in die Welt schauen. Aus der Tiefe leuchteten die ziegelroten Dächer der Burg herauf, unterhalb der Burgmauer wechselten sich herbstlich gefärbte Baumgruppen, grüne Wiesen und Felsen ab. Die gesamte Insel mit Stränden und Klippen lag ihnen zu Füßen. Man sah den Hafen mit Schiffen und geschäftigen Menschen. Dahinter das Meer, überall Meer, aus welchem Fenster man auch blickte! Goedeke wies in die Ferne.

»Kneif die Augen zusammen, kleiner Freund. Was siehst du da drüben?«

»Da ist ein grauer Strich über dem Wasser, ganz, ganz weit weg!«

»Das ist Seeland«, erläuterte Goedeke. »Alle Schiffe, die durch den Sund tiefer in die Ostsee hineinfahren wollen, müssen dort vorbei. Von hier aus entdecken wir jedes Schiff – das unserer Freunde so gut wie das der Feinde.«

»Würde dir gut anstehen, so ein munterer Bengel«, sagte Störtebeker lächelnd.

Goedeke zögerte: »Wenn die Zeiten andere wären … Hast du

nie darüber nachgedacht, ob sie eine Zukunft haben werden, diese Kinder?«

Der Hafen interessierte das Kind am meisten. Johannes hatte einen Hocker vor das Ostfenster gerückt und verfolgte das Treiben auf dem Wasser. Plötzlich wurde er aufgeregt:»Goedeke, Goedeke – was machen die auf dem Schiff ganz vorn? Die ziehen am Mast ein langes rotes Tuch nach oben.«

»Gut, dass wir einen tüchtigen Mann im Ausguck haben! Das rote Tuch ist ein Flögel. Alle Hamburger Kauffahrer zeigen ihn, sobald sie einen Hafen verlassen. Das Schiff haben wir vor zehn Tagen kontrolliert, jetzt darf es wieder auslaufen. Willst du dabei sein? Dann müssen wir uns beeilen!«

Sie waren am Hafenrand, bevor der Hamburger die Leinen loswarf.»Ich renne voraus! Will die Bugwelle sehen!«, rief Johannes und war wie ein Wirbelwind davon.

»Aber pass auf!«, rief Claus ihm nach und wandte sich an Ohlsen, der den rechten Arm in einer Binde trug.»Seid Ihr wieder seeklar?«

»So halbwegs!«, kam es von Bord zurück.»Die Spuren unseres Seekampfes haben wir notdürftig beseitigt, die zerrissenen Leinen wieder zusammengespleißt, das Segel repariert.«

»Fehlt noch irgendetwas?«, fragte Goedeke.

»Gern hätten wir dem Kaufmann Leverdinghe ein christliches Begräbnis besorgt … trotz allem!«

»Da können wir nicht helfen«, erwiderte Goedeke,»der wird auf ewig in der See bleiben.«

»Heckanker auf!«, brüllte der Kapitän. Die Leine wurde eingeholt und der leichte Anker an Bord genommen.»Vier Leute an die Winsch und Voranker auf!« Erst kam die Leine steif, dann bewegte sich das Schiff auf den Punkt zu, an dem der Hauptanker gefallen war. Ehe das schwere Gerät aus dem Grund brach und über der Wasseroberfläche erschien, war das mächtige Rahsegel am Mast aufgestiegen. Jetzt füllte es sich allmählich unter dem kräftigen Wind und drückte die Kogge in die See.

Einer hatte alles verpasst: Claus Sheld. Außer Atem tauchte er auf, sein Erscheinen löste Erstaunen aus.

»Wie läufst du denn herum?«, ging ihn Störtebeker an.

»Was gefällt dir nicht an mir?«, gab dieser schnippisch zurück.

»Alles ein wenig zu eng geraten«, erkannte Goedeke, »die Ärmel, die Schecke, vor allem die Beinlinge.«

»Und so grün!«, rief Störtebeker. Alle fielen in das Gelächter ein.

Johannes war inzwischen, so schnell ihn die kleinen Füße trugen, auf dem Strandweg zum Kap gerannt. Da kam die Hamburger Kogge! Ein solches Schiff wollte er später selbst fahren! Schon war sie vorbei, wurde kleiner und kleiner. Gemächlich trippelte Johannes am Strand zurück, hob Muscheln auf, prüfte sie und ließ sie wieder fallen. Die rund gescheuerten Balken weckten seine Aufmerksamkeit, dann eine Ruderkappe. Die Sturmflut vor einigen Tagen hatte die Schätze auf den Strand gespült. Und da! Da lag ein ganzer Stapel! Ideal, um daraus etwas Neues zu bauen.

Johannes riss den Stapel auseinander, schleppte Bretter, Stangen und Balken hoch auf den Strand. Das alte Holz roch unangenehm, das störte den kleinen Handwerker nicht. Beinahe hatte er den Stapel abgetragen. Zuletzt zog er eine breite Bohle weg. Beißender Gestank breitete sich aus. Er blickte in ein brüllendes Gesicht, sah nackte Arme, einen offenen Leib. Johannes schrie auf und verlor das Bewusstsein.

Claus hatte einen Schrei in weiter Ferne vernommen. »Habt ihr das gehört?«

»Ein Kind hat geschrien. Dein Johannes!«

Die drei Männer rannten den Strand hinauf. Sie fanden ihn, der

Ekel war kaum zu ertragen. Der Junge war kopfüber in Leverdinghes Leichengekröse gestürzt.

Eilig trugen sie Johannes zum Wasser, befreiten ihn von dem besudelten Wollhemd und wuschen ihn gründlich ab.

Wie hatte das passieren können? Leverdinghe lag nackt da. Claus schluckte – Sheld! Der Fledderer! »Schnell nach Hause mit dem Kleinen!«

Sie hoben den bewusstlosen Jungen auf. »Dass Leverdinghe den Seetod gestorben ist, find' ich gerecht«, sagte Geerd. »Aber den Leichnam zu plündern, ist gottlos.«

»Hör doch auf!«, unterbrach ihn Goedeke empört. »Dem Toten tut nichts mehr weh. Aber dass ein Kind Schaden nehmen muss, nur weil ein Leichenfledderer seine Christenpflicht versäumt, das ist nicht zu entschuldigen.«

Claus murmelte: »Claus Sheld mag sich in acht nehmen.«

»Ruhig Blut, Claus …«

»Er verletzt alle Regeln, die wir Vitalienser uns gegeben haben.«

Elsbeth hatte sie schon gesehen. Die Hände vorm Kopf, stand sie stumm an der Tür. Sie trugen den Jungen hinein und legten ihn auf die Bank. Benommen ging sie zu ihm hin, beugte sich nieder, lehnte zärtlich ihre Wange an das Köpfchen. Sie weinte still und umarmte den kleinen Körper. Als sie sich nach einer Weile erhob, strich sie ihm übers Gesicht. Sie merkte, wie kalt es geworden war.

Claus wollte sie trösten, sie wehrte ihn mit einer Geste ab, die keinen Widerspruch duldete. Ihre Miene wurde hart, wie er es noch nie bei ihr gesehen hatte. Mit beiden Händen griff sie nach ihren Wangen und flüsterte: »Es ist meine Schuld. Ich hab' es geahnt und wollte doch nichts wissen. Mutter hatte mich gewarnt: ›Du darfst ihn nicht lieben! Nie! Versprich mir das!‹ Ich hatte es versprochen. Als sie sah, dass ich schwanger war, stand ihr der Schrecken im Gesicht.«

Claus wollte etwas fragen, aber er fand die Worte nicht.

Elsbeth flüsterte:»Weißt du, was sie mir sagte? ›Das Kind, das du trägst, ist das Kind deines Halbbruders. Ich hab' Claus ins Waisenhaus geben müssen, als unser Hof abgebrannt war. Sein Vater war tot.‹« Elsbeth sah Claus traurig an.»Jetzt weißt du's. Es lag kein Segen auf unserer Liebe. Sie ist Todsünde.«

Als sie die Hände vom Gesicht nahm, sah Claus, dass ihre Fingernägel blutige Furchen in die Haut gezogen hatten. Sie sagte kein Wort mehr und wandte sich ab.

Noch am gleichen Tag verließ sie Marstrand.

Der verlorene Sohn

Hamburg, Nicolaischule, März 1395

Josef, sag den Herren Juraten, wie viel Geld der Brauer einnimmt, wenn er zwei Lasten Bier verkauft und je Tonne einen Preis von zwanzig Schilling berechnet«, forderte Pater Cornelius.

»Hier in Hamburg wird nicht nach Mark, sondern in Pfund gerechnet, und ein Pfund entspricht gerade zwanzig Schillingen«, gab Josef mehr singend als sprechend zurück. »Auf eine Last kommen zwölf Tonnen, so kosten zwei Lasten vierundzwanzig Pfund.«

»Und wie viele Schillinge wären das?«

»Genau vierhundertachtzig.«

»Das sind wie viele Pfennige?«

»Fünftausendsiebenhundertsechzig, Pater Cornelius.«

»Was sagt Ihr nun?«, wandte sich der alte Franziskanerpater mit fröhlichem Gesicht an die Juraten, die zur Prüfung der Kinder neben dem Lehrerpult saßen.

Einer von ihnen, Cord Burmeister, stand auf und nickte zufrieden: »Unsere Nicolaischule darf stolz sein.« Er schaute die Schüler an. »Wer von euch wechselt denn zur Domschule über, um Latein zu lernen? – Wie, nur ein Junge? Wie heißt du? Ja, dich mein' ich, mit dem schwarzen Lockenkopf!«

Verlegen erhob sich der zierliche Junge und hielt die Augen niedergeschlagen.

»Gode heiße ich«, hauchte er, wobei sich die Lippen kaum öffneten.

»Sag mir, Gode«, fuhr der Jurat fort, »was möchtest du werden?«

»Priester«, flüsterte der Gefragte. Die Mitschüler gackerten. Obwohl der Jurat Ruhe befahl, gingen Godes Worte in Hohn und Spott unter: »Meiner Mutter hab' ich's versprochen.« Er setzte sich wieder. Als könne er ihn so schützen, ergriff der Banknachbar seine Hand.

»Ich weiß nicht, was es da zu lachen gibt!«, stellte Pater Cornelius die Ruhe wieder her. »Kaufmann werden, Schiffer werden – das schafft jeder. Aber Priester! Dazu gehören Mut und viel Fleiß.« Der Jurat wollte noch mehr wissen: »Und was wird aus unserem kleinen Rechenmeister? Sollst du denn nicht auf die Domschule wechseln? Wie heißt du?«

Josef Zeelander stand auf, sagte seinen Namen und schwieg dann trotzig. Der alte Lehrer erklärte halblaut: »Das ist der Sohn des Schiffbaumeisters. Er wird die Werft übernehmen.«

»Aber jetzt doch noch nicht!«, rief Burmeister. »Jetzt könnt' er doch wohl auf der Domschule weitermachen, ehe er in die Lehre geht.«

»Eben nicht, Herr Jurat.« Cornelius zog ein bedeutsames Gesicht.

»Verstehe ich nicht!«, protestierte Burmeister. »Ihr habt gewiss nichts dagegen, wenn ich mit den Zeelanders rede.« Vor langer Zeit war er mit Diderich von Espingen bekannt gewesen. Er wusste, dass Josefs Mutter eine kluge Frau war. Sie würde ihren Mann sicher umstimmen können.

Am selben Abend stand er bei den Zeelanders an der Tür. Magdalena kam ihm in der Diele entgegen: »Welche Überraschung, Herr Burmeister! Seid freundlichst begrüßt. Was verschafft uns die Ehre? Ihr wollt sicherlich meinen Mann …«

»Nicht doch, Frau Zeelander, ich komme in einer Schulangelegenheit.«

Der Hausherr erschien: »Welch liebenswürdiger Besuch, unser Jurat persönlich! Wart Ihr heute mit unserem Josef zufrieden?«

»Deswegen bin ich hier, Meister Zeelander. Es war eine große Freude zu hören, wie vollständig Euer Sohn sämtliche Fragen beantworten konnte. Niemandem blieb verborgen, wie er alles, was er bei Pater Cornelius lernen durfte, in sich aufgenommen hat. Er beherrscht Lesen, Schreiben und Rechnen vollkommen.«

»Das freut mich mehr, als Ihr Euch vorstellen könnt«, lächelte Johannes stolz. »Er wird uns mit seinen Fähigkeiten auf der Werft eine große Hilfe sein. Ich werde ihn darin unterrichten, wie unsere Schiffe gebaut werden, und meine Frau wird ihn ins kaufmännische Rechnen einführen.«

»Ich kann Euch verstehen«, entgegnete Burmeister vorsichtig. »Wir haben bemerkt, dass Josef einen gewaltigen Wissenshunger hat. Ich sage es frei heraus: Wir sähen es am liebsten, wenn er auf die Domschule überwechseln würde. Vier Jahre sind sicher zu lang, aber wollt Ihr nicht darüber nachdenken, ob Josef zwei Jahre weiter zur Schule gehen und Latein lernen könnte? Er ist doch erst zwölf. Käme er mit vierzehn in die Lehre, wäre das nicht früh genug?«

»Von daher weht der Wind!« Zeelander wurde ungeduldig. »Verehrter Burmeister, was soll denn mein Nachfolger auf dem Grasbrook mit Latein? Ein Gelehrter in der Familie reicht. Ich konnte kein Latein lernen und hab' es nie vermisst! Unser Josef wird mir dankbar sein, dass wir ihm diesen Unsinn ersparen.«

»Hast du denn mit Josef darüber gesprochen?«, fragte seine Mutter.

»Magdalena, misch dich nicht ein!«, wies Johannes seine Frau zurecht. »Seit wann reden Kinder über ihre Zukunft mit? Ich weiß am besten, was gut für ihn ist.«

Plötzlich wurde die Tür mit Schwung aufgestoßen. Josef stürmte ins Haus und rief jubelnd: »Ich darf im Domchor mitsingen! Der Kantor hat nach mir gefragt.« Seine Eröffnung blieb ohne Echo, stattdessen herrschte betretenes Schweigen.

»Singen kannst du auch bei der Arbeit, Josef«, sagte Johannes.

Burmeister verabschiedete sich, nicht ohne Magdalena einen vielsagenden Blick zuzuwerfen.

»Das mit dem Chor schlag dir aus dem Kopf! Warum willst du im Domchor mitsingen, wenn du die Domschule nicht besuchst?« Johannes wich dem enttäuschten Blick des Kindes aus. »Zieh nicht wieder so'n Gesicht! Dein Platz ist auf der Werft.«

Mit hängenden Schultern stand Josef da, wischte mit dem Handgelenk über die Augen und schlich davon.

»Den Chor hättest du ihm erlauben können. Die Proben finden nach Feierabend statt. Josef singt doch so gern.«

Johannes schaute Magdalena zweifelnd an: »Ohne Lateinunterricht? Wie soll das gehen?«

Langsam kehrte das Lächeln, das er früher so sehr an ihr geliebt hatte und jetzt oft vermisste, in ihr Gesicht zurück. »Ich wüsst' einen guten Lehrer. Ich denke an Gode, den du auch gut leiden magst.«

Johannes nickte. »Der geht auf die Domschule. Was Josef lernen müsste, könnte Gode ihm leicht erklären.«

»Vielleicht ist das eine gute Idee, Lene!«, hörte Johannes sich antworten. Er wusste nicht, warum.

Auch Magdalena hatte mit seiner Zustimmung nicht gerechnet und war von der Leichtigkeit überrascht, mit der er nachgab. Sie legte ihm die Hände um den Hals. »Damit machst du dem Kleinen und auch mir eine Riesenfreude!«, sagte sie strahlend. Johannes wurde verlegen.

In Zeelanders Haus, Herbst 1395

Nein, nein! Das ist falsch. Credo in – unum Deum … das heißt nicht nur: Ich glaube an Gott, den einzigen. Du musst es auch überzeugend singen, denn es ist dein Glaubensbekenntnis.« Gode unterstrich die Phrasierung des »Credo« mit entsprechenden Handbewegungen.

»Hast du's immer noch nicht begriffen?«, mischte sich Johannes

lachend vom entgegengesetzten Ende der Diele ein, als Josef zögerte.
»Gode hat's so einleuchtend erklärt, dass sogar ich es verstanden
habe.« »Klar und fehlerlos sang er die von Gode vorgestellte Phrase.
»Großartig!«, staunte Gode. »Dein Vater könnte ab morgen in
unserem Chor mitsingen.«

Johannes ging zu den Jungen hinüber, die auf der Ofenbank hockten. Es war nicht zu übersehen, wie sehr ihn Godes Kompliment bewegte. »Meinst du wirklich, Gode?«, fragte er so einfältig, dass die
Kinder kicherten. »Übt fleißig weiter. Ich seh' noch nach der Werft!«
Zeelander hatte etwas in der Werkstatt vorbereitet und vergessen
– ein Päckchen. Jetzt beeilte er sich und fand die beiden bei seiner
Rückkehr immer noch in der Diele.

»Wie wär's, wenn du uns etwas zu trinken holst?« Folgsam
sprang Josef auf, um eine Kanne mit Saft und Holztassen zu holen.

Als er den Raum verlassen hatte, überreichte Johannes Gode das
Päckchen. »Ich hab' ein Geschenk für dich!«

Gode sah ihn erstaunt an, ehe er das Paket zu öffnen begann. Ein
Lederfutteral kam zum Vorschein, darauf lag ein Griffel. »Aus Elfen-
bein«, erklärte Johannes. Gode klappte es auf und zählte sechs
Wachstäfelchen, die sich von beiden Seiten beschreiben ließen.

»Was für ein schönes Geschenk, Meister Zeelander!« Gode
wurde rot.

»Gefällt es dir?«, fragte Johannes.

Gode hob den Blick und schaute Johannes aus schwarzen Augen
verwundert an: »Warum, Meister, warum tut Ihr das?«

Ehe Johannes eine Antwort fand, kam Josef mit den Getränken
zurück. Später fand Gode Gelegenheit, Josef das Büchlein zu zeigen
und ihn zu fragen, was er von einem solchen Geschenk halten solle.
Josef zuckte mit den Schultern. »Mein Vater meint es gut. Er mag
dich.«

In den folgenden Wochen kam Gode seltener in Zeelanders
Haus. Johannes wunderte sich über sein Ausbleiben.

Noch einmal legte Josef Hand an das Boot, um die letzten Unebenheiten wegzuhobeln. Dann trat er beiseite und betrachtete sein Werk. Ein wunderbarer Anblick! Kersten und Olaf waren hinzugekommen.

»Das macht dir keiner nach«, murmelte Kersten anerkennend, und Olaf fügte hinzu: »Besser hätt's der Alte auch nicht hingekriegt.« Die Werkstatttür flog auf. »Wer hätte was hingekriegt?«, bellte Johannes.

»Wir haben den Sohn des Meisters zu seinem ersten Neubau beglückwünscht.«

»Meinetwegen. Aber seht ihr auch die Fehler?« Der Meister ging um das Boot herum und entdeckte keinen Makel. Ein Meisterwerk, formschön und vollendet. Die Arbeit eines Vierzehnjährigen! »Wenn du vorhast, Bootsbauer zu werden«, sagte Johannes streng, »dann schaff erst mal Ordnung. Pack das Werkzeug dahin, wo es hingehört. Nach Feierabend kannst du die Werkstatt ausfegen. Aber vorher musst du beim Schmied die neuen Kalfateisen abholen.«

Ohne ein Wort über das Werk seines Sohnes zu äußern, verließ Johannes die Werkstatt. Kersten strich Josef mit seiner verarbeiteten Hand über den Schopf.

»Tut mir Leid! Hast du nicht nach Feierabend Chorprobe?«

»Daran hat mein Vater bestimmt nicht gedacht. Er meint es nicht so«, erwiderte Josef, den Tränen nahe.

»Geh schnell zum Schmied. Wenn du zurückkommst, sehen wir weiter«, sagte Kersten aufmunternd.

Der Meister stand am Amboss und bearbeitete ein glühendes Flacheisen. Er warf es ins Wasser, dass es zischte.

»Du willst bestimmt deine Beschläge abholen. Bin gleich damit durch«, der Schmied zeigte auf den Bottich. Er nahm zwei gleichförmige Werkstücke heraus und stellte sie auf die Werkbank. Sie sahen aus wie kleine flache Brücken.

»Ich komme wegen der Kalfateisen«, begann Josef.

»Die liegen schon bereit. Aber lass uns noch einmal ein Auge auf deine Beschläge werfen.« Aus dem Abfall nahm der Meister ein kurzes Brett und schob es unter den Beschlägen durch. »Ich hab' sie einen halben Zoll höher gemacht, damit du mehr Spiel hast. Ich bohre noch schnell die Löcher für die seitliche Befestigung, damit du sie an deinem Boot anbringen kannst.«

»Ich danke Euch, verehrter Meister, dass Ihr die Teile nicht vergessen habt. Was darf ich Euch dafür bezahlen?«

Der Schmied lächelte: »Deine Verbesserungen sind viel zu interessant, junger Schiffsbauer – das ist mir Lohn genug.«

Josef erwachte mit der Erinnerung an die gelungene Chorprobe. Als Einziger hatte er die für Tenöre so schwierige Passage fehlerfrei singen können, vom Domkantor war er gelobt worden. Und dann der nächtliche Spaziergang mit Gode! All dies wäre nie gelungen, hätte nicht Kersten die Reinigung der Werkstatt für ihn erledigt.

Josef war der Erste in der Werkstatt. Wieder und wieder summte er die heiligen Melodien, als er auf dem Gerüst neben seinem Boot stand, um die neuen Beschläge anzupassen und zu befestigen. Inzwischen waren Olaf und Kersten gekommen. Sie halfen ihm, das Boot aus der Halle zu schieben und den Mast zu stellen. Mit beiden Händen packte Josef die sauber gehobelte Bohle von acht Fuß Länge und ließ sie an der Backbordseite zwischen Beschlag und Bordwand gleiten. Zufrieden mit dem Ergebnis dieser Prüfung, wiederholte er den Versuch an der Steuerbordseite. Inzwischen steckte Olaf die lange Leine durch eine Umlenkrolle an der Mastspitze. Kersten befestigte sie am oberen Ende der Bohle mit einem festen Knoten. Feierlich übergab Olaf das andere Ende der Leine an Josef. Der zog daran und – es funktionierte!

Josef brannte darauf, seine Erfindung im Wasser auszuprobieren. Das Sprietsegel wurde angeschlagen. Fast hätten sie vor Aufregung vergessen, das Ruderblatt hinter dem Heckspiegel einzuhängen. Im nächsten Moment waren die drei mit dem Schiff im Brook.

Johannes bog in das Werfttor ein, als das kleine Schiff unter Segeln ablegte. Er lief zum Steg hinunter, winkte und rief, doch die Besatzung des Seglers achtete nicht auf ihn. So wurde er Zeuge eines unerhörten Manövers. Josef segelte derart hart am Wind, ja beinahe schon gegen den Wind, wie Johannes es noch nie gesehen hatte. Er konnte diesen Kurs nur mit Hilfe der breiten Bohle halten, die er an der Leeseite herabgelassen hatte. Das Boot raste zum anderen Ufer hinüber, nun musste die Wende folgen. Noch bevor der Sprietbaum in der Wende überging, riss Olaf mit Hilfe der Leine die Bohle aus dem Wasser, und indem sich das Boot unter dem Druck des Windes auf die andere Seite legte, schwang auch die Bohle wie ein Pendel hinüber. Kersten fing sie auf und schob sie leeseits bis zum Anschlag durch die Führung. So gab sie dem Schiff auf dem neuen Kurs Halt, damit der flach gebaute Bootskörper nicht seitwärts über das Wasser wegrutschen konnte.

Als die drei zur Werft zurücksegelten, erwartete sie Johannes. Sein Gesicht war weiß vor Wut.

»Ihr betrügt mich um eure Arbeitszeit! Als hätten wir nichts zu tun, segelt ihr in der Gegend herum, und die Staatsschute bleibt liegen. Das ziehe ich euch vom Lohn ab!« Die Gesellen waren sprachlos. Kein Wort für den Sohn. Den nahm Johannes jetzt beiseite: »Ich war grad' beim Schmied. Mir ist es nicht recht, dass du dir Beschläge schenken lässt. Das gibt schnell Gerede: Was tun die Zeelanders für uns? Ich kann sie schon hören. Und die Bohle, wo hast du die Bohle her?«

Josef wusste keine Antwort.

»Die war für die Staatsschute. Die Beschläge«, wandte sich Johannes an die Gesellen, »könnt Ihr platt klopfen, dann können wir zwei Balken damit aneinander laschen.«

»Aber Vater«, stotterte Josef, »die Erfindung ist für dich. Und nun willst du sie zerstören?«

»Wir sind eine Schiffswerft und keine Spielwiese. Nun kein Wort mehr über den Unsinn – geht an eure Arbeit.«

Es macht keinen Spaß mehr!«, murrte Olaf, als er mit Kersten zur Werkstatt zurückstiefelte. »Man müsste mit Pfarrer Clemens darüber reden.«

»Tu das bloß nicht, Olaf! Auf seinen Bruder ist der Alte gerade gar nicht gut zu sprechen«, mahnte ihn Kersten.

Josef stand beim Schiff und schaute dem Vater hinterher, der die Bohle gleich abgenommen hatte. Er konnte manches verstehen und vieles ertragen. Aber dass seine Idee begraben wurde, würde er seinem Vater nie verzeihen.

Im Hamburger Hafen, Dienstag, 1. Oktober 1398

Erst wollten sie im Chor nicht auf dich verzichten. Und jetzt? Ich versteh's nicht, warum der Kantor ausgerechnet dich aus dem Chor wirft. Und diese verlogenen Ausreden. Sie hätten genug Tenorstimmen! Die können sich doch alle nicht mit dir messen. Josef, da stimmt was nicht. Irgendwas braut sich zusammen, ich spüre es.«

Godes schmale Hände mit den langen Fingern zeichneten wilde Architekturen in die Luft, während er auf Josef einredete.

»Was machen wir jetzt? Ohne den Chor ist alles aus«, flüsterte Josef. »Mein Vater ist misstrauisch geworden und beobachtet mich. Wenn uns ein Mädchen begegnet, fragt er mit lauerndem Blick, wie sie mir gefällt oder ob ich schon an was Bestimmtes denke.«

Wie so oft schlenderten sie über den Grasbrook, vorbei an dem Schädel des Esels. Ein kalter Südwest peitschte den Regen in ihre notdürftig von Kapuzen geschützten Gesichter. Niemand war unterwegs. Gode blieb stehen und zog den Freund zu sich. Mit den Fingerspitzen berührte er sein Gesicht, als könnte er so die vielen kleinen Narben tilgen. »Wenn du wüsstest, wie die anderen Priesterschüler über mich lästern! Ich kann's kaum mehr ertragen.«

Sie mochten einige Minuten dort gestanden haben, dann flüchteten sie vor der Nässe zur Werft und machten in dem langen Bootsschuppen Feuer. Der kleinere Josef begrub sein Gesicht schutzsuchend zwischen Hals und Brust des Größeren. Irgendwann sanken sie, leise und selbstvergessen, auf einem Bündel alter Segel nieder und blieben die ganze Nacht.

Das knarrende Geräusch, mit dem der Riegel der Schuppentür zurückgeschoben wurde, ließ sie in der Frühe zusammenfahren. Ein Schlurfen wie von Holzpantinen kam näher, da hockte er auch schon vor ihnen, der »Kneelöper«.

Der Krüppel ruderte mit den Armen, sein schiefes Gesicht strahlte eine wunderbare Heiterkeit aus. Er freute sich, weil er die Jungen erkannte.

»Aooja, Dode! Aooja, Dosef! Duden Moagen, aufdehn! Aufdehn!«, begrüßte er sie aus seinem zerschlagenen Mund. Im nächsten Augenblick waren die Jungen zur Tür hinaus. Enttäuscht blieb der Krüppel zurück.

Johannes ging an diesem Morgen früh auf die Werft. Josef war die Nacht über ausgeblieben, Zeelander machte sich Sorgen. Er sah die Tür zum Schuppen der Werkstatt offenstehen und war beunruhigt.

»Duden Moagen, Doannes! Is hab' soon auf dich gebatet. Mein Oldsuh 'ss gebroken.«

»Kneelöper! – Na, wieder der linke?« Zeelander nahm die hölzerne Gehhilfe vorsichtig in die Hände, schnallte sie ab und ging zur Werkbank.

»Wie bist du hereingekommen?«, fragte er beiläufig.

»Aooja, Dodef bar hier, ad aufn Degeln geslapen. Un Dode auch. Un iss ab se gebeckt.«

Johannes traute seinen Ohren nicht: »Gode und Josef waren hier?«

Der Kneelöper verstand nicht, warum Johannes bleich wurde und lange vor sich hinstarrte. Dann reparierte er das Schemelchen, band es dem Kneelöper unter das Schienbein und beschwor ihn, seine Entdeckung nicht weiterzuerzählen.

Domschule, Freitag, 4. Oktober 1398

Gode hatte sich in der Nähe des schmalen Durchschlupfs zur Stadtmauer postiert, um den Schulhof im Auge zu behalten, ohne selbst gesehen zu werden. Gerade betrat der Domdechant den Hof. Dort standen bereits andere Würdenträger, die Gode nicht kannte. War das der Vogt? In Godes Klassenzimmer fand ein Kollegium statt, außer der Reihe. Gode war beunruhigt und hatte Josef gewarnt, der nun, auf ein Zeichen des Freundes, unbemerkt ins Gebäude schlich, um sich in einer Besenkammer zu verstecken, die vom Klassenzimmer abgeteilt war. Von hier würde Josef nicht nur alles hören, sondern durch ein Astloch auch das Kollegium beobachten können.

Der Domdekan ergriff das Wort: »Erlaubt, verehrtester Vogt Johann von Allwoerden, dass ich Euch als den höchsten Vertreter der Landesherrschaft und des Grafen Schauenburg sowie des von ihm eingesetzten Niedergerichts begrüße. In meiner Eigenschaft als Dekan unserer Domkirche St. Marien sehe ich mich veranlasst, dieses Collegium contra Sodomiticos einzuberufen, dem nach alter Gewohnheit auch der weltliche Richter angehören muss. Ich begrüße daher die beiden Ratsmannen Nicolaus Schoke und Hinrich von Hachede.«

Der Vogt wirkte ungeduldig, als der Dekan fortfuhr: »Es ist Anzeige gegen zwei junge Männer erstattet worden, und zwar gegen unseren Novizen Gode Isenbrook sowie gegen den externen Choristen unseres Domchors, den Sohn des Werftbesitzers Johannes Zeelander, mit Vornamen Josef.«

Gode hatte also richtig vermutet! Josef konnte kaum an sich halten.

»Weil es der Wahrheitsfindung unbedingt dienen wird, gehören dem Kollegium auch unser Scholasticus, Bruder Damianus, und unser Domkantor Florian an. Zur Sache: Ein Mitschüler hat beobachtet, dass unser Novize Gode Isenbrook nach den Übungsstunden des Chores niemals auf direktem Weg ins Kloster zurückgekehrt ist. Stattdessen sei er nahezu jedes Mal mit dem externen Choristen Josef Zeelander zur Werft auf dem Grasbrook gegangen und in einem Schuppen für längere Zeit, jüngst auch über Nacht, verschwunden. Der Schüler hat einen zweiten Zeugen beigebracht, den Kneelöper. Beide wurden ordentlich verhört. Der Mitschüler erhielt neben einer Belobigung zwei Pfund für die erfolgreiche Ausspähung, der Kneelöper ein Essen aus unserer Armenküche. Peinliche Verhöre konnten vermieden werden. Die Auskünfte sind glaubhaft und wurden höchst bereitwillig gemacht. Die Protokolle liegen vor.«

Broder also hatte sie verraten. Gode hatte Josef von ihm erzählt, er kam aus einer alteingesessenen Familie. Gode hatte die Stirn gehabt, seine Freundschaft auszuschlagen. Nun hatte Broder sich gerächt.

Mit wachsendem Unmut hatte Vogt von Allwoerden dem Dekan gelauscht: »Es wäre das erste Mal«, ließ er sich vernehmen, »dass wir mit Erfolg einer solchen Anschuldigung nachgehen. Ich rate dringend, den Fall zu den Akten zu verfügen.«

»Verehrtester Herr von Allwoerden! Gerade von Euch erwarten

wir entschiedenes Handeln«, versetzte der Dekan spitz, »wenn unser ganzes Gemeinwesen vom Untergang bedroht ist.«

»Ich verstehe gar nicht«, pflichtete Schoke bei, »wie Ihr zögern könnt, verehrter Vogt. Widernatürliche Handlungen müssen bestraft werden!«

Widerwillig gab der Vogt nach: »So lasst uns hören, Dignitäten, was Ihr zu tun empfehlt!«

»Bruder Damian, erläutert uns die Schwere des Vergehens.«

»Im ersten Kapitel seines Briefes an die Römer«, begann der Angesprochene mit näselnder Stimme, »geißelt der Apostel Paulus die niedere Moral der Heiden, die sich besonders darin offenbare, ›dass die Männer den natürlichen Verkehr mit der Frau verlassen … in Begierde zueinander entbrennen … Mann mit Mann Schande treiben.‹ Der Apostel sagt dazu: ›Die solches tun, verdienen nach Gottes Recht den Tod.‹ Der verehrungswürdige Heilige Thomasius de Aquino belehrt uns, dass dem ›vitium sodomiticum‹ mit aller Strenge zu begegnen sei. Im dritten Buch Mose steht bereits: ›Wenn jemand bei einem Manne liegt wie bei einer Frau, so haben sie getan, was ein Gräuel ist, und sollen beide des Todes sterben.‹ Aquino erinnert uns auch an Genesis, Kapitel 19: ›Zwei Engel kamen nach Sodom am Abend. Da nötigte Lot sie sehr, und sie kehrten zu ihm ein. Aber ehe sie sich legten, kamen die Männer der Stadt Sodom, vom Knaben bis zum ältesten Mann, und umzingelten das Haus, ein einziger Pöbelhaufen, und schrien: Wo sind die Männer, die zu dir gekommen sind diese Nacht? Bring sie heraus zu uns, damit wir uns an ihnen befriedigen können. Lot ging hinaus zu ihnen vor die Tür und schloss sie hinter sich zu. Dann sagte er: ›Ach, meine Brüder, vergeht euch nicht. Seht, ich habe hier zwei Töchter, die hatten noch nie Verkehr mit einem Mann, die will ich herausgeben unter euch, und tut mit ihnen, wie es gut ist in euren Augen. Aber diesen Männern tut nichts, denn darum sind sie unter den Schatten meines Daches gekommen.‹ Sie aber sprachen: ›Mach Platz!‹ Sie empörten sich: ›Dieser Mann ist als Einziger hergekommen, um sich als Fremder hier aufzuhalten, und dennoch will er sich zum Richter über uns aufspielen. Nur zu! Wir werden es noch weit schlimmer mit dir treiben als mit jenen.‹ Und sie fielen mit aller Härte über den Mann Lot her. Doch als sie danach hinzuliefen und die Tür aufbrechen wollten … griffen die Männer hinaus und zogen Lot herein zu sich ins Haus und schlossen die Tür zu.‹ Die hier beschriebenen Gräuel, werte Herren, sind es gewesen, die den Zorn Gottes erregten, so dass er furchtbare Rache genommen und Sodom und seine Bewohner mit Feuer und Schwefel vollkommen ausgetilgt hat.«

Der Dekan nickte beifällig. »Seid bedankt, Scholasticus! Die Heilige Schrift ist eindeutig. Unser Herr und Gott fordert von uns die Aburteilung der Sünder, damit unsere Stadt seiner Rache entgehe.«

»Wollt Ihr damit sagen, Herr Dekan, man solle die beiden Jungen zum Tode verurteilen?«, fragte der Vogt ungläubig.

»Sie haben sich durch ihre Sünde außerhalb der Christengemeinschaft auf die Seite der Heiden und Sektierer gestellt!«, erwiderte der Dekan schrill. »Brennen müssen sie!«

Allwoerden versuchte, den außer sich geratenen Kleriker zu beruhigen: »Nach dem Kirchenrecht wäre der erste Schritt, den Laien Josef Zeelander aus der Gemeinschaft der Christen auszuschließen und den Novizen Gode Isenbrook zu relegieren …«

»Das lasst unsere Sorge sein, Herr Vogt!«, fuhr ihm der Dekan über den Mund: »Glaubt Ihr vielleicht, das werde genügen, um den Zorn des Herrn, unseres Gottes, abzuwenden?«

»Wir leben nicht mehr in der Zeit Karls des Großen. Anderenorts wird gelegentlich schon der Chirurgus eingeschaltet. Ich schlage Euch vor zu prüfen, ob nicht eine Verurteilung zur Entmannung der Delinquenten ausgesprochen werden kann. Sollte die widernatürliche Zuneigung fortdauern, kann unser Exorzist tätig werden. Allerdings möchte ich daran erinnern, dass vor der verbindlichen Ausformulierung der Urteile beiden die Gunst des peinlichen Verhörs zu gewähren ist.«

Nach längerer Besprechung folgten die übrigen Mitglieder dem Vorschlag des Vogts. Schließlich wandte sich der Dekan an den Scholasticus: »Die zweite Sanduhr ist durchgelaufen, der Klassenraum steht Ihnen wieder zur Verfügung. Die Sitzung des Kollegiums ist geschlossen.«

Im Lärm des Aufbruchs blieb ungehört, wie Josef sich in dem Verschlag erbrach. Ehe ihn jemand entdecken konnte, sprang er aus seinem Versteck und lief die Treppe hinunter. Schnell fand er den Geliebten, der beim Durchschlupf zur Stadtmauer wartete. Gemeinsam entkamen sie zu einem von Büschen überwucherten Pfad am Stadtgraben.

Weg, weg aus Hamburg! Josef spuckte grüne Galle. Die Vorstellung, welche Gräuel man mit Unterstützung eines willfährigen Baders an ihnen zu vollstrecken gedachte, ließ ihn nicht los. Erst als er sich dem Elternhaus näherte, wurde er innerlich wieder ruhig. Es dunkelte bereits. Sein Vater musste ihn verstehen. Er würde die Gefahr begreifen und zu ihm halten. Leise drückte er die Tür auf, drinnen war es stickig. Auf dem Tisch am Ende der Diele brannten Kerzen. Im Hintergrund sah er zwei Augen aufleuchten, da stand der Vater. Er wollte sich ihm in die Arme werfen und ihm sein Unglück anvertrauen.

»Keinen Schritt weiter!«, herrschte der Alte ihn an. Er hatte getrunken. Stieren Blicks kam er auf Josef zu und schwang dabei den Ochsenziemer. Mit voller Kraft schlug er auf die schmächtige Gestalt ein.

»Vater, bist du's? Ich seh' dich nicht mehr! Erkennst du mich nicht? Hier ist Josef, dein Josef. Hilf mir, hilf mir, mein Vater! Sag mir, was ich tun soll!«, rief er mit brechender Stimme, während Johannes blindlings auf ihn eindrosch.

»Nenn mich nicht deinen Vater! Du hast keinen Vater, und ich hab' keinen Sohn mehr«, brüllte der Alte. »Raus aus meinem Haus. Komm mir nie wieder unter die Augen!«

Mit seinem ganzen Gewicht warf er sich auf den Jungen und stieß ihn durch die Tür hinaus. Josef hörte, wie die Tür krachend zuschlug. Drinnen stieß der Alte wüste Verwünschungen aus. Der Junge schluchzte. Er hatte keinen Vater mehr. Zitternd schleppte er sich davon.

Als Gode nach Hause kam, stand seine Mutter in der Tür. Besorgt wollte sie von ihm wissen, warum das Kollegium getagt habe.

»Unseretwegen!«, keuchte Gode und berichtete ihr stockend, was Josef erlauscht hatte.

Die Mutter blieb ruhig. »Ich kann dich nicht verurteilen, und wenn die Priester zehnmal im Recht sind. Ich höre deinen Vater noch sagen: Jede Liebe ist von Gott und größer noch als Glaube und Hoffnung. Das muss auch für euch gelten! Sie sollen dich nicht in die Hände bekommen, mein Sohn! Ich erwarte einen Freund, den Claus. Erinnerst du dich? Josef und du, ihr mochtet ihn gern. Er wird euch helfen, die Stadt zu verlassen.«

»Ich muss Josef Bescheid geben!«

Unruhig lief die Mutter in der Stube auf und ab. »Er muss jeden Augenblick ...«

»Hier sind wir richtig, Herr von Allwoerden«, rief vor der Tür Nicolaus Schoke dem Vogt zu.

»Riegelt alles sorgfältig ab, damit der zweite Vogel nicht auch noch ausfliegt!«, befahl der Vogt.

»Zu spät!«, rief Mutter Isenbrook drinnen, »jetzt können wir uns nur noch selbst helfen.«

Gode bebte. »Wie denn?«, schluckte er. »Ach Mutter, wie gut, dass sie den Josef nicht gekriegt haben.«

Seine Mutter dachte nach. »Versteck dich, so gut du kannst! Ich will nicht, dass sie einen Krüppel aus dir machen.« Sie küsste ihren Sohn auf die Stirn.

Mehrfach wiederholten der Vogt und die beiden Gerichtsherren des Rates ihre Aufforderung, die Tür zu öffnen. Godes Mutter hielt sie hin. Schließlich wurde ein Stellmacher vorgeschickt, der die Tür aus dem Rahmen schlug. Da stand nun die alte Frau mit ausgebreiteten Armen vor ihnen: »Unmenschen! Seid verflucht, dass Euch genau die Qual widerfahre, die Ihr meinem Sohn zufügen wollt!«, beschimpfte sie den Vogt und seine Leute. Sie wurde beiseitegestoßen, Männer mit Spießen und Stangen suchten im Haus nach Gode. Schließlich fanden sie ihn unter dem Dach hängend. Niemand konnte ihm mehr ein Leid zufügen.

Endlich hatte es aufgehört zu regnen, die Stadt schlief. Josef, noch halb betäubt, kauerte in seinem Unterschlupf: ein Stapel leerer Tonnen beim Neuen Kran. Geschwächt und ohne Plan ließ er sich in den Kahn des Kranmeisters fallen, der mit dem Hochwasser bis zur Uferkante aufgeschwommen war. Josef löste die Leinen und sank in den Kahn zurück. Als die Ebbe einsetzte, trieb das Boot stromabwärts zum Hafen hinaus auf die Elbe.

Im Osten machte sich das Morgengrauen bemerkbar, hinter dem Pagensand hielt ein einsames Segel auf den treibenden Kahn zu. Mit Peekhaken zogen ihn die Seeleute zu sich heran. Herrenlos gehört jedem. Vorsichtig trugen sie den reglosen Jungen an Deck des Huekbootes. Unverkennbar, dieses Gesicht! Claus wusste, wen er vor sich hatte. Er hatte ihn gelegentlich bei Mutter Isenbrook getroffen. »Das ist der Sohn meines Freundes Zeelander. Erinnerst du dich an den Kutscher auf der Fahrt nach Wismar?«

Sie reinigten Josefs Gesicht von Blut und Dreck und versuchten, ihn zu wecken. Schließlich hob Josef den Kopf und entdeckte halb im Traum seine Retter: »Claus? Ihr?«

»Und du bist Josef Zeelander? Geerd! Bring Käse, Butter und Brot. Unser Gast braucht etwas zu essen. Und einen Krug Wasser mit drei Bütten!«

Es tat Josef gut, umsorgt zu werden.

»Lang tüchtig zu, mein Kleiner! Wer hat dich bloß so zugerichtet?« Störtebeker wartete die Antwort nicht ab. »Deine Eltern werden beunruhigt sein und dich überall suchen. Aber lass mich nur machen! Heute Abend bist du wieder zu Hause.«

Josef ließ das Brot fallen und stand mit zwei Schritten auf der Bordkante. »Bloß das nicht«, rief er, »dann spring ich über Bord!« Verblüfft lenkte Störtebeker ein. »Setz dich wieder hin! Hier geschieht nichts gegen deinen Willen. Aber du musst mir alles erzählen!«

Josef blieb auf der Bordkante stehen. Ohne Störtebeker anzusehen, rief er in den Wind: »Willst du wirklich alles über mich wissen? Dann kannst du mich gleich aus deinem Schiff rausprügeln wie mein Vater.«

»Sachte, sachte, der Reihe nach.«

»Soll ich unter Deck gehen?«, fragte Geerd.

Störtebeker winkte ab. Und an Josef gewandt: »Das ist Geerd Cordessone. Für den leg' ich die Hand ins Feuer.«

Josef setzte sich neben Störtebeker ans Ruder und schwieg eine Weile. Schließlich begann er stockend zu erzählen. Claus wollte es nicht wahrhaben. Was war in Johannes gefahren? Störtebeker fuhr ihm mit der Hand durch den Schopf und versuchte zu lächeln: »Bis Johannes sich wieder einkriegt, werd' ich mich um dich kümmern. Aber zuerst müssen wir Gode retten.«

Er wandte sich an Geerd: »Du übernimmst das Ruder und bringst das Huekboot nach Marienhafe. Wartet nicht auf mich. Unterhalb der Schwingemündung werden wir gleich ankern, viel weiter geht es bei dem Wasser ohnehin nicht. Mit der Flut kommen die Torfewer von der Oste. Ich lass' mich mit dem Boot des Kranmeisters ins Hauptfahrwasser treiben und fahr' dann auf einem Torfewer nach Hamburg. Ich hoffe, dass ich bei dieser Gelegenheit eine alte Dankesschuld abtragen kann.«

Haus Isenbrook, Sonnabend, 5. Oktober 1398

Uogt Allwoerden und der Weddeherr Gabriel Landwehr hatten den Zugang zum Boden versiegelt und einen Wächter vor der Tür postiert. Danach hatten sie das Totenhaus verlassen. In ihren Ohren gellten die Schreie der Mutter:»Mörder! Mörder! Ihr habt meinen Gode in den Tod getrieben!«

Als sie fort waren, schlief Witwe Isenbrook vor Erschöpfung am Tisch ein. Der dumpfe Klang eines Spatens und das schrille Klirren einer Hacke, die auf Mauerwerk trifft, ließen sie hochschrecken. Die Totengräber kamen. Zwei Arbeiter rissen den Dielen-Estrich auf, um ein Loch unter der Hausschwelle hindurchzugraben. Vor dem Haus war bereits die Treppenstufe weggenommen und die Schwelle von außen unterhöhlt worden. Als sie drinnen fertig waren, legten sie zwei hölzerne Bohlen über die Erdlöcher.

Ohne Gruß betraten der Vogt und der Weddeherr die Küche. »Hört gut zu, Witwe Isenbrook, wie wir in Hamburg mit Leuten verfahren, die sich ihrem irdischen Richter entziehen. Indem er Hand an sich legte, hat Euer Sohn sich außerhalb der Gemeinschaft der Christen gestellt. Darum darf sein Leichnam das Haus nicht über die geheiligte Schwelle verlassen. Godes Selbstmord, so ist beschlossen, wird durch ein Eselsbegräbnis geahndet.«

Inzwischen war der Büttel Knoker ins Haus gekommen, hatte den Leichnam vom Boden geholt, ihn entkleidet und auf der Diele abgelegt. Die Bohlen wurden wieder weggenommen. Knoker band dem Toten mit einer Leine die Füße zusammen und führte die Leine unter der Schwelle hindurch nach draußen. Er stellte sich am Rande der Grube auf und riss an der Leine. Mit dumpfem Geräusch stürzte die Leiche in die Grube. Als Erstes erschienen die nackten Füße unter der Schwelle. Der Hals war noch umwunden mit dem Knoten des Strangs, der durch den Dreck schleifte. Unsanft riss Knoker den verdreckten Leichnam aus der Grube. Zwei Arbeiter rollten ihn bis über die Schultern in die bereitliegende Kuhhaut ein, nur Hals und Kopf blieben sichtbar. Mit groben Stichen vernähte der Sattler die Kuhhaut.

Es begann zu nieseln. »Macht Platz, ihr Leute! Lasst die Esel durch!«, ließ sich Büttel Knoker ein ums andere Mal vernehmen. Zwei Esel, bereits eingeschirrt, wurden herangeführt. Die um die Füße geschlungene Leine wurde in die Haken des Zuggeschirrs eingepickt, schließlich setzte sich der Trauerzug in Bewegung.

Mutter Isenbrook wurde von zwei Schergen unsanft in die Mitte genommen. Sie hinderten sie daran, sich fallen zu lassen, und schoben sie vorwärts. Sie hatte die Augen geschlossen und bewegte die Lippen zu Gebeten und Gesängen, wie sie ihr gerade einfielen. Die Schergen zerrten die Trauernde in die erste Reihe, ehe sie sich hinter ihr ins zweite Glied verfügten. So wankte sie hinter dem Leichnam her. Die Esel rissen das Bündel durch Pfützen und Kot. Dem Zusammenbruch nahe, wurde Mutter Isenbrook vorwärts geschubst. Das Gefolge der Neugierigen wuchs weiter an. So ging es durch Gassen und Straßen Richtung Grasbrook.

Als der Zug die Brooksbrücke überquert hatte, versagten Mutter Isenbrook die Beine. Die Schergen zogen sie an den Oberarmen und ließen ihre Beine durch den Dreck schleifen, dass sie ihre Schuhe verlor. Sie überquerten den Grasbrook, bis sie an die Norderelbe kamen. Nun ging es nach rechts, am Strand entlang, der Hinrichtungsstätte für Seeräuber entgegen. Man sah den neuen Galgen bereits, als sie das Gräberfeld für unbekannte Seeleute und angeschwemmte Leichen passierten. Durch einen Weg getrennt, befanden sich daneben die Gräber für Selbstmörder. Ein zweiter Weg bildete die Grenze zum nächsten Feld, auf dem Hingerichtete verscharrt wurden.

An der Wegscheide brachte Knoker die Esel zum Stehen. Ein Platz in Strandnähe war zur Aufnahme der Leiche Gode Isenbrooks bestimmt worden. Nie zuvor war Mutter Isenbrook an diesem Ort gewesen. Zwischen fahlem Strandhafer und absterbendem Heidekraut glaubte sie, ein Gewimmel von Ringelnattern zu entdecken. Der Weddeherr lachte. »Das sind verrottete Taue, liebe Frau!«, spottete er.

Auf ein Zeichen des Vogtes hin hoben Knoker und ein Gehilfe eine Mulde aus. Es regnete inzwischen heftiger. Sie legten das eingehüllte Menschenbündel in die Grube und scharrten sie wieder zu, nicht ohne das Ende des Stricks, mit dem sich Gode erhängt, aus der Erde zu ziehen. In Schlingen warfen sie den Strick über das Grab, um jedermann anzuzeigen, dass hier ein Selbstmörder lag.

Die Menge hatte sich verlaufen, Godes Mutter war zurückgeblieben. Über die Elbe schaute sie nach Süden und sah doch nichts.

»Mein Gott!«, betete sie. »Dein Geschöpf ist denen entkommen, die einen lebenden Leichnam aus ihm machen wollten. Keiner von denen, die sich an ihm vergangen haben, hat so fest an Dich geglaubt wie Gode. Dass ausgerechnet diese vor Selbstgerechtigkeit strotzenden Teufel ihm ein christliches Begräbnis verweigern! Heilige Mutter Gottes, hilf mir, meinen Sohn aus dieser Schmach zu erlösen!«

Jemand stand neben ihr. »Ich bring Euch Eure Schuhe«, hörte sie Störtebeker sagen.

»Wärt Ihr nur früher gekommen« klagte sie, »Ihr hättet Gode das Leben gerettet.«

»Als ich Euer Haus erreichte, war die Katastrophe nicht mehr aufzuhalten. Ich wäre gern früher zur Stelle gewesen, um Euch die oft gewährte Gastfreundschaft zu vergelten«, sagte Claus leise und nahm ihren Arm. »Ich begleite Euch in die Stadt.«

»Ich schaff's schon«, wehrte sie ab. »Ich will nicht, dass Ihr durch meine Schuld in die Fänge der Büttelei geratet!«

Im Hause Zeelander, Mittwoch, 9. Oktober 1398

Um die Mittagszeit war Magdalena mit ihrer Tochter auf einem Ewer von Bergedorf abgefahren. Eine Woche hatten sie sich von ihrer Tante Grete in frischer Landluft verwöhnen lassen. Grete verdankte sie Neuigkeiten über ihren Bruder Hans-Diderich, der sich den Vitaliensern angeschlossen hatte: Er sei bald in Norwegen, bald in Ostfriesland gesichtet worden. Wegen des Nieselregens hatten die Zeelanders auf einer Bank im Vorschiff Platz genommen. Catharina schmiegte sich fröstelnd an die Mutter, die ihren Mantel um sie schlug. »Freust du dich gar nicht?«, fragte Magdalena.

»Warum soll ich mich freuen«, maulte Catharina, »dass wir in das stinkende Hamburg zurück müssen?«

»Du weißt, was ich meine.« Magdalena nahm Catharinas Hand, um sie über ihren Bauch zu führen. »Du bist die Erste, die von meinem süßen Geheimnis weiß, Catharina. Wie dein Vater sich freuen wird! Ich hab' nicht zu hoffen gewagt, dass uns der Herrgott noch einmal ein Kind schenkt.«

Vor dem Dunkelwerden traf der Ewer beim Neuen Kran ein, die Stadt war voller Menschen. Auf Schritt und Tritt begegneten ihnen bekannte Gesichter. Irgendetwas stimmte nicht. Ihr schien, dass alle sie mit Nachdruck grüßten, aber keiner blieb stehen und sprach mit ihr! Magdalena besaß ein Gespür für Stimmungen. Etwas Furchtbares musste in ihrer Abwesenheit geschehen sein.

Zu Hause war niemand. Langsam ging sie über die dunkle Diele auf die angelehnte Küchentür zu und öffnete sie. Ihr bot sich ein furchtbarer Anblick. Vor sich sah sie eine wie tot dasitzende Gestalt.

»Johannes! Mein Gott, Johannes!«

Sie stürzte auf ihn zu. »Warum sitzt du im Dunkeln? Wir haben doch Kerzen genug.«

Sie beugte sich über ihn und spürte, wie sein tränenüberströmtes Gesicht ihre Hände nässte.

Magdalena blickte sich um. »Wir brauchen Licht. Catharina, holst du uns zwei Kerzen?«

Der Kerzenschein brachte sein verwüstetes Gesicht zum Vorschein.

»Hast du getrunken?«, fragte Magdalena nachsichtig.

Er nickte und flüsterte dann: »Es ist alles so furchtbar!«

»Wenn du ausgeschlafen hast«, widersprach Magdalena, »erzähl ich dir etwas, worüber du dich freuen wirst.« Sie strich ihm die Haare aus dem Gesicht. »Hast du ein wenig Zärtlichkeit vermisst?«

Abrupt richtete sich Johannes auf. »Ich brauch' keine Zärtlichkeit!«

Catharina versteckte sich hinter der Mutter. »Warum schreit Vater so?«

Magdalena blieb ruhig: »Dein Vater ist durcheinander. Geh nach oben, bis ich dich rufe!« Eine böse Ahnung beschlich sie. »Wo steckt Josef?«, fragte sie besorgt. Johannes wich ihrem Blick aus.

»Zum Teufel mit ihm. Er ist nicht mehr mein Sohn. Dein Josef ist ein Sodomit! Hörst du? Ein elender Sodomit ist er, nichts weiter!«

Wie eine Katze, die ihr Junges verteidigt, fuhr Magdalena Johannes mit beiden Händen ins Gesicht und kratzte blutige Schrammen in seine Wangen.

»Wo ist unser Kind, wo ist Josef!? Du Feigling! Gnade dir Gott, wenn ihm etwas geschieht!«

»Ist schon geschehen, ist alles längst geschehen!«

Stockend brachte er heraus, was sich während der letzten beiden Tage ereignet hatte. Zuletzt sagte er tonlos: »So ist es gekommen.«

»Nein – du hast es so weit kommen lassen! Konntest dem eigenen Fleisch und Blut nicht vergeben! Hast ihn verraten, du Elender!«

Wimmernd sank sie zu Boden und verlor das Bewusstsein. Mit einem Mal war Johannes nüchtern. Er hob seine Frau auf und trug sie ins Bett. Er küsste sie auf die Stirn. Sie schlief. Schön sah sie aus. Dann holte er die verstörte Catharina in die Küche, schnitt ihr Brot und Käse ab, gab ihr Milch zu trinken, als sei nichts gewesen. Er ließ die Tochter erzählen, vom Besuch bei Tante Grete in Bergedorf und was sie dort über ihren Onkel gehört hatte. Schließlich schickte er sie schlafen und ging selbst zu Bett. Magdalena lag, wie er sie niedergelegt hatte.

So tief schlief er in dieser Nacht, dass ihn das leise Stöhnen seiner Frau nicht weckte. Am Morgen lag sie still neben ihm, das Gesicht weiß im Kranz ihrer schwarzen Locken. Ihr Laken war blutig. Magdalena hatte die Fehlgeburt nicht überlebt.

Auf dem Grasbrook, am selben Tag

Am Südstrand bewegte sich eine schmächtige Gestalt auf die seichte Bucht zu. Dicht an dicht lagen die von der Oberelbe herabgeflößten Baumstämme vor der Einfahrt zum Oberhafen verankert. Mittwochs kamen die Holzarbeiter vom Bauhof bei auflaufender Flut und griffen einige Stämme, um sich mit dem Nachschub für ihre Werkstätten in die Stadt hinauftragen zu lassen. Von ihrer Seite drohte an diesem Tag keine Gefahr.

Störtebeker watete zu einem schmalen Floß. Dort angekommen, riss er mit gewaltiger Anstrengung den Anker aus dem Grund. Das Floß begann zu treiben. Es gelang ihm, das schwere Gefährt am Grasbrook entlang zu manövrieren. Als er auf Höhe des Begräbnisplatzes war, warf er den Anker und sprang an Land. In völliger Finsternis grub er den verscharrten Leichnam aus. Er löste die um den Hals gelegte Schlinge, zog den Körper zum Ufer, befreite ihn von der Kuhhaut und wusch ihn. Unter einem Brombeerstrauch zog er Zeelanders Arbeitskittel heraus und bekleidete den Toten damit. Dann trug er die Leiche zum Wasser hinunter und hängte sie unter das Floß. Ein letztes Mal kehrte er an Land zurück. Es gab noch etwas zu erledigen.

Der Diebstahl des Floßes wurde von den Bauhofarbeitern entdeckt und dem Brookvogt angezeigt. Der Mann seufzte und gähnte.

»Kann man mich nicht zur Ruhe kommen lassen?«

Mit zwei Herren von der Wedde begab er sich vor Ort. Sie begannen, den Strand nach dem Floß abzusuchen. Vielleicht hatte es sich ja losgerissen und war an anderer Stelle angetrieben worden. So gelangten sie zum Bestattungsplatz für Selbstmörder. Dort bot sich ihnen ein unheimliches Bild: Die Mulde, in der man Gode verscharrt hatte, war leer. Der kotige Strick, an dem er sich erhängt hatte, lag in der Grube, aufgerollt zu einer Spirale. Darunter war die Kuhhaut ausgebreitet. Die Schlinge, die sich um den Hals zugezogen hatte, umschlang jetzt die Hüfte einer weiblichen Puppe aus Holz. Nein, doch keine Puppe! Allwoerden wagte sich näher und sprang in die Mulde.

»Ist ein Fidelblock«, rief er, »ein uraltes Stück, wohl aus der Takelage einer Kogge. Sicher hat sich jemand davon einen Schiffszauber versprochen.«

»Was hat das alles zu bedeuten?«, fragte ein Weddeherr.

»Gehen wir zu Meister Zeelander, der kennt sich mit so was aus.«

Kurz darauf betraten sie die Werft, niemand arbeitete. Zeelander fanden sie in der Werkstatt. Der Mann war offensichtlich verwirrt.

Als sie ihn fragten, ob bei ihm eingebrochen worden sei und ob er etwas vermisse, verneinte er. Schließlich zog ein Weddeherr das Corpus Delicti aus einem Sack. Zeelander zuckte zusammen. Störtebekers Geschenk – stranguliert! Eiseskälte stieg in ihm auf. Das konnte nur Claus gewesen sein! Er hatte ihm den Block weggenommen und das Zeichen ihrer Freundschaft in eine Drohung verwandelt.

»Was ist mit Euch, Zeelander? Ihr wirkt erschreckt. Habt Ihr den Fidelblock schon einmal gesehen?«, forschte der Vogt nach.

Johannes wandte sich ab. »Meine Frau ist letzte Nacht gestorben.«

Die Besucher bekundeten ihr Mitempfinden und wollten schon gehen.

»Was mit dem Block ist, wolltet Ihr wissen. Ist ein uraltes Gerät, unbrauchbarer Plunder. Aber ich habe gehört, dass man den Vitaliensern so etwas mit ins Grab legt. In letzter Zeit soll sich einer der schlimmsten Seeräuber bis nach Hamburg gewagt haben: Claus Störtebeker!«

Der Vogt und die Weddeherren sahen einander bestürzt an.

Insel Neuwerk, Freitag, 11. Oktober 1398

Ja, Hinnerk, was gibt's denn Wichtiges!« Pater Ambrosius ärgerte sich über die Störung.

»Verzeiht«, druckste Hinnerk, »wollt' nur melden, da ist einer mit der Morgenflut angetrieben. Ihr wolltet sofort Bescheid wissen …«

»Schon recht«, nickte der Pfarrer. »Wir machen uns gleich auf!«

»Der ist über die Muschelbänke geschrammt, der arme Kerl«, murmelte der Pater, »man erkennt ja kaum noch etwas. Jung. Der Kleidung nach ein Handwerker. Hinnerk, untersuch den Kittel! Vielleicht finden wir einen Hinweis, woher der Mann kommt.«

Hinnerk tat, wie ihm geheißen. »Hobelspäne!«, rief er.

Der Tote musste Zimmermann gewesen sein und war irgendwo von Bord gefallen. Das kam vor. So wurde Gode Isenbrook auf dem Friedhof für unbekannte Seeleute zu Füßen des schwarz aufragenden Kreuzes mit kirchlichem Segen doch noch ein christlich Grab zuteil.

Mit ablaufendem Wasser glitt Hinnerk in seiner Jolle bei Morgengrauen vom Neuwerker Hafen die Werkbalje hinunter bis zum Ankerplatz bei der Schartonne und hielt auf ein dort liegendes Boot zu. Ein Augenblick genügte Störtebeker, um von einem Fahrzeug auf das andere zu springen. Schon drifteten die Schiffe wieder auseinander und entfernten sich im Dunst.

Der Alte

Auf der Elbe, Dienstag, 25. November 1399

Ein eiskalter Hauch aus Nordost schob die Ewer, Segelschuten und Schniggen geräuschlos die Elbe hinunter. Vorneweg der Tonnenbojer, der den Weg durch den Nebel wies. Es war gespenstisch.

»Ich sehe keine Tonnen mehr«, unterbrach Sywert Werners die Stille. »Wie findet Zeelander nur durch das Gewirr von Untiefen hindurch?«

»Der braucht keine Tonnen«, brummte Heino Zwartekop. »Er schwingt wohl den schweren Hammer nicht mehr wie früher, doch hier kommt es nicht auf Körperkraft an. Er kennt sich auf der Elbe aus, auch bei mieser Sicht.«

Zeelander lächelte spöttisch. Das wollten Kaufleute sein! Wie oft war er die Strecke schon gefahren, um zu sehen, ob seine Schiffe gut am Wind segelten.

»Wenn sie die Tonnen auslegen oder wieder bergen – Zeelander ist dabei. Sie überprüfen dann den Verlauf des Fahrwassers und ändern die Tonnen.« Zwartekop nahm Werners ins Visier. »Ihr könnt Euch ja nicht mal alle Daten merken, die für die Schifffahrt wichtig sind. Martini fällt seit ewigen Zeiten auf den 11. November, die Schifffahrt ist eingestellt. Und Ihr haltet nach Fahrwassertonnen Ausschau! Die sind bis zu Petri Stuhlfeier auf dem Tonnenhof.«

»Ich bin Schiffskaufmann, kein Schiffer«, stellte Werners unbeeindruckt fest. »Aber wie habt Ihr dann die Erlaubnis für diese Fahrt erhalten? Martini ist vorbei! Die Hamburger Ämter sind doch sonst so unbeweglich.«

Zeelander hörte nicht hin. Dass die Englandfahrer dahintersteckten, war ein offenes Geheimnis. Mit dem Tonnenbojer vorweg – das konnten nur sie gefingert haben. Hatten ja nicht nur schlechte Leute in ihren Reihen. Zwartekop war einer der klugen Köpfe. Er war es, der im Rat Stimmung gegen die auf Ausgleich bedachte Politik der Bürgermeister machte.

»Wir dürfen mit Erlaubnis des Grafen von Holland nach Amsterdam segeln, aber unterwegs keine Geschäfte mit Groningen machen! Nobel, nicht? Die Schieringer sind mit dem Grafen verfeindet, aber was interessiert mich das?« Zwartekop redete sich in Rage.

»Westfriesland ist ein guter Markt«, gab Werners zu.

»Bist du wieder bei unserem Lieblingsthema?«, ertönte die nörgelnde Stimme vom Vorschiff. Wolter Westfal trat zu den Freunden. »Hast ja Recht. Bald wird der Letzte begriffen haben, dass die Partei der Schieringer sich gegen den Plan des Grafen von Holland wehrt, Westfriesland an sich zu reißen.«

»So ist es«, bestätigte Zwartekop, »unsere Freunde, die Schieringer, haben längst kapiert, dass der Graf mit Wohlwollen und viel Geld die Vetkoper in Westfriesland unterstützt, damit sie seinem Einmarsch den Weg bereiten.«

»Und unsere Bürgermeister«, erregte sich Westfal, »verlangen, dass wir zusehen, wie der Graf versucht, uns durch Verträge mit Hamburg von den Schieringern zu trennen und sie so auszuhungern.«

»Zum Glück sollen die Holländer zwei Hamburger Schiffe überfallen haben«, merkte Zwartekop höhnisch an.

»Was heißt hier ›zum Glück‹?«, fragte Werners naiv.

»Weil die Schmusepolitik mit dem Grafen daran scheitert!«, erklärte Zwartekop. »Wir müssen uns nicht mehr ducken und können wieder legal nach Groningen fahren. Ziel der heutigen Fahrt ist es, den Frieden für immer unmöglich zu machen.«

»Wie habt Ihr erfahren«, erkundigte sich der Kaufmann, »dass die Holländer, die auf dem Hamburger Stapel Weizen und Bier eingekauft hatten, noch bei Stade auf Reede liegen?«

»Wir haben einen von ihnen gefragt«, erklärte Zwartekop, »junger Kerl aus Haarlem. Der hat den Aufenthalt in Hamburg genutzt, um nach Arbeit für sich und seine Leute Ausschau zu halten.«

»Hat er keinen Verdacht geschöpft?«, wunderte sich Werners.

»Zunächst war er zugeknöpft. Aber wir hatten den Eindruck, wir könnten ihn gewinnen. Also haben wir Simon, so heißt er, vorgeschlagen, mit seinem Schiff in Hamburg zu bleiben. Für ihn und seine Mannschaft gibt es lohnende Arbeit. Die Jagd auf die Vitalienbrüder ist einträglich.«

»Dann könnte er sich in Holland aber nicht mehr sehen lassen!«

»Deshalb hat Simon von Utrecht gefragt, ob wir ihm unter diesen Umständen das Bleiberecht in Hamburg garantieren könnten«, ergriff Zwartekop wieder das Wort. »Damit hatten wir ihn an der Angel. Ich versprach, persönlich für ihn zu bürgen, wenn er mir zuvor verraten würde, welche Stationen seine Reisegefährten auf ihrem Rückweg nach Holland anlaufen wollten. Da wurde Simon gesprächiger. Wir wissen, dass sich nur Kaufleute und Seeleute an Bord befinden.«

Zeelander schluckte. Da also führte er sie hin! Aber es musste sein, auf ihre Aufträge wollte er nicht verzichten.

»Mein Gott, Zeelander, passt doch auf!«, rief Zwartekop. »Wir fahren ja mitten hinein! Seht Ihr die Nebelwand denn nicht?«

Tatsächlich war die Sicht gleich null. Zeelander beruhigte den nervösen Englandfahrer: »Kennen wir. Erst fünfzig Fuß Nebel und dann gute Sicht.«

Kaum hatte er ausgeprochen, riss die Nebelwand auf, und der Hamburger Pulk rauschte in eine ankernde Flotte hinein. Riesengeschrei. Holz splitterte krachend, als die Ewer, Schuten und Schniggen auf die Holländer zuhielten und sich in die Leiber der Holken und Koggen bohrten. Die Überrumpelten wirkten eingeschüchtert, sie schienen den Zusammenstoß mit einem brillant eingefädelten Überfall zu verwechseln. Zwartekop, selbst überrascht, bemerkte die Verwirrung der Feinde rasch.

»Ergebt Euch!«

Die hamburgischen Söldner enterten die holländischen Anker-lieger und nahmen sie gefangen, ohne auf Gegenwehr zu stoßen. Zeelander versuchte mit einem Peekhaken, die unkontrolliert an-einanderstoßenden Boote vom Tonnenbojer fern zu halten. Er nahm den rechten Fuß zu Hilfe, rutschte ab, sein Fuß geriet zwischen die Bordwände, das Bein wurde zwischen den Schiffen zermalmt. Be-wusstlos fiel er ins Wasser, als die Boote auseinanderdrifteten. Ein Seemann sprang hinterher und brachte den Ohnmächtigen an Bord. Der Zimmermann des Tonnenbojers schiente notdürftig den zer-quetschten Fuß und drängte zur Rückkehr, um Zeelanders Leben zu retten.

Inzwischen hatten die Holländer die wahren Kräfteverhältnisse begriffen. Wütend erkannten sie, dass mehrere der schwächer ge-bauten und beschädigten Hamburger Schiffe zu sinken begannen. Die siegreichen Gegner hatten sich der fremden Schiffe bemächtigt und brachten sie zusammen mit den Resten der eigenen Flotte nach Hamburg zurück. Gegen den Widerstand einiger Bürgermeister wurden die Schiffe der Holländer und die darauf vorgefundenen Handelsgüter zugunsten der Staatskasse verkauft.

Zeelander blieb während der Rückfahrt ohne Bewusstsein. In Ham-burg nahm Budessyn die Amputation des Fußes vor. Niemand ver-mochte sich vorzustellen, was nun aus der Werft werden sollte.

Wer soll das essen!?«, fuhr er Catharina an. »Hast du das bei deiner Mutter gelernt? Das Gemüse ist ja völlig zerkocht! Man kann die Rüben nicht von den Bohnen unterscheiden. Die Stängel vom Suppengrün sind hart wie Stroh.«

Catharina standen Tränen in den Augen, das Kochen war ihr ein Gräuel. Wortlos erhob sie sich und brachte das verschmähte Essen zur Drangtonne. Danach ging sie zur Tür.

»Halt!«, brüllte der Vater. »Wohin willst du?«

»In die Kirche, für die Mutter beten«, antwortete sie unter Tränen.

»Für die Toten tust du was!«, höhnte Johannes, »für die Lebenden bleibt keine Zeit. Hast wohl vergessen, dass mein Beinstumpf versorgt sein will. Hol schon den Kram!«

Widerwillig gehorchte Catharina. Sie setzte sich zu ihm, hob sein Bein auf die Bank und riss den stinkenden alten Verband ab. Das machte ihr nichts aus, bei der Wundversorgung war sie geschickt. Aber ihren griesgrämigen Vater fand sie unerträglich. Schärfer als nötig riss sie an den verklebten Beinlappen. Sollte er doch schreien! Als sie sich vorbeugte, um den neuen Verband anzulegen, stierte er in ihren Ausschnitt und kicherte: »Das sind richtige Früchte! Wird Zeit, dass sie gepflückt werden.« Mit seinen groben Fingern befummelte er ihre weiche Haut. »Sind überreif!«, lachte er wie irre. »Pack doch mal aus!«

Catharina zog sein Bein von der Bank und ließ es auf die Fliesen knallen, dass er aufheulte. Eilig griff sie ihren Mantel und lief hinaus.

Was war über den Vater gekommen? Dass er sie von morgens bis abends tyrannisierte, war schlimm. Dass er jetzt nach ihrem Körper griff – hatte er den Teufel im Leib? Wo sollte sie nun bleiben? Wer konnte sie beschützen? Am Eingang der Kirche hörte sie Schritte.

»Onkel Clemens! Du bist meine Rettung.«

Clemens hatte die zierliche Gestalt gar nicht bemerkt, jetzt setzte er sich neben seine Nichte.

»Was bedrückt dich, mein Kind?«

»Es muss ein Ende haben!«, brach es aus ihr hervor. »Er hat sich schrecklich verändert seit dem Tod der Mutter. Seine Wutausbrüche machen mir Angst. Und heute … ich schäme mich so für ihn …« Ihre Schultern begannen zu zucken, Clemens legte den Arm um sie.

»Lass uns ins Pfarrhaus gehen, dort ist es warm. Da erzählst du mir in Ruhe, was vorgefallen ist.«

Wenig später fuhr Clemens heiliger Zorn in die Glieder. Johannes musste den Verstand verloren haben. Die eigene Tochter! Mühsam bewahrte er die Fassung, um Catharina nicht noch mehr zu verschrecken.

»Du bleibst erst einmal hier. Heute Nacht kannst du bei Mutter Onken schlafen. Morgen werde ich mit deinem Vater sprechen.«

Catharina begann zu schluchzen: »In sein Haus will ich nicht zurück … nie mehr! Lieber gehe ich ins Wasser!« Er nahm sie in den Arm.

»Beruhige dich. Du musst nicht zu ihm zurückkehren. Ich kenne einen Ort, da bist du sicher und unter guten Menschen. Ich werde noch heute das Nötige veranlassen, und morgen werde ich erst mit deinem Vater sprechen, wenn ich dich in der Obhut der Blauen Schwestern weiß. Im Kloster kann dir niemand ein Leid tun.«

Als Clemens vom Beginen-Convent durch die grimmige Kälte nach Hause stapfte, zogen sich Sorgenfalten durch seine Stirn. Es hatte keiner Überredungskunst bedurft, die Mutter Oberin zur Aufnahme einer Novizin zu bewegen, die vorübergehend der Ruhe und geistlichen Fürsorge bedurfte. Aber das Schwerste stand ihm noch bevor. Wie konnte er seinen Bruder vor dem Abgrund bewahren, in den er abzurutschen drohte?

Du kommst spät, Johannes! Ich hatte dich gestern erwartet.« Vorwurfsvoll blickte Clemens den verdutzt vor ihm stehenden Bruder an.

»Ich bin ein alter Mann, ein Krüppel. Jeder Weg ist mir eine Qual, nun ist mir auch noch die Tochter davongelaufen, das Luder. Und du machst mir Vorwürfe, kaum dass du mich begrüßt hast? Am besten geh' ich gleich wieder.«

»Ich habe dich nicht grundlos um einen Besuch gebeten. Und von deiner Tochter sprich nicht in diesem Ton! Sie ist deine einzige Stütze; kein Vater könnte eine bessere haben.«

»Aber nu ist sie weg«, maulte Johannes, »hat mich im Stich gelassen, und ich weiß nicht, wo sie hin ist!«

»Sie ist in Sicherheit … vor sündigen Zugriffen!«

Johannes sah ihn entsetzt an: »Was …?«

»Mein Gott, Johannes! Ich habe sie vorgestern in der Kirche gefunden, sie hat mir alles erzählt. Wie konntest du ihr so etwas antun?«

»Du hast sie mir weggenommen … darauf hätt' ich kommen können«, knurrte Johannes. »Spielst dich ja gerne als Moralapostel auf. Was weißt du von meinen Schmerzen? Den Verband hätte sie mir wechseln sollen, statt sich so anzustellen …«

»Den Verband will ich dir gern erneuern«, sagte Clemens ruhig, »aber mir scheint, du bedarfst auch anderer Fürsorge. Ich fordere dich auf zu beichten und deine sündige Seele vor Gott zu erleichtern!«

Trotzig richtete sich Johannes auf. »Das hast du schon einmal von mir verlangt, und was hat es mir genutzt? Seitdem hat mir jedes Jahr neues Leid gebracht – das große Schiff ein Raub der Flammen, der Sohn ein Sodomit, die Frau im Kindbett krepiert … und nun nimmst du mir die Tochter. Dass du dich nicht schämst!«

Traurig sah Clemens in das herausfordernde Gesicht seines Bruders. »Bruder, du bist verloren, wenn du nicht umkehrst. Du hast eine Todsünde begangen und willst nicht beichten!«

Johannes schwieg beharrlich. Clemens ließ die Schultern sinken und sagte: »Meine Nichte hat mich gebeten, sie vor dir und dem Teufel, der in dir steckt, zu schützen. Sie untersteht ab sofort der Obhut der Blauen Schwestern. Halte dich von ihr fern! Da du deine Sünde nicht beichtest und keine Buße tust, will ich dich in dieser Kirche nicht mehr sehen, bis du aus eigener Kraft umgekehrt bist auf deinem Irrweg! Geh jetzt!«

Johannes humpelte zur Kirchtür. Ehe er sie erreichte, wurde sie von draußen aufgestoßen, zwei Männer standen im Eingang zum Mittelschiff.

»Magister Zeelander! Euch hatten wir nicht hier vermutet! Euren Bruder wollten wir sprechen ... was blickt Ihr denn so finster?« Der Kürschnermeister Eler Grube warf einen fragenden Blick auf Johannes und Clemens, der hinzugetreten war.

»Pfarrer Zeelander, ich hoffe, wir stören nicht! Ich bringe Euch einen Besucher.«

Clemens lächelte: »Seid mir gegrüßt, Meister Grube. Ihr stört nicht, wir waren ohnehin fertig. – Wollt Ihr uns Euren Begleiter nicht vorstellen?«

Der Kürschnermeister trat zur Seite und wies auf die hagere Gestalt im rostbraunen Pelzmantel.

»Magister Hieronymus, der Sohn eines befreundeten Tuchhändlers aus Prag. Er kam mit Sywert Werners auf dessen jüngster Fahrt aus London zurück und soll in unserer Stadt für seinen Vater geschäftliche Angelegenheiten unter Dach und Fach bringen, ehe er nach Böhmen heimreist. Aber vor allem, Pfarrer Zeelander« – Grube setzte eine triumphierende Miene auf –, »vor allem ist er gekommen, um Euch einen Besuch abzustatten und sich einen lang gehegten Wunsch zu erfüllen!«

»Verzeiht«, entschuldigte sich Hieronymus. »In Prag erzählte man mir, Ihr, lieber Pfarrer, wärt ein Freund des berühmten Kirchenrechtlers Wilhelm Horborch gewesen, der an unserer Universität in Prag die Studenten durch seine Vorlesungen begeisterte. Ich war so kühn zu hoffen, Ihr würdet Euch für die Entwicklung an unserer Universität interessieren. Mein Brief ist doch angekommen?«

Clemens zögerte, der Besucher hätte zu keinem ungelegeneren Zeitpunkt kommen können. Er suchte nach unverfänglichen Worten, Johannes kam ihm zuvor: »Ihr seid aus Prag? Seid Ihr etwa ein Anhänger von Johannes Hus?«

»Wunderbar!«, rief Hieronymus begeistert. »Nun weiß ich, dass ich unter Freunden bin! Ich war der erste, der auf der Grundlage seiner Lehre in Prag zum Baccalaureus promoviert wurde.«

Clemens beschloss, den Stier bei den Hörnern zu packen. »Seid willkommen, Magister Hieronymus. Zwar hat Euer Schreiben mich nicht erreicht, und die Arbeit in meiner Gemeinde lässt mir kaum Zeit. Aber Neues aus Prag, von dem mein Freund Horborch so viel erzählte, will ich gern hören. Galt Eure Reise nach London einem bestimmten Anliegen?«

»In Oxford habe ich mich mit der Lehre John Wycliffs beschäftigt und mir seine wichtigsten Schriften kopieren lassen. Johannes Hus, der selbst ein Anhänger der von Wycliff begründeten Theologie ist, drängte mich zu dieser Reise.«

»Bei uns hat die Lehre Wycliffs bislang noch nicht Fuß gefasst«, entgegnete Clemens. »Wollt Ihr nicht mit ins Pfarrhaus kommen? Dort könnt Ihr mir von Prag erzählen.«

lediglich drei ältere Frauen waren zur Nachtmette in die Dom-krypta gekommen; außer ihnen nahm ein Franziskanerpater teil, den die Frauen nie zuvor gesehen hatten. Der Domvikar sprach den Segen. Die Frauen erhoben sich von den Knien und verließen gerade die Krypta, als ihnen eine hoch gewachsene Gestalt derart forsch entgegenkam, dass sie erschrocken den Weg freigaben. Das Gesicht des unheimlichen Mannes wurde von der Kapuze seiner Kutte ver-borgen. Sie vernahmen noch, wie er atemlos den Franziskaner an-sprach.

»Der Jungfrau sei Dank, dass ich Euch antreffe, verehrter Pater Rauwald! Es ist gelungen! Ich habe die Beweise Euren Wünschen gemäß erbringen können …«

Alles Weitere wurde im Flüsterton gesprochen. Die Miene des Paters hellte sich mit jedem Wort, das er vernahm, auf.

»Und der Bericht ist verlässlich?«, fragte er.

»Der ihn uns gab, ist ein untadeliger Christ von großem Glau-benseifer.«

Der Franziskaner zog eine kleine Geldbörse hervor, der er einige Silbermünzen entnahm.

»Das wird reichen, einen Ablassbrief für die treue Seele zu er-werben. Wenn etwas übrig bleibt, lieber Weseloh, so steht es Euch persönlich zu. Jeder Dienst ist seines Lohnes wert«, nickte er, »und der Eure weit mehr, als Ihr ahnt. Ich werde dem Heiligen Stuhl emp-fehlen, alle Untersuchungen der Ablassgelder wegen einzustellen.«

Ihr habt mich rufen lassen, ehrwürdiger Vater Rauwald? Eine schöne Gelegenheit, dem Kloster nach so langer Zeit einen Besuch abzustatten«. Clemens fiel vor dem fremden Abt aufs Knie, um den Ring zu küssen. Doch Rauwald entzog ihm die Hand und blickte zur Seite.

»Dann wird es Euch gefallen«, gab er kühl zurück, »Uns Gesellschaft zu leisten. Ich bin nur für einige Tage zu Gast, doch dank meiner Fürsprache hat sich das Maria-Magdalenen-Kloster auf Euren Besuch gut vorbereitet.«

Clemens, vom eisigen Empfang überrascht, bemühte sich um eine heitere Erwiderung: »Ihr beliebt zu scherzen. Leider kann ich nicht einen einzigen Tag bleiben, denn meine Gemeinde ...«

»Ich scherze nie!«, unterbrach Rauwald scharf. »Ihr werdet meiner Einladung folgen. Ihr seid von allen Amtspflichten entbunden, wie Euch das Domdekanat durch mich mitteilen lässt.«

Clemens zuckte zusammen, das versteinerte Gesicht seines Gegenübers spiegelte dessen Absichten. Jetzt hieß es, einen klaren Kopf zu bewahren.

»Was wirft man mir vor?«, fragte er vorsichtig.

»Geduld, mein Bester«, entgegnete Rauwald herablassend. »Gegenwärtig habe ich nur den Auftrag zu sondieren, ob die Bürger dieser Stadt zum reinen Glauben stehen. So stieß ich unweigerlich auf Euch. Leider werde ich dem Heiligen Vater berichten müssen, dass der Schwefelgeruch des Ketzereiunwesens hier manche Kirche verpestet. In Zukunft könnte die ständige Anwesenheit eines Generalinquisitors vonnöten sein. – Schaut nicht so ungläubig. Wir haben Zeugen.«

»Aber wofür denn bloß?«

»Das werdet Ihr morgen früh gestehen, wenn wir zwei einen kleinen Stadtgang getan haben. Es soll hier einen Ort geben, wo wir günstige Voraussetzungen finden werden, um alles in Erfahrung zu bringen, was ich wissen muss.«

Clemens verstand. Sie wollten ihn in der Büttelei peinlich befragen.

»Mit welchem Recht?«, rief er verzweifelt.

»Ihr kennt das Recht! Ich muss aus Eurem Mund hören, was ich schon weiß«, erklärte Rauwald. »Ihr untersteht ab sofort meiner Aufsicht und meinem Gericht.« Er klatschte in die Hände, zwei grobschlächtige Gestalten betraten den Raum. Brutal griffen sie nach Clemens, dessen Gegenwehr nicht den geringsten Eindruck auf sie machte. Sie schafften ihn aus dem Amtszimmer des Abtes und sperrten ihn in eine zum Karzer umgewandelte Zelle. Um die Andacht der Brüder nicht zu stören, hatte man Sorge getragen, dass kein Geräusch nach außen dringen konnte.

Auf dem Berg, Dienstag, 27. April 1400

Gedankenversunken strebte ein Herr mit weißem Spitzbart der Schmiedegasse zu, ein arbeitsreicher Tag neigte sich dem Ende. Heftiges Gepolter brachte ihn in die Gegenwart zurück. Er sah, wie die Tür der Büttelei aufflog. Zunächst erschienen die blutüberströmte Tonsur eines grauhaarigen Priesters und zwei Gestalten, die das Haupt des Opfers in ihrer Mitte zum Aufstoßen des Portals missbraucht hatten. Hinter ihnen stolzierte mit Hirtenstab ein Franziskanerabt.

»Ihr müsst der berühmte Doktor Budessyn sein, sofern man Euch mir richtig beschrieben hat«, grüßte Rauwald. Der Angesprochene wandte den Kopf ab. »Aber, aber!«, fuhr Rauwald fort, »der Stadtchirurgus wird doch ein bisschen Blut sehen können.«

Budessyn platzte heraus: »Ich kenne Euch nicht, aber ich sehe, dass Ihr aus der Büttelei kommt. Mein hippokratisches Gewissen schlägt für diejenigen, die der Heilung bedürfen. Für Euer Vergnügen habe ich kein Verständnis!«

Er wollte in der Schmiedegasse verschwinden, doch Rauwald rief schneidend: »Ihr seid doch ein gelehrter Mann. An Eurer Stelle würde ich mit solchen Äußerungen vorsichtiger sein.«

Der Pater konnte nicht wissen, dass Budessyn das Gesicht des unter der Folter Befragten erkannt hatte. Wie oft hatte er den Predigten von Clemens gelauscht, wie oft hatte er dessen vernünftige Ansichten gehört. Einer der wenigen Männer, die nicht korrumpiert waren! Er dachte an die Wallfahrt nach Rom und die nächtlichen Gespräche beim Wein. Es erschien ihm absurd, wie einem untadeligen Mann mitgespielt wurde. Aus Erfahrung wusste er, dass in gewissen Kreisen ein Interesse bestand, solche Leute anzuschwärzen, um sie beseitigen zu können.

So schnell ihn die alten Beine trugen, eilte Budessyn zu Johannes Zeelander. Vor der Haustür sah er den Schiffbauer mit Farbtopf und Pinsel herumhumpeln. Zeelander strich die Haustür neu. Atemlos redete Budessyn auf ihn ein: »Legt den Pinsel weg, es gibt Wichtigeres!« Er nahm dem Überraschten die Malerutensilien aus der Hand und drängte ihn ins Haus.

»Sie haben Euren Bruder verhaftet, ich habe ihn gesehen. Er ist gefoltert worden. Ihr müsst etwas tun, sonst seht Ihr ihn nie wieder.«

Johannes erschrak: »Wer hat ihn verhaftet?«

»Ein Franziskaner, ein Abt.«

»Hat man gesagt, warum sie ihn verhaftet haben?«

»Nein, aber ...«

»Clemens muss sich nicht wundern. Wer sich mit Ketzern sehen lässt ...«

Ungläubig fragte Budessyn nach. Johannes berichtete, was er zwei Tage zuvor gehört hatte.

»Hört zu, Johannes! Es geht um Euren Bruder! Wir müssen sofort etwas zu seiner Rettung unternehmen.«

»Und was soll ich dabei?«, wehrte Johannes ab.

Budessyn wurde laut: »Begreift doch endlich! Er wird sterben, wenn Ihr nichts unternehmt.«

»Ich will damit nicht in Zusammenhang gebracht werden. Nachher verliere ich noch die Aufträge der Stadt. Das wäre das Ende der Werft.«

Er senkte den Kopf und verzog das Gesicht. Budessyn sah ihn besorgt an und berührte ihn an der Schulter.

»Was ist mit Euch? Habt Ihr Fieber? Wie geht es mit dem Beinstumpf? Habt Ihr Schmerzen?«

Johannes lächelte gequält: »Nein, wirklich nicht! Das habt Ihr gut gemacht. Wie kann ich Euch nur danken?«

»Indem Ihr Euch auf Eure Bruderliebe besinnt«, entgegnete Budessyn und wandte sich zum Gehen. Enttäuscht schüttelte er den Kopf.

Auf der Brooksbrücke blieb er stehen und schaute auf die friedlich dahinfließende Elbe. Ein Ruck durchfuhr ihn, sein Schritt beschleunigte sich.

Maria-Magdalenen-Kloster, Freitag, 30. April 1400

Das Gras auf der vom Kreuzgang umgebenen Wiese dampfte nach dem Regen, der Duft der blühenden Kräuter nahm den beiden Franziskanermönchen beinahe den Atem. Sie waren aus Schleswig angereist und hatten gebeten, bei Pater Rauwald vorsprechen zu dürfen.

»In Schleswig hat man mit Interesse von Eurem Aufenthalt in Hamburg gehört, hochwürdiger Abt«, begann der Jüngere mit dem pockennarbigen Gesicht. »Man weiß von Euren Bemühungen, Euch ein Bild vom Vordringen der Häresie nach Norddeutschland zu verschaffen. Auch wir sind in großer Sorge. In den letzten Jahren haben

Anhänger John Wycliffs versucht, den Inselbewohnern und den Menschen im nördlichen Teil unseres Herzogtums den Kopf zu verdrehen. Bruder Niklas und ich, wir argwöhnen, dass sie nicht von See her, sondern aus Hamburg kommen. Einigen haben wir bei ihren missionarischen Bemühungen sehr genau auf die Finger geschaut.« Rauwald hörte interessiert zu:»Nur auf die Finger? Oder habt Ihr ihnen auch ins Gesicht gesehen? Würdet Ihr sie wiedererkennen?«

»Ohne Frage, ehrwürdiger Vater«, nickte der Pockennarbige eifrig.

»Ich bin nicht sicher, ob dabei etwas herauskommt«, erklärte Rauwald,»doch es wäre möglich, dass ein in unserem Gewahrsam befindlicher Hamburger Priester im Norden tätig geworden ist. Ob Ihr wohl bereit wärt, einen Blick auf sein Gesicht zu werfen?«

»Wenn wir Eure segensreiche Tätigkeit unterstützen können, findet Ihr uns bereit«, schmeichelte der Ältere.

Rauwald rief den Bruder Türbeschließer, man begab sich zu jener Zelle, in der man Clemens Zeelander eingekerkert hatte. Sie fanden ihn wie leblos auf der Pritsche. Durch das winzige Fenster fiel kaum Licht in den Raum.

»Ich fürchte«, sagte Bruder Niklas, indem er sich über das geschundene Haupt beugte,»dass es schon zu dunkel ist, um den Mann zu erkennen.«

»Wie dumm von mir«, entschuldigte sich der Abt,»nicht daran gedacht zu haben!« Er wies den Türbeschließer an, eine Fackel zu holen, und nahm den schweren Schlüsselbund an sich.

Kaum waren sie allein, als Claus auf den Abt zusprang und dem Überraschten den Mund zuhielt. Josef fesselte Rauwald mit geübten Griffen und half Clemens beim Aufstehen. Sie knebelten Rauwald, nahmen die Schlüssel an sich und banden den Abt auf die Pritsche. Dann brachten sie Clemens die Kellertreppe hinab, die zum Lagerraum für Brennmaterial führte. Dort wartete ein Torflieferant auf sie.

»Mein Gott, hat das lange gedauert!«, stöhnte der Schutenfahrer und übernahm, unterstützt durch seinen Bestmann, den geschwächten Gottesdiener. Durch den Kellergang und die Pforte für die Schiffsanlieferer trugen sie ihn in die Freiheit, davor lag eine Schute. Sie hoben Clemens an Bord und legten sofort ab.

Josef und Claus waren in die Zelle zurückgeeilt und erwarteten auf dem Gang vor der Tür den Beschließer. Als der mit einer Fackel erschien, erklärten sie ihm, der Abt sei unpässlich geworden, habe den Karzer abgeschlossen und sich mit der Bitte, ihn heute nicht mehr zu stören, zur Ruhe begeben.

»Aber der Gefangene?«

»Wir haben ihn auch ohne Licht erkannt. Er ist es. Ganz unverkennbar.«

Da sie ihm den Schlüsselbund aushändigten, schöpfte der treuherzige Mann keinen Verdacht und dankte den Fremden herzlich.

Als am nächsten Morgen die Entführung entdeckt wurde, hatten sich die Schleswiger Franziskaner längst in Luft aufgelöst. Niemand hatte sie gehen sehen. An die Torfschute, die im Fleet neben dem Kloster gelegen hatte, um Brennmaterial auszuliefern, dachte niemand. Clemens Zeelander war gerettet.

Expedition nach Ostfriesland

Emsmündung, Mittwoch, 5. Mai 1400

Sieben hochgerüstete Koggen, jede von zwei Schniggen begleitet, dümpelten am frühen Morgen auf Westkurs querab von Borkum. Knarrend gingen die Masten hin und her, das Tauwerk peitschte, die schweren Blöcke schlugen wild aus. Auf dem Achterkastell des ersten Schiffes hatten sich zwei Ratsherren aus Hamburg und zwei aus Lübeck zur Besprechung versammelt.

»Noch immer keine Nachricht von den Bremern! Verantwortungslos nenne ich das«, stellte Albert Schreye aus Hamburg fest.

Der Lübecker Crispin nickte: »Unsere Kampfverbände fragen mich stündlich, wann's endlich losgeht. Wenn Ihr meine Meinung hören wollt, lasst uns sofort die Segel ausreffen und mit vollem Wind hinter dem Borkumer Riff in die Westerems einlaufen. Den größten Teil des Tages haben wir noch vor uns.«

»Ihr habt Recht, nur bedenkt das eine«, wandte Schreye ein, »sind wir erst auf der Ems, gibt es kein Zurück. Was, wenn wir uns plötzlich einem übermächtigen Feind gegenübersehen? Sollten wir nicht wenigstens auf die Schiffe aus Groningen warten?«

»Wo bleiben sie denn, die Groninger?«, empörte sich der Lübecker Ratsherr van Rintelen. »Eigentlich müsste man sie von hier aus sehen. Sie hatten versprochen, knapp hinter der Einfahrt im Watt zu ankern und bis zu unserer Ankunft dort zu bleiben. Wir sind Karfreitag von Lübeck ausgelaufen, bereits am Donnerstag nach Ostern sind wir auf Rughenorde zu Euch gestoßen. Wir haben die gesamte Fahrt um Skagen herum in nur sechs Tagen bewältigt und warten seit dreizehn Tagen auf die Schiffe aus Bremen und Groningen, die eine Strecke hinter sich bringen müssen, für die man kaum zwei Tage braucht. Das ist lächerlich! Die Stimmung unter unseren

Söldnern ist angespannt. Entweder ringt Ihr Euch durch, mit uns die Ems hinaufzufahren, oder wir segeln nach Lübeck zurück.«

Johann Nanne warf einen fragenden Blick auf Schreye und sagte: »Er hat Recht. Wir können nicht ohne Erfolg nach Hamburg heimkehren!«

Mit voller Fahrt ging es um das Riff und die Westerems hinauf. Nach einigen Stunden verringerte sich das Tempo, weil der treibende Flutstrom nachließ und schließlich zum Stehen kam. Doch der Nordostwind blieb ihnen treu. Von allen Mastspitzen suchten die besten Augen die Deiche ab, ob irgendwo ein Feind lauere.

Nanne wandte sich an Schreye: »Wie weit werden wir heute kommen?«

»Bei dem Wind können wir noch eine halbe Stunde weiterfahren. Dann schaffen wir es bis zu dem Priel, der die einzige Verbindung zwischen Oster- und Westerems darstellt – die Wester-Balje. Ein schöner, ruhiger Ankerplatz mit tiefem Wasser, groß genug für unsere Flotte.«

»Wo mag unser Späher sein?«, erkundigte sich Nanne.

»Keine Sorge«, meinte der erfahrene Ratsherr, »er wird zu uns stoßen, sobald er sich unbeobachtet glaubt.«

Schreye behielt Recht. Sie ankerten, langsam lief das Wasser ab. Der Sand, an dem sie entlanggefahren waren, trat als breit hingelagerter Rücken aus den Fluten hervor.

Er heißt, wie er aussieht, der »Rantzel«, dachte Nanne. Als der Himmel aufriss und die Frühlingssonne ihre Strahlen übers Wasser schickte, bildeten sich über den Prielen flache Dunstschwaden. Die Mannschaften waren mit dem Aufklaren der Leinen und Segel beschäftigt. Nanne bemerkte das kleine Fischerboot.

»Der Heiligen Jungfrau sei Dank«, begrüßte Schreye den Späher Jonas, »dass du endlich da bist! Hinter jedem Sand vermuten wir Vitalienbrüder. Ungemütlich, dieses Gefühl!«

»Ihr ahnt nicht, wie nah Ihr ihnen seid!«, antwortete Jonas im

Dialekt der östlichen Ostsee. »Es handelt sich um die Nachhut der Vitalienbrüder, die Hals über Kopf Marienhafe verlassen haben. Frauen und Kinder sind darunter. Die wenigsten sind kampferprobt, zudem fehlt es an Armbrüsten und Scharfschützen. Ihr werdet leichtes Spiel haben.«

Schreye musterte ihn skeptisch: »Frauen und Kinder, sagst du?«

»Wenn Ihr die in die Hände bekommt, verfügt Ihr über ein Druckmittel. Ihr müsst auf jeden Fall verhindern, dass sie nach Marienhafe zurückfahren ...«

»... um ihren bisherigen Gastgeber zu drangsalieren?«

»Der Häuptling von Marienhafe hofft auf Eure Unterstützung.«

»Dann können wir wohl nicht anders.« Schreyes Ton verriet mangelnde Begeisterung. »Wie finden wir sie?«

»Ihr müsst eine halbe Stunde Richtung Osten fahren und in die Leybucht einlaufen. Die Einfahrt ist sehr schmal, sie wird backbords durch einen breiten Sand eingeengt. Am Rande dieses Sandes haben sie sich mit mehreren Ewern und Schuten trockenfallen lassen. Ich schätze, dass sie zusammen kaum mehr als hundert Menschen an Bord haben.«

»Ob sie uns schon bemerkt haben?«, fragte van Rintelen.

»Das glaube ich kaum«, erwiderte Jonas. »Sie fühlen sich sicher, sonst hätten sie erst in der tieferen Osterems den Haken weggeworfen, um jederzeit Wasser unter dem Kiel zu behalten.«

Jonas nahm Schreye beiseite und flüsterte ihm etwas ins Ohr.

»Wie, noch heute?«, rief der Ratsherr überrascht. »Und sogar herzlich willkommen? Das passt ja hervorragend! Vielen Dank, Jonas!«

Mit fester Stimme teilte Schreye den Umstehenden mit: »Eine derart günstige Gelegenheit kehrt nicht wieder. Wir müssen handeln! Unsere Koggen sind zu schwerfällig. Wir fahren mit den Schniggen aus. Ihnen genügt jedes Rinnsal als Fahrwasser. Teilt die

Männer ein, pro Schnigge zwanzig Ruderer, die auch kämpfen können, dazu je zehn Armbrustschützen.«

»Endlich kriegen unsere Söldner etwas zu tun!«, frohlockte Crispin. Die anderen stimmten zu. 14 Schniggen setzten sich in Bewegung, vorneweg die Boote von Schreye und van Rintelen. Die beiden anderen Ratsherren blieben bei den Koggen.

Josef lag in einer Mulde, hielt die Augen geschlossen und genoss die wärmende Sonne. So ließ sich die düstere Zukunft leicht vergessen! Neben ihm saßen Geerd Cordessone und Barthold, Schreiber der Vitalienbrüder.

»Gib dir keine Mühe, Barthold!«, sagte Geerd leise. »Ich will nicht wieder nach Oldenburg. Was soll ich bei einem Vater, der mich nicht als seinen Sohn begrüßt? Ich gehöre zu den Vitalienbrüdern. Die respektieren mich.«

Barthold fixierte den Horizont. »Ich versteh' dich ja, aber in Oldenburg bist du sicher, selbst als Bastardsohn. Irgendwann wird der Alte einsehen, was er an dir hat.«

»Wenn's nur das wäre!«, wandte Geerd resignierend ein. »Ich kann es schwer ertragen, dass einer unserer Anführer bei meinem Vater wie ein Gleichgestellter behandelt, als Freund und Trinkkumpan begrüßt wird, während ich mich zum Boten herabgewürdigt sehe.«

»Wen meinst du – etwa Goedeke Michels?«

»Ich möchte nicht darüber sprechen«, wehrte Geerd ab. Josef schaute ihn lange an. Er verstand ihn.

Barthold schüttelte unwillig den Kopf: »Goedeke hat sich mit unseren besten Söldnern nach Burg Loquard abgesetzt … nur gut, dass Störtebeker gekommen ist und unseren Abzug aus Marienhafe in die Hand genommen hat.«

Josef seufzte: »Das war eine gute Zeit bei Häuptling Widzel.«

»Es war klug von Widzel, den Grafen von Holland als Lehnsherrn anzuerkennen«, sinnierte Geerd. »Das hat seinem kleinen Land Frieden gebracht.«

»Und ihm den Tod«, fügte Josef spöttisch hinzu.

Barthold stutzte: »Wie kommst du darauf?«

»Den haben Hamburgs Englandfahrer auf dem Gewissen!«, bekräftigte Josef. »Sie wollen keinen Frieden. Sie wollen ihre westfriesische Kumpanei, die Schieringer, stärken. Widzel tom Brook war ihnen ein Dorn im Auge.«

Geerd pfiff durch die Zähne. »Langsam begreife ich«, sagte er. »In der Woche, bevor Widzel starb, hatte sein Halbbruder Keno zwei Fremde aus Hamburg zu Gast. Der eine hieß Heino Zwartekop und der andere … wie hieß er bloß noch …?«

»Ein kleiner Dicker?«

»Allerdings!«

Josef riet nur einmal: »Hieß er Werners? Sywert Werners?«

»Zwartekop und Werners, das waren die beiden.«

»Du hast sie wirklich in Marienhafe gesehen? Beide sind Hamburger Englandfahrer, Störtebeker hat mir von Werners erzählt. Er ist dumm, macht aber alles mit. Zwartekop zählt zu den Scharfmachern gegen einen Frieden mit dem Grafen von Holland. Sicher waren sie Keno behilflich, seinen Halbbruder aus dem Weg zu räumen und sich mit Unterstützung der Schieringer zum Nachfolger aufzuschwingen.«

Geerd nickte. »Und zum Dank für die Unterstützung hat Keno die Verträge mit Holland gebrochen und die Kaperbriefe gekündigt, um unseren Abzug aus Marienhafe zu provozieren.«

Barthold wunderte sich: »Dann verstehe ich Goedeke nicht. Er muss doch gemerkt haben, was da gespielt wurde.«

»Fangen wir nicht wieder davon an!«, gähnte Geerd.

Josef pflichtete ihm bei: »Lasst uns zusammenpacken! Die Sonne ist verschwunden, der Nebel über den Prielen wird immer dichter.«

Die Kampfschniggen hatten die Osterems überquert und sahen den großen Sand aus den Nebelschwaden auftauchen. Jonas lotste den Schiffsführer der ersten Schnigge durch den Nebel.

»Ein wenig nach Steuerbord abfallen und immer am Sand entlang.«

Die anderen Schniggen schlossen auf und fuhren jeweils zu viert nebeneinander auf die Enge zu. Schon sahen sie zu beiden Seiten die vom Gezeitenstrom abgebrochenen Geländekanten der trockengefallenen Sände. Die Sicht wurde immer schlechter. Plötzlich erschien ein breit beplankter, mächtiger Bug hoch über ihren Köpfen, so mächtig, dass sich die Schniggenfahrer und Armbrustschützen duckten. Eine Kogge! Noch eine und eine dritte! Sie wussten sofort – das waren die Koggen der Vitalienbrüder, die von Marienhafe den Ganth herunter gekommen sein mussten.

Die Ungetüme zermalmten die Schniggen zwischen sich. Ein Hagel von Steinen prasselte auf die Hansen nieder, begleitet von Gegröle und Hohnlachen. Waffen klöterten über ein sich aufbäumendes Deck, Schreie gellten durch den Nebel, die schweren Armbrüste plumpsten über Bord, Riemen und Planken wurden von den Dickschiffen geknickt und tauchten in deren Kielwasser wie Kleinholz aus dem Mühlwerk auf. Die Besatzungen der gekenterten Schiffe versuchten, sich über Wasser zu halten, aber die meisten Leute ertranken. Nur neun von 14 Schniggen waren übrig, es fehlten an die 130 Leute, darunter 38 Armbrustschützen.

So geschwind, wie er über sie gekommen war, hatte sich der Spuk auch wieder verflüchtigt. Albert Schreye tobte: »Das war der Durchbruch der Vitalienbrüder! Sie sind uns durch die Lappen gegangen. Elende Dummköpfe sind wir. Aber jetzt werden wir den Rest packen!« Energisch gab er seine Befehle. Bald waren sie mitten unter den Ahnungslosen, denen kaum ein Ausweg blieb.

»Die Hansen«, brüllte Geerd, »lasst alles liegen! An Bord!«

Es gelang seinen Leuten, mit vereinten Kräften ihren Ewer ins

Wasser zu schieben. Schwangere, Alte und Kinder – überall rannten Menschen um ihr Leben. Wahllos schossen die Bogenschützen den Wehrlosen in den Rücken. So wütend waren die Hansestädtischen über den Durchbruch der Vitalienser, dass sie nahezu alle niedermachten. Nur acht nahmen sie gefangen.

18 waren im Nebel entkommen. Josef wusste, dass sie den in die Leybucht kräftig hineinschießenden Flutstrom queren mussten, um sich mit etwas Glück südwärts in den Priel nach Greetsiel hineinzuloten. Das auflaufende Wasser hatte die hansestädtischen Kämpfer inzwischen gezwungen, zu ihren Schniggen zurückzukehren. Als der Nebel wich, zählten sie 80 Tote auf dem Sand.

»Nicht gerade ein rühmlicher Erfolg!«, zog Schreye nüchtern Bilanz. »Ich habe nicht geahnt, dass wir es mit Wehrlosen zu tun haben würden.«

»Was soll's? Sind alles Vitalienser!«, beschwichtigte ihn van Rintelen. »Wir sollten den Sand, auf dem wir achtzig von ihnen erschlagen haben, den ›Hamburger Sand‹ taufen.«

»Das könnt Ihr meinetwegen in Lübeck erzählen«, entgegnete Schreye. »Sagt mir lieber, was wir unseren Freunden erklären, wenn wir zu unserem Ankerplatz zurückkommen. Wir haben fünf Schniggen verloren und nur eine Handvoll Gefangene vorzuweisen – wenn wir nicht ...«

Van Rintelen schaute Schreye fragend an.

»Wir fahren nach Greetsiel! Dort werden wir die Entkommenen finden«, rief der Hamburger Ratsherr und erteilte die nötigen Befehle, um die Verfolgung aufzunehmen.

S ie verließen den Ewer und flohen zu Fuß weiter, die Klagelaute gellten ihnen in den Ohren. Auf dem Deich ging es immer den Hafenpriel entlang, an dessen Ende sich die Häuptlingsburg Greetsiel erhob. Bei Harro Edzardisna, einem ihrer letzten Freunde, wollten sie die Nacht verbringen. Dort glaubten sie sich vor Angriffen der Hansen sicher. Am anderen Tag wollten sie nach Süden weiterwandern.

Burg Greetsiel war durch zwei Gräben gesichert. Zwischen diesen beiden hatte man einen mächtigen Wall aufgeworfen. Zu ihrem Erstaunen sahen sie, dass beide Brücken heruntergelassen waren und das Burgtor offenstand. Sie konnten keine Wachen entdecken. Unheimlich still lag die Burg da. Im Innenhof riefen sie nach dem Burgherrn. Nach langem Warten öffnete sich eine Seitentür, und ein in vornehmes Schwarz gekleideter Mann betrat den Hof. Er stellte sich als Verwalter vor und fragte nach ihrem Begehr.

»Wo ist Euer Herr, unser Freund Harro Edzardisna?«

»Verreist.«

»Wir wollen ein letztes Mal seine Gastfreundschaft in Anspruch nehmen. Die Hansen sind uns auf den Fersen. Viele der Unseren haben bei ihrem Überfall das Leben verloren.«

»Davon weiß ich nichts. Aber Obdach auf Burg Greetsiel könnt Ihr bekommen. Die Vitalienbrüder sind Herrn Harro stets willkommen. Im Vorraum zum Bergfried stehen Tische und Bänke. Dort könnt Ihr lagern, ich will Sorge tragen, dass es Euch an Speis und Trank nicht mangelt, Seid heute Nacht unsere Gäste.«

Er verbeugte sich vor den Flüchtlingen, die dankbar Atem schöpften.

Auf Greetsiel fühlten sie sich gut aufgehoben. Die Angst fiel von ihnen ab, bei Bier, Brot und Schinken traten die schrecklichen Ereignisse des Tages allmählich in den Hintergrund. So merkten sie nicht, dass nach einer Weile die Tür zum Hof verriegelt wurde. Die Ernüchterung folgte schlagartig, als Lärmen aus dem Burghof zu ihnen hereindrang. Befehle ertönten, das Klirren von Waffen verriet, dass sich der Hof mit Soldaten füllte. Das konnten nur ihre Verfolger sein!

Geerd Cordessone lief zur Tür, um durch die Bretter zu spähen.

Sie saßen in der Falle! Draußen standen mehr als hundert schwer bewaffnete Männer. Ihre Anführer unterhielten sich mit dem schwarz gekleideten Verwalter – und mit dem angeblich verreisten Edzardisna! Er hatte sie verraten.

Auf einen Befehl hin trat eine Gruppe kräftiger Söldner an die schwere Tür zum Bergfried und öffnete sie. Die verzweifelten Flüchtlinge leisteten keinen Widerstand. Einzeln wurden sie gegriffen, in Fesseln gelegt und zur Mitte des Hofes geführt.

»Ihr müsst wissen, werter Ratsherr Schreye, dass ich Euch keineswegs Namenlose ausliefere«, ließ sich Edzardisna vernehmen. »Seht dort zum Beispiel Geerd, den Bastardsohn des Grafen von Oldenburg. Und da drüben Barthold, den Schreiber der Vitalienser. Ihr werdet Eure Freude an ihnen haben!«

Schreye strahlte vor Glück. Mit 18 neuen Gefangenen kam er auf die stattliche Zahl von 26 Vitalienbrüdern, deren Hinrichtung ein großes Spektakel versprach. So war der Feldzug doch noch ein Erfolg geworden.

In aller Frühe wurden die Vitalienbrüder zum Hafen eskortiert und an Bord ihres Ewers in Eisen gelegt. Mit dem ablaufenden Wasser gelangten die Hansestädtischen schnell zu den Koggen auf der Westerems zurück. Was Schreye und van Rintelen ihren Kollegen Ratsherren zu erzählen wussten, verfehlte keineswegs seine Wirkung. Allerdings mussten sie sich Tadel wegen des Verlusts der fünf Schniggen und deren Besatzungen gefallen lassen. Sie vereinbarten, die Verluste nicht im Protokoll zu erwähnen.

»Was nicht geschrieben steht, wird nicht erinnert!«, lächelte von Rintelen zufrieden.

Die Gefangenen ließ man eingesperrt auf der Schute, ohne ihrer Ernährung und Notdurft Aufmerksamkeit zu schenken. Einer hatte den Marsch von Greetsiel herauf offenkundig nicht überstanden, so warfen sie den leblosen Körper nach einiger Zeit über Bord. Der Strom trieb ihn nahe der Burg Groothusen auf den Strand.

Gegen Mittag wurden die Anker der hansestädtischen Flotte gelichtet und die Fahrt emsaufwärts fortgesetzt. Sieben Koggen, neun Schniggen und der erbeutete Ewer liefen gegen fünf Uhr abends in den Emdener Hafen ein.

Burgkapelle Groothusen, Pfingstsonntag, 6. Juni 1400

Wir haben gute Freunde verloren. Am 11. Mai haben sie fünfundzwanzig unserer Brüder geköpft, unter ihnen Barthold, den Schreiber, und einen unserer besten Anführer, Geerd Cordessone.« Pfarrer Clemens hielt inne. Grimmige Flüche wurden laut, tödliche Rache wurde geschworen. Josef kämpfte mit den Tränen. Warum hatte er Geerds Schicksal nicht teilen dürfen? Warum war er am Leben geblieben? Er hörte nicht mehr, was Clemens sprach. Die Worte der Messe rauschten in seinen Ohren wie die Wellen, die ihn an den Strand gespült hatten. Taumelnd verließ er die Kapelle. Draußen stand Störtebeker und schaute ihn besorgt an.

»Das ist Josef, neuerdings mein lieber Sohn«, sagte er zu Goedeke Michels. »Ist mir zugelaufen. Hat viel durchgemacht, der Arme.«

Goedeke fasste den Jungen ins Auge. »Ich habe von deinem Mut und deiner Hilfsbereitschaft gehört. In Greetsiel müsst ihr Schreckliches erlebt haben.« Josef sagte nichts. »Du wirst ja ganz blass …«, rief Störtebeker. Josefs Beine knickten ein, er stützte ihn und legte ihn auf eine Bank.

»Seitdem wir ihn am Strand gefunden haben, ist er verändert. Durch einen glücklichen Zufall habe ich ein zweites Mal sein Leben retten können, aber das scheint ihn zu stören. Es gibt nichts, was ihn aufheitern könnte. Gleichwohl, Goedeke, die Gegenwart verlangt ihr Recht.«

»So ist es«, nickte Goedeke. »Bisher ist es uns noch jedes Mal gelungen auszuweichen, sobald die Hansen von Emden her gegen uns ausrückten. Die Westküste ist in unserer Hand geblieben, obwohl viele Häuptlingsburgen ausgeliefert wurden. Aber jetzt wollen die Hansen ihre Taktik ändern. Es heißt, sie wollen alle Burgen und die benachbarten Ortschaften niederbrennen, sobald dort Vitalienbrüder gesichtet werden, um auf diese Weise die Bewohner gegen uns aufzuhetzen. Auf Dauer werden wir dort jeden Rückhalt verlieren. Verräter gibt's überall, die uns ans Messer liefern.«

Störtebeker nickte. »Eine bedrohliche Lage. Was schlägst du vor?«

»Lass uns nach Norwegen gehen, Claus. Ganz in den Norden, wo im Sommer die Sonne nicht untergeht ...«

»Unmöglich! Du bist mit jungen erwachsenen Leuten unterwegs. Ich habe Kämpfer mit Frauen und Kindern. Für die muss ich sorgen. Was soll aus ihnen werden?«

»Hier müssen wir auf jeden Fall weg.«

Störtebeker schaute den Freund trotzig an. »Dann bleibt nichts anderes übrig: Ich nehme das Angebot des Grafen Albrecht von Holland an, der Hamburg die Fehde ansagen will. Ich hatte mir zwar vorgenommen, niemals gegen Hamburg in den Krieg zu ziehen. Aber die England-Bruderschaft hat es nicht anders gewollt.«

»Bis zum Vierzehnten des Monats müsst ihr fort sein. Ich habe verlässliche Nachrichten, dass Albert Schreye hier alles niederbrennen will. Und van Rintelen kommt zur Burg Loquard.«

»Verstehe«, erwiderte Störtebeker. »Die Zeit arbeitet gegen uns.«

»Sie werden nicht aufhören, uns zu jagen.«

Die Freunde umarmten sich. Beide ahnten, dass sie sich niemals wiedersehen würden.

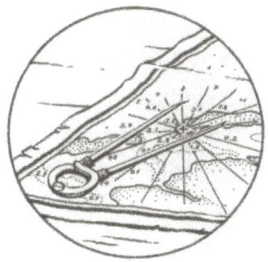

Mit Stumpf und Stiel

Rughenorde, Mittwoch, 1. September 1400

Ich wär' so weit, Simon!«, rief Hinne vom Vorschiff der Schnigge. »Alle Riemen sind beigebändselt, zwei an Backbord sehen ziemlich mitgenommen aus. Die werden bei nächster Gelegenheit wegbrechen.«

»Ich habe einen Satz beim Zeelander geordert«, kam es vom Ruder. Simon von Utrecht seufzte: »Ich mache mir Sorgen um Hermann. Er ist schon zwei Tage auf See. Wenn ihn nur nicht die Vitalienbrüder geschnappt haben! Das hätte gerade noch gefehlt.«

Hinne legte die Hand über die Augen und schaute in die Abenddämmerung.

»Man merkt, dass du neu bist, Simon. Ich kenn' Hermann seit Jahren. Den kriegen sie nicht. Der war ihnen noch immer über.« Mit der Rechten wies er übers Watt auf eine winzige Schiffssilhouette. Nun strengte auch Simon seine Augen an: »Du hast Recht. Sie haben wohl zu wenig Wind und müssen die Riemen einsetzen.«

Nach einer halben Stunde war das rhythmische Klatschen der Riemen zu hören, die BUNTE KUH legte sich neben ihr Schwesterschiff. Die verloren geglaubte Besatzung wurde nicht ohne Hänselei begrüßt.

»Habt ihr euch verirrt? Oder seid ihr den Vitalienbrüdern begegnet?«

»Und ob wir sie gesehen haben, die Brüder«, sagte Hermann Nyenkerken. »Doch gekriegt haben sie uns nicht.« Er wandte sich dem Holländer zu. »Simon, wir müssen unter vier Augen sprechen.« Die beiden Schiffsführer verschwanden unter Deck.

»Ihr wisst«, begann Hermann seinen Bericht, »dass wir nur die Segel-Eigenschaften unseres neuen Schiffes ausprobieren wollten.

Also machten wir, hart am Westwind, noch einen Schlag in Richtung Südwest. Nach zwei Stunden wollten wir zurückkehren. Doch mit einem Mal tauchte nordwestlich eine Holk auf, den Farben nach ein englisches Kauffahrteischiff. Mir war klar, dass wir dessen Kurs kreuzen würden. Da die Engländer selbst oft Opfer der Vitalienbrüder geworden sind, haben wir die Hamburger Flagge gezeigt und versuchten, möglichst nahe heranzusegeln. Wir wollten wissen, ob sie unbelästigt geblieben waren oder ob sie etwas von neuen Überfällen wüssten. Kurz bevor wir aufeinander trafen, habe ich also die BUNTE KUH gewendet und auf den Kurs des Engländers abfallen lassen. Als sie auf unserer Höhe waren, trat der Schiffer an die Reling. Ein merkwürdiger Vogel, Simon. Er hatte einen auffallend langen Hals mit einem ganz kleinen Kopf darauf!«

»Oje!«, rief Simon von Utrecht. »Der Hühnerhals. Von dem hört man furchtbare Sachen.«

»Plötzlich fing er an zu krähen: ›Ihr Hamburger seid doch zu dumm. Meine Brüder auf Helgoland werden begeistert sein, dass ihr uns euer neues Schiff überlassen wollt. Ich bin der große Claus Störtebeker!‹ Und schon versuchten die Piraten, uns zu rammen.«

»Der große Störtebeker? Dieser Angeber. Ich sag' Euch, der Hühnerhals war Claus Sheld, ein teuflischer Kerl. Dankt Gott, dass Ihr dem nicht in die Hände gefallen seid!«, versetzte Simon aufgeregt.

»Gefährlich war er, keine Frage. Ein Gegröle setzte ein, die Piraten schossen Brandpfeile, und es hagelte Steine, weil sie verhindern wollten, dass wir die Flammen löschen. Nico, unser Steuermann, wurde am Kopf getroffen. Aber die tapfere Mannschaft hat die Brandpfeile zurückgeworfen, bevor ein größeres Feuer entstand. Gleich darauf versuchten die Piraten, uns zu entern. Fünf wagten den Sprung auf unsere hohe Schanz und klammerten sich an der Reling fest. Trotz seiner Wunde hat Nico das Ruder hart backbord gelegt. Die BUNTE KUH gehorchte schneller als das schwerfällige Schiff unserer Feinde. Wir haben weit nach Steuerbord übergeholt und dabei vier der Überspringer in die See geschleudert. Den fünften konnten wir überwältigen. Unsere Mannschaft hat sich mächtig in die Riemen gelegt und das Äußerste gegeben. Der Kurs war genau gegen den Wind. Die Piraten hatten das schnellere Schiff, konnten aber gegen den Wind nicht mithalten.«

»Das habt ihr gut gemacht!«, bewunderte von Utrecht den erfahrenen Seemann.

»Als wir in Sicherheit waren, habe ich über die seltsame Begegnung nachgedacht. Der Vitalienbruder war so sicher, uns im Sack zu haben, dass er mit dem neuen Hafen der Vitalienserflotte protzte: Helgoland, direkt vor Hamburgs Haustür. Wieso haben wir nichts davon bemerkt? Die Wahrheit ist, wir haben gar nicht mehr hingeschaut, das Gesindel war doch vernichtend geschlagen worden – und der Rest angeblich nach Norwegen geflohen. Ich musste Gewissheit haben. Wir sind südlich von Wangerooge vor Anker gegangen, am nächsten Morgen trafen wir zwei Heringsfischer, die sich bereit erklärten, mit Spähern aus meiner Mannschaft nach Helgoland zu fahren. Ohne Argwohn zu erregen, konnten sie den Bau einer Palisade beobachten. Sie wird von West nach Ost unterhalb der Südkante des Oberlandes errichtet. Dann haben ihnen Helgoländer Fischer noch erzählt, dass auf dem Hochland eine große Grube ausgehoben wird. Sie wussten aber nicht zu sagen, wofür. Heute Morgen haben wir von weitem einen Konvoi aus vier großen und sechs kleineren Seglern querab von Wangerooge gesehen. Alle nahmen Kurs auf Helgoland. Im Topp war ein Flögel mit den Farben des Grafen von Holland zu erkennen. Wie passt das zusammen? Schiffe des Grafen von Holland im Verein mit Schiffen der Vitalienbrüder auf Helgoland? Ich kann mir darauf keinen Reim machen.«

»Der Graf will den Hamburgern ans Leder«, antwortete Simon von Utrecht besorgt, »um die Unterstützung der Schieringer zu beenden.«

»Dann muss ich unseren Gefangenen so schnell wie möglich zum Reden bringen.«

»Lasst die Finger davon«, warnte Simon, »die peinliche Befragung sollten wir den Fachleuten überlassen!«

»Gewiss, das kann nur einer.«

»Am besten«, riet der Holländer, »bringen wir den Gefangenen schnell nach Hamburg. Wir müssen dem Rat Bescheid geben. Wenn ihr einverstanden seid, breche ich gleich morgen früh auf.«

Im Haus der Hamburger Englandfahrer,
Sonntag, 5. September 1400

W enn ich richtig verstanden habe, wart Ihr zwei Tage mit der BUNTE KUH auf See und habt den ... wie hieß er gleich?«

»Claus Störtebeker!«, antwortete Simon von Utrecht.

»Ihr habt also den berüchtigten Störtebeker getroffen«, stellte der Ältermann mit spöttischem Unterton fest. »Und wo war Hermann Nyenkerken, solange Ihr mit seinem Schiff unterwegs wart?«

Bevor Simon reagieren konnte, lärmte es vor der Tür des Versammlungsraums.

»Ich muss doch sehr bitten!«, rief der Ältermann ungeduldig.

Sie hörten aufgeregte Stimmen: »Nein, ihr könnt jetzt nicht ...«

Die Tür flog auf, der Bote des Rates stürmte in den Raum.

»Was kann so wichtig sein, dass der Rat der Stadt unser Konsilium stört?«, fragte der Ältermann herablassend.

»Ich muss den Ratsherrn Schoke sprechen. Es ist eine Sitzung des Rates anberaumt!«, rief der Bote außer Atem, und verbeugte sich knapp. »Der Graf von Holland hat Hamburg die Fehde angesagt.«

Ein Raunen ging durch den Saal. Die Englandfahrer wussten, dass ihr Verhalten im Brokmerland den Grafen provoziert hatte. Einige waren sichtlich entsetzt. Andere, darunter Heino Zwartekop, nickten beifällig.

Nikolaus Schoke erhob sich. Es wurde still im Saal. »Mit den

Nachrichten, die Simon von Utrecht uns über die Entwicklung auf Helgoland gebracht hat, werden wir den Rat überzeugen, wie nun zu handeln ist. Wir sollten Heino Zwartekop noch einmal danken, dass er mit seinem Wort für die Einbürgerung des Holländers eingetreten ist.«

Eilig verließ der Ratsherr die Versammlung. Vor dem Rathaus sah er den Scharfrichter. »Gut, dass ich Euch treffe, Ammentrost! War er gesprächig, der Vitalienser, den die BUNTE KUH mitgebracht hat?«

Ammentrost verzog das Gesicht: »Ach, gnädiger Herr, bisweilen könnte ich verzweifeln. Seit Jahren bitte ich darum, das Streckbett mit einer feineren Winde auszurüsten! Aber der Kämmerer weist alle Anträge ab. Angeblich sei kein Geld da. Die Streckung mit der groben Winde geschieht aber viel zu schnell.«

»Was ist mit dem Zeugen?«, fuhr Schoke ihn ungeduldig an.

»Nicht so laut, gnädiger Herr. Unser Zeuge, Gott hab ihn selig, ist zu seinem Schöpfer eingegangen.«

»Soll das heißen, Ihr habt keine ...«

»Ich verstehe mein Handwerk, ehrbarer Schoke. Er hat uns manch wertvolle Nachricht hinterlassen.«

»Ich muss alles wissen, Ammentrost, sofort! Auf der Ratssitzung sind wichtige Beschlüsse zu fassen.«

Ammentrost bat Schoke in eine Nische. »Es muss nicht jeder sehen, dass ich Euch dies mitteile. Auf Helgoland befinden sich zurzeit etwa einhundertzwanzig Vitalienbrüder. Als ihre Anführer nannte der Gefangene einen Johann Storbik und einen Claus Sheld. Von Storbik haben wir noch nie gehört. Sheld hat sich durch Grausamkeiten hervorgetan. Die Vitalienser haben Kaperbriefe des Grafen von Holland, in denen Hamburg als Hauptgegner benannt wird.«

»Wie viele Schiffe?«

»Dreiundvierzig, meist kleinere. Der Ausbau der Insel ist in größter Heimlichkeit geschehen.«

»Auf dem roten Eiland rechnet also für den Augenblick niemand mit einem Angriff der Hansestädte!«

»Ihr sagt es«, bestätigte Ammentrost.

»Ich danke Euch für die Mitteilungen. Wegen eines neuen Streckbetts rede ich mit der Kämmerei. Ich muss nur den Schreye erwischen, ohne dass mir Ratsherr Elbeke dazwischenkommt. Schreye ist beweglicher als Elbeke.«

Schoke ging ins Rathaus und betrat den Ratssaal. »… der Feldzug nach Ostfriesland hat uns genug Männer und Geld gekostet. Einmal muss Schluss sein mit den ewigen Kriegen, die uns nichts einbringen«, ereiferte sich der Kämmereiherr Elbeke. »Wir sollten den Grafen von Holland um Frieden bitten, indem wir uns verpflichten, uns in Westfriesland nicht mehr einzumischen. Die Kriegserklärung des Grafen ist jenen zu verdanken, die die Feinde des Grafen in Westfriesland mit Waffen beliefern …«

»Ihr geht entschieden zu weit«, unterbrach ihn Johannes Hoyer, der Zweite Bürgermeister. »Ihr könnt nicht die erfolgreichsten Händler unserer Stadt verleumden und einem unserer hinterhältigsten Feinde Zeit verschaffen, die Fehde weiter vorzubereiten!«

Schoke machte sich bemerkbar. »Ich habe neue Nachrichten!« Er fasste zusammen, was er soeben gehört hatte und schloss mit der Empfehlung, sofort zum Angriff überzugehen.

»Da habt Ihr's!«, triumphierte Hoyer. »Der Graf von Holland tut sich mit dem liederlichsten Gesindel zusammen, um Hamburg zu vernichten. Sollen wir darauf warten, dass er weitere Kaperfahrer anheuert? Das Gebot der Stunde lautet, die Vitalienbrüder auf Helgoland schnell zu vernichten, um dem Grafen das gegen Hamburg erhobene Schwert aus der Hand zu schlagen.«

»Gegen Hamburg? Ich bitte Euch!«, empörte sich Elbeke. »Schon die Annahme ist irrwitzig, die Vitalienbrüder würden die Elbe nach Hamburg heraufsegeln. Wenn der Graf sie nach Helgoland geschickt hat, dann nur, um uns den Weg nach den westfriesischen Häfen zu verlegen. Es liegt nicht im Interesse unserer Stadt, dass wir einen Krieg führen, um freie Hand für den Handel mit den Schieringern zu gewinnen.«

Ein Tumult entstand, zehn Ratsherren verließen unter Protest den Saal. Es blieb nichts anderes übrig, als die Sitzung zu schließen und das umstrittene Thema zu vertagen.

Helgoland, Freitag, 10. September 1400

n ur wenige Männer waren zur Vesper in die St.-Nicolai-Kapelle auf dem Hochland gekommen. Am Ende der Messe bat ein Teilnehmer den ehrwürdigen Magister Wichmann um einen Besuch auf dem Schiff des Gudemont Janneszone, denn dieser liege im Sterben. Andreas Wichmann zögerte, er war erschöpft.»Sagt ihm, ich werde gleich kommen.«

Josef, der gerade die heiligen Geräte und Bücher wegräumte, fasste sich ein Herz:»Mein Vater, lasst mich zu den Schiffen hinabsteigen und dem kranken Janneszone die Letzte Ölung bringen.«

Wichmann sah ihn lange an.»Warum eigentlich nicht! Du kannst es. Er wird sich freuen, dich zu sehen. Ich habe noch manches zu ordnen und kann mich dann bis zur Matutin ausruhen. Die Nachtmesse liest Pfarrer Clemens.«

Josef durchquerte das Dorf und passierte die Zelte der Marketender nahe der jüngst ausgehobenen Viehtränke. Er schaute über das Gedränge der Schiffe am Hafenrand und weit übers Meer. Dort irgendwo begann die Elbe, der Weg nach Hamburg. Josef gefiel die Insel nicht. Er stieg den roten Felsen hinab und lief den Strand entlang nach der Düne hinüber, wo er Janneszones Schiff wusste. Der Bootsmann führte ihn über eine Planke an Deck. Dort hatte sich der Vitalienbruder ein Bett bereiten lassen. Er wollte mit Blick auf die See sterben, sein Gesicht war rot und schweißnass. Kaum hörbar flüsterte der Bootsmann: »Es steht zu fürchten, dass er die Nacht nicht überlebt.«

Josef trat an das Bett und legte dem Kranken die Hand auf die heiße Stirn. Janneszone, der bisher abwesend gewirkt hatte, richtete sich auf.

»Ach, Josef«, sprach er klar und langsam, »wie schön, dass du gekommen bist, um mir beizustehen. Ja, der alte Sünder muss loswerden, was seine Seele niederdrückt.« Jedes Wort bereitete ihm Mühe, und doch kam seine Lebensbeichte zusammen. Josef war dankbar, dass er dem Kranken die Letzte Ölung spenden durfte. Der Sterbende sprach immer schneller und unverständlicher. Aber Josef hörte heraus, dass Janneszone neben St. Nicolai bestattet sein wollte. Von einem drohenden Untergang delirierte er. Dann bäumte er sich auf und rief: »Störtebeker! Hilf!«

Es waren seine letzten Worte.

Bevor Priester Wichmann an Schlaf denken konnte, klopfte es. Claus Störtebeker trat ein. »Guten Abend, ehrwürdiger Vater. Komme ich ungelegen?«

»Nur herein, Claus! Auch wenn mir die Augen zufallen wollen, freu’ ich mich, dich zu sehen. Was gibt es zu fortgeschrittener Stunde?« Alle Müdigkeit schien von Wichmann abgefallen.

Zögernd begann Claus: »Das Verhältnis zwischen den Vitaliensern und den Landkämpfern des Grafen ist schwierig. Seine Leute üben nicht nur einen schlechten Einfluss aus, sie unterstützen auch diejenigen, die niemals rechtschaffen gehandelt haben. Ich weiß, dass die Bedingungen der Kaperbriefe missachtet werden. Bedenkt, was das bedeutet. Ich habe klare Hinweise, dass Claus Sheld und seine Leute schnöden Seeraub betreiben, anstatt planmäßige Seekriegshandlungen auszuführen. Man sagte mir, dass auf seinem Schiff wehrlose Gefangene zu Tode gemartert wurden. Wichmann, was soll ich tun? Zuletzt hat Sheld die Frau eines Helgoländer Fischers vor seinen Leuten vergewaltigt. Ich habe es zu spät erfahren, um einschreiten zu können. Es heißt, dass Söldner des Grafen nicht ganz unschuldig gewesen seien, sie hätten Sheld noch ermuntert.«

»Was ist nur aus unserer Bruderschaft geworden!«, stöhnte Wichmann.

»Wir müssen handeln«, drängte Claus. »Aber ich kann Sheld und seine Leute nicht einfach aus der Bruderschaft ausschließen. Er hat seine Unterstützer, und der Winter steht bevor. Außerdem versteht sich Sheld gut mit den Holländern.«

»Wir müssen ein Zeichen setzen«, erwiderte Wichmann.

»Ich weiß nicht, wie viel Zeit uns bleibt. Das schlimmste Gerücht habe ich Euch vorenthalten«, setzte Claus wieder an. »Es heißt, Sheld habe einem Hamburger Schiff großmäulig verraten, wo wir uns aufhalten. Wenn das stimmt, ist ein Angriff nicht auszuschließen. Sheld hat mich ausgelacht, als ich ihn zur Rede stellte. Ich solle nicht alles glauben, was man mir zuträgt.«

Wichmann stand von seiner Bank auf.

»Ich hab' etwas für dich«, murmelte er mit einem Finger auf den Lippen. Aus einer Schublade holte er ein Säckchen, es war angefüllt mit kleinen Bronzeplättchen.

»Ahnst du, was ich hier halte?«

»Die Pilgerzeichen des heiligen Vincentius von Zaragozza!«, staunte Claus. »Wir haben sie bei der Überwältigung hispanischer Schiffe erbeutet.«

»Ganz recht!«, murmelte Wichmann. »Nur eben nicht ›erbeutet‹. Wir haben sie bei der Kontrolle der Schiffe an uns genommen. Sie waren kriegswichtig. Alle, die dieses Zeichen am Hals tragen, werden zum Kampf ermutigt. Als Waldenser halte ich zwar nicht viel von der Heiligenverehrung und gar nichts von der Wirkung solcher Amulette. Doch schiene es mir unklug, unseren Männern in dieser Stunde ihren Glauben daran auszutreiben. Teile diese Zeichen an die

Mannschaften aus! Gib ihnen den Rat, die Amulette am Hals zu tragen, damit sie sich in der Stunde der Gefahr eins wissen mit einem Heiligen, der im Leben wie im Tode von aller Welt genauso schlecht behandelt worden ist, wie es uns ergeht. Das wird sie stärken.«

Rughenorde, in derselben Nacht

Noch regte sich kein Lüftchen. Das weiße Licht des Vollmondes spiegelte sich in den glatten Flächen des hoch aufgelaufenen Wassers. Ruhig stand es zwischen den Schiffen. Nicht das leiseste Plätschern oder Glucksen ließ sich vernehmen. Auch auf den Schiffen regte sich nichts. In die Stille hinein klang hell und lang gezogen der Ruf eines Wächters auf dem Molenkopf an der Ausfahrt.

»Oo-stenn-winnd! Oo-stenn-winnd!«

Mit dem Tidenwechsel war der Ostwind gekommen. Schlagartig war Leben auf den Schiffen. Söldner und Seeleute polterten über Deck. Fünf Koggen, jede gefolgt von zwei Schniggen, verließen den Hafen und bewegten sich, sanft vorwärtsgetragen vom allmählich einsetzenden Ebbstrom, Richtung Außenelbe. Der Ostwind nahm zu. Voraussichtlich würden die Schiffe Helgoland um sechs Uhr morgens erreichen.

Im Achterkastell der ersten Kogge, DE GROOTE MARIE, standen der Kommandant des Unternehmens, Ratsherr Nikolaus Schoke, und seine Schniggenführer Simon von Utrecht und Hermann Nyenkerken frierend nebeneinander.

»Wenn das man glatt geht!« Schoke runzelte die Stirn. »Wenn nicht, kann ich mich in Hamburg nicht mehr sehen lassen. Der Rat wird jede Verantwortung von sich weisen.«

Hermann Nyenkerken beruhigte ihn:»Der Plan ist gut, habt Vertrauen! Wir werden die Vitalienbrüder im Schlaf überraschen, keiner wird entkommen. Der Ostwind, der uns nach Helgoland bringt, drückt die Schiffe der Piraten in den Hafen.«

»Wir wollen zur Jungfrau Maria beten«, sagte Pater Weseloh, »dass sie unsere Fahrt beschützt.«

Helgoland, Sonnabend, 11. September 1400

Hans-Diderich von Espingen hatte die Nacht Wache gehalten. Seine Augen waren müde, und ihm war kalt.

»Was soll schon passieren?«, brach Hinrich, die zweite Wache, das Schweigen. »Selbst wenn die Hamburger wüssten, dass wir hier sind, würden sie sich niemals trauen, uns anzugreifen.«

»Heute wäre ein guter Tag für sie«, antwortete Hans-Diderich missmutig. »Es ist so diesig, dass wir kaum was sehen.«

»Und der Wind kommt von Osten. Verdammt, du hast Recht.«

Hans-Diderich blinzelte in die aufgehende Sonne, ein schöner Tag kündigte sich an. Dann stutzte er. Im Gegenlicht sah er mit einem Mal auf Helgoland zuhaltende Segel, dicht bei dicht.

»Alarm! Angriff der Hansen!« Hinrich blies das Alarmsignal.

Hans-Diderich rannte zur Treppe und sprang sie, immer mehrere Stufen zugleich nehmend, hinunter. Er eilte zum Schiff Störtebekers. Der war schon an Deck, er musste ihm nichts erklären. Die ersten Fahrzeuge der Hamburger waren in Sicht. Der auflandige Wind hielt an. Die Rahsegel fielen, dafür tauchten jetzt die Riemen der Schniggen in rascher Folge ein. Für eine erfolgversprechende Gegenwehr war es eigentlich schon zu spät. Mit mächtiger Fahrt glitt die BUNTE KUH in den Hafen. Die übrigen Schniggen folgten dicht bei dicht.

»Weg vom Ufer, hinein in die Hafenmitte!«

Störtebeker gab die entsprechenden Signale an die anderen Schiffe weiter. Vorsorglich hatte er befohlen, dass von jedem Schiff ein Anker in Richtung Hafenmitte auszubringen sei, um die Fahrzeuge bei auflandigem Wind zur Not von Hand ins tiefe Wasser zurückverholen zu können. Auf allen Schiffen wurden die Winschen betätigt, um die Ankerleinen einzuholen. Die Leinen kamen zwar steif, aber die Schiffe rührten sich nicht. Dann rissen die Ankerleinen – eine nach der anderen. Der Wind trieb die Schiffe auf den Strand. Störtebeker fluchte. Er ahnte, was geschehen war. Es war ein zu schönes Bild gewesen, als in der letzten Nacht die Fischer mit Lampen am Bug ihrer kleinen Boote ausgefahren waren – nur eben nicht zum Fischfang! Mit ihren Messern hatten sie ganze Arbeit geleistet. Je fünf Armbrustschützen gingen an Heck und Bug der Schniggen in Stellung und entzündeten die ersten Brandpfeile.

»Feuer!«

Simon von Utrechts Kommando gellte übers Wasser, die Brandpfeil-Salven flogen auf die ersten Schiffe. Ungehindert glitten die Schniggen von einem Fahrzeug zum nächsten, setzten überall die Takelage in Brand. Bald loderten Flammen auf sämtlichen Schiffen. Die überraschten Mannschaften waren hilflos, alles grölte durcheinander. Einige Seeleute fingen Feuer und sprangen ins Wasser. Doch die meisten flüchteten an Land. Kein einziges Schiff entkam.

Inzwischen hatten die fünf Koggen auf Reede geankert und mit kleinen Booten die Landsoldaten ausgeschifft. Erbarmungslos machten sie Jagd auf die über die Insel fliehenden Vitalienbrüder und Holländer.

Die Sonne war aufgegangen, im Söldnerlager auf dem Oberland herrschte ein großes Durcheinander. Bevor sie sich formieren konnten, ging der erste Feuerregen der Angreifer auf sie nieder. Die Hamburger umzingelten das Lager und jagten jeden, der zu entkommen versuchte, in die Flammenhölle zurück. Weitere Hamburger durchkämmten das Oberland nach versteckten Vitalienbrüdern. Wenn sie einen fanden, der sich nicht gleich ergab, scheuchten sie ihn über den Klippenrand in den Tod.

Pater Lambert Weseloh widmete sich mit Hingabe dem Aufspüren der Glaubensfeinde. So flott stürmte er den Felsen hinauf, dass sein kleiner Suchtrupp ihm kaum folgen konnte. Schließlich gelangte er zu der kleinen Kapelle, wo er Magister Wichmann und Pfarrer Zeelander betend antraf.

»Ich ahnte es«, rief Weseloh begeistert. »Ketzer! Die heilige Inquisition wird sich freuen!«

Die Betenden fuhren in ihrer Andacht fort, ohne aufzublicken. Clemens sprach laut: »Herr, die Stunde ist da. Der Antichrist tritt ein. Er wird unsere irdischen Leiber verderben. Rette unsere Seelen!«

Weseloh schwollen die Adern, sein Gesicht wurde rot vor Wut.

»Zeelander! Ausgerechnet Ihr nennt mich, den eifrigsten Diener des Herrn, einen Antichrist! Das werdet Ihr mir büßen.«

Er wies seine Männer an, den Gefangenen die Hände auf den Rücken zu fesseln. Keiner wehrte sich. Sie wurden getreten und blutig geschlagen, ehe man sie Richtung Hafen abführte.

Hamburg, Mittwoch an Feliciani, 20. Oktober 1400

Ⴈm Dienstag in der Früh hatte der erste Herbststurm die Fluten über die Ufer treten lassen. Keller, Wohnungen und Lokale in den Kirchspielen St. Catharinen, St. Nicolai und St. Petri waren vollgelaufen. Im Verlies unter dem Rathaus hatten die Gefangenen zu schreien begonnen, als sie in der Brühe aus Kot, Urin und Stroh zu ersaufen drohten.

Weil sie nun einmal beim großen Schauspiel ihrer Hinrichtung, dem ganz Hamburg entgegenfieberte, nicht fehlen durften, hatte man sie aus dem Loch geholt und zum »Berg« hinaufgetrieben, wo sie nahe der Büttelei in ein Gatter eingepfercht worden waren. Die feuchtkalte Nacht hatten sie im Freien verbracht. Dem Büttel Knoker hatte man zur Bewachung der zahlreichen Gefangenen vier Helfer an die Seite gestellt.

Um von den Inhaftierten möglichst viel über die Vitalienser zu erfahren, hatte Johannes Ammentrost sie gehörig über das neue Streckbett gezogen, manchem die Fußnägel ausgerissen, anderen die Fußsohlen mit glühenden Eisen markiert. Niemand war verschont geblieben. Mit der Peitsche hatte man sie anschließend traktieren müssen, damit die Geschwächten aus eigener Kraft ins Verlies zurückkrochen.

Aus Störtebeker hatte Ammentrost den Aufenthaltsort des Anführers Goedeke Michels herauszupressen versucht, von dem die Hamburger zu ihrem größten Ärger seit dessen Flucht im Mai nach ihrem Überfall auf Ostfriesland keine Nachrichten hatten. Ein Geheimbote der Vitalienser war den Hamburger Häschern in Dithmarschen ins Netz gegangen, in der Büttelei war man im Besitz eines Briefes, der, von Helgoland abgesandt, Michels in Norwegen hatte erreichen sollen. Von Ammentrost mit diesem Beweisstück konfrontiert, schwieg Störtebeker beharrlich.

Pfarrer Clemens Zeelander hatten sie die Schneidezähne eingeschlagen und den Unterkiefer gebrochen, so dass er sich kaum verständlich machen konnte. An seiner Stelle ergriff Magister Wichmann das Wort, um die Gefährten auf den Tod vorzubereiten:»Ihr tragt das Pilgerzeichen des heiligen Vincentius von Zaragozza am Hals. Die Sieger von Helgoland haben es euch nicht abgenommen, weil sie so zu beweisen hofften, dass nicht einmal der Märtyrer imstande wäre, euch vor dem Schwert des Henkers zu retten.«

»Hört auf mit den frommen Sprüchen, die helfen uns jetzt nicht weiter!«, brüllte Claus Sheld.»Erzählt uns von schönen Weibern, wenn Ihr uns den Gang in die Hölle erleichtern wollt.«

Unbeirrt fuhr Wichmann fort:»Claus Störtebeker hat euch die Amulette nicht ausgehändigt, um euch vor weltlichem Gericht zu schützen. Aber ihr könnt euch eins wissen mit dem Heiligen. Die

Ungläubigen haben seinen Körper grausam abgeschlachtet und auf jede Weise zu zerstören gesucht. Sie haben ihm damit, wie sie meinten, die Aussicht auf leibliche Auferstehung geraubt, an die er noch im Tode fest geglaubt hat.«

Wichmann wurde durch Peitschenhiebe eines Büttels unterbrochen. Der Ratsbote war gekommen, um den Vitalienbrüdern ihr Todesurteil zu überbringen und ihnen den morgigen Tag als Termin ihrer Hinrichtung anzukündigen.

Aufgeregt rief Sheld dazwischen: »Nicht so schnell! Für mich gilt das nicht! Mich haben die Vitalienbrüder doch ausgeschlossen! Ich gehöre nicht mehr zu ihnen. Ihr müsst mich freilassen!«

Wie er mit dem Kopf hin und her zuckte, wirkte er derart grotesk, dass sich unter den Gefangenen trotz ihrer ausweglosen Lage Gelächter erhob.

Grasbrook, Donnerstag, 21. Oktober 1400

So wollte man sie sehen: aneinandergekettete Ungeheuer mit verunstalteten Gesichtern, die Bärte verklebt, das Haar in wirren Strähnen, die Kleider zerfetzt, an den Hand- und Fußgelenken Schwären. Stöhnend bewegte sich die Prozession über Straßen und Brücken auf den Grasbrook zu. Voran schritt der Brookvogt, flankiert vom Vertreter des Büttels und drei weiteren Schergen. Knoker war krank geworden und musste zu seinem Leidwesen auf die Teilnahme an der Massenhinrichtung verzichten.

Nach Überquerung der Trostbrücke drängte sich eine Gruppe der Blauen Schwestern in den Zug, um den Verurteilten einen letzten Schluck Wein mit auf den Weg zu geben. So kam es, dass der vor sich hin stolpernde Josef Zeelander in das vom Schleier eng eingefasste Gesicht seiner Schwester schaute.

»Bei Gott, Catharina«, flüsterte er kaum verständlich, »du bist es?«

Indem sie ihm den Becher reichte, lächelte sie und sprach ihm Mut zu:»Selig sind, die um der Gerechtigkeit willen verfolgt werden, denn ihrer ist das Himmelreich …«

»Genug!«, schrie ein Scherge und riss die Begine zurück.

»… das Himmelreich? Dass ich nicht lache!«, höhnte ein Vitalienser.

Josef schaute auf Magister Wichmann und betete leise:»Heiliger Vincentius! Hilf, dass unser irdischer Leib in Vollkommenheit auferstehe, auch wenn sie uns den Kopf abschlagen und auf einen Pfahl nageln!«

»Lass das Gequatsche!«, schrie ein Aufseher und versetzte Josef einen Hieb auf den Rücken.

Ohne auf die Schläge zu achten, fiel Wichmann in das Gebet ein: »So steht in der Offenbarung geschrieben: Und ich sah die Seelen der Enthaupteten … Sie wurden lebendig und regierten mit Christus tausend Jahre …« Kein Stockhieb vermochte, ihr Gebet für die Seelen der Hoffnungslosen zum Schweigen zu bringen.

Als sie auf die Brookbrücke kamen, zogen Nebelschwaden über den Fluss und füllten seine Oberfläche von Ufer zu Ufer. Schrill und unaufhörlich schlug das Armsünder-Glöcklein von St. Catharinen. Die Brückenbohlen dröhnten dumpf und ließen das Klirren und Schleifen der Ketten widerhallen. Ein Mann mit Krücken unter den Achseln stand hinter der Brücke auf dem hoch aufragenden Bug einer Kogge und erwartete den Zug. Johannes Zeelander hatte in der Nacht kaum geschlafen. Ursprünglich war er entschlossen gewesen, sich den Anblick zu ersparen. Aber etwas war stärker gewesen, so hatte er sich endlich doch erhoben und war zur Werft gehumpelt. Nun zitterte er vor Nässe und Kälte.

Johannes versuchte, den Zug der Aneinandergeketteten mit einem Blick zu erfassen. Ihm war, als würde er ihren Schmerz spüren. Er sah alles: ihre Schwären, ihre zerrissenen Kleider, die Lappen auf den Wunden. Und er roch den Gestank von Jauche und Eiter.

Das waren die gefürchteten Vitalienbrüder, gottlose Ungeheuer, die man mit Stumpf und Stiel ausrotten musste!

Johannes hatte kein Mitleid mit den Seeräubern, hatte es nie gehabt, aber als er seinen Bruder erkannte, kamen ihm die Tränen. Kein Wort drang aus dem grässlich klaffenden Mund. Johannes gab sich Mühe, einen Blick des Bruders zu erhaschen, doch Clemens schaute weder nach links noch rechts, nur noch gen Himmel und schlurfte seligen Blickes seiner gewissen Erlösung entgegen.

Gleich darauf taumelte Hans-Diderichs ausgemergelte Gestalt an Johannes vorüber. Wie war der bloß unter die Vitalienser geraten? Johannes nahm eine Krücke unter der Achsel heraus und schwenkte sie, hilflos grüßend, als wollte er sagen: Schau her! Ich hab' einen Fuß verloren. Hans-Diderich erkannte ihn und spuckte aus.

Den gewaltigen Bärtigen in der nächsten Reihe kannte er nicht. So müssen die Apostel ausgesehen haben, ging ihm durch den Kopf – mit Gott und sich im Reinen, gütig und überzeugend. Stöhnend beugte sich der Apostelgleiche nieder, offenbar schmerzte sein Fuß. So gab er die Sicht frei auf seinen Nebenmann, der ihn stützte. Wie ein Schlag durchfuhr es Johannes: Josef! Mein Sohn!

Ohne Groll schaute Josef in das Gesicht des Vaters. Johannes rieb sich die Augen und wünschte, es wäre ein böser Traum. Das vernarbte Kindergesicht ließ sich nicht tilgen und blieb vor seinen Augen. Johannes hielt Josefs Blick nicht stand. Er schaute auf den Boden und wusste nicht mehr, warum er seinen Sohn verstoßen hatte.

Den Schluss des Zuges bildete ein gegensätzliches Paar. Rechts ging ein Langer mit auffällig kleinem Kopf – der »Hühnerhals«. Die Gestalt neben ihm wirkte dagegen unscheinbar. Johannes erkannte sie sofort, obwohl Blut und Schorf das Gesicht entstellten: Claus Störtebeker. Ganz leicht und federnd ging der Freund aus Kindertagen über die Brücke, als würde er die schweren Ketten nicht spüren. Er legte den Kopf auf die Seite und fixierte den alten Mann auf der

Kogge neben der Brücke. Keinen Vorwurf, eher Wehmut meinte Johannes in seinen Augen zu lesen. Mit einer Handbewegung schien er Johannes zu locken, wie man jemanden zu einer Reise einlädt: »Komm mit, Johannes. Komm mit mir, wir gehen segeln!«

Plötzlich wurde es leise. Der Zug der Gefangenen hatte den Grasbrook erreicht und bewegte sich jetzt durch Dünensand auf die Grasbrookspitze zu. Der Nebel war dichter geworden und hüllte den Zug schließlich ein.

Johannes hatte seinen Standort auf der Kogge verlassen und humpelte hinterher. Aus dem Nebel drang der Gesang einer klaren Stimme an sein Ohr – Josefs Stimme!

»Gib mich nicht preis dem Willen meiner Feinde! Denn es stehen falsche Zeugen wider mich auf und tun mir Unrecht ohne Scheu ...«

Niemals hatte Johannes eine Stimme in solcher Vollkommenheit singen hören. Dann vernahm er das Klatschen einer Lederpeitsche und einen Aufschrei. Durch die Stille drang das Stöhnen der Verurteilten.

Der Nebel verzog sich und ging in Nieselregen über. Wasser troff Johannes in die Augen. Der Zug war zum Stillstand gekommen. Grau und dreckbespritzt waren die Elendsgestalten kaum noch zu unterscheiden – eine dem Tode verfallene Masse. Die Büttel machten sich nicht die Mühe, die Gefangenen zu reinigen, zumal sie selbst kaum sauberer geblieben waren. Nur das Nackenhaar würde man den Verurteilten abschneiden, um dem Scharfrichter die Arbeit zu erleichtern. Inzwischen befanden sie sich auf einem dicht am Elbstrand gelegenen Platz, in dessen Mitte ein Hauklotz stand – der Richtblock. Der Platz war durch ein hohes Gitter von einem Gerüst mit Sitzreihen abgetrennt, ein Halbrund, das ihn zur Landseite wie ein Theater abschloss. Die Plätze reichten kaum für die in Massen herbeigeströmten Menschen aus.

Erschöpft spreizte Johannes die Krücken und sah sich hilflos nach Unterstützung um. Er wollte auf Meister Bertram zusteuern, doch der schaute rasch weg. Hinrik Lamspring mochte er nicht ansprechen. Wieso half ihm niemand?

Als er die Reihe entlangblickte, entdeckte er Werners. »Setzt Euch doch, Meister Zeelander!«, bot der ihm freundlich an. »Von hier könnt Ihr gut sehen, wie die Schurken zum Teufel gehen!«

Im gleichen Augenblick trat der Scharfrichter Justus Rosenfeld aus Buxtehude auf den Plan. Er war eigens hinzugezogen worden; Ammentrost sollte bei diesem Anlass nur assistieren und stand mit böser Miene daneben. Der vom Rat erwählte Gerichtsherr, Prätor Nicolaus Schoke, trat vor das Volk und würdigte Hamburgs Kampf gegen die Vitalienbrüder. »Gemeine Verbrecher sind sie! Ketzer wider Gott und die Natur, allen gottgefälligen Menschen ein Gräuel! Sie müssen von der Erde vertilgt werden! Wenn wir sie richten, geschieht dies im Auftrag des Kaisers und mit dem Segen des Herrn, unseres Gottes.«

Der Henker trat an den Hauklotz. Ammentrost übergab ihm das Richtschwert und bedeutete dem Vertreter des Büttels Knoker, dem ersten Gefangenen das Nackenhaar abzuschneiden und ihn heranzuführen. Die Menge murrte. Sie erkannten den ehemaligen Pfarrer von St. Catharinen, viele hatten das Abendmahl von ihm empfangen und waren bei ihm zur Beichte gegangen. Die Schergen zwangen Clemens mit dem Hals auf den Hauklotz und drehten ihm die Arme so weit herum, dass er den Kopf nicht mehr anzuheben vermochte. Ammentrost verlas laut den Namen: »Clemens Zeelander!« Schon hieb der Henker zu. Der Kopf fiel in den Matsch. Ammentrost ergriff das Haupt und präsentierte es der Masse: »Clemens Zeelander! Clemens Zeelander!« Johannes hielt sich die Ohren zu. Der Kopf wurde zum Blutgerüst hinübergetragen. Schon kam der Nächste an die Reihe.

30 Köpfe sollten fallen, das Interesse der Zuschauer ermüdete lange, bevor der Henker sein Werk vollbracht hatte. Die Vorbereitung jeder Enthauptung nahm Zeit in Anspruch, durch den Regen-

schleier vermochte das Publikum kaum zu erkennen, was sich auf dem Richtplatz abspielte. Johannes hörte die Namen der Sterbenden wie im Traum, nur als die Seinen an die Reihe kamen, richtete er sich verzweifelt auf.

»Hans-Diderich von Espingen« ...»Josef Zeelander« ... Der Henker machte keinen Unterschied.

Mittlerweile war das Nieseln in Dauerregen übergegangen. Die Zuschauer, darunter einige Ratsherren, ersparten sich den Rest des Schauspiels und huschten davon. So fand es auch Ammentrost, wegen seiner Zurücksetzung ohnehin nicht recht bei der Sache, überflüssig, der Menge das Haupt jedes Gefangenen mit Namen zu präsentieren.

Noch zwei Vitalienbrüder warteten auf die Hinrichtung. Ammentrost verlas den vorletzten Namen –»Claus Störtebeker« –, einer der beiden wurde nach vorn gestoßen. Bevor das Schwert des Henkers traf, rief Johannes: »Halt! Ihr dürft ihn nicht töten! Störtebeker war kein Seeräuber, er war ein ...«

Der Rest blieb ungehört, weil ihm Sywert Werners den Mund zuhielt.

»Beherrscht Euch, Zeelander!«

Der Zwischenruf hatte den Henker so aus der Fassung gebracht, dass ihm das Schwert am Hals des Verurteilten abglitt, nicht ohne eine tödliche Wunde verursacht zu haben. Der Büttel ließ vor Überraschung los. Der Gefangene machte sich frei und stolperte mit dem kleinen Kopf, der vom langen Hals halb herunterhing, an einigen seiner enthaupteten Kameraden vorbei, um endlich tot zu Boden zu sinken.

Ein Riesengeschrei erhob sich. »Habt ihr den gesehen?«

»Ein Spaßvogel noch im Sterben, dieser Störtebeker!«

»Wie der halb geköpft an seinen Kumpanen vorbei ist!«

»Wie ein geschlachtetes Huhn!«

Nur Zeelander war ganz ruhig geworden.

Das Fest der Hinrichtung war beinahe zu Ende. Dem letzten Vitalienbruder sollte nun das Nackenhaar abgeschnitten werden, der Büttel hantierte mit der Schere. Das Haar fiel, mit einem schnellen Schnitt fielen auch die Fesseln. »Gottes Freund und aller Welt Feind!«, flüsterte eine Stimme Störtebeker zu.

»Claus Sheld«, ertönte Ammentrosts Stimme über den Platz. Blitzschnell versetzte der Büttel nicht Störtebeker, sondern dem neben ihm stehenden Schergen einen dermaßen derben Stoß ins Genick, dass der, völlig überrumpelt, vorwärts taumelte und auf dem Richtplatz der Länge nach hinschlug. Der andere war mit zwei Schritten hinter ihm, ergriff den Benommenen und schleifte ihn zum Richtblock. Im Nu waren die Arme nach hinten gerissen, der Kopf fiel, damit war die Hinrichtung der Vitalienbrüder zur Zufriedenheit der verbliebenen Zuschauer abgeschlossen. Ammentrost und der Scharfrichter aus Buxtehude verabschiedeten sich voneinander. Wer bis dahin ausgehalten hatte, verließ eilends den Richtplatz.

Der zuvor mit dem Haarabschneiden betraute Büttel packte die zur Aufnagelung bestimmten Köpfe in eine Kiste beim Blutgerüst und legte anschließend die toten Leiber, die am nächsten Tag nebenan auf dem Schindanger verscharrt werden sollten, in Reih und Glied. Allein Johannes war sitzen geblieben und starrte ins Leere. Der Regen kümmerte ihn nicht.

Eine Viertelstunde mochte vergangen sein, da fühlte Johannes sich sanft angestoßen. »Wollt Ihr Euch unbedingt eine Erkältung zuziehen?«, fragte eine freundliche Stimme von der Seite – Doktor Budessyn. Er war zurückgekommen, als er bemerkt hatte, dass der einsame Mann auf dem Platz verharrte, wo Bruder, Sohn und Freund ihr Leben hatten lassen müssen.

»Ich mache mir Sorgen um Euch«, fuhr er fort und nahm ein Tuch aus seiner Tasche, mit dem er Johannes das Gesicht abwischte.

»Nun sind sie fort, für immer«, murmelte Johannes. »Alle sind fort. Und ich – ich habe sie auf diesen Weg gestoßen!«

»Am besten, wir lassen die Toten ruhen«, sagte der Arzt mitfühlend.

»Die Toten, ja … aber sagt, Budessyn, habt Ihr gesehen, wo Störtebeker geblieben ist?«

Budessyn sah Johannes verwundert an: »Störtebeker? Der liegt
doch bei den anderen. Ach, Johannes, Ihr habt Euch überanstrengt!«
Johannes erhob sich, schob seine Krücken unter die Achseln und
humpelte zu den aufgereihten Toten. Budessyn schaute ihm kopfschüttelnd hinterher.

Mühsam schleppte sich Johannes die lange Reihe der enthaupteten Körper entlang. Schließlich wandte er sich um und krächzte: »Ihr
glaubt, ich habe den Verstand verloren, nicht wahr, Doktor? Ihr
meint, er liegt hier bei den anderen, der Störtebeker? Hier liegt er
aber nicht – bei Gott nicht! Ich, Johannes Zeelander, weiß es besser!«

Verzeichnis der wichtigsten Personen

Die fiktiven Personen und Personenverhältnisse sind hier *kursiv*, alle anderen Personen sind historisch belegt.

Aa, Johann van der, Rostocker Bürgermeister

Albert II. von Braunschweig-Wolfenbüttel, Erzbischof von Hamburg-Bremen 1360–1395, unterliegt Hamburg in einem vor der Kurie geführten Prozess (1371–1387)

Bertram von Minden / Meister Bertram, Maler

Bonifaz IX., Papst in Rom 1389–1404

Budessyn, Johannes / Magister Budessyn, Chirurgus der Stadt Hamburg, tätig ab 1378

Cordessone, Geerd, »Graf Cord syn Basterd«, Kaperfahrer, als Anführer der Vitalienbrüder am 11. Mai 1400 in Emden hingerichtet

Espingen, Diderich v., Hamburger Kaufmann

Espingen, Hans-Diderich v., Kaufmann, Sohn des Vorigen

Espingen, Maria, Ehefrau von Diderich

Genf, Robert v., Kardinal, später als Clemens VII. Gegenpapst

Gregor XI., Papst ab 1370 in Avignon und, nach Umzug der Kurie, in Rom, wo er 1378 stirbt

Horborch, Bertram, Hamburger Bürgermeister 1366–1397

Horborch, Wilhelm, Bruder des Vorigen, Kanoniker, Richter am Heiligen Stuhl in Avignon und Rom, gestorben 1384

Konrad, Graf von Oldenburg, auch Graf Cord genannt

Lamspring, Hinrik / Meister Lamspring, Goldschmied

Michels, Goedeke, Kaperfahrer, Anführer der Vitalienbrüder, befreundet mit Graf Konrad von Oldenburg, 1401 auf dem Hamburger Grasbrook enthauptet

Nieheim, Diderich v., Scriptor und Abbreviator Papst Urbans VI.

Rintelen, van, Lübecker Ratsherr und Flottenkommandeur

Schreye, Albert, Hamburger Ratsherr und Flottenkommandeur

Sheld, Claus, Kaperfahrer, Anführer der Vitalienbrüder

Störtebeker, Claus – *gemeinsam mit den Zeelanderbrüdern elternlos aufgewachsen, gleichsam ihr »dritter Bruder«* – später Kaperfahrer, Anführer der Vitalienbrüder

Urban VI., Papst 1378–1389

Weseloh, Lambert, Generalkollektor des Heiligen Stuhls für Ablass-Einnahmen in Norddeutschland

Zeelander, Catharina, *Tochter von Johannes und Magdalena*

Zeelander, Clemens / *Pfarrer Zeelander, älterer Bruder des Johannes*

Zeelander, Johannes / Magister Zeelander, Schiffbauer auf dem Hamburger Grasbrook

Zeelander, Josef, *Sohn von Johannes und Magdalena, Schiffbauer, später gemeinsam mit den Vitalie-brüdern auf dem Hamburger Grasbrook enthauptet*

Zeelander, Magdalena, *geb. v. Espingen, Ehefrau von Johannes*

Zwicker, Peter, Prior des Coelestiner-Klosters Oybin, später Inqusitor u. a. in Stettin

Nachwort zur Neuauflage

Das hatte ich, ein bekennendes Nordlicht, schon immer vor: Einen Störtebeker-Roman zu schreiben. Der Wunsch wurde virulent, als ich 1976 nach Hamburg kam und mir die Leitung des größten deutschen Stadtmuseums, des Museums für Hamburgische Geschichte, anvertraut wurde. Wichtigeres hinderte mich daran, sofort mit dem Schreiben zu beginnen, denn zunächst war ein völlig neues, weit gefächertes Konzept für das stark zurückgefallene Museum zu entwickeln, in dem jetzt überhaupt zum ersten Mal von einer Geschichte des 20. Jahrhundert, von dem Entstehen der Arbeiterbewegung, dem Leben der Juden in Hamburg, ihrer mitleidlosen Verfolgung und Ausrottung die Rede sein sollte. Der Hamburger Nazi-Statthalter von Hitlers Gnaden, Karl Kaufmann, hatte sich noch gegenüber dem »Führer« damit brüsten mögen, dass er Hamburg als erste Stadt im Reich »judenfrei« melden dürfe. Er wurde dafür nie angemessen bestraft. Und dann das Elend der beiden Weltkriege und der Feuersturm von 1943, Hamburg und der Hafen in Trümmern, das hungernde Vegetieren in den Trümmern, die der Zweite Weltkrieg hinterlassen hatte – all das ins Gedächtnis einer Stadt zurückzurufen, hatte Vorrang und ließ gar keine Zeit, über einen Roman nur nachzudenken.

Störtebeker musste bis nach meiner Pensionierung warten. Aber als ich dann mit einem Buch unter dem Arm, in welchem Störtebeker endlich vorkam, nach Bielefeld fuhr, und im Historischen Seminar der örtlichen Universität daraus lesen und vortragen wollte, resumierte das »Lokale« der »Westfälischen Nachrichten« am 10. April 2006: »Heute, Montag, ist in der Uni Bielefeld der beste Störtebeker-Kenner zu Gast. Um 18 Uhr hält der Hamburger Historiker Professor Jörgen Bracker im Kolloquium ›Geschichte und Öffentlich-

keit‹ einen Vortrag zum Thema ›Ein Historiker schreibt einen Roman
– darf er das?‹« Wer über unsere Landesgrenzen hinweg internatio-
nale Belletristik verfolgt, ahnt, dass sich nur in Deutschland gelegentlich ein derart merkwürdiger Behaviorismus rührt, dass man darüber
diskutieren muss.

Es versteht sich von allein, dass ich bei meinem Beginnen, einen
Roman über die Zeit des ausgehenden vierzehnten Jahrhunderts zu
schreiben, darauf bedacht sein würde, die historischen Fakten und
Quellen unbedingt zu beachten, soweit sich die angestrebte Erzäh-
lung mit deren Hilfe stützen ließe. Da nun aber sich zum eigentlichen
Leben Störtebekers fast nichts an biografischer Überlieferung findet,
war es vonnöten, den Pegasus zu satteln und auf seinem Rücken mit
dem Aufwind der Fantasie die quellenlosen Durststrecken zu über-
fliegen, um jenseits der Talsohlen wieder Fuß zu fassen. Oberstes
Gebot blieb, die hinzugedichteten Ereignisse so einzufügen, dass sie
mit den Quellen kongruent blieben. Keine Quelle durfte ausscheiden,
um fantastischen Pirouetten Platz zu machen.

Damit ein echter Roman entsteht, müssen alle Lebensräume, auch
die scheinbar nebensächlichen, durchleuchtet werden. Was fehlt,
muss wenigstens als wahrscheinlich erfunden werden. Um das
Wahrscheinliche in Richtung des Wahren noch zu befördern, habe
ich ausreichend bekannte Zeitgenossen, die Störtebeker zumindest
gekannt haben musste, ihm zugesellt, so den Hamburger Bürgermeister und dessen Bruder, dann den an See- und Strandräubereien beteiligten Hamburg-Bremischen Erzbischof, den in Hamburg ortsan-
sässigen Maler Meister Bertram von Minden. Als wichtigsten Ak-
teur habe ich dann (Johannes) Zeelander eingeführt, der für sein
Werftgelände nach Ausweis der Hamburger Kämmereirechnungen
jährlich Pachtzahlungen zu entrichten hatte.

Dieser Zeelander war hoch geachtet. Man begrüßte ihn, indem
man den Titel »Magister« dem Nachnamen hinzufügte. Auch für die
Stadt Hamburg erbaute er in den Kämmereirechnungen nachgewie-

sene Schiffe. Meister Bertram verewigte ihn mit einem feinen Porträt, das ihn bei der Arbeit an einer veritablen Kogge zeigt, die nach Ausweis einer beigefügter Inschrift die Arche Noah werden soll. Biblische Geschichte in die Gegenwart zu holen, war diese Bemühung geschuldet. Das Bild findet sich an dem 1384 geschaffenen Petri-Altar.

Unser Roman »Meister Zeelander« spielt nicht nur in Hamburg, sondern auch auf der Insel Neuwerk an der Elbmündung bei damaligen Bauarbeiten am Turm, in Wismar bei der Vereidigung von Vitalienbrüdern (1393), im Papstplast zu Avignon des Prozesses wegen (1375), den die Kirche gegen den Hamburger Erzbischof angestrengt hatte, und in Rom in der Basilika S. Sabina, dem Petersdom, der Capella Sancta Sanctorum im Zusammenhang mit der tatsächlich durchgeführten Pilgerfahrt des Malers Meister Bertram im Heiligen Jahr 1391. Sogar eine jährlich wiederkehrende nächtliche und von Papst Bonifaz IX. angeführte Walfahrt von S. Maria Maggiore quer durch Rom hin zum Tiber hinunter erleben wir mit. Immer wieder wird das historische Umfeld ausgeleuchtet, um dem Leser einen an Aspekten reichen Zeitroman zu bieten. Das Buch schließt mit der Hinrichtung der bei Helgoland gefangenen Vitalienbrüder, der, wie die jüngsten Forschungen ergeben haben, Claus Störtebeker zusammen mit 39 weiteren Vitalienbrüdern entkommt.

J. B. im Oktober 2019

ÜBER DIE AUTOREN

 JÖRGEN BRACKER, Jahrgang 1936, wurde 1965 in Münster (Westfalen) promoviert und wirkte von 1965 bis 1976 als wissenschaftlicher Mitarbeiter des Römisch-Germanischen Museums in Köln an Ausgrabungen, Ausstellungen und der Einrichtung des Neuen Museumsgebäudes mit. Von 1976 bis Ende 2001 leitete er als Direktor und Professor das Museum für Hamburgische Geschichte. Die Neugestaltung der Schausammlungen und die von Katalogwerken begleiteten Sonderausstellungen zur Geschichte Hamburgs vom 9. bis zum 20. Jahrhundert bestimmten sein dortiges Wirken. Seit der von ihm 1989 in Hamburg und Rostock präsentierten Ausstellung »Die Hanse – Lebenswirklichkeit und Mythos« galt sein besonderes Augenmerk der durch Seeraub und wirtschaftlichen Niedergang gekennzeichneten Krise der Hansezeit um 1400.

Von den ›wissenschaftlichen Fesseln‹ befreit, aber ohne sein enormes geschichtliches Wissen zu vernachlässigen, hat Jörgen Bracker sich nach seiner Pensionierung intensiv der Romanform gewidmet. Der erste Roman erschien 2005 – es war der viel beachtete ZEELANDER. Seitdem hat er einige weitere Romane und Erzählungen folgen lassen.

NORBERT KLUGMANN, Jahrgang 1951, ist Journalist und Autor einer Vielzahl von Romanen und Drehbüchern zu zeitgenössischen wie auch historischen Stoffen.

Eine geschichtliche Sensation
und ein Stück kriminalistischer Deutungskunst

Ein goldenes Trinkhorn mit einer Vielzahl von kleinen Figuren erzählt
das Leben der Königin Margarete I. von Dänemark – eine Darstellung,
die offenbart, dass sich die Königin auch der Piraten und
Seeräuber bediente.

Jörgen Bracker
Ein Wunderhorn für die Königin
Goldenes Symbol eines Triumphes
56 Seiten, großformatiges Paperback, mit vielen Abbildungen
8,50 € (D)
ISBN 978-3-945465-32-5

www.kjm-buchverlag.de

Revolution, Piraterie und die Liebe

Unmittelbar nach der Französischen Revolution wanken auch in
Norddeutschland die Grundfesten der Gesellschaft. Wer spürt das besser
als die Jugend? Zwei fulminante Entwicklungsromane, die bisher
unentdeckte Facetten der Geschichte beleuchten.
Virtuos, burlesk und schonungslos erzählt.

Jürgen Drese
Jan Blaufink
Abenteuerroman
Band 1
ca. 350 Seiten,
großformatiges Paperback
mit einigen Abbildungen
15,00 € (D)
ISBN 978-3-96194-055-4

Jürgen Drese
Jan Blaufink
Abenteuerroman
Band 2
ca. 320 Seiten,
großformatiges Paperback
mit einigen Abbildungen
15,00 € (D)
ISBN 978-3-96194-080-6

www.kjm-buchverlag.de

Faszination und Schrecken der Segelschifffahrt

Reisen um die Welt, endlose Weiten und Zeiträume ohne Ende, Glück und Not. Die ersten Reisen des jungen Schiffsjungen Viet von Appen. »Kenntnisreich und hochspannend!« Die Welt

Ronald Holst
Totgeglaubt
Die mörderische Reise der Comet
1862–1867
Novelle
192 Seiten
Hardcover mit Schutzumschlag,
mit einigen Abbildungen
17,00 € (D)
ISBN 978-3-945465-11-0

Ronald Holst
Gerettet
Die abenteuerliche Weltreise
der Ceres 1868–1871
Novelle.
240 Seiten
Hardcover mit Schutzumschlag,
mit einigen Abbildungen
17,00 € (D)
ISBN 978-3-945465-33-2

www.kjm-buchverlag.de

Über das Meer. In ein neues Land. Auf ewiger Reise

Die Flucht des großen Jägers Hans Eidig – des »Robin Hood der Lüneburger Heide«. »Spannender kann ein historischer Abenteuerroman kaum sein.« Segeljournal

Die Geschichte des Geisterschiffs MARY CELESTE, verlassen von der Besatzung und seitdem auf ewiger Reise durch die Geschichte.

Zweimal Geschehen auf dem Atlantik.

Claus-Peter Lieckfeld
Die Flucht des großen Jägers
Über das Meer in ein neues Land
Roman
480 Seiten,
großformatiges Paperback
mit einigen Abbildungen
16,00 € (D)
ISBN 978-3-96194-053-0

Eigel Wiese
Mary Celeste
Ein Schiff auf ewiger Reise
296 Seiten,
großformatiges Paperback
mit einigen Abbildungen
und Karten
15,00 € (D)
ISBN 978-3-96194-066-0

www.kjm-buchverlag.de

Zwei Küstenthriller

Deutscher Widerstand und deutsche Marine. 1939 und in der
Gegenwart. »Dem Drehbuchautor für Tatort, Küstenwache und andere
Serien sind wieder atemberaubende Thriller gelungen.« Land und Meer
»Literarisches und inhaltliches Know-how« Büchermagazin

Jan van der Bank
Die Farbe der See
Roman
376 Seiten,
großformatiges Paperback,
mit einigen Karten
15,00 € (D)
ISBN 978-3-945465-36-3

Jan van der Bank
In den Sturm
Roman
336 Seiten,
großformatiges Paperback,
mit Abbildungen
15,00 € (D)
ISBN 978-3-96194-048-6

www.kjm-buchverlag.de